MAJESTADE
REALEZA AMERICANA

KATHARINE McGEE

MAJESTADE
REALEZA AMERICANA

TRADUÇÃO DE ISABELA SAMPAIO

Rocco

Título original
MAJESTY
AMERICAN ROYALS II

Esta é uma obra de ficção. Todos os incidentes, diálogos, com exceção de algumas figuras históricas e bem conhecidas, são produtos da imaginação da autora e não devem ser interpretados como reais. E onde figuras públicas ou históricas da vida real aparecem, as situações e os incidentes relativos a essas pessoas são fictícios, sem a intenção de retratar eventos reais para mudar a natureza fictícia desta obra. Em todos os outros aspectos, qualquer semelhança com pessoas reais, vivas ou não, é mera coincidência.

Copyright © 2020 *by* Katharine McGee e Alloy Entertainment
Copyright arte de capa © 2020 *by* Carolina Melis

Todos os direitos reservados.

alloyentertainment

Edição brasileira publicada mediante acordo com Rights People, London.

Direitos para a língua portuguesa reservados
com exclusividade para o Brasil à
EDITORA ROCCO LTDA.
Rua Evaristo da Veiga, 65 – 11ª andar
Passeio Corporate – Torre 1
20031-040 – Rio de Janeiro – RJ
Tel.: (21) 3525-2000 – Fax: (21) 3525-2001
rocco@rocco.com.br | www.rocco.com.br

Printed in Brazil/Impresso no Brasil

preparação de originais
ANNA BEATRIZ SEILHE

CIP-BRASIL. CATALOGAÇÃO NA PUBLICAÇÃO
SINDICATO NACIONAL DOS EDITORES DE LIVROS, RJ

M144m

    McGee, Katharine
        Majestade / Katharine McGee ; tradução Isabela Sampaio. - 1. ed. - Rio de Janeiro : Rocco, 2023.
        (Realeza americana ; 2)

    Tradução de: Majesty
    ISBN 978-65-5532-346-7
    ISBN 978-65-5595-194-3 (recurso eletrônico)

    1. Ficção americana. I. Sampaio, Isabela. II. Título. III. Série.

23-83149
        CDD: 813
        CDU: 82-3(73)

Meri Gleice Rodrigues de Souza - Bibliotecária - CRB-7/6439

O texto deste livro obedece às normas do
Acordo Ortográfico da Língua Portuguesa.

Para John Ed,
que dizia que nunca ia ganhar uma dedicatória

PRÓLOGO

O dia amanheceu triste e cinzento, com as ruas da capital cobertas de névoa. Todos os jornais concordaram que era o clima apropriado para um funeral.

Os correspondentes aguardavam por trás de um cordão de veludo ao lado da entrada do palácio, trocando cigarros e pastilhas de hortelã ou conferindo apressadamente o batom pela tela do celular. Por fim, os portões principais se abriram para receber os primeiros convidados.

Muitos compareceram, vindos de todos os cantos do planeta. Imperadores e sultões, arquiduques e viúvas reais, até um cardeal enviado pelo próprio papa. Havia membros do Congresso e aristocratas, desde os duques do mais alto escalão até os mais humildes pares vitalícios: todos reunidos para prestar homenagens a Sua Majestade George IV, o falecido rei dos Estados Unidos.

Um desfile de sóbrios vestidos pretos e ternos escuros atravessou as portas e adentrou a gigantesca sala do trono. Não havia outro lugar em toda a capital capaz de acomodar três mil convidados.

Uma companhia de soldados armados com rifles disparou uma saudação militar do outro lado do rio, e o cortejo fúnebre iniciou o trecho final do caminho que levava ao palácio. Então, um silêncio tão denso quanto a névoa envolveu tudo. As equipes de mídia aprumaram de leve a postura, e os cinegrafistas se atrapalharam ao ajustar as lentes.

Todos ficaram calados enquanto um grupo de figuras se materializava na bruma: oito rapazes pertencentes à Guarda Revere, o corpo de elite encarregado de defender a Coroa e que, naquele momento, representava a Escolta Final do Soberano. Em seus ombros, carregavam um caixão envolto em vermelho, azul e dourado, as cores da bandeira dos Estados Unidos.

Todos os guardas olhavam para frente, determinados, exceto um — um rapaz alto, de cabelos castanho-claros e olhos azul-acinzentados —, que olhava por cima do ombro o tempo todo. Talvez estivesse ficando cansado. O cortejo cruzara as ruas da capital durante toda a manhã. Em linha reta, a distância não chegava nem a três quilômetros, mas, por se tratar de um percurso sinuoso, levaram horas até completá-lo. O trajeto fora projetado dessa forma de propósito, para que o maior número possível de cidadãos pudesse ter um último momento com o ex-monarca.

Ainda era difícil de acreditar que o rei George havia partido. Ele morrera com apenas cinquenta anos, após a trágica e repentina luta contra o câncer de pulmão.

Um pouco atrás do caixão, caminhava a princesa Beatrice, de vinte e dois anos... Não, ela não era mais princesa, as pessoas lembravam a si mesmas. Com a morte do pai, tornara-se Sua Majestade Beatrice Georgina Fredericka Louise, rainha dos Estados Unidos. Ainda levaria um tempo para que se acostumassem com o título. Até então, o país nunca fora governado por uma mulher.

Quando a procissão chegou aos portões do palácio, Beatrice curvou-se diante do caixão do pai. Como insetos, as câmeras entoavam um coro de cliques enquanto os fotógrafos corriam para capturar a imagem icônica: a jovem rainha prestando uma reverência pela última vez.

1

BEATRICE

Seis semanas mais tarde

Beatrice nunca tinha visto o palácio tão silencioso.

Geralmente, seus corredores viviam agitados: mordomos passando ordens aos criados; guias turísticos dando aulas a grupos de estudantes; embaixadores ou ministros no encalço do Lorde Conselheiro para implorar uma audiência com o rei.

Mas, naquele dia, tudo estava tranquilo. As capas que protegiam os móveis da poeira emitiam um brilho fantasmagórico na penumbra. Até as multidões que se aglomeravam nos portões da frente haviam se dissolvido, abandonando o palácio, como uma ilha deserta num mar de calçadas vazias e grama pisada.

Beatrice ouviu a mãe sair do carro atrás dela. Sam e Jeff decidiram ficar mais uma noite na casa de campo. Quando eram mais novos, os três irmãos viajavam juntos — em um SUV escuro, assistindo a filmes na TV suspensa —, mas Beatrice não podia mais viajar com a irmã. Por razões de segurança, não era permitido que o monarca e a primeira pessoa na linha de sucessão ao trono estivessem no mesmo veículo.

Beatrice só havia atravessado metade do saguão de entrada quando seu salto se enroscou num tapete antigo. Ela tropeçou... e uma mão firme se estendeu para firmá-la.

Ao olhar para cima, encontrou os olhos frios e cinzentos de seu Guarda Revere, Connor Markham.

— Você está bem, Bee?

Ela sabia que deveria repreendê-lo por não chamá-la pelo título, ainda mais em público, onde qualquer um poderia entreouvir, mas Beatrice não conseguia pensar direito com a mão de Connor segurando a dela. Depois de todas as semanas de distanciamento, o toque era uma faísca que acendia uma chama feroz em suas veias.

Vozes ecoaram pelo corredor. Connor franziu a testa, mas deu um passo rápido para trás assim que dois criados dobraram a esquina, acompanhados por um homem de feições sombrias e cabelos grisalhos: Robert Standish, antigo Lorde Conselheiro do pai de Beatrice, e agora do governo dela.

Ele fez uma reverência formal.

— Sinto muito, Sua Majestade. Só esperávamos sua presença amanhã.

Beatrice tentou não se encolher ao ouvir o título. Ainda não tinha se acostumado a ser chamada de "Sua Majestade".

Os criados percorreram sala por sala, removendo as capas antipoeira e jogando-as numa pilha. O palácio foi ganhando vida à medida que as mesas de centro ornamentadas e as delicadas lâmpadas de bronze iam sendo reveladas às pressas.

— Decidi antecipar minha volta. Eu só... — interrompeu-se ela antes de admitir: "Eu só precisava fugir". O último mês em Sulgrave, a casa de campo dos Washington, deveria ter sido um refúgio. Só que, mesmo cercada pela família, ela se sentia sozinha. E exausta.

Toda noite, Beatrice tentava ficar acordada o máximo possível, pois os pesadelos começavam assim que adormecia. Sonhos horríveis e distorcidos nos quais era obrigada a ver o pai morrer várias vezes, sabendo que era sua culpa.

Ela causara a morte do pai. Se não tivesse gritado com ele naquela noite — se não tivesse ameaçado se casar com seu Guarda Revere e renunciar ao cargo de rainha —, talvez o rei George ainda estivesse vivo.

Beatrice mordeu o lábio para reprimir um suspiro. Sabia que não deveria pensar daquele jeito. Caso contrário, sua mente afundaria feito uma pedra em um poço infinito de tristeza.

— Sua Majestade. — Robert olhou para o tablet que sempre carregava consigo. — Eu gostaria de discutir alguns assuntos. Deveríamos ir ao seu escritório?

Beatrice levou um momento para perceber que ele estava falando do escritório do pai. Que agora era dela.

— *Não* — respondeu ela, com certa aspereza. Não estava pronta para encarar a sala e todas as lembranças presas lá dentro. — Por que não conversamos por aqui? — acrescentou, indicando uma das salas de estar.

— Muito bem.

Robert entrou atrás dela e fechou as portas duplas, deixando Connor no corredor.

Enquanto se acomodava em um sofá verde listrado, Beatrice espiou as três janelas salientes que davam para a entrada principal do palácio. Um tique nervoso adquirido com a morte do pai: inspecionar as janelas de todos os cômodos em que entrava. Como se a luz natural fosse capaz de ajudá-la a se sentir um pouco menos sufocada.

Ou como se procurasse uma rota de fuga.

— Sua Majestade, aqui está a agenda para a próxima semana.

Robert entregou-lhe uma folha de papel carimbada com o brasão real.

— Obrigada, lorde Standish — disse Beatrice e, então, fez uma pausa. Sempre se dirigira a ele pelo título completo, desde que o conhecera na adolescência, mas agora... — Será que eu poderia chamá-lo de Robert?

— Seria uma honra — respondeu ele, de modo servil.

— Sendo assim, você precisa começar a me chamar de Beatrice.

O homem arfou, quase sem voz.

— Ah, não, Sua Majestade. Eu jamais ousaria fazer algo assim. E sugiro que nunca mais faça uma oferta dessas a ninguém, muito menos se o sujeito trabalhar para o palácio. Não é apropriado.

Beatrice odiava se sentir repreendida como se tivesse sete anos outra vez, sendo punida pelo professor de etiqueta, que batia nos dedos dela com uma régua por uma reverência malfeita. Ela se forçou a analisar o papel em seu colo, mas não demorou a levantar a cabeça, confusa.

— Cadê o resto da minha agenda?

Os eventos listados eram pequenas aparições públicas — um passeio pela natureza fora da capital, um encontro com escoteiras locais —, atividades positivas para a imagem pública da Coroa com as quais Beatrice costumava se envolver quando era herdeira do trono.

— Eu deveria me reunir com cada líder político do Congresso — continuou ela. — E por que a reunião do Gabinete na quinta-feira não está listada?

— Não há necessidade de se aprofundar em todas essas situações imediatamente — disse Robert, com tato. — Você esteve afastada da opinião pública desde o funeral. O que as pessoas precisam de você neste momento é que as tranquilize.

Beatrice lutou contra um sentimento de inquietação. Uma monarca deveria governar, não sair por aí distribuindo apertos de mão como uma espécie de mascote dos Estados Unidos. Era para isso que servia a *herdeira* do trono.

Mas o que poderia dizer? Tudo que sabia a respeito desse papel havia sido ensinado pelo pai. Agora que ele se fora, a única pessoa que restava para aconselhá-la era Robert, braço direito dele.

O conselheiro balançou a cabeça.

— Além disso, tenho certeza de que gostaria de passar os próximos meses planejando o seu casamento.

Beatrice tentou falar, mas a garganta parecia ter sido fechada com cola.

Ainda estava noiva de Theodore Eaton, filho do duque de Boston. No último mês, porém, toda vez que começava a pensar em Teddy, sua mente mudava abruptamente de rumo. "Vou dar um jeito nisso quando voltar", prometera a si mesma. "Não há nada que eu possa fazer agora."

Fora bem fácil não pensar em Teddy quando estava em Sulgrave. Ninguém da família o tinha mencionado. Ninguém havia falado de *coisa alguma*, na verdade, pois cada um estava imerso no próprio processo de luto.

— Prefiro não me concentrar no casamento, por enquanto — respondeu ela, incapaz de esconder a tensão na própria voz.

— Sua Majestade, se começarmos os preparativos agora, podemos realizar a cerimônia em junho — argumentou o conselheiro. — Então, após a lua de mel, vocês podem dedicar o resto do verão à turnê real dos recém-casados.

"É melhor dizer logo a verdade", pensou Beatrice, e então se preparou e afirmou:

— Nós não vamos nos casar.

— Como assim, Sua Majestade? — perguntou Robert, fazendo um biquinho. — Aconteceu… alguma coisa entre Sua Majestade e o lorde?

Quando viu que Beatrice tremia ao inspirar, ele ergueu as mãos num gesto conciliador.

— Por favor, me perdoe se estou sendo indiscreto. Só que para fazer meu trabalho com eficiência, preciso saber a verdade.

Connor ainda estava no corredor. Beatrice era capaz de imaginá-lo congelado na pose da Guarda Revere, com os pés firmemente plantados no chão, a mão próxima da arma no coldre. Ela se perguntou, com uma pontada de pânico, se ele poderia ouvi-los por trás das portas fechadas de madeira.

Beatrice abriu a boca, pronta para falar sobre Connor com Robert. Não deveria ser tão difícil… Tivera a mesma conversa com o pai — irrompera em seu escritório para informar-lhe que estava apaixonada por seu segurança pessoal — na noite de sua festa de noivado com Teddy. Então, por que não poderia repetir a naquele momento?

"Preciso saber a verdade", insistira Robert. Só que... *qual* era a verdade?

Beatrice já não sabia. Os sentimentos que tinha por Connor se entrelaçaram com *todo* o resto, formando uma dolorosa meada de desejo, pesar e arrependimento.

— Eu tinha aceitado me casar enquanto meu pai ainda estava vivo, porque ele queria me levar até o altar. Mas, agora que sou rainha, não há necessidade de apressar um casamento.

Robert balançou a cabeça.

— Sua Majestade, é justamente por *ser* a rainha que sugiro que se case o quanto antes. Você é o símbolo vivo dos Estados Unidos e seu futuro. E dada a situação atual...

— A situação atual?

— Este é um período de transição e incerteza. A nação não se recuperou da morte de seu pai com a facilidade que esperávamos. — Não havia inflexão nem emoção no tom de voz de Robert. — O mercado de ações foi atingido. O Congresso está em um beco sem saída. Muitos embaixadores estrangeiros apresentaram renúncias. — Ao ver a expressão no rosto de Beatrice, acrescentou: — Alguns, na verdade... Mas um casamento seria uma ocasião única de reencontro, de unificar todo o país novamente.

Beatrice entendeu a mensagem implícita escondida por trás das palavras dele. Agora ela era a rainha dos Estados Unidos, e o país estava com medo.

Ela era jovem demais, inexperiente demais. E, acima de tudo, era uma mulher. Tentando governar um país que, até então, apenas homens haviam governado.

Se existia instabilidade no país naquele momento, *Beatrice* era a responsável.

Antes que pudesse responder, as portas duplas da sala se abriram.

— Beatrice! Aí está você.

Era sua mãe na porta. Estava elegante, mesmo com as roupas de viagem — calça azul-marinho justa e suéter azul-claro —, embora as peças estivessem mais folgadas que o normal. A dor pesava em seus ombros como um manto encharcado.

Quando a rainha Adelaide notou a presença de Robert, hesitou.

— Sinto muito, não queria interromper.

O homem se pôs de pé.

— Sua Majestade, por favor, junte-se a nós. Estávamos falando do casamento.

Adelaide virou-se para Beatrice e, com um novo calor na voz, perguntou:

— Você e Teddy já definiram uma data?

— Na verdade... não sei se estou pronta para me casar. — Beatrice lançou um olhar de súplica à mãe. — Me parece apressado demais. Você não acha que deveríamos esperar terminar nosso período de luto?

— Ah, Beatrice...

Sua mãe afundou no sofá com um suspiro profundo.

— Nosso luto nunca vai passar totalmente. Você sabe disso — confidenciou a mãe em voz baixa. — Pode até doer menos com o tempo, mas não significa que vamos deixar de lamentar a perda. Vamos apenas aprender a suportá-la melhor.

Do outro lado da sala, Robert assentiu vigorosamente. Beatrice tentou ignorá-lo.

— Seria bom para todo mundo um motivo de alegria, de *celebração*, no momento. Não estou falando só dos Estados Unidos, mas da nossa família.

Os olhos de Adelaide brilharam de desejo. Havia amado o marido com cada fibra de seu ser e, agora que ele se foi, ela parecia ter depositado toda aquela emoção em Beatrice, como se a história de amor da filha com Teddy fosse a única fonte de esperança que lhe restava.

— Precisamos desse casamento mais do que nunca — acrescentou Robert.

Beatrice os olhou de soslaio, sem forças.

— Eu entendo, mas... quer dizer... Teddy e eu não nos conhecemos há muito tempo.

A rainha Adelaide se ajeitou no assento, inquieta.

— Beatrice. Você está se arrependendo de ter escolhido Teddy para se casar?

Beatrice olhou para o anel de noivado na mão esquerda. Ela o usara durante o mês inteiro, mais por inércia do que qualquer outra coisa. Quando Teddy lhe oferecera o anel, não parecia certo. Em algum momento, ela deve ter se acostumado com a joia, o que provava que, com o tempo, era possível se acostumar com qualquer coisa.

A aliança era linda: um diamante solitário em um anel de ouro branco. Pertencera originalmente à rainha Thérèse há mais de cem anos, embora tivesse sido polida com tanta habilidade que o brilho da superfície escondia qualquer dano trazido pelo tempo.

Semelhante ao caso da própria Beatrice.

Ela percebeu que Robert e sua mãe esperavam uma resposta.

— Eu só… sinto saudade do papai.

— Ah, meu amor. Eu sei. — Uma lágrima escorreu pelo rosto de sua mãe, deixando um rastro de maquiagem borrada.

A rainha Adelaide *nunca* chorava — não em público, pelo menos. Mesmo no funeral, ela esconderá as emoções por trás de uma fachada pálida de estoicismo resoluto. Sempre reforçara a Beatrice que uma rainha precisava derramar suas lágrimas em particular, para ser uma fortaleza quando chegasse o momento de se dirigir à nação. A visão daquela lágrima era surreal e surpreendente, como se uma das estátuas de mármore dos jardins do palácio tivesse começado a chorar.

Beatrice também não havia conseguido chorar desde a morte do pai.

Ela *queria* chorar. Sabia que não era natural, mas parte dela parecia ter sofrido uma fratura irreparável, seus olhos simplesmente se recusavam a formar lágrimas.

Adelaide envolveu a filha com o braço para puxá-la para perto. Por instinto, Beatrice apoiou a cabeça no ombro da mãe, como fazia quando era pequena. No entanto, o gesto não a confortou como antes.

De repente, tudo que ela conseguia perceber era como os ossos da mãe pareciam frágeis por baixo do suéter de caxemira. A rainha Adelaide tremia pela dor reprimida. Parecia tão delicada… e, pela primeira vez desde que Beatrice notara, também parecia *velha*.

O que restava de sua determinação foi por água abaixo.

Ela tentou, pela última vez, imaginar-se com Connor: dizendo a ele que ainda o amava, que queria escapar da própria vida para ficarem juntos, sem se importar com as consequências. Mas Beatrice era incapaz de visualizar aquilo. Era como se o futuro que havia idealizado tivesse morrido junto com o pai.

Ou talvez tivesse morrido com a antiga Beatrice, a que era apenas uma princesa, não ainda uma rainha.

— Tudo bem — murmurou ela. — Vou conversar com Teddy.

Ela poderia fazer isso, pela família e pelo país. Poderia se casar com Teddy e oferecer aos Estados Unidos o romance de contos de fada do qual o país tanto precisava.

Poderia abrir mão da garota que havia sido e dar as boas-vindas à rainha Beatrice.

2

NINA

Nina Gonzalez congelou ao retirar um bloco de madeira da torre cada vez mais instável. Todos ao redor da mesa prenderam a respiração. Com cuidado excruciante, ela pôs a peça de Jenga em cima da estrutura improvisada.

De alguma maneira, a peça ficou no lugar.

— *Uhul!* — comemorou ela, levantando as mãos… no exato momento em que um par de blocos escorregou da pilha e tombou na mesa. Com uma risada, ela concluiu: — Parece que comemorei cedo demais.

Rachel Greenbaum, que morava no final do corredor de Nina, empurrou os blocos caídos na direção dela.

— Olha só, saiu um ENCONTRAR UM CHAPÉU e TANGO DO PRESÍDIO!

Estavam jogando "Jenga de Festa", tão popular na King's College, com as peças rabiscadas de canetinha vermelha. Era idêntico ao Jenga normal, só que cada bloco tinha uma ordem diferente escrita — SHOTS NA PRANCHA DE ESQUI, KARAOKÊ, MANTEIGA NOS DEDOS — e todos os jogadores tinham que seguir as regras escritas nas peças que derrubavam. Nina havia perguntado quantos anos tinha aquele jogo de Jenga, mas ninguém soubera responder.

Era o último fim de semana das férias de primavera, e os amigos de Nina estavam reunidos na Ogden, a lanchonete e área de lazer abaixo do prédio de Belas Artes. Pela localização, Ogden atraía principalmente o povo do teatro, algo que nunca a surpreendera, já que lá serviam biscoitos *de graça*.

— ENCONTRAR UM CHAPÉU é fácil. É só botar qualquer coisa na cabeça — explicou a outra amiga, Leila Taghdisi.

Nina dobrou obedientemente um guardanapo de papel até formar um triângulo e o colocou na cabeça.

— E, quanto ao TANGO DO PRESÍDIO, você tem que deixar seu celular desbloqueado até o jogo acabar para que a gente possa ler as suas mensagens — explicou Leila, olhando para Nina como quem pede desculpas.

Todas as amigas sabiam como ela era discreta em relação à vida pessoal e ao seu relacionamento com a família real.

Entretanto, Nina tinha decidido que, naquele semestre, seria uma garota *normal*. Então, como qualquer universitária normal, ela pegou o celular e o pôs em cima da mesa.

Rachel suspirou.

— Nem acredito que as aulas recomeçam na segunda-feira. Não estou nem *um pouco* preparada.

— Sei lá, estou meio que feliz de estar de volta — comentou Nina.

Na verdade, ela estava entusiasmada porque podia passear pelo campus sem ser seguida pelos paparazzi. Ainda ouvia um sussurro sobre ela aqui e ali. Ainda via, de vez em quando, outros alunos a encarando por mais tempo do que deveriam, franzindo as sobrancelhas de tão confusos, como se já a tivessem visto antes, mas não conseguissem se lembrar de onde.

Mesmo assim, era um avanço considerável em relação ao pesadelo vivido no início do ano, quando Nina estava namorando o príncipe Jefferson.

O povo não se lembrava dessas coisas. E, depois da notícia devastadora da morte do rei, o breve relacionamento de Nina com Jeff era a última coisa em que as pessoas estavam pensando. Para o imenso alívio de Nina, o mundo a havia esquecido e focado em outras coisas.

— Eu não. Queria ter ficado em Virginia Beach para sempre. — Leila entrou na conversa. — Se ainda estivéssemos lá, estaríamos na areia agora, vendo o pôr do sol e devorando o guacamole viciante da Nina.

— É receita da minha mamá. O segredo está no alho — explicou Nina.

Ela estava feliz por Rachel tê-la arrastado para aquela viagem. Não tinha nada a ver com as férias que já passara como hóspede dos Washington: a casa que elas alugaram estava em ruínas, sem ar-condicionado, e Nina teve que dormir em um sofá na sala. Mesmo assim, ela adorou. Sentar-se com as garotas do corredor do seu dormitório, bebendo cerveja barata e contando histórias ao redor de uma fogueira na praia, havia sido infinitamente mais satisfatório do que todas as viagens cinco-estrelas com a família real.

— Infelizmente, não posso oferecer guacamole a vocês — disse Jayne, outra de suas amigas, vindo da cozinha da lanchonete com as mãos protegidas por luvas de forno, segurando uma bandeja. — Mas talvez isso ajude.

As três garotas atacaram os biscoitos imediatamente.

— Já comentei como fico feliz por você trabalhar aqui? — perguntou Nina.

— Em vez de na biblioteca com você? — perguntou Jayne.

As duas faziam parte do mesmo programa de estudo, que exigia que trabalhassem no campus em troca das bolsas que haviam recebido da faculdade.

— Seu talento para a confeitaria seria um desperdício na biblioteca. Está uma delícia — respondeu Nina, com a boca cheia de biscoito. Sua mãe a teria repreendido, mas ela não estava em casa naquele momento, nem em nenhuma daquelas festas reais de gala.

Jayne pôs os biscoitos no balcão antes de puxar uma cadeira. Nem se deu ao trabalho de tirar o avental oficial da faculdade, estampado com o mascote da King's College: um cavaleiro medieval com um elmo prateado reluzente.

— Essa sou eu, a chef dos biscoitinhos gourmet.

O celular de Nina, que ainda estava no centro da mesa, acendeu ao receber uma nova mensagem. Rachel correu para alcançá-lo e o deslizou para a amiga.

— Até agora, suas mensagens são uma chatice.

Era sua mãe.

Você vem jantar com a gente algum dia desses? Vou fazer paella!

Julie e Isabella, mães de Nina, moravam em uma casa de tijolos vermelhos a poucos quilômetros de distância. Era uma residência de "graça e favor": uma propriedade que pertencia à família real, concedida sem aluguel para aqueles que a serviam — no caso, Isabella, que havia sido tesoureira do falecido monarca e, no momento, atuava como ministra da Fazenda. Nina tentava não se incomodar com o fato de que o lar em que havia crescido pertencia à família de Sam, à família de *Jeff*.

Depois do término com Jeff, Nina passara muito tempo em casa. Era reconfortante comer a comida das mães, dormir em sua cama de infância e evitar os olhares curiosos dos colegas de faculdade.

Mas, no momento, Nina tinha mais amigos, conquistara um lugar para si mesma. Ela não sentia mais a necessidade de escapar a todo custo.

Obrigada, mãe, mas vou ficar no campus por enquanto, ela digitou em resposta. *Te amo!*

Rachel esmigalhou o resto do biscoito em cima de um guardanapo.

— Da próxima vez, temos que trazer escondido uma garrafa de vinho para beber enquanto jogamos.

— Você sabe que eu não posso beber no trabalho — protestou Jayne.

— Você não pode ser *pega* bebendo no trabalho. Existe uma diferença — disse Rachel com um sorrisinho travesso, e todo mundo começou a rir.

Elas voltaram a jogar. A torre de Jenga estava ficando cada vez mais alta e perigosamente instável. Rachel derrubou um bloco com CASTING ESTRANGEIRO e, ao que parecia, isso significava que ela precisava falar com um sotaque até o fim do jogo. Implacável, Rachel começou a contar a história de um garoto que ela tinha conhecido recentemente, adotando um sotaque que ficava entre o francês e o leste europeu.

Nina se espreguiçou. Estava cansada, mas de um jeito preguiçoso e satisfeito.

— Enfim, ele acabou de me mandar uma mensagem me chamando para sair — dizia Rachel.

— Sotaque! — repreendeu Jayne.

— Peço vosso perdão — corrigiu-se Rachel, com o sotaque cockney mais atroz que Nina já ouvira. — E aí, acham que devo aceitar?

Ela mostrou o celular, cuja capinha de plástico era cheia de desenhos de abacaxi. As outras garotas se inclinaram para estudar a foto de perfil: uma imagem artística em preto e branco de um cara com pelo menos seis piercings em lugares diferentes dos lábios.

— Ele parece bem diferente do Logan — arriscou-se Nina, mencionando o ex-namorado de Rachel.

— Exatamente! — Rachel abandonara o sotaque, mas, dessa vez, ninguém a repreendeu. — É o que estou procurando agora, alguém *diferente*. Você deve entender, depois do que aconteceu com o Jeff.

Nina hesitou, embora uma parte dela reconhecesse, com relutância, a verdade por trás das palavras de Rachel.

Ela conheceu os gêmeos reais há mais de uma década, quando Isabella começou a trabalhar como tesoureira do rei. Ela e a princesa Samantha eram melhores amigas deste então, tão próximas quanto irmãs.

Então, no ano anterior, Nina começou a namorar o irmão de Sam em segredo. Funcionou muito bem quando eram apenas os dois, mas, assim que o resto do mundo descobriu, Nina se tornou alvo de críticas de todo o país.

Aquele era o problema da nobreza: polarizava opiniões como um ímã. Por anos, Nina tinha visto pessoas julgarem Sam sem sequer conhecê-la, decidindo em um instante se a amavam ou odiavam, se não queriam nada com ela ou se pretendiam usá-la para alcançar os próprios objetivos.

Quando Nina começou a namorar Jeff, tudo isso passou a acontecer com ela.

Ela tentou ignorar os comentários negativos na internet e as provocações dos paparazzi. Dissera a si mesma que conseguiria lidar com tudo aquilo, que por Jeff valeria a pena. Até a ex-namorada de Jeff, Daphne, confrontá-la e revelar que *ela* havia orquestrado a história toda — contratara um fotógrafo para ficar do lado de fora do dormitório de Nina e vendera o relacionamento dos dois aos tabloides.

Quando Nina tentou contar para Jeff, ele acreditou em Daphne.

Ela só o tinha visto uma vez depois do término, do outro lado do salão no funeral do Rei. Depois, os Washington foram para Sulgrave, e Nina terminou o trimestre de inverno e viajou para Virginia Beach, tentando bravamente apagar Jeff de seus pensamentos. Só que era bastante difícil esquecer o ex quando ele era irmão da sua melhor amiga, sem falar que era o homem mais famoso do país.

— Desculpa, Nina — prosseguiu Rachel. — Mas nós duas precisamos diversificar e nos distanciar daquela galera da fraternidade. Pensa só em todos os tipos de caras que a gente ainda nem *começou* a conhecer! Músicos, veteranos... — Ela lançou um olhar suplicante para as outras garotas, que trataram de se manifestar.

— Os professores assistentes gatinhos que vêm de bicicleta lá da residência da pós-graduação — arriscou Leila.

— E os escritores artísticos — completou Jayne, animada. — Tipo os que você vai conhecer na sua turma de jornalismo!

— Não vou fazer jornalismo para conhecer uns caras — comentou Nina.

— Claro que não — respondeu Rachel rapidamente. — Você vai fazer jornalismo para *eu* conhecer uns caras.

Nina bufou.

— Tá bom — concedeu. — Vou tentar *diversificar*, seja lá o que isso signifique.

— Só estou dizendo que você tem que voltar pra pista, ir pra uma festinha com a gente de vez em quando. Vamos, Nina — implorou a amiga. — Seu novo visual é bonito demais para ser desperdiçado na biblioteca.

Nina passou os dedos pelas pontas do cabelo recém-cortado, que agora caía um pouco acima dos ombros. Sua cabeça parecia curiosamente leve sem o peso de todas as mechas compridas. O corte fora feito por impulso logo após o término: ela precisava desesperadamente de uma mudança, e aquela era a mais drástica que poderia fazer sem precisar recorrer a outra tatuagem.

Agora, quando se olhava no espelho, Nina encontrava uma nova e surpreendente versão de si mesma. Os ossos do rosto haviam ficado proeminentes, os olhos castanhos brilhavam mais do que antes. Ela parecia mais velha, mais forte.

A Nina que passara anos desejando Jefferson com todas as forças — que havia se tornado alguém irreconhecível, na esperança de ser aceita como namorada dele — não existia mais. E essa Nina renovada e mais feroz sabia que não valia a pena permitir que partissem seu coração. Nem mesmo um príncipe.

Quando seu celular começou a tocar com uma chamada recebida, Nina presumiu que fosse uma das mães, até que olhou para a tela e viu o nome de Samantha. Então, escondeu o aparelho no colo na mesma hora.

Rachel olhou para ela.

— Está tudo bem?

— Desculpa, preciso atender.

Nina se levantou, vestiu a jaqueta jeans e saiu pelas portas duplas da lanchonete.

— Sam... Como você está? — Assim que fez a pergunta, encolheu-se de vergonha. Claro que a amiga não estava bem; ela estava *de luto*.

— Cansada. Pronta para voltar para casa. — O tom de voz da princesa era normal. Corajoso, até. Só que Nina a conhecia bem o bastante para detectar a emoção que havia por trás. Sam estava longe de ser tão durona quanto fingia.

— Quando você volta? — perguntou Nina, segurando o celular com o ombro.

— Na verdade, já estamos na estrada.

Nina odiou perceber como sua mente se fixava naquele "nós". Imaginou Jeff sentado ao lado da irmã gêmea, ouvindo a parte de Sam da conversa.

— Jeff está aqui, mas está dormindo — acrescentou Sam, adivinhando os pensamentos da amiga. — Com fones de ouvido.

— Eu... tá. Tudo bem.

Doía pensar em Jeff — uma dor surda e persistente, como se Nina estivesse pressionando um machucado que ainda não tinha cicatrizado. Os dois tinham terminado sem mais nem menos. Num minuto, estavam no salão de baile do palácio, abraçadinhos, e, na mesma noite, o relacionamento simplesmente... foi pelo ralo.

Uma parte de Nina queria odiá-lo: por permitir que Daphne os separasse, por deixar que o relacionamento dos dois desmoronasse em vez de lutar por ele.

Só que não conseguia ter tanta raiva de um garoto que acabara de perder o pai. Ela queria ser corajosa a ponto de perguntar a Sam como Jeff estava se sentindo, só que não se sentia capaz de pronunciar o nome dele.

Houve um ruído do outro lado da linha.

— Vai, Nina, me conta tudo. O que rolou com você desde que... — Sam se interrompeu antes de dizer "desde que meu pai morreu". — Desde a última vez que nos vimos?

Ambas sabiam que aquela não era a dinâmica normal entre elas. Geralmente, era Sam quem falava pelos cotovelos: debatendo, teorizando e contando histórias do seu jeito prolixo e cheio de rodeios, o que era sempre mais satisfatório do que se ela as tivesse contado sem interrupções do início ao fim. Mas, naquele dia, Sam precisava que a amiga preenchesse o silêncio.

O coração de Nina doeu. Quando alguém sofria desse jeito, não havia nada que pudesse ser dito para melhorar a situação. O único caminho possível era compartilhar sua dor.

Mesmo assim, ela pigarreou e arriscou um tom alegre.

— Cheguei a contar que cortei o cabelo?

Sam arfou.

— Quantos centímetros?

— Vou mandar uma foto — garantiu Nina. — E acabei de voltar das férias de primavera, viajei com umas amigas do dormitório. Você ia amar, Sam. A gente andou de caiaque pela costa e descobriu um bar tiki que servia frozens pela metade do preço...

Nina se sentou em um banco enquanto falava. Vários alunos passaram por ela a caminho dos dormitórios ou para encontrar amigos para tomar um sorvete no Broken Spoon.

— Nina — disse Sam finalmente, com hesitação nada típica —, eu estava aqui pensando ... será que você me acompanharia na Corrida Real do Potomac amanhã?

Nina congelou. O coração martelava em seu peito. Por saber exatamente o que seu silêncio significava, Sam se apressou em explicar:

— Eu entendo se você não conseguir ficar perto do Jeff. É só que essa é minha primeira aparição pública desde... — Ela fez uma pausa, mas se forçou a continuar: — Desde o funeral do meu pai, e para mim seria muito importante ter você por lá.

Como Nina poderia recusar aquele pedido?

— É claro que acompanho — prometeu ela.

E assim, num piscar de olhos, com um misto de cansaço e resignação, Nina percebeu que voltaria ao mundo da melhor amiga — ao mundo da realeza americana — outra vez.

3

DAPHNE

Daphne Deighton nunca tinha gostado da Corrida Real do Potomac. Era tão *barulhenta*, tão irremediavelmente comum... Mas o que se podia esperar de um evento gratuito e aberto ao público?

Milhares de pessoas se reuniram ao longo do rio Potomac, transformando suas margens em um festival de cores vivas. Famílias organizavam piqueniques em toalhas de praia; garotas de óculos escuros posavam para fotos, postadas nas redes sociais às pressas. Filas enormes se formavam atrás dos bares espalhados pela orla que serviam mint julep. Inevitavelmente, os bares acabaram ficando sem gelo em poucas horas, mas, mesmo assim, as pessoas ainda faziam fila para comprar bourbon quente com pedacinhos de hortelã empapados.

Felizmente, Daphne nunca se aventurava por aqueles trechos do rio. A Corrida Real do Potomac tinha um outro lado, no qual ainda se respeitava certa noção de hierarquia e exclusividade. Afinal, as pessoas realmente importantes não assistiriam à corrida sentadas em uma toalhinha de piquenique suja.

Perto das bandeiras coloridas da linha de chegada, atrás de barreiras de cordas e agentes de segurança mal-humorados, erguiam-se as enormes tendas brancas dos recintos privados — e, logo depois, estava o próprio Recinto Real, aberto exclusivamente para a família Washington e convidados.

Diferentemente das outras tendas, com empresários e aristocratas menos relevantes circulando com crachás de plástico, ninguém no Recinto Real precisava de um *distintivo*. Era dado como certo que, se você estivesse lá, deveria ser alguém cujo nome valia a pena saber.

E Daphne conhecia todos. Era capaz de traçar o tortuoso labirinto genealógico dos conhecidos da família Washington, que se estendiam por todo o mundo. Ela duvidava que mais alguém pudesse distinguir a princesa herdeira Elizabeth da Holanda (prima do rei) de lady Elizabeth de Hesse (tia do monarca por parte de mãe) ou da grã-duquesa Elizabeth da Romênia (que, surpreendentemente, não tinha nenhuma relação com o falecido monarca).

Era isso que diferenciava Daphne das outras garotas bonitas que ficaram de olho em Jefferson ao longo dos anos. Em sua experiência, a maioria delas tentava progredir na vida contando apenas com a bela aparência. Não tinham inteligência nem iniciativa, qualidades que Daphne tinha de sobra.

Uma torrente de trompetes ressoou, e toda a multidão olhou ansiosa rio abaixo, onde as flâmulas da barcaça real tremulavam no céu.

O sol brilhava no Potomac, incendiando suas águas cor de estanho. Os olhos de Daphne automaticamente se concentraram em Jefferson, que estava de pé ao lado da irmã gêmea com a mão erguida, embora não estivesse saudando ninguém. O vento agitava suas mangas e bagunçava o cabelo escuro. Na proa do barco, com um sorriso frágil no rosto, estava Beatrice.

As margens do rio explodiram em aplausos e assobios. As pessoas gritavam por Beatrice e, quase com a mesma intensidade, por Jefferson. Os pais apoiavam seus filhos nos ombros para que pudessem ter um vislumbre da nova rainha.

Uma canção ecoou pelos alto-falantes, e os aplausos rapidamente desapareceram. Por um momento, Daphne só conseguiu ouvir as notas iniciais da música por cima do silvo do vento e do ronco constante do motor da barcaça. Em seguida, milhares de vozes se entrelaçaram quando todos começaram a cantar.

De costa a costa, de mar em mar
Ecoam por nosso país, como é de lei,
Gritos de amor e lealdade
Nossos corações entregamos à rainha

Até então, a letra sempre terminara com "nosso rei". "Lei" e "rainha" não rimavam nem um pouco.

A barcaça atracou no cais, e o Lorde Conselheiro se aproximou para ajudar a família real a desembarcar. Todos os cortesãos que estavam no gramado logo se curvaram e fizeram reverências. Com os vestidos pastel e ternos risca de giz, mais pareciam um bando indolente de borboletas.

Daphne não se apressou. Fez a reverência com a delicadeza de uma flor e manteve a pose por um longo e demorado momento. Ela aprendera balé quando criança e, em ocasiões como aquela, gostava de mostrar que era uma dançarina habilidosa.

Quando enfim se levantou, deslizou as mãos pela frente do vestido, que seguia as rígidas regras do recinto, com o comprimento na altura dos joelhos. O tecido caía ao redor de suas pernas como um sorvete de pêssego. Em cima do esplêndido cabelo ruivo dourado, ela prendera um *fascinator* feito sob medida no mesmo tom delicado do vestido. Era ótimo voltar a poder usar cores, depois de todas as semanas que passara vestindo-se soturnamente em respeito ao período oficial de luto pelo falecido rei.

Embora, verdade seja dita, Daphne também ficava deslumbrante vestindo preto. Ficava deslumbrante vestindo qualquer coisa.

Ela se dirigiu até onde estava o príncipe Jefferson, no alto da margem gramada que descia até mergulhar no rio. Ao avistá-la, ele a cumprimentou com um aceno de cabeça.

— Oi, Daphne. Obrigado por ter vindo.

Ela queria dizer "Senti saudades", mas seria sedutor e egocêntrico demais depois de tudo que Jefferson havia passado.

— É bom ver você — respondeu ela, por fim.

Ele enfiou as mãos nos bolsos.

— É meio estranho estar aqui, entende?

Daphne não achava nada estranho. Pelo contrário, parecia que ela e Jefferson estavam de volta a como deveriam: juntos. Afinal, a vida dos dois sempre estivera entrelaçada, desde que Daphne tinha quatorze anos.

Foi quando ela havia decidido que se casaria com ele e se tornaria princesa.

Por mais de dois anos, tudo correu conforme o planejado. Daphne se jogara no caminho de Jefferson e, em pouco tempo, os dois já estavam namorando. Ele a adorava e, não menos importante, os Estados Unidos a adoravam. Daphne conquistara o povo com seus sorrisos graciosos, suas palavras doces e sua beleza.

Até que, sem mais nem menos, Jefferson terminara com ela na manhã seguinte à festa de formatura dele.

Outra garota poderia até ter aceitado o término e superado, mas ela jamais aceitaria a derrota. Não *podia*, não depois de todo o esforço depositado naquele relacionamento.

No momento, felizmente, o príncipe estava solteiro de novo, embora não por muito tempo, se dependesse dela.

Será que Jefferson não percebia como as coisas seriam fáceis se ele seguisse o plano e a chamasse para sair novamente? Eles poderiam estudar juntos na King's College no outono — Jefferson tirara um ano sabático, o que significava que ingressaria na turma de Daphne — e, depois da formatura, eles ficariam noivos e se casariam no palácio.

E, finalmente, depois de tanta espera, Daphne seria a princesa que estava predestinada a se tornar.

— Sinto muito pelo seu pai. Nem imagino o que você está passando. — Ela tocou o braço dele em um gesto de apoio. — Estou aqui se quiser conversar.

Jefferson assentiu distraidamente, e Daphne baixou a mão.

— Desculpa, eu… preciso cumprimentar umas pessoas — murmurou ele.

— Claro.

Daphne se forçou a ficar imóvel, com uma expressão plácida e despreocupada, enquanto o Príncipe dos Estados Unidos se afastava.

Preparando-se para um dia interminável de conversas fiadas, conteve um suspiro e se misturou à multidão. Localizou a mãe do outro lado do gramado, conversando com o dono de uma rede de lojas de departamento. Típico. Rebecca Deighton tinha um faro infalível para contatos que ela poderia usar um dia.

A menina sabia que deveria ir até os dois, exibir seu sorriso perfeito e deslumbrar mais um futuro candidato a ingressar em seu fã-clube. Ela olhou por cima do ombro para Jefferson… e congelou.

Ele estava conversando com Nina.

Era impossível ouvi-los em meio ao clamor surdo da festa, mas não importava; a expressão suplicante e dolorosa nos olhos do príncipe era óbvia. Será que estava pedindo perdão a Nina pelo jeito como ele a tratara… ou, pior, uma segunda chance?

E se Nina cedesse?

Daphne se obrigou a desviar o olhar antes que alguém a pegasse os encarando e se dirigiu a passos largos, sem pensar, para o interior frio da tenda, passando por mesas delicadas cobertas com pirâmides de flores. Ela seguiu até chegar ao banheiro feminino dos fundos.

Apoiou as mãos na pia e se forçou a respirar devagar, em arquejos irregulares. Não ficou surpresa quando, instantes depois, ouviu o som de passos atrás de si.

— Olá, mãe — disse ela com a voz grave.

Daphne esperou enquanto Rebecca examinava o banheiro, certificando-se de que a fileira de cabines estava vazia antes de se virar para a filha.

— E aí? — disparou Rebecca. — Ele estava falando com *aquela* garota de novo. Como foi que você deixou isso acontecer?

— Estávamos juntos, mas…

— Você tem noção de quanto custou *estar* aqui essa tarde? — interrompeu a mãe.

Em ocasiões como aquela, quando sua mãe ficava aborrecida, o sotaque original de Nebraska voltava a dar as caras. Era como se esquecesse que era Rebecca Deighton, lady Margrave, e voltasse à sua antiga persona: Becky Sharpe, modelo de lingerie.

Daphne sabia que os pais tinham obtido acesso ao Recinto Real da maneira mais cafona, patrocinando a regata. E, por mais que a soma não fizesse os aristocratas mais ricos sequer piscarem, cada centavo investido doía aos Deighton. E muito.

— Eu sei o quanto custou — disse Daphne em voz baixa, e não estava se referindo apenas ao cheque que sua família havia assinado. Nem os pais sabiam tudo que ela fizera em suas tentativas de conquistar Jefferson... e mantê-lo.

Por um momento, as duas mulheres apenas se encararam no espelho. Havia uma mistura de reserva e cautela nos semblantes que as fazia parecer mais inimigas do que mãe e filha.

Dava quase para ouvir as engrenagens na mente da mãe dela girando. Rebecca jamais se deixava ser impedida por obstáculos por muito tempo. Não pensava em como as coisas eram, mas como *poderiam* ser. Enquanto os demais viviam na realidade, Rebecca Deighton habitava um mundo paralelo e flutuante, repleto de possibilidades infinitas.

— Você vai ter que se livrar dela — concluiu sua mãe, e Daphne assentiu com relutância.

Nina amara Jefferson, amara *de verdade*, e isso a tornava uma rival mais perigosa do que qualquer uma das aristocratas de beleza estéril e padronizada. A sagacidade e o charme de Daphne ofuscavam aquelas garotas com facilidade. Mas alguém que realmente não se importava com a posição de Jefferson, alguém que, na verdade, o amava apesar disso, representava uma ameaça real.

— Sei que você vai pensar em alguma coisa.

A mãe se virou tão rápido que a saia esvoaçou ao redor das pernas.

Quando a porta do banheiro bateu, Daphne começou a vasculhar sua bolsa de couro. As mãos tremiam um pouco quando aplicou rapidamente uma camada de corretivo e rímel. Ela estava se sentindo uma guerreira amazona se preparando para a batalha.

Ao terminar, inspecionou no espelho as sobrancelhas arqueadas, os lábios carnudos, o verde vívido dos olhos com cílios volumosos e soltou um suspiro. Ver o próprio reflexo sempre a acalmava.

Ela era Daphne Deighton, e suas ações deveriam sempre impulsioná-la para a frente, sem piedade ou remorso — não importava o quê, ou quem, estivesse em seu caminho.

4

SAMANTHA

A princesa Samantha estava tendo dificuldade em curtir a Corrida Real do Potomac naquele ano.

Normalmente, era um dia que ela amava. Não pelo mesmo motivo que algumas pessoas, que aproveitavam a ocasião para ver e serem vistas, já que aquele era o primeiro evento do calendário social da primavera e marcava o retorno das festas e reuniões após um inverno de hibernação. Não, Sam sempre gostara da corrida por conta da energia que emanava. Era um espetáculo impetuoso, tão puramente *americano*, com sua atmosfera contagiante e festiva…

Mas, naquele ano, as cores pareciam mais opacas, como se um cobertor pesado envolvesse seus sentidos. Até a banda parecia estranhamente desafinada. Talvez fosse *ela* que não estivesse em sintonia.

Para onde quer que olhasse, tudo que via era o lugar dolorosamente vazio que o pai deveria estar ocupando.

Ela se lembrou da vez em que, quando criança, dissera ao pai que queria crescer e ser tão forte quanto os remadores.

— Mas você é forte — respondera ele.

— Forte como? — Sam nunca tinha entendido por que as pessoas não usavam adjetivos dentro de parâmetros definidos. — Forte como um leão? Mais forte do que o Jeff?

Com uma risada, o rei George se inclinara para lhe dar um beijo no topo da cabeça.

— Você é tão forte quanto precisa ser. E tenho mais orgulho de você do que você poderia imaginar.

Sam piscou várias vezes para espantar a lembrança e se abraçou como se estivesse com frio, apesar do sol da tarde. Em seguida, viu uma cabeça loira familiar do outro lado da multidão e prendeu a respiração.

Ele estava mais lindo do que nunca com um paletó de linho do mesmo azul profundo de seus olhos. Um lenço de bolso do mesmo tom, bordado com suas iniciais, completava o visual. Sam até poderia tirar sarro dele por conta do estilo engomadinho, mas cada célula de seu corpo doía com a proximidade.

Ela jamais planejara se apaixonar pelo noivo da irmã. Quando conhecera Teddy Eaton, a química entre eles fora instantânea e eletrizante. Nenhum dos dois sabia que Teddy ia se casar com Beatrice. Depois disso, ela tentara se afastar... mas, àquela altura, já era tarde demais.

Quando Teddy a viu se dirigindo até ele, um momento de surpresa, ou talvez até de dor, atravessou seu semblante, mas ele logo tratou de recuperar a postura com um sorriso, a mesma coisa que Beatrice fazia. O pensamento fez Sam estremecer.

Ela mal tivera notícias de Teddy no último mês, mas presumira que ele estava mantendo distância em respeito à sua dor e que todas as peças voltariam a se encaixar quando se reencontrassem. Agora, não podia deixar de temer que o silêncio dele tivesse outro significado.

— Que bom te ver — sussurrou ela quando chegou ao lado de Teddy. Sua voz estava rouca de desejo. Os dois não tinham estado tão próximos desde o funeral.

— Samantha.

Ao ouvir o tom distante e formal da voz dele, seu sorriso vacilou.

— O que foi?

— Achei... quer dizer, não tinha certeza... — Teddy estudou o rosto dela por um longo instante. Em seguida, seus ombros desabaram. — Beatrice não contou?

O medo se apossou do estômago de Sam.

— Contou o quê?

Sem forças, Teddy passou a mão pelo cabelo, que logo recuperou as ondas perfeitas.

— Será que a gente pode ir para algum lugar mais afastado? Precisamos conversar.

Com aquela sugestão, o coração de Sam se animou, mas pareceu ficar pequeno com a segunda frase, "precisamos conversar": as duas palavras mais agourentas que existiam.

— Eu... tá bom.

Sam o lançou um olhar ansioso enquanto o guiava até um corredor estreito entre o Recinto Real e Briony, a tenda adjacente. Não havia ninguém por perto, apenas alguns geradores, cujos cabos grossos eram responsáveis por levar ar-condicionado para dentro das tendas.

— O que está acontecendo? — perguntou Sam, nervosa, cravando o salto na lama.

Uma sombra de remorso cobriu o rosto de Teddy.

— De certa forma, que bom que a rainha não contou. Acho… que é melhor você ficar sabendo por mim.

Sam sentiu o corpo todo tensionar, encolhendo-se como quem se prepara para um golpe.

— Vamos nos casar em junho.

— *Não* — disse ela automaticamente.

Não podia ser. Na noite da festa de noivado, Beatrice tinha levado Sam para o terraço e confessado que cancelaria tudo. Ela falaria com o pai, bolaria um plano para anunciar a notícia à imprensa.

Só que o rei morrera antes que Beatrice tivesse tempo de fazer isso. E, agora, no papel de rainha, Beatrice claramente se sentia obrigada a levar adiante aquele noivado tão infeliz.

— Então quer dizer que, quando você disse que estávamos juntos nessa, foi da boca para fora? Teddy, você *prometeu*!

E Beatrice também.

Sam deveria saber que não podia acreditar na palavra da irmã.

Sem forças, Teddy cerrou os punhos nas laterais do corpo, mas, quando abriu a boca para falar, sua voz soou estranhamente formal.

— Sinto muito, Samantha, mas a rainha e eu chegamos a um acordo.

— Para de chamar a minha irmã de "rainha"! Ela tem nome!

Teddy se contraiu.

— Eu te devo um pedido de desculpas. O jeito como lidei com tudo isso… não foi justo com Beatrice e muito menos com você.

A confissão era tão honrada que Sam não pôde deixar de pensar em como estivera certa ao dizer a Beatrice, em um ataque de ressentimento, que ela e Teddy se mereciam.

— Também não é justo com você! — gritou Sam. — Por que está fazendo isso?

Ele olhou para baixo e começou a mexer, inquieto, em um dos botões do paletó.

— Tem muita gente contando comigo.

Sam se lembrou do que dissera em Telluride ao que parecia agora uma eternidade atrás: que a fortuna dos Eaton tinha evaporado da noite para o dia. Casar-se com Beatrice e ganhar o apoio da Coroa salvaria seu ducado da falência. Porque não se tratava apenas da família de Teddy: os Eaton foram um dos principais pilares da região de Boston por mais de duzentos anos, gerando empregos e garantindo estabilidade financeira.

Teddy, que havia sido criado para ser o próximo duque, sentia-se obrigado a assumir a responsabilidade.

— Você não deveria se casar porque acha que *deve* isso ao povo de Boston — disse Sam com veemência.

Teddy ergueu a cabeça para encontrar o olhar dela. O azul de seus olhos parecia mais penetrante do que o normal, como se a confusão, ou talvez o arrependimento, intensificasse a cor.

— Garanto a você que é uma decisão ponderada. Tenho meus motivos e garanto que sua irmã tem os dela.

— Se ela realmente precisa se casar às pressas, fale para ela escolher outra pessoa! Tem milhões de homens nos Estados Unidos. Será que não dá para se casar com *outro*?

Teddy balançou a cabeça.

— Você sabe que não é assim. Beatrice não pode simplesmente pedir outra pessoa em casamento. Daria a impressão de ser inconstante e cheia de caprichos.

A verdade por trás das palavras atingiu Sam como um golpe certeiro. Teddy estava certo. Caso Beatrice rompesse seu noivado bastante público e começasse a namorar outro, a situação apenas corroboraria para as críticas de todos aqueles que já torciam para que ela falhasse. O país começaria a se perguntar: se Beatrice não era nem capaz de se decidir a respeito da vida pessoal, como é que conseguiria tomar decisões pelo país?

— Não é possível que você vá levar isso adiante — insistiu ela.

— Eu sei que você não entende...

— Ué, só porque eu sou só a *reserva*?

A certa altura, Sam dera um passo à frente, reduzindo a distância entre os dois, de modo que agora se encontravam a pouquíssimos centímetros um do outro. Ambos estavam ofegantes.

— Não foi isso que eu quis dizer — respondeu Teddy com a voz suave, e a raiva ardente que corria pelas veias de Sam se acalmou.

— Você vai mesmo levar isso adiante — sussurrou. — Vai escolher Beatrice.

Como todo mundo sempre fazia.

— Vou escolher fazer a coisa certa.

Teddy a olhou nos olhos, implorando em silêncio para que Sam entendesse. Para que o perdoasse.

Ele não conseguiria nenhum dos dois. Não dela.

— Então tudo bem. Espero que a coisa certa te faça feliz — disse ela, cáustica.

— Sam...

— Você e Beatrice estão cometendo um erro feio. Mas quer saber? Não estou nem aí. Não é mais problema meu — interrompeu ela, e o tom foi tão cruel que Sam quase acreditou nas próprias palavras. — Se querem acabar com a própria vida, não posso fazer nada.

Uma sombra de dor atravessou o rosto de Teddy.

— Se serve de consolo, eu realmente sinto muito.

— Não me serve de *nada*.

Sam não queria as desculpas de Teddy; queria *ele*. E, como todas as coisas que ela sempre quisera, não podia tê-lo, porque Beatrice o reivindicara primeiro.

Ela lhe deu as costas, voltou para a festa pisando duro e pegou um mint julep de uma bandeja que passou por perto. Pelo menos, agora que tinha dezoito anos, podia beber naqueles eventos em vez de escapulir dos fotógrafos para tomar uma cerveja às escondidas.

Sam semicerrou os olhos para examinar a multidão em busca de Nina ou Jeff. De repente, o sol parecia brilhante demais, ou talvez fosse uma ilusão causada pelas lágrimas em seus olhos. Pela primeira vez, ela desejou ter dado ouvidos à mãe e usado um chapéu, nem que fosse só para esconder o rosto. Tudo começou a girar descontroladamente à sua volta.

Sem saber direito para onde ia, Sam vagou até a margem do rio, onde se sentou no chão e tirou os sapatos.

Ela não ligava para as manchas de grama no vestido de alta costura, não se importava que as pessoas a vissem ali, sozinha e descalça, e fofocassem. "A princesa baladeira está de volta", murmurariam, "e já está bêbada em sua primeira aparição pública desde a morte do pai". Pois muito que bem, pensou com amargura. Podem falar à vontade.

A água batia de leve entre os juncos. Sam manteve o olhar furiosamente fixo na superfície para não ter que ver Teddy e Beatrice juntos, mas isso não a impediu de se sentir como uma peça de quebra-cabeça guardada por engano na caixa errada. Ela não se encaixava em lugar algum, nem com ninguém.

— Achei você — disse Nina enquanto se sentava ao lado de Sam.

As duas passaram um tempo em silêncio, olhando os barcos. Os remos formavam um borrão de água e luz fragmentada.

— Desculpa — murmurou Sam. — Eu... precisava escapar.

Nina recolheu as pernas e brincou com o tecido do longo vestido de malha.

— Entendo. Na verdade, acabei de falar com Jeff.

Sam inspirou, feliz por se distrair dos próprios problemas.

— Como foi? — perguntou ela, e Nina deu de ombros.

— Constrangedor.

Sam a olhou de relance, mas Nina arrancou uma folha de grama e começou a amarrá-la em um laço, evitando o olhar da amiga. Talvez tivesse percebido que Daphne Deighton também estava ali.

— Ele está tentando ser seu amigo — arriscou Sam.

— Mas não sei *como* ser amiga dele! — Nina ergueu o braço para brincar com o seu usual rabo de cavalo, mas lembrou que o cabelo estava mais curto. Sem ter em que mexer, deixou a mão cair na lateral do corpo. — Claro que vou continuar topando com Jeff, porque ele é seu irmão, mas não posso fingir que nada aconteceu entre a gente. Não é normal ter que continuar vendo a pessoa depois de terminar! Ou é?

— Não sei. — Sam nunca passara por um término normal, já que seus relacionamentos nunca tinham sido nem remotamente normais. Ela soltou um suspiro. — Mas acho que estou prestes a descobrir. Acabei de ver Teddy.

Com a voz rouca, Sam explicou à amiga o que Teddy lhe dissera: que ele e Beatrice confirmaram o casamento.

— Ah, Sam... — disse Nina baixinho quando Sam terminou de falar. — Eu sinto muito, de verdade.

Sam assentiu e apoiou a cabeça no ombro de Nina. Não importava o que acontecesse, pensou, ela sempre poderia fazer isso: fechar os olhos e contar com o apoio da melhor amiga.

5

BEATRICE

Ao entrar no escritório do pai, Beatrice notou que ninguém tinha tirado nada do lugar desde a morte dele.

Todos os seus pertences ainda estavam nos lugares de sempre em cima da mesa: o papel timbrado com suas iniciais; a caneta-tinteiro cerimonial de ouro; o Selo Real e o aquecedor de cera, que lembrava uma pistola de cola quente, mas que, em vez disso, soltava cera vermelha líquida. Era como se seu pai tivesse acabado de sair e pudesse estar de volta a qualquer momento.

Quem dera fosse verdade.

Beatrice acreditava estar acostumada a ser o centro das atenções, mas não fazia ideia de como as coisas poderiam piorar depois de que se tornasse rainha. Não era justo que ela tivesse direito a apenas seis semanas para processar a morte do pai antes de ser jogada de volta aos holofotes do país, mas que outra escolha tinha? O período de luto havia oficialmente terminado, e o inesgotável carrossel de cerimônias da corte voltava a funcionar. Sua agenda já estava cheia: eventos beneficentes, aparições em instituições de caridade e até uma festa de gala no museu.

Ela não estava pronta. No dia anterior, na corrida, quando o hino nacional começara a tocar, Beatrice abrira a boca automaticamente para se juntar ao coro, mas percebera, com certo atraso, que não podia mais cantar. Não quando a música era direcionada a *ela*.

Sua posição sempre a deixava com a mesma sensação: mais sozinha quanto mais pessoas havia ao seu redor.

O ruído de passos a fez levantar a cabeça de supetão.

— Desculpe — disse Connor, encolhendo-se quando o chão rangeu sob seus pés novamente. Aquele era o lado ruim de morar em um palácio: as tábuas de duzentos anos não guardavam segredos.

Ele fechou a porta e se apoiou na madeira.

— Eu... queria saber como você está.

A culpa revirou o estômago de Beatrice. Ela andava evitando Connor — ou, pelo menos, evitava ficar *sozinha* com ele, já que o guarda estava sempre ao seu redor: pairando nos bastidores de sua vida enquanto ela ocupava o centro do palco.

Connor ainda não sabia que Beatrice e Teddy iam mesmo se casar. Ela precisava contar a ele, e logo. O palácio planejava anunciar a data do casamento no final daquela semana. Só que, toda vez que puxava o assunto, ela acabava se esquivando da conversa como uma covarde.

— Só estou cansada — murmurou. E era verdade, ela andava dormindo mal.

— Não faz isso. Você não precisa ser forte na minha frente, lembra? — Connor se aproximou, a abraçou e a puxou para perto.

Por um instante, Beatrice se permitiu relaxar nos braços dele. De alguma forma, sempre se esquecia de como o guarda era mais alto até os dois se abraçarem e ela aninhar o rosto entre os peitorais salientes dele.

— Estou aqui para o que precisar — disse Connor, com os lábios colados no cabelo dela. — Você não precisa ser a rainha na minha presença, sabe? Pode simplesmente ser *você*.

— Eu sei.

Beatrice achava muito fácil ser verdadeira na presença dele, e talvez fosse esse o problema. Talvez, com Connor, ela fosse Beatrice demais e rainha de menos.

Ela se desvencilhou do abraço e ergueu o rosto para encontrar os olhos dele.

— Connor... preciso contar uma coisa.

Ele acenou que sim, alarmado com a mudança de tom.

— Pode falar.

O mundo inteiro pareceu congelar. De repente, Beatrice estava ciente de cada detalhe: o roçar da blusa de seda na clavícula, as partículas de poeira flutuando na luz do sol da tarde, a devoção nos olhos de Connor.

Ele nunca mais a olharia daquela maneira quando descobrisse com o que ela concordara. Beatrice respirou fundo e quebrou o silêncio com a verdade dolorosa.

— Teddy e eu vamos nos casar em junho.

— Vocês... *o quê?*

— O noivado não é mais só de fachada. É... Nós vamos mesmo levar a união adiante.

Connor recuou.

— Eu não estou entendendo. Na noite da festa de noivado, vocês combinaram de cancelar o casamento assim que fosse apropriado. O que aconteceu?

Meu pai morreu, e é tudo minha culpa.

— Agora eu sou rainha, Connor. — As palavras pareciam estrangulá-la conforme escapavam de seus pulmões. — Isso muda as coisas.

— Exatamente! Agora *você* pode mudar as coisas, para melhor!

Ouvir aquela emoção, a fé que ele depositava nela, quase a despedaçou.

— Não é tão simples. Só porque sou rainha não significa que tenho o poder de reescrever as regras.

Pelo contrário: Beatrice estava mais presa às regras do que nunca.

Connor a pegou pelas mãos.

— Eu te amo e sei que a gente pode dar um jeito nisso. A não ser... a não ser que os seus sentimentos tenham mudado.

As lágrimas ardiam nos olhos de Beatrice.

— Você quer que eu admita? Tudo bem, eu digo! Eu te *amo*! — A explosão foi tão furiosa que ela poderia ter dito "Eu te odeio" e não faria diferença. — Mas não é o *suficiente*, Connor!

— Claro que é!

Ele falava cheio de convicção, como se suas palavras guardassem uma verdade inegável. Como se amar Beatrice fosse tão simples e descomplicado quanto o nascer do sol.

Mas o relacionamento deles nunca fora simples. Desde o começo, tiveram que fazer tudo às escondidas, alimentando-se dos poucos momentos dispersos que tinham juntos: o toque secreto da mão de Connor nas costas de Beatrice quando ela entrava no carro, a troca de olhares prolongados em uma sala cheia de gente. As madrugadas em que ele entrava de fininho no quarto dela e ia embora antes do amanhecer.

Até o momento, ninguém sabia que os dois estavam juntos, a não ser Samantha, e a irmã não fazia ideia de quem era Connor, apenas que Beatrice amava alguém que não era Teddy.

Beatrice passara meses dizendo a si mesma que aqueles breves momentos representavam algo que valia a pena proteger. Só que, agora, ela sabia que eles não eram mais suficientes.

Ela se lembrou, com uma pontada de dor, do que seu pai dissera na noite em que ela lhe contara que amava seu Guarda Revere: que, se ela arrastasse

Connor para a vida da realeza, mais cedo ou mais tarde, ele a odiaria — e, pior, passaria a odiar a si mesmo.

Uma brisa fria soprava do rio. Beatrice teve que se conter para não fechar a janela.

— Obviamente essa não foi uma decisão fácil, mas é o melhor para nós dois.

— Por que *você* tem o poder de decidir o que é melhor para nós? — perguntou Connor com um tom ríspido. — Se é o nosso futuro que está em jogo, eu quero meu direito de voto!

Antes que Beatrice pudesse responder, ele a pegou pelos ombros e a beijou.

Foi um beijo sem qualquer ternura ou delicadeza. O corpo de Connor estava pressionado contra o dela, e as mãos agarravam firme as costas da rainha, como se ele temesse que ela pudesse escapar. Beatrice ficou na ponta dos pés e cravou os dedos no uniforme dele.

Quando por fim se separaram, estavam ofegantes. O cabelo de Beatrice caía em mechas úmidas que emolduravam seu rosto. Ela levantou a cabeça e viu a angústia silenciosa nos olhos dele. Connor a conhecia bem o bastante para saber que ela não era de beijar daquele jeito, uma entrega tão selvagem e desesperada.

Ele percebeu que fora um beijo de despedida.

— Você está mesmo falando sério? — sussurrou Connor.

— Sim — respondeu Beatrice.

Ela se deu conta de que aquela era a palavra que deveria dizer na cerimônia de casamento, que normalmente simbolizava amor eterno, porém que ali estava sendo usada para dizer a Connor que ele deveria deixá-la para sempre.

Connor cerrou os dentes, mas assentiu. Beatrice quase desejou que ele gritasse, que a enchesse de insultos cruéis. Teria sido mais fácil suportar sua raiva. *Qualquer coisa* teria sido mais fácil do que aquilo: saber que Connor estava sofrendo e que ela era a causa.

— Sendo assim, Sua Majestade, por favor, aceite meu pedido de demissão. Renuncio ao cargo de servi-la. E, dessa vez, não voltarei atrás.

Ele fez uma pausa, como se esperasse que Beatrice fosse protestar, implorar para que ele ficasse, como já tinha feito antes.

Beatrice ficou em silêncio. Não podia pedir a Connor para continuar enquanto ela se casaria com Teddy.

Se ela pedisse, talvez ele aceitasse. E Connor merecia muito mais do que isso.

— Eu entendo. — Para sua surpresa, ela enunciou como se não houvesse problema algum, apesar da dor que estava sentindo nas profundezas de seu ser, naquele lugar vazio e solitário que ela nunca deixava ninguém ver.

Os olhos de Connor encontraram os dela, frios como um lago de montanha sob um céu nublado.

— Vou informar ao chefe de segurança.

Beatrice sentia frio, mas, ao mesmo tempo, suava como se estivesse com febre. Ela ficou imóvel enquanto Connor se virava para lhe lançar um último olhar por cima do ombro.

— Adeus, Bee.

Quando ele se foi, Beatrice contornou a mesa do pai, apática. Ainda não estava chorando. Parecia que gelo tinha coberto todas as suas emoções, e ela nunca mais voltaria a sentir coisa alguma.

Beatrice se deteve atrás da cadeira do pai, as mãos ligeiramente apoiadas nas costas do assento. Nunca havia se sentado ali, nem quando ela e os gêmeos entravam na sala de fininho durante a infância para roubar balinhas de limão da gaveta secreta e girar o globo enorme. Por algum motivo tácito, sentar-se à mesa do rei sempre parecera proibido, um sacrilégio tão grande quanto subir em seu trono.

Lentamente, Beatrice puxou a cadeira e se sentou.

6

DAPHNE

— Mademoiselle Deighton. — O embaixador francês veio ao seu encontro para saudá-la com dois beijos, um em cada bochecha. O homem era bonito e descaradamente sedutor. Os franceses nunca enviavam alguém que não fosse.

— *Bonsoir*, monsieur l'ambassadeur.

Ela o cumprimentou com um sorriso radiante, grata por todas as aulas de francês do ensino médio.

Parecia que metade da corte tinha aparecido para o evento da noite no Museu George e Alice, ou G&A, como todos chamavam. Para celebrar o noivado de Beatrice e Teddy, estreava uma nova exposição intitulada CASAMENTOS REAIS AO LONGO DOS TEMPOS.

O olhar de Daphne saltou para o outro lado do salão, onde estavam Jefferson e Samantha. O príncipe ainda não a cumprimentara. Tirando a breve conversa na Corrida Real do Potomac, Daphne não falava com ele desde o dia no hospital — quando passou um tempão sentada com Jefferson à espera de boas notícias que nunca vieram.

O príncipe estava de luto, Daphne lembrou a si mesma. Ele precisava de espaço. Mesmo assim, ela não podia deixar de se preocupar. E se tivesse perdido o interesse por ela? Ou, pior ainda, e se ele voltasse para *Nina*?

Ao contrário de Daphne, Nina podia ir ao palácio quando bem entendesse, supostamente para encontrar a melhor amiga. Mas quem sabia se todas aquelas visitas eram para ver Samantha... ou o irmão dela?

Daphne redobrou seus esforços para encantar o embaixador francês — sorrindo com os dentes perfeitos, rindo com seu timbre mais jovial, trazendo à tona a versão mais deslumbrante e inebriante de si mesma.

Encantado, o embaixador a apresentou a vários colegas. Daphne ouviu o clique da câmera de um fotógrafo à esquerda. Discretamente, encolheu a barriga, mas fingiu não notar, porque não queria que o momento parecesse forjado.

No dia seguinte, quando os habitantes da capital abrissem as páginas das colunas sociais, era aquela imagem que veriam: a ex-namorada do príncipe cativando um grupo de membros do governo com naturalidade, como se esperaria de uma princesa.

Vez ou outra, Daphne sentia que só existia de verdade em momentos como aquele, em locais públicos. Era como se ela não fosse real a menos que os outros a olhassem, a menos que fosse *vista*.

A certa altura, ela pediu licença e foi para o bar. Seu vestido, uma combinação de chiffon e seda que fazia um dégradé de um bronze polido nos ombros para um dourado suave na bainha, ondulava às suas costas enquanto ela andava.

Daphne pediu um copo de água com gás com uma rodela de limão antes de arquear as costas deliberadamente e se debruçar no balcão, esforçando-se para mostrar seu ângulo de meio perfil mais lisonjeiro. Assim, dava a impressão de ser a pessoa com menos preocupações do mundo, como se não tivesse o menor conhecimento da festa ou das centenas de convidados influentes.

Era um velho truque que aprendera quando começou a frequentar os eventos da realeza. Primeiro, se certificava de que todos a vissem e, depois, habilmente, se separava do grupo, abrindo caminho para que Jefferson a encontrasse sozinha quando a procurasse. Infalível.

Inevitavelmente, o príncipe queria o mesmo que todos. Era um traço inerente à natureza humana, uma característica que se manifestava sobretudo entre os membros da realeza.

Daphne se permitiu um sorrisinho triunfante quando ouviu passos se aproximando. Ele tinha vindo mais rápido do que ela esperava.

Ela se virou devagarinho, sensual... e logo descobriu que não era Jefferson que tinha ido procurá-la, e sim o melhor amigo dele, Ethan Beckett.

Daphne piscou rapidamente para disfarçar a perplexidade. Não ficava tão perto assim de Ethan desde a noite da festa de noivado de Beatrice.

Ou, melhor, desde a manhã seguinte.

— Oi, Ethan — disse ela, com o máximo de naturalidade que foi capaz de reunir.

Ele se debruçou no balcão ao seu lado. Os punhos do blazer estavam dobrados, expondo os pulsos fortes e bronzeados.

— Você parece estar tendo uma noite e tanto.

Havia uma pitada de sarcasmo em seu tom, como se ele estivesse se divertindo por saber o que havia por trás da demonstração exacerbada de charme por parte de Daphne.

Ela espiou a pista de dança, mas havia perdido Jefferson de vista em meio à multidão. Para onde será que ele tinha ido, e com *quem* estava?

Ela percebeu que Ethan a fitava e o encarou de volta. Uma ideia começou a se formar na mente de Daphne, tenaz e obstinada: uma ideia tão simples que só poderia ser um golpe de gênio ou a coisa mais estúpida de todos os tempos.

— Ethan, será que a gente pode conversar? — perguntou ela, delicadamente.

— É impressão minha ou estamos fazendo isso agora mesmo?

— Eu quis dizer a sós.

Ethan a encarou por um instante e, em seguida, ofereceu-lhe o braço numa demonstração indiferente de cavalheirismo.

— Claro.

— Obrigada.

Daphne não teve escolha a não ser apoiar a mão no antebraço dele. O contato desencadeou uma faísca com a qual ela já estava familiarizada, um flash que pôs seu corpo inteiro em alerta.

Daphne percebeu que, por mais que já tivesse ido para a *cama* com Ethan — duas vezes —, os dois nunca tinham andado de mãos dadas. Seus dedos estavam tremendo com a vontade de se entrelaçarem com os dele, só para ver como seria.

Ela soltou o braço de Ethan como se pegasse fogo.

— Por aqui — disse ela, caminhando em direção ao arco que levava ao restante do museu.

Ethan soltou um suspiro resignado, mas a seguiu.

Em um passado muito distante, o G&A tinha sido uma estação ferroviária, até que suas plataformas se tornaram obsoletas com o surgimento dos modernos trens elétricos, muito mais longos do que os antigos. O rei Eduardo II havia decretado o desuso do prédio para transformá-lo em um museu de arte com o nome de seus avós. Na passarela principal, ainda era possível ver vestígios da antiga estação de trem: as majestosas curvas do mezanino onde os passageiros se sentavam para fofocar enquanto saboreavam o espresso da manhã, os acessos de tijolo para as plataformas de trem, que agora levavam os visitantes às obras impressionistas do museu. As vigas de ferro do telhado se erguiam em uma elegante série de arcos.

Daphne não reduziu o passo até chegarem à metade do corredor, onde finalmente parou diante da estátua de um homem a cavalo, provavelmente um imperador romano, ou um dos reis da família Washington. Quem quer que fosse, sua montaria estava empinada sobre as patas traseiras, como se o cavaleiro estivesse pronto para passar por cima de qualquer um que cruzasse seu caminho.

Daphne sabia bem como era aquela sensação.

Ela olhou por toda parte para se certificar de que estavam sozinhos antes de arriscar um sorriso para Ethan.

— Desculpe por ter te tirado da festa, mas eu queria pedir um favor.

Ele arqueou as sobrancelhas.

— Sério? Você vem recorrer a *mim*, depois…

— Eu também não gosto muito da ideia — interrompeu ela, antes que Ethan pudesse dizer aquilo em voz alta. — É só que… não tenho mais ninguém.

Ethan cruzou os braços, desconfiado.

— O que você quer, Daphne?

— Preciso que você mantenha Nina Gonzalez o mais longe possível de Jefferson.

Ela o viu ficar tenso ao ouvir suas palavras e correu para se explicar.

— Não deve ser difícil… Vocês dois moram no mesmo campus. Será que não pode me ajudar a tirá-la do caminho?

Ethan empalideceu.

— Você não pode estar falando sério… depois do que aconteceu com Himari…

— Não estou falando para você *machucá-la!* — sibilou Daphne. Ela odiava o que tinha feito com Himari Mariko, sua melhor amiga, que estava em coma desde junho do ano anterior. — Eu só quero que você passe um pouquinho mais de tempo com ela — explicou. — Que fique de olho no que ela anda aprontando.

— Sei — disse Ethan em tom monótono. — Está me pedindo para que eu a tire da jogada enquanto você tenta reconquistar Jeff.

Daphne assentiu.

— Ela é a melhor amiga da Samantha, não vai deixar de participar dos eventos da realeza. Eu preciso que você a distraia.

Ela havia se esquecido de como era um alívio conversar com Ethan. Não existia mais ninguém com quem pudesse falar a verdade nua e crua. Estar com ele era como tirar os sapatos depois de passar, de pé, uma longa e dolorosa noite.

— Estou curioso — comentou Ethan, sarcástico. — Quando você bolou esse plano, como foi que você achou que eu ia *distrair* a Nina?

Daphne se irritou com o tom dele.

— Basta convidá-la para algumas festas, ou entrar para o grupo de estudos dela, *flertar* com ela, não estou nem aí como você vai fazer. O importante é que ela fique longe do palácio, entendeu?

Os olhos de Ethan brilharam.

— É chocante, eu sei, mas duvido que Nina se interesse por mim.

— Então *faça* ela ficar interessada! Fala sério, deve ser moleza. Você não se lembra das férias? Ela só sabia *ler*. Com certeza, ficaria impressionada com um grande gesto romântico. — Daphne parou de falar, tentando se lembrar de tudo que sabia a respeito da melhor amiga de Samantha. — Ela sempre sonhou em viajar para Veneza. Coleciona M&M's de outros países. Trabalha numa *biblioteca*, caramba.

Daphne deu um passo à frente e chegou tão perto que poderia ter dado um beijo em Ethan num piscar de olhos. Ele recuou quando ela ficou na pontinha dos pés para sussurrar em seu ouvido.

— A não ser, é claro, que você não esteja à altura do desafio.

Ele recuou e balançou a cabeça.

— Foi mal, mas não vou morder a isca dessa vez.

Daphne sentiu o rosto pegar fogo, mas, antes que pudesse abrir a boca para discutir, Ethan a pegou pelas mãos.

— Esquece ela. E *Jeff* — disse ele com a voz rouca. — Daphne… Já faz anos que a gente fica nesse vai e vem. Você não está pronta para parar de fingir?

— Não estou fingindo nada. — As palavras saíram em forma de sussurro.

— Vamos dar uma chance para nós dois. Agora pra valer. — E, com isso, ele se inclinou para beijá-la.

Quando decidira arrastar Ethan para o corredor, Daphne sabia que poderia acontecer algo entre eles, mas não contava com aquilo, uma onda traiçoeira e gananciosa de sensações que a faziam voar na direção dele com os braços ao redor do seu pescoço. Era como se, por meses, ela estivesse fervendo em fogo baixo e finalmente voltasse à vida.

Uma parte confusa de sua mente imaginou como seria dizer sim. Abrir mão de Jefferson e entregar-se à atração gravitacional que havia entre ela e Ethan. Aquele mundo pareceu existir por um instante, tão iridescente e insubstancial quanto uma bolha de sabão que logo estourou.

Daphne se afastou à força, cambaleando para trás enquanto ajustava as alças do vestido. Houve um silêncio incômodo e interminável.

— Daphne — disse Ethan, por fim. — Não posso esperar por você pra sempre.

— Eu nunca pedi isso — rebateu ela.

Algo semelhante a dor atravessou as feições do garoto, mas logo desapareceu, substituída por sua indiferença de sempre.

— Tudo bem. Em vez disso, você me pediu para *espionar* Nina para que você possa reatar com meu melhor amigo. — Ethan virou as costas para ela. — Dessa vez, você vai ter que encontrar outra pessoa para fazer o trabalho sujo.

— Eu vou te recompensar!

Daphne gritara sem pensar, movida pelo desespero. Ela viu Ethan ficar imóvel feito uma estátua antes de olhá-la de relance por cima do ombro, desconfiado.

— Como assim?

— Posso te dar alguma coisa em troca — disse Daphne, afobada. — Dinheiro, ou uma cobertura favorável na imprensa, ou...

Ethan a encarou por tanto tempo e com tanta intensidade que ela se sentiu intimidada pelo escrutínio. Os sons da festa pareciam incrivelmente distantes.

— Eu vou precisar de um título — decidiu. — Um dia, quando você for princesa, vai dar um jeito de fazer que isso aconteça.

— Mas é claro — respondeu ela, aliviada por estarem barganhando. Não havia nada que Daphne amasse mais do que uma boa negociação.

— Quero ser duque — acrescentou ele.

A audácia de Ethan quase a fez rir.

— Você sabe muito bem que a última vez que nomearam um duque foi no século XIX.

— Marquês, então. — Ethan parecia estar se divertindo.

— Visconde.

— Conde.

— Fechado. — Ela assentiu de modo formal e sucinto. — Você mantém Nina longe de mim e do príncipe e, quando chegar a hora, torno você conde.

— Combinado então. — Já mais relaxado, Ethan recuperou o velho sorriso lânguido que o caracterizava. — Como sempre, Daphne, foi um prazer negociar com você.

Daphne o observou voltar para o salão de festas, perguntando-se qual era a fonte daquela estranha pontada de decepção que estava sentindo agora que o momento com Ethan — aquele confronto, duelo verbal, ou o que quer que fosse — tinha acabado.

Ela respirou fundo e fez questão de ostentar seu sorriso deslumbrante de sempre antes de voltar para a festa.

7

SAMANTHA

O salão do museu G&A estava abarrotado de gente.

Os convidados gargalhavam mostrando os dentes, posavam para os fotógrafos e levantavam a voz para serem ouvidos por cima do som do quarteto de cordas tocando no cantinho. Agora que o dia dezenove de junho havia sido confirmado como data oficial do casamento, era como se as pessoas fossem incapazes de falar sobre outro assunto. Todos os rumores giravam em torno da roupa que iam vestir, quem talvez não fosse convidado ou qual estilista sortudo faria o vestido de Beatrice.

Sam as odiava por serem tão burras e ingênuas, por acreditarem na farsa absurda que era o relacionamento entre Beatrice e Teddy. Será que não percebiam que era tudo uma encenação, um espetáculo coreografado pela equipe de relações públicas do palácio?

No entanto, da noite para o dia, o país inteiro parecia ter sucumbido à febre do casamento. Sam tinha visto indícios por toda parte. Restaurantes estavam desenvolvendo novos pratos e drinques com o nome do casal. Dezenas de academias já alegavam oferecer a rotina de exercícios físicos que a noiva estava fazendo em preparação à festa. Naquela noite mesmo, por exemplo, Beatrice e Teddy eram os convidados de honra da inauguração de uma nova exposição sobre casamentos reais.

Seria tão bom se Nina tivesse aceitado acompanhá-la no evento… Mas, quando Sam a chamara, a amiga recusara o convite, alegando estar ocupada — o que poderia ser traduzido como "Não quero ver Jeff".

Ela passou as mãos pelo vestido, uma excêntrica peça de renda com bainha assimétrica, e percorreu os olhos pela multidão em busca do irmão. Mas, em vez de encontrá-lo, Sam avistou Beatrice do outro lado do salão.

Um aglomerado de pessoas a cercava, como sempre. Com seu vestido azul-jacinto e um sorriso estampado no rosto, parecia uma linda boneca de porcelana.

Essa era Beatrice, sempre atuando. Sam nunca tinha sido boa em política, não sabia fingir daquela forma. Tendia a fazer e dizer exatamente o que lhe vinha à cabeça, no exato momento em que pensava.

Beatrice levantou a cabeça e encontrou o olhar de Sam. Por um instante, sua máscara de perfeição caiu, revelando a verdadeira Beatrice, uma garota insegura e dolorosamente solitária.

Sam deu um passo à frente.

Então, algo chamou a atenção de Beatrice e ela desviou o olhar. Sam virou a cabeça para onde os olhos da irmã apontavam e... avistou Teddy.

Completamente alheia ao que estava acontecendo no resto do salão, Sam observou Teddy caminhar até sua irmã. A cor da gravata combinava com o azul do vestido dela, enfatizando o belo par que eles formavam. Teddy fez algum comentário espirituoso — ou, pelo menos, foi o que Sam presumiu, a julgar pelas risadas seguintes — e, levemente, pôs a mão sobre a de Beatrice.

Sam respirou fundo e deu um passo cambaleante para trás. Embora não estivesse chorando, seus olhos ardiam. Ela precisava *fugir* dali, correr para longe de Beatrice, de Teddy e de todo mundo.

Sem olhar direito para onde estava indo, forçou caminho em meio à multidão e abriu uma porta cuja placa dizia SOMENTE FUNCIONÁRIOS. Um garçom ergueu o olhar e tomou um susto.

— Com licença... quer dizer, Vossa Alteza Real...

Ele estava empurrando um carrinho de bufê, e Sam ouviu o inconfundível tilintar de garrafas de vinho se esbarrando.

— Não se preocupe comigo — murmurou ela.

O garçom, perplexo, mal teve tempo de registrar o que ela dizia quando Sam puxou uma garrafa de sauvignon blanc do carrinho. Então, ela o deixou para trás, abriu uma porta pesada sem identificação e saiu para a noite primaveril.

Uma sacada estreita contornava a lateral do museu. Com a garrafa de vinho em uma das mãos, Sam apoiou os cotovelos no parapeito. O frescor do ferro contra sua pele febril era uma bênção.

A capital se estendia abaixo dela como um mosaico de luzes e sombras. Tinha chovido naquela manhã e o brilho dos faróis cintilava através da neblina, fazendo os carros parecerem flutuar no asfalto reluzente. A cena diante de Sam estava borrada.

Ela não sabia que ver os dois juntos doeria tanto. "Não estou nem aí", pensou furiosamente. "Eu odeio os dois. Beatrice e..."

Sam sentiu um breve duelo interno se desenrolar em seu peito: orgulho *versus* afeto. Só que, lá no fundo, ela era uma Washington, então o orgulho ganhou. Não fazia a menor diferença se, um dia, tivesse achado que estava apaixonada por Teddy.

Ele não era mais o Teddy que ela conhecera. Era só mais um rosto como outro qualquer, em um salão cheio de desconhecidos.

Ao escolher Beatrice, ou o dever, ou como quer que ele fosse chamar, Teddy acabara por provar que era exatamente igual aos outros, uma parte integrante de toda aquela instituição antiquada que nunca a havia compreendido nem a valorizado.

Sam fechou a mão com tanta força ao redor do corrimão que machucou a palma. Ao olhar para baixo, percebeu que o ferro era esculpido com um padrão de rostos minúsculos: fadas da floresta que riam em um mar de folhas e flores. Pareciam estar zombando dela.

Com um grito entrecortado, Sam levantou o salto de cetim e chutou o medalhão no centro do parapeito. Ao ver que não amassava, ela deu mais alguns chutes, só para garantir.

— Não sei o que foi que o coitado do parapeito fez para você — comentou uma voz à sua esquerda. — Mas, já que precisa atacá-lo, pelo menos coloque o vinho no chão primeiro.

Devagar, Sam se virou e viu um rapaz alto e de ombros largos a poucos metros de distância.

Ela teve a impressão de já tê-lo visto antes. O terno cinza e caro que ele usava realçava a sua pele marrom-escura, embora sua gravata estivesse torta e a camisa, para fora da calça, dando-lhe um ar desarrumado. Quando a olhou nos olhos, ele sorriu: um sorriso tranquilo e descarado que deixou Sam sem fôlego. Parecia ser alguns anos mais velho do que ela, mais ou menos da idade de Beatrice. Sam sentiu uma parte de si se preparar para aceitar o desafio nos olhos escuros do rapaz.

— Há quanto tempo você está à espreita por aqui? — questionou ela.

— À espreita? — Ele cruzou os braços, apoiando-se displicentemente contra o parapeito. — Eu cheguei primeiro. O que faz de *você* a intrusa.

— Você deveria ter sinalizado que estava aí!

— E perder a pirraça real épica? Nem sonhando — disse ele, sarcástico.

Sam apertou o parapeito com ainda mais força.

— Eu te conheço?

— Lorde Marshall Davis, a seu dispor. — O rapaz curvou-se na cintura, executando uma reverência cerimonial perfeita. Tanto o gesto quanto as palavras dele eram elegantes, e era o tipo de coisa que qualquer nobre teria feito ao conhecer uma princesa, mas Sam notou que ele não estava falando sério. Havia algo no gesto, como se Marshall tivesse exagerado na reverência para contrastar com o comportamento indigno de Sam.

Enquanto ele se endireitava e os lábios tremiam com o riso reprimido, Sam teve um estalo e se lembrou de quem ele era. Marshall Davis, herdeiro do ducado de Orange.

Orange, que cobria a maior parte da costa oeste, só havia se juntado aos Estados Unidos no século XIX. A família dele não fazia parte da "Velha Guarda" — as treze famílias ducais nomeadas pelo rei George I após a Guerra de Independência. Na verdade, cinco gerações anteriores da família de Marshall sofrera com a escravidão.

Daniel Davis foi um entre milhares de ex-escravizados que buscaram suas fortunas no Oeste depois que a abolição os libertara. Davis se apaixonou perdidamente por seu novo lar e, quando Orange se rebelou contra a Espanha, tornou-se uma figura-chave na guerra pela independência. Foi um general tão popular que, quando o conflito terminou, o povo de Orange insistiu para que ele liderasse a nova nação. E assim — do mesmo modo que, um século antes, George Washington havia se tornado o rei George I —, o ancestral de Marshall foi nomeado rei Daniel I de Orange.

Vinte anos mais tarde, Orange abriu mão do status de reino independente para se integrar aos Estados Unidos. Em outras palavras: os Davis, outrora reis, passaram a carregar o título de duques de Orange. Eles não foram os primeiros aristocratas negros, já que o rei Eduardo I havia enobrecido várias famílias proeminentes após a abolição, mas eram da antiga realeza, o que os tornava alvos mais valiosos para a imprensa.

Sam sabia que Marshall era o estereótipo do playboy da Costa Oeste, que surfava e ia a festas em Las Vegas e estava sempre namorando alguma atriz de Hollywood ou uma aristocrata insípida. A ficha dela tinha caído: ele não fora convidado para o Baile da Rainha do ano anterior, como um possível pretendente para Beatrice? Se bem que, dada a reputação dele, Sam duvidava que a irmã tivesse dançado com o rapaz por muito tempo.

Marshall interrompeu os pensamentos dela indicando a garrafa de vinho com a cabeça.

— Você se importaria de dividir, Vossa Alteza Real? — De alguma forma, ele deu um jeito de fazer até o título de Sam parecer uma piada.

— Sinto decepcionar, mas esqueci o saca-rolha.

Marshall estendeu a mão. Confusa, Sam entregou a garrafa, cuja superfície estava cheia de gotas de condensação.

— Assista e aprenda. — Ele enfiou a mão no bolso, pegou um molho de chaves e cravou uma na rolha. Sam o observou girar a chave em círculos rápidos e tirar a rolha pelo gargalo da garrafa com jeitinho, até sair com um estalo ávido.

Sam ficou impressionada; foi mais forte do que ela.

— Ótimo truque.

— Coisas que se aprende no internato — disse Marshall com indiferença enquanto lhe passava o sauvignon blanc.

Sam não tinha trazido nenhuma taça, então bebeu direto da garrafa. O vinho tinha uma acidez bem nítida que permanecia na língua.

— Eu sempre me perguntei se as histórias sobre você são reais. — Marshall a olhou nos olhos e abriu um sorriso. — Estou começando a achar que sim.

— Nem mais nem menos reais do que as sobre você, imagino.

— *Touché*! — respondeu ele, pegando a garrafa e a erguendo para brindar.

Eles passaram um tempo passando o vinho um para o outro. Conforme o silêncio se aprofundava entre os dois, o céu escurecia e a noite envolvia a capital. Sam sentiu seus pensamentos se voltarem para Beatrice e Teddy de forma brutal e implacável.

Eles iam pagar. Sam não sabia como, mas iam: ela ia provar como não estava nem aí para os dois.

Ao lado dela, Marshall balançava nos calcanhares. Ela percebeu que ele estava sempre em movimento, mudando o peso de uma perna para a outra, debruçando-se no parapeito e depois se afastando. Talvez, assim como Sam, ele não conseguisse conter a inquietação.

— Por que você está escondido aqui, em vez de curtir a festa? — questionou ela, curiosa. — Está tentando escapar de alguma ex grudenta ou algo do tipo?

— É, estou. Kelsey está lá dentro. — Sam não esboçou nenhuma reação frente ao nome, e Marshall suspirou. — Kelsey Brooke.

— Você namora *ela*?

Sam torceu o nariz de nojo. Kelsey era uma daquelas estrelas que pareciam padronizadas, produzidas em massa numa fábrica especializada em olhares inocentes e peitos enormes. Alcançara o estrelato naquele ano, depois de protagonizar uma nova série sobre bruxas universitárias que usavam os poderes para salvar o mundo — e sempre conseguiam voltar a tempo de participar das festas da irmandade, onde se envolviam em histórias de amor fadadas ao fracasso com mortais. Sam achava todo o conceito uma idiotice.

— A gente *estava* namorando. Ela terminou comigo no mês passado — respondeu Marshall com uma indiferença que não enganou Sam.

Ele mudou de posição, e a luz fraca fez o broche preso à sua lapela brilhar. A imagem lembrou Sam do broche da bandeira dos Estados Unidos que o pai sempre usava.

— É o emblema oficial do estado de Orange — explicou Marshall, notando a direção do olhar dela. No broche, havia um urso mostrando os dentes enquanto rosnava ameaçadoramente.

— Vocês têm ursos-pardos em Orange?

— Hoje em dia não, mas eles ainda são nosso mascote.

Um velho e conhecido instinto se agitou dentro de Sam. Consciente de que estava sendo difícil, deliberadamente provocante e um pouquinho sedutora, estendeu a mão para soltar o broche da lapela de Marshall.

— Estou pegando emprestado. Fica melhor em mim, de qualquer maneira.

Marshall a observou prender o broche de urso no corpete do vestido, perigosamente perto do decote. Ele parecia não saber se ria ou se ficava indignado.

— Você deveria saber que só os duques de Orange podem usar esse broche.

— E *você* deveria saber que eu tenho permissão para usar qualquer coisa que você use. Sou autoridade — rebateu Sam, surpresa com as próprias palavras. No ano anterior, tinha dito quase a mesma coisa para Teddy: "Sou autoridade e, como princesa, ordeno que me dê um beijo." E foi o que ele fizera.

— Não tenho como contradizer esse raciocínio — respondeu Marshall com uma risada.

O pulso de Sam acelerou. Era como se seu sangue tivesse se transformado em combustível de avião, seu corpo inteiro vibrava de insensatez. A dor de ver Teddy com Beatrice parecia ter sido abafada por aquela nova e intensa emoção.

— Vamos voltar para dentro.

Marshall pousou a garrafa no chão com deliberada lentidão. Sam notou que estava quase vazia.

— Agora? — perguntou ele. — Por quê?

Porque era divertido, porque ela estava a fim de causar confusão, porque precisava fazer *alguma coisa* ou ia implodir.

— Imagina a raiva que a Kelsey vai sentir quando nos ver juntos — arriscou ela, mas seu tom deve tê-la traído.

Os olhos de Marshall se fixaram nos dela para submetê-la a um longo e intenso escrutínio.

— Qual dos seus ex-namorados *você* está tentando deixar com ciúmes?

— Não é meu ex — retrucou Sam e, logo em seguida, desejou poder voltar atrás. — Quer dizer, não exatamente.

— Entendo. — Marshall assentiu com uma calma exasperante, o que, de alguma maneira, deixou Sam ainda mais na defensiva.

— Olha, não é da sua conta, tá?

— Claro que não.

O silêncio que os envolveu foi mais incômodo do que antes. Sam se perguntou se havia revelado mais do que deveria.

Marshall simplesmente lhe ofereceu o braço.

— Muito bem, Vossa Alteza Real, conceda-me o prazer de ser sua distração esta noite.

Enquanto voltavam para a festa, ele deslizou a mão para a base das costas de Sam em um gesto tanto possessivo quanto casual. Ela ergueu a cabeça e sorriu de orelha a orelha, saboreando o enxame de fofocas que surgiram quando as pessoas começaram a vê-los juntos. Ela se forçou a olhar para Marshall e a não procurar por Teddy na multidão. Não queria que ele pensasse que ela lhe dedicara nem um minuto de consideração.

Se Sam passasse o resto da noite com outro futuro duque, Teddy veria como sua rejeição não doera nem um pouquinho, e como ele nunca tivera a menor importância para ela.

8

NINA

Nina se deitou de bruços e virou a página do livro aberto diante dela.

Ela e Rachel estavam no Pátio Henry, o amplo gramado cercado pela maioria dos dormitórios dos calouros. Todos pareciam determinados a aproveitar ao máximo o clima agradável, esparramados em toalhas de piquenique, escutando música a todo volume em suas caixinhas de som. A poucos metros de distância, Nina viu um grupo de alunos comendo brownies direto da fôrma. Algo lhe dizia que havia algo mais do que açúcar naquela receita.

— Você está mesmo tentando ler agora? — perguntou Rachel, deitada na canga ao lado da amiga. — Jane Austen pode esperar.

Nina balançou a cabeça com um sorriso, mas marcou a página e se sentou.

— Na verdade, é *Jane Eyre*.

— Austen, Eyre, todos romances torturantes que você ama. — Rachel mordeu o lábio, como se não tivesse certeza se deveria continuar. — Aliás, percebi que você não foi ao evento no museu ontem à noite.

Toda a premissa da festa, a inauguração de uma nova exposição sobre casamentos reais, parecia meio estranha para Nina. Por mais ridículo que fosse ter pena dos Washington, às vezes ela lamentava que a vida deles fosse descaradamente comercializada. Que seus marcos pessoais — aniversários, casamentos, funerais — nunca fossem particulares, e sim mais um motivo de frenesi midiático. E, depois, todas as suas roupas e convites eram expostos em museus, para que todos os americanos pudessem sonhar que aqueles momentos também pertenciam a *eles*.

— Não estava com vontade de ir. — "E dar de cara com Jeff de novo", mas isso ela nem precisava acrescentar.

Nina não sabia o que esperar quando viu o príncipe na corrida no fim de semana anterior. Uma parte dela ainda queria lhe dar um tapa na cara por ter defendido Daphne durante a festa de noivado, mas a outra gostaria de abraçá-lo e murmurar que sentia muito pelo pai dele.

É claro que, no fim das contas, ela não fizera nem uma coisa nem outra. A única maneira de sobreviver a esse tipo de encontro era mantê-lo o mais breve e civilizado o possível.

Nina tinha visto a confusão no rosto de Jeff quando ela o cumprimentara quase como se ele fosse um estranho, mas ela precisava daquele distanciamento para o seu próprio bem. Não era boa atriz a ponto de fingir que eles eram "apenas amigos" novamente.

Em vez disso, ela seguiu a fórmula da corte para conversas superficiais — o que já sabia de cor depois de tantos anos sendo melhor amiga de Sam. Quando Jeff veio falar com ela, Nina fez uma reverência, murmurou suas condolências e puxou uma conversa educada sobre o ótimo tempo e a corrida antes de pedir licença e se afastar, aliviada. Toda a interação deve ter durado dois, talvez três minutos, no máximo.

Mesmo assim, passara horas repassando a cena em sua cabeça. Por mais que dissesse a si mesma com toda a determinação do mundo que havia superado Jeff, seu coração ainda não tinha entendido a mensagem.

Uma série de badaladas ecoou pelo campus: o célebre relógio da torre de Randolph, que anunciava o meio-dia e a meia-noite com treze toques, e não doze — resultado de uma pegadinha de veteranos que nunca foi desfeita.

— Essa é a minha deixa. — Nina se levantou e limpou a grama da calça jeans cropped.

— Já vai embora? — protestou Rachel.

— Tenho Introdução ao Jornalismo em vinte minutos.

Rachel estendeu a mão por cima da canga para alcançar o exemplar de *Jane Eyre* da amiga.

— Você não pode ir, seu dever de casa é meu refém!

— Sem problema, pode ficar com o livro. Quem sabe você até tenta ler — brincou Nina.

Rachel deixou-se cair dramaticamente sobre a canga e cobriu o rosto com o livro. Seus cachos formaram um travesseiro indomável sob a cabeça.

— Eu vou é dormir. Isso aqui dá um ótimo guarda-sol.

— Bem pensado — concordou Nina. — Assim, a história entra na sua cabeça por osmose.

A risada de Rachel foi abafada pelo livro pesado.

Nina pegou a calçada que levava ao centro do campus. Passou por dezenas de pessoas no caminho: garotas usando camisetas estampadas com o brasão da irmandade, alunos em potencial explorando o campus. Para seu alívio, ninguém a notou. A filigrana frondosa das copas das árvores filtrava o sol da tarde, salpicando a área com manchas de luz verde e dourada.

Por alguma razão, seus olhos não paravam de se voltar para um garoto de cabelos escuros caminhando a cerca de dez metros à sua frente. Só podia vê-lo de costas, mas algo nele — as panturrilhas torneadas, o andar firme e rápido — a intrigava. Estava curiosa para enxergar o rosto.

Seu coração disparou quando o garoto misterioso se dirigiu para o edifício Smythson, tão coberto de hera que parecia ter brotado do chão como qualquer outro organismo. Ele estava indo para a mesma sala de aula que Nina, no primeiro andar. Ela apertou o passo para alcançá-lo. Ele foi abrir a porta e…

Nina parou. A surpresa quase a fez morder a língua. Era Ethan Beckett. Melhor amigo de Jeff.

Ela sentiu seu rosto ficando vermelho. Como não o reconhecera? Os dois já tinham passado muito tempo juntos ao longo dos anos, embora sempre na companhia dos gêmeos. Seus caminhos nunca tinham se cruzado na faculdade.

— *Você* está na turma de jornalismo? — disparou ela.

— Nina. Bom te ver, como sempre. — Ele lhe lançou o sorriso cavalheiresco de sempre e segurou a porta para ela. Nina evitou fazer contato visual ao passar.

De frente para a lousa, havia pelo menos trinta mesas, dispostas em fileiras. A sala de aula vibrava com o burburinho das conversas que sempre aconteciam depois das férias.

Nina se acomodou em uma mesa na ponta direita. Para sua irritação, Ethan ignorou todas as cadeiras vazias e se sentou ao lado dela. Em seguida, apontou para seu cabelo.

— Gostei do visual novo.

— Estava na hora de uma mudança. — Nina tentou dar um tom de ponto final na frase, para indicar o fim da conversa, mas Ethan pareceu não perceber. Ele apoiou o cotovelo na mesa e se inclinou para perto dela.

— Introdução ao Jornalismo, hein? — disse ele, pensativo. — Não esperava te encontrar aqui, para ser sincero. Estou surpreso de você ainda querer se envolver com jornalismo, depois do que a mídia…

Nina o interrompeu com um silvo e olhou furtivamente ao redor da sala, mas os outros alunos pareciam imersos nas próprias conversas.

— Estou tentando deixar esse assunto para trás — respondeu ela, concisa. A última coisa que queria naquele momento era revisitar o que os paparazzi haviam feito com sua família.

Quando viu que Ethan ainda a encarava, Nina suspirou.

— Eu me inscrevi nessa matéria porque quero uma especialização em escrita criativa, e essa aqui conta como crédito do departamento. Quero ser escritora — contou, sentindo-se estranhamente constrangida com a confissão. — Não que eu já tenha escrito algo maior do que um artigo de jornal no ensino médio.

— Não se subestime. Você escrevia todas aquelas peças que você e Sam apresentavam no gramado, à beira da piscina. — Um lampejo de diversão iluminou os olhos de Ethan. — Algumas eram até bem engraçadas.

Nina não acreditava que ele se lembrava daquilo.

— Vou considerar um elogio — respondeu, com um toque de sarcasmo.

A porta se abriu, e uma mulher de pele marrom-escura e sorriso brilhante entrou na sala. Lacey Jamail: a redatora mais jovem já contratada pelo *Washington Circular*.

— Sejam bem-vindos à Introdução ao Jornalismo. A primeira tarefa será feita em duplas — anunciou a professora sem preâmbulos.

Todo mundo parou de falar na mesma hora. Nina deu uma rápida olhada ao redor da sala, mas Ethan já havia se virado para ela.

— Vamos juntos? — perguntou ele.

— Claro — concordou Nina, com menos relutância do que teria imaginado.

A professora Jamail começou a explicar do que se tratava o exercício, agitando a caneta como se fosse um bastão enquanto falava. Nina anotou cada palavra.

Quando a aula terminou, quarenta minutos mais tarde, ela fechou o caderno e o guardou na bolsa, mas percebeu que Ethan ainda estava enrolando perto da mesa dela.

— Você está indo para a biblioteca? — perguntou ele.

— Na verdade, vou almoçar no centro acadêmico.

— Por mim, tudo bem. — Ethan começou a andar ao lado dela.

— Eu... tá. — Por que será que, sem mais nem menos, ele estava agindo como se os dois fossem grandes amigos? Claro, eles se conheciam havia anos, mas nunca tinham passado tempo juntos sem a presença dos gêmeos. Será que *Jeff* tinha lhe pedido para ver como ela estava?

Nina usou seus cupons para comprar um sanduíche e se juntou a Ethan numa mesa perto da janela. Enquanto ela se sentava, ele deslizou um pacote de M&M's de amendoim em sua direção.

— Pra você.

Agora ela realmente pensou que Jeff estava envolvido naquilo. Como Ethan poderia saber que ela amava M&M's?

— Você não vai comer nada? — perguntou ela, pegando o pacote. Não parecia que Ethan tinha comprado outra coisa além daquilo.

— Almocei mais cedo, no refeitório, mas posso comprar uma pizza, se você for uma daquelas garotas que morrem de vergonha de comer sozinhas. — Ele ergueu a sobrancelha. — Se bem que, a julgar pelo jeito que você devorava waffles na casa de esqui, não acho que seja o caso.

Nina revirou os olhos.

— Vamos começar a pensar em quem vamos entrevistar. Você tem alguma ideia? — O exercício era escrever um perfil a quatro mãos sobre alguém do campus.

Ethan apoiou o braço nas costas da cadeira.

— Será que a gente não pode falar de outra coisa, pelo menos até você terminar de almoçar?

Ela mordiscou o sanduíche de peru.

— Se você acha que vou fazer o trabalho sozinha, pode ir repensando.

— *Você* fazer todo o trabalho sozinha? — Ethan abriu um sorriso atrevido. — Achei que *eu* fosse fazer tudo sozinho. Para a sua informação, minha média é de 3,9.

Nina se sentiu culpada por presumir que ele não passava de um preguiçoso.

— Então por que quis fazer dupla comigo?

— Acha que eu só queria fazer dupla com você para roubar seu trabalho?

— Sem querer me gabar, mas eu arraso nos trabalhos.

Ethan soltou um suspiro risonho.

— Talvez eu só quisesse passar tempo com você, Nina. Quer dizer, a gente se conhece desde a infância, mas não se *conhece* nem um pouco.

Ela soltou o sanduíche e se debruçou sobre a mesa.

— O que você quer saber?

— Tenho curiosidade em saber o que aconteceu entre você e Jeff — respondeu ele com cuidado.

Nina não se dignou a responder, mas também não desviou os olhos. Ela sustentou o olhar de Ethan, com os olhos em chamas, até ele se sentir tão desconfortável que abaixou a cabeça.

— Desculpa. Passei dos limites.

— Passou — disse ela, sem rodeios.

— É que estou preocupado com ele... E ele não quer falar comigo sobre o assunto. Não quer falar sobre nada, na verdade, desde...

Nina tentou conter a raiva mais uma vez, embora já tivesse se transformado em outra coisa, suavizada por uma inesperada onda de compaixão. Quando ela pensava em Jeff, sua mente não mais evocava automaticamente a noite em que eles terminaram. Tudo que ela conseguia ver era a expressão no rosto dele na Corrida Real do Potomac — um olhar perdido e penetrante que logo desaparecera, prestes a sorrir para ela antes de se lembrar que também a havia perdido, além do pai.

A verdade era que fazia semanas que Nina queria falar sobre Jeff, mas não havia ninguém com quem pudesse conversar a fundo. Não queria preocupar as mães, que ainda estavam bem abaladas depois de todo o pesadelo com os paparazzi. Rachel só encontrara Jeff uma vez, então não podia falar com conhecimento de causa. E, quanto a Sam... Já tinha sido difícil falar com ela sobre seu irmão, para início de conversa. No momento, parecia o auge do egoísmo puxar o assunto enquanto Sam estava de luto. Os melodramas de Nina pareciam pequenos e sem a menor importância diante de tudo que a melhor amiga tinha passado.

Era meio esquisito falar do assunto com Ethan, mas ele *com certeza* conhecia Jeff melhor do que ninguém. Talvez pudesse entender o estranho paradoxo dos sentimentos de Nina.

— As coisas não foram fáceis entre a gente depois que a notícia do nosso relacionamento vazou — começou Nina. — Estava tudo bem quando éramos só os dois. Quando todo mundo ficou sabendo, vários obstáculos começaram a surgir. — "Principalmente a ex de Jeff", completou ela, em pensamento.

— A mídia transformou a sua vida num inferno, né?

O sarcasmo de sempre havia evaporado do tom de Ethan e, para a surpresa de Nina, isso o fizera parecer mais bonito. Esse toque de seriedade acrescentara profundidade aos seus olhos castanhos, suavizando seu sorriso indolente.

— A questão é que eu não fazia ideia de como nosso término afetaria minha amizade com Sam. — Nina suspirou. — Sair com o irmão da minha melhor amiga nunca foi uma boa ideia. *Você* claramente sabe disso — acrescentou, olhando de relance para Ethan. — Você nunca tentou nada com ela durante todos esses anos.

Ele bufou ao ouvir aquilo.

— Ela não faz meu tipo, pode ter certeza disso.

— Então qual é o seu tipo?

A pergunta soou estranhamente sedutora, mas, para seu alívio, Ethan não pareceu ter notado.

— Já é bem complicado ser melhor amigo do Jeff. Não preciso incluir mais uma relação com os Washington na lista.

— Sei como é — admitiu Nina. — Para dizer a verdade… às vezes, me pergunto por que eu e a Sam ainda somos amigas.

Ela sentiu uma pontada de deslealdade ao admitir aquilo. Por outro lado, com quem mais Nina poderia falar sobre aquele assunto? Ethan era a única pessoa que entendia a sensação de estar inextricavelmente ligado à família real sem de fato ser um deles.

— Por que diz isso? — perguntou Ethan. — Sem julgamentos, só fiquei curioso.

— Nós duas não fazemos *sentido* como melhores amigas. — Ela fez uma pausa enquanto procurava as palavras certas para explicar.

As mães de Nina sempre a ensinaram a ser cética e prática, enquanto Sam saía atropelando tudo e todos sem pensar. Nina raramente ousava desejar algo, enquanto Sam parecia sempre insaciável.

— Não temos quase nada em comum, a não ser o fato de nos conhecermos desde os seis anos.

— Mas essa é a chave: vocês se conhecem desde os seis anos — argumentou Ethan. — Você não precisa ser *parecida* com seus amigos, ainda mais após tantos anos de experiências compartilhadas. Além disso, a amizade de vocês provavelmente é mais forte por causa das diferenças. Eu e Jeff também não somos tão parecidos assim.

— Sério? Sempre achei vocês bem parecidos.

— Em certos aspectos, com certeza. — Ethan deu de ombros. — Mas Jeff *realmente* é tão descontraído quanto parece, enquanto eu só finjo. Além disso… — acrescentou baixinho, em tom de conspiração: — Eu odeio o jeito como a realeza viaja, mas é segredo.

Nina arqueou as sobrancelhas, incrédula.

— Você não curte se hospedar em resorts cinco-estrelas com um exército de funcionários a seu dispor?

— Admito que tem lá suas vantagens. — Ethan desdenhou das palavras de Nina com um gesto de mão. — Mas eu preferiria viajar sem a imprensa real a tiracolo, até sem um itinerário. Apenas perambular com uma mochila e um passaporte.

— É por isso que você entrou na turma de Introdução ao Jornalismo? Para poder escrever sobre viagens? — perguntou Nina, curiosa.

— Achei que a gente tinha concordado que eu me inscrevi em Introdução ao Jornalismo para poder passar mais tempo com *você*.

Nina riu e deu mais uma mordida no sanduíche enquanto se perguntava como era possível que, no passado, se incomodasse tanto com o sarcasmo de Ethan. Ela estava começando a perceber que ele não era o tipo de pessoa que dava para conhecer bem à primeira vista. Era preciso olhar de perto duas vezes. Talvez três.

Era uma oportunidade que Nina nunca lhe dera. Porque Ethan estava sempre com Jeff e, quando Jeff estava por perto, ela não tinha olhos para mais ninguém.

Nina se encolheu de vergonha ao perceber que havia tratado Ethan com o mesmo desdém que as outras pessoas sempre direcionavam a ela: olhando-a como se ela fosse uma vidraça para se concentrarem em Sam.

Ela ofereceu o pacote de M&M's como uma oferta de paz.

— Quer?

— Cuidado com o que você oferece, posso comer o pacote inteiro — alertou ele enquanto pegava um punhado.

— E... Ethan? Obrigada. Digo, por falar disso tudo comigo.

— Imagina — disse ele com a voz grave. — Ninguém mais entenderia.

9

BEATRICE

— Não sei... — repetiu Beatrice, a mesma coisa que já tinha dito uma dezena de vezes. Estava olhando para o seu reflexo no espelho, com o vestido de noiva: mangas compridas, uma saia volumosa em camadas. Parecia uma desconhecida.

A rainha Adelaide lançou um olhar de desculpas ao estilista antes de se virar para a filha.

— Que tal andar um pouquinho com ele, para ver se está mesmo bom?

Beatrice suspirou e deu alguns passos à frente. Queria muito que Samantha estivesse com ela, nem que fosse só para ouvir seus comentários sarcásticos sobre todos aqueles vestidos. Só que Sam tinha desaparecido. Em outras circunstâncias, Beatrice não teria se importado tanto, porque Sam costumava faltar a eventos programados em seu calendário oficial. Daquela vez, porém, ela sabia que a irmã a estava punindo por anunciar a data do casamento.

Fiel a seus costumes, Sam estava agindo como se não se importasse — Beatrice a tinha visto na festa do museu, flertando descaradamente com lorde Marshall Davis como se quisesse provar alguma coisa. Mas, quando tentara falar com Sam mais tarde na mesma noite, a irmã batera a porta na cara dela.

Na parede oposta, um vitral permitia a entrada de colunas de luz que transformavam o chão de madeira num tapete de cores dançantes. Estavam na sala do trono, temporariamente convertida na sede oficial da Busca pelo Vestido de Noiva de Beatrice. Os criados instalaram gigantescos espelhos de três lados e uma plataforma de costureira, além de uma tela enorme para que ela tivesse privacidade para trocar de roupa. O palácio chegara até a interromper as visitas guiadas, o que só alimentou as especulações do país inteiro a respeito do que poderia estar acontecendo, e se seria um preparativo para o casamento.

Beatrice teria preferido fazer tudo aquilo nos ateliês dos estilistas. Porém, aparentemente, era arriscado demais: alguém poderia vê-la e vazar o segredo de quais casas de alta-costura estavam na disputa para criar o que o povo já chamava de "vestido de noiva do século". Assim, os estilistas ainda tiveram que assinar intermináveis acordos de confidencialidade e chegaram ao palácio em veículos sem identificação depois de percorrerem longas e sinuosas rotas para distração da mídia.

Robert estava tratando o vestido como um segredo de Estado a ser protegido com o mesmo zelo dos códigos nucleares — códigos aos quais Beatrice ainda não tinha acesso.

Havia diversas outras coisas que ela *deveria* estar fazendo naquele momento: estudar o último relatório do Congresso, escrever discursos, organizar sua primeira visita diplomática. Qualquer coisa, menos ficar ali, parada feito um manequim humano, enquanto os estilistas a vestiam e a despiam repetidas vezes.

Ao longo da semana anterior, sempre que Beatrice tentava fazer seu *verdadeiro* trabalho, sempre surgia um obstáculo. Sua agenda estava muito cheia e ela precisava esperar; o momento não era o mais oportuno e ela precisava esperar. Esperar, esperar, *esperar* — Robert não parava de repetir. Mas esperar pelo *quê*?

Ela o olhou de relance.

— Robert, você poderia marcar uma audiência com o novo líder da maioria no Senado? Preciso me reunir com ele, agora que foi nomeado. E também precisamos começar a preparar o meu discurso para a sessão de encerramento do Congresso.

Era uma das tradições de governo mais antigas: o monarca abria o Congresso no outono e o fechava antes do recesso de verão.

Beatrice sentiu um aperto no peito quando se deu conta de que ia encerrar um Congresso que o *pai* havia aberto dez meses antes.

Robert balançou a cabeça em negação.

— Vossa Majestade, infelizmente não é possível. Você não pode se reunir com o Congresso antes de ser coroada. Seria um ato inconstitucional.

Beatrice conhecia a Constituição de cor e salteado, por isso sabia que, tecnicamente, Robert tinha razão. O artigo em questão fora escrito por conta de um medo muito real no século XVIII: o de que, se a linha de sucessão fosse incerta, os candidatos ao trono pudessem invadir o Congresso e assumir o governo.

— Eu posso presidir a sessão de encerramento desde que o Congresso me convide — Beatrice o lembrou. Esse convite, outra tradição arcaica, era um dos muitos freios e contrapesos que a Constituição havia estabelecido entre os três poderes do governo.

Robert lançou um olhar para a rainha Adelaide em busca de apoio, mas ela estava conversando com o estilista do vestido. Ele se virou para Beatrice com um sorriso bajulador.

— Vossa Majestade, no decorrer do seu reinado, você terá a oportunidade de lidar com inúmeros líderes do Congresso. É um cargo efêmero e temporário que muda de mãos de quatro em quatro anos. Que diferença faz perder uma única sessão?

— A diferença é que esta será a primeira cerimônia do Congresso realizada no meu reinado.

Será que ele não entenda?

— Vossa Majestade — interrompeu Robert, e agora havia um toque inconfundível de alerta em sua voz —, seria melhor esperar para se reunir com o Congresso depois do casamento com Sua Senhoria.

Parecia que Beatrice acabara de levar um tapa na cara. A coroação de um novo monarca sempre acontecia um ano após a morte do monarca anterior, o que significava que Beatrice só seria coroada *depois* do casamento. Ela achava que era apenas outra tradição, mas acabou se dando conta de que Robert não queria que ela se dirigisse ao Congresso — nem que fizesse qualquer coisa relacionada ao governo do país, na verdade — enquanto ainda fosse uma jovem solteira.

Ele não a aprovaria enquanto Teddy não estivesse ao seu lado.

O conselheiro voltou a olhar para o tablet, como se esperasse que Beatrice deixasse o assunto de lado. Havia algo naquele gesto, o puro desprezo que aquilo representava, que fez o ar em seus pulmões virar uma bola de fogo.

— Preciso de um minuto — anunciou ela.

Beatrice ignorou todas as caretas de reprovação e disparou para o corredor. Seu novo guarda não a seguiu, felizmente. Muito diferente de Connor, que a teria alcançado com poucos passos, segurado seus ombros e perguntado como poderia ajudar.

Connor. Beatrice recolheu o vestido para não tropeçar enquanto fazia a curva. Estava se sentindo presa em um de seus pesadelos, fugindo de alguma coisa sem conseguir correr rápido o suficiente...

Ela congelou, os saltos brancos de cetim cravando no tapete, quando viu Teddy.

No mesmo instante, ele cobriu os olhos com uma das mãos.

— Desculpa, eu não queria ver você com o vestido de noiva. Dá azar, né?

— Não se preocupe. Esse *não* vai ser o meu vestido — ela se ouviu dizendo.

Lentamente, Teddy abriu os olhos para admirar o volume das saias cor de marfim.

— Ah, que bom. Eu não sabia que era *possível* cobrir um vestido com tantos babados.

Para sua surpresa, Beatrice riu. Em seguida, lançou um olhar incerto para o corredor.

— Você veio para encontrar alguém?

— Você. — Teddy pigarreou. — Quer dizer... eu queria te dar isso.

Beatrice percebeu que ele segurava uma sacola de papel pardo.

Antes que ela pudesse responder, a voz da rainha Adelaide soou atrás deles.

— Beatrice, você está bem? Estamos atrasados no cronograma.

Um estranho impulso tomou conta de Beatrice. Antes que pudesse se questionar, ela abriu a porta mais próxima, que dava para um armário estreito com roupas de cama. Teddy lhe lançou um olhar intrigado, mas entrou atrás.

A luz do teto se apagou quando ele fechou a porta atrás de si.

— O que está acontecendo? — sussurrou ele na escuridão.

O constrangimento, ou talvez a adrenalina, fez Beatrice se sentir quente e nervosa. Tinha mesmo acabado de *fugir* da própria mãe? Era o tipo de coisa espontânea, impensada, que Sam costumava fazer.

— Eu precisava de um esconderijo.

— Justo — respondeu Teddy, como se a explicação fizesse sentido.

Beatrice deslizou até o chão e abraçou os joelhos. O vestido avolumou-se ao redor dela, envolvendo-a num mar de babados e anáguas. Depois de um momento, Teddy sentou-se ao seu lado.

— Ia guardar isso para quando tivéssemos um pouco mais de espaço, mas você precisa agora.

Ele ofereceu a sacola e Beatrice a apoiou no colo. Dentro havia uma caixa de papelão reciclável com uma logo bem familiar, em forma de "D".

— Você esteve em *Boston* hoje de manhã? — sussurrou ela, incrédula.

— Pedi para que entregassem aqui.

Ela abriu a caixa e deu de cara com um brownie de caramelo imenso, do mesmo tamanho dos tijolos que revestiam a passarela do lado de fora do palácio.

— Como você sabia?

— Você me contou na noite do Baile da Rainha. Disse que o brownie do Darwin's era a única coisa que te ajudava a aguentar a época de provas. Imaginei que, com tudo que está acontecendo, relaxar um pouquinho não faria mal.

Por um momento, Beatrice se limitou a encará-lo fixamente. A consideração dele a pegou de surpresa. Mal podia acreditar que ele tinha se lembrado de um comentário casual feito meses antes.

— Escolhi o sabor errado? — perguntou ao ver a hesitação dela.

Em resposta, Beatrice pegou o garfo de plástico e o mergulhou no brownie com vontade. Era cremoso e doce, e ela se sentiu abraçada pela familiaridade do sabor.

Ao levantar a cabeça, viu que Teddy a encarava sorrindo com o canto dos lábios.

— Acho que nunca te vi tão... pouco régia — admitiu ele.

— Não existe jeito elegante de comer um brownie do Darwin's, e isso nunca me deteve. — Beatrice estendeu o garfo. — Quer experimentar, antes que eu devore tudo?

A oferta havia escapado de seus lábios automaticamente — era o que teria feito com Jeff, ou Sam, ou, bem, Connor —, mas, quando Teddy hesitou, ela percebeu o que tinha dito. Havia algo muito íntimo em compartilhar o mesmo garfo para comer.

— Claro — respondeu ele, depois de um instante. — Preciso descobrir se é mesmo tudo isso.

Enquanto passava o brownie, o joelho de Beatrice roçou no dele por baixo do marfim da saia, e ela tratou de recolhê-lo. Teddy fingiu não perceber.

— Este é um ótimo esconderijo — comentou ele. — Você vinha muito para cá quando brincava de pique-esconde?

— Na verdade... quando eu era criança, gostava de ler aquela série de fantasia das crianças e do guarda-roupa. Teve uma vez que vasculhei todos os armários do palácio na esperança de encontrar um portal para outro mundo.

Beatrice não sabia por que tinha confessado aquilo. Ela culpou o silêncio frio do armário de carvalho ou o fato de estar sozinha com o noivo — e não rodeada de gente, como costumava ser o caso —, e Teddy estar sendo inesperadamente *agradável*.

— Você saiu procurando portas mágicas para Nárnia? — perguntou Teddy.

Beatrice tentou não se deixar afetar pela surpresa dele.

— Pois é, ninguém me enxerga como alguém com imaginação.

Enquanto Samantha e Jeff corriam por todo o palácio, fingindo serem piratas, cavaleiros ou aventureiros, Beatrice estava nas aulas de etiqueta ou imersa em sua lista infinita de leituras. Os impulsos infantis dos irmãos foram sempre atendidos. Os dela, por outro lado, foram silenciosamente negados.

Ninguém queria que a futura monarca perdesse tempo *brincando*. Ela estava predestinada a cumprir seu dever, tão laboriosa, mansa e obediente quanto um boi que puxa o arado.

Às vezes, era difícil não desejar que a vida tivesse lhe atribuído outro papel.

— Não foi isso que eu quis dizer — explicou Teddy gentilmente. — É que... eu também sonhava em me refugiar em um mundo de fantasia.

"Claro", pensou Beatrice. Teddy sabia bem como era crescer carregando o peso das expectativas nos ombros. Ele tinha os próprios motivos para concordar com o noivado, e tais motivos provavelmente envolviam a família.

Certamente não se casaria com ela por amá-la.

— Teddy... o que estamos *fazendo*?

— Estamos sentados no chão dentro de um armário, no escuro. Se bem que devo admitir que ainda não entendi o motivo.

Beatrice reprimiu um desejo bizarro de rir.

— Estava falando sobre o casamento — esclareceu ela. — A gente ainda pode cancelar tudo.

— É isso que você quer? — perguntou ele, depois de um instante em silêncio.

Beatrice não conseguia se lembrar da última vez que alguém lhe fizera aquela pergunta. As pessoas lhe perguntavam coisas bem diferentes — se ela poderia participar do jantar beneficente que estavam organizando, se poderia posar para uma foto, se recomendaria um primo para um cargo nas dependências reais. Era como se ela fosse incapaz de andar pelo palácio sem ser encurralada por uma tempestade de pedidos.

Mas ninguém lhe perguntava mais o que ela *queria*. Parecia que, ao virar rainha, Beatrice tinha deixado de se permitir qualquer tipo de desejo próprio.

Com uma sensação doentia de culpa, Beatrice se deu conta de que fizera o mesmo com Teddy. Angustiada com o que o casamento ia lhe custar, ela nem chegara a pensar no que ele abriria mão.

Teddy gostava de Samantha, que também sentia algo por ele, mas Beatrice pedira que o rapaz levasse o casamento adiante mesmo assim. De repente, ela desejou abordar o assunto, mas sentiu que tinha perdido qualquer direito de falar sobre a irmã com ele.

— Eu só... duvido que você imaginasse que seu casamento fosse ser assim — comentou ela, hesitante.

Teddy deu de ombros.

— Até este ano, eu nunca tinha parado para pensar sobre o meu casamento — respondeu ele. — Você tinha?

— Na verdade... quando eu era pequena, achei que me casaria na Disney.

Beatrice notou que Teddy estava lutando para segurar o riso. As bochechas dela coraram enquanto se apressava em explicar.

— Quando eu tinha cinco anos, implorei aos meus pais para que me levassem à Disney. As garotas da escola só sabiam falar disso... — E ela queria, desesperadamente, se enturmar, poder participar da conversa na hora do almoço. — A gente teve que ir depois que o parque fechou — prosseguiu Beatrice. — Não dava para ficar lá com os outros visitantes, por motivos de segurança. E...

— Espera, você teve a chance andar na Space Mountain sem enfrentar *nenhuma fila*? — interrompeu Teddy.

— Claro que não, eu não tinha idade para andar na Space Mountain. Mas eu andei nas xícaras de chá giratórias tantas vezes que o meu Guarda Revere chegou a ficar enjoado — recordou Beatrice, e Teddy deu uma risadinha. — Quando vi o castelo naquela noite, todas as princesas estavam lá. E, sei lá, acho que eu já sabia que eu era princesa e imaginei que era lá que elas se casavam.

Beatrice não admitiu não ter notado que aquelas mulheres, com seus vestidos coloridos de festa, eram personagens. Não tinha visto nenhum dos filmes em que elas apareciam, então havia presumido que fossem todas princesas de verdade, como ela.

— Um casamento na Disney — comentou Teddy lentamente. — Tem certeza de que não dá mais tempo de mudar a locação? Só de ver a cara do Robert já valeria a pena.

O comentário fez Beatrice rir, mas, enquanto a risada percorria seu peito, transformou-se em um soluço irregular. Em seguida, ela começou a rir e a chorar de uma só vez e se inclinou para a frente, enterrando o rosto nas mãos.

Não esperava que Teddy fosse confortá-la.

Ele enxugou as lágrimas de uma bochecha, depois da outra, passando o polegar suavemente sobre seus cílios úmidos. Beatrice prendeu a respiração quando ele segurou seu rosto com a mão, aninhando a palma em sua nuca. Ela ficou assustada ao descobrir o quanto queria fechar os olhos e se recostar nele.

Sentia-se parcialmente culpada por aquele desejo, como se estivesse traindo tudo o que já havia sentido por Connor.

Só que ela e Connor não estavam mais juntos, e fazia semanas — meses, na verdade — que ninguém a tocava daquele jeito. Tirando os beijos desesperados na tarde em que tinha ido embora, Connor mal ousara abraçá-la desde a morte do rei. Beatrice não tinha se dado conta do quanto sentia falta da sensação tão simples e reconfortante do contato da pele de outra pessoa na dela.

— Beatrice… — Teddy recolheu a mão, tão surpreso com o próprio gesto quanto ela. — Se vamos mesmo levar o casamento adiante, eu queria te pedir uma coisa.

— Tudo bem. — Ela se recostou e o vestido farfalhou com o movimento; um som seco, como o vento varrendo as folhas de outono.

— Você pode ser sincera comigo?

Beatrice não sabia o que esperar dele, mas certamente não era aquilo.

— Olha… Eu sei que algumas coisas você não vai querer compartilhar — ele se apressou em acrescentar. — Certas coisas, você *não pode* compartilhar, até por conta do seu cargo. Quando isso acontecer, prefiro que você simplesmente admita que não pode me contar, em vez de sentir a necessidade de mentir. E juro que farei o mesmo.

O armário tinha ficado minúsculo e silencioso. O coração de Beatrice martelou contra o espartilho rígido do vestido.

Ela se perguntou quais segredos Teddy estava tentando esconder dela. Será que estava com medo de ela questioná-lo a respeito de Sam? Ou será que era para o próprio bem *dela*, por ele ter descoberto, de alguma maneira, sua relação com Connor?

Quaisquer que fossem suas razões, Beatrice apreciou a sabedoria das palavras de Teddy. Ele estava certo.

Podia até não existir amor entre eles, mas *poderia* haver confiança, se eles trabalhassem para construí-la. E na confiança, poderia haver espaço para privacidade, até para segredos, mas nunca para mentiras.

— Eu concordo. Vamos sempre contar a verdade um ao outro.

Teddy fez que sim com a cabeça e se pôs de pé, estendendo a mão para ajudá-la a se levantar. Sua mão era quente e firme.

Beatrice pensou, sem entender bem o motivo, no dia em que o havia pedido em casamento. Ela se lembrou da estranheza do toque da mão de Teddy na dela.

Dessa vez, não pareceu tão errado.

10

DAPHNE

Daphne estava quietinha enquanto examinava a arara de tops de seda, o ouvido aguçado para escutar a conversa das mulheres atrás dela. Como não se virou para não chamar atenção, não viu o rosto de ninguém, mas a calma intensidade das vozes lhe dizia que elas estavam falando de algo escandaloso.

Ela não tinha vindo à Halo, sua loja de roupa favorita, com a intenção expressa de bisbilhotar conversas alheias, mas já estava cansada de saber que era importante manter os olhos e ouvidos abertos o tempo todo.

Caso descobrisse algo de interessante, poderia contar para Natasha do *Daily News*. Fazia anos que ela compartilhava fofocas em troca de uma cobertura favorável da revista. Ou, se a notícia fosse *realmente* boa, Daphne podia até dar um jeito de usá-la para atingir um de seus objetivos. Como naquela vez, anos antes — quando Daphne ainda nem namorava Jefferson —, em que flagrou lady Leonor Harrington em uma escada dos fundos com um dos guardas do palácio.

Daphne tinha garantido que guardaria o segredo — mas também sugeriu com jeitinho que a aristocrata patrocinasse seu pedido de inscrição para a Associação do Balé Real, a instituição de caridade mais exclusiva da capital. Depois, convencera o guarda a deixá-la entrar no palácio para alguns eventos de grande porte, quando ninguém perceberia a presença de uma convidada a mais.

O bom dos segredos era que dava para negociá-los mais de uma vez.

O celular vibrou em sua bolsa de matelassê. Daphne o puxou para silenciá-lo, na esperança de que as fofoqueiras não se assustassem, mas sentiu a boca secar quando viu o nome no identificador de chamadas.

Não era possível que fosse Himari Mariko ligando, porque fazia quase um ano que Himari estava em coma. Ela caíra da escada dos fundos do palácio na noite da festa de formatura dos gêmeos, o que todo mundo julgou ter sido um trágico acidente.

Mas Daphne sabia que era a culpada.

Com a pele arrepiada pelo medo, ela atendeu a ligação.

— Alô?

— Sou eu.

Ouvir a voz de Himari ecoando em seu ouvido era como ouvir um fantasma. Daphne recuou um passo e apoiou a mão numa mesa com shorts de seda dobrados.

— Você acordou.

— Hoje de manhã — respondeu Himari. — E, a partir de amanhã, já posso receber visitas. Você vem?

Havia algo úmido em seu rosto e, ao levantar o braço para enxugá-lo, Daphne ficou surpresa ao notar que estava chorando. Que, debaixo da máscara tecida por falsidades, havia surgido uma reação *autêntica*. Uma emoção tão poderosa que a atingiu como um golpe.

— É claro — sussurrou ela enquanto já passava pela porta.

Depois de todo aquele tempo, Himari estava de volta. Sua melhor amiga, sua confidente, sua cúmplice… e, talvez, sua ruína.

♛

Na manhã seguinte, Daphne cruzou a ala de pacientes de longa permanência do Hospital St. Stephen a passos largos, carregando uma cesta de presentes. Assentiu para vários médicos e enfermeiras por quem passou, mas, por trás do sorrisinho recatado de sempre, sua mente estava em polvorosa.

Ela não tinha ideia do que fazer com Himari acordada. Seria melhor entrar no quarto e implorar por perdão ou partir direto para a ofensiva? Talvez pudesse oferecer uma espécie de trato: dar a Himari o que ela quisesse em troca de manter o segredo do que de fato a fizera entrar em coma naquela noite.

Tudo tinha começado na primavera anterior. Himari tinha visto Daphne e Ethan juntos e ameaçado contar a Jefferson. Daphne implorou para que a amiga se acalmasse, mas Himari se recusava a ouvir. Estava bem claro que queria separar Daphne e Jefferson e, em seguida, tentar conquistar o príncipe.

Encurralada e desesperada, Daphne havia dissolvido alguns comprimidos para dormir na bebida de Himari. A intenção era só lhe dar um susto, convencê-la a esquecer a história. Nunca, nem em um milhão de anos, Daphne teria previsto que a amiga subiria a escada, atordoada e desorientada do jeito que estava, e rolaria degraus abaixo.

Daphne desejou poder voltar no tempo. Na manhã seguinte, ela esteve a ponto de ir para a delegacia e confessar, só para poder admitir para alguém o que tinha feito. No entanto, havia apenas uma pessoa com quem *podia* se abrir, alguém que conhecia a verdade sórdida do que ela havia feito. E essa pessoa era Ethan.

Ao longo do ano, enquanto Himari estava em coma, Daphne não havia deixado de visitá-la. Não porque lhe causaria uma boa impressão — sua motivação habitual para fazer qualquer coisa —, mas porque queria visitá-la desesperadamente. Ver a amiga era a única maneira de aliviar a culpa que ameaçava consumi-la.

Daphne parou em frente à porta marcada com uma placa com o nome da amiga: HIMARI MARIKO. Ela reuniu os cacos de coragem que lhe restavam e bateu. Ao ouvir um "Pode entrar" abafado, abriu a porta.

E ali estava a menina, encostada em um travesseiro em sua cama estreita de hospital. Suas maçãs do rosto estavam mais marcadas do que antes e, debaixo das cobertas, ainda serpenteava um tubo no seu antebraço, mas seus olhos castanhos e brilhantes estavam, enfim, abertos.

O tempo pareceu se expandir e se retrair, como o chiclete de cereja que as duas costumavam mascar entre uma aula e outra na escola.

— Himari. Que bom te ver. Acordada, digo — balbuciou Daphne, toda atrapalhada. Ela prendeu a respiração, esperando uma torrente de injúrias, que Himari jogasse alguma coisa em cima dela ou que começasse a gritar pela enfermeira.

Nada disso aconteceu.

— Eu poderia dizer que senti saudades suas, só que, para mim, é como se a gente tivesse se visto semana passada. — A voz de Himari estava mais grave do que o normal, um pouco rouca depois de meses sem usá-la, mas não parecia fria nem distante. Ela indicou a roupa de Daphne com a cabeça e, para sua surpresa, sorriu. — Você está linda, como sempre. A calça de cintura alta voltou mesmo? Eu *preciso* de um par.

Por um instante, Daphne congelou, imobilizada pelo choque e pela perplexidade. Himari estava falando como sempre: antes que Jefferson e o segredo de Daphne e Ethan se interpusesse entre as duas.

— Aqui, trouxe isso para você. — Daphne se recuperou o suficiente para lhe oferecer a cesta de presentes. Tinha passado o dia anterior inteirinho preenchendo-a com os itens favoritos de Himari: flores e chá, o novo romance de fantasia de seu autor favorito, os macarons de uma confeitaria em Georgetown que ela tanto amava. Himari pegou a cesta e começou a investigar o que tinha dentro com a adorável avidez que a caracterizava.

— Deixa que eu te ajudo — propôs Daphne enquanto Himari afundava o rosto nas flores para inalar sua fragrância. Havia um vaso em cima de uma mesa; ela o levou ao banheiro e o encheu de água antes de colocar o buquê.

O quarto de hospital parecia diferente de todas as outras vezes que Daphne o visitara. As superfícies esterilizadas agora estavam repletas de itens pessoais, bichinhos de pelúcia, balões cromados e uma pilha de revistas. Daphne sorriu ao ver que Himari estava bebendo água da garrafa térmica com estampa de desenho animado que usava para tomar seu suco verde todas as manhãs. Até o *som* do quarto era mais agradável: os aparelhos emitiam bipes alegres e erráticos em vez do refrão sem alma de alguém inconsciente.

Daphne pôs as flores em uma mesa próxima e puxou uma cadeira.

— Como assim? — Himari chegou para o lado, liberando espaço na cama. — Ferimentos na cabeça não são contagiosos, juro.

Daphne não conseguiu pensar num jeito de recusar o convite e subiu na cama ao lado da amiga, da mesma forma que faziam quando se juntavam no quarto de Himari para compartilhar histórias e segredos e rir até a barriga doer.

— Minhas enfermeiras me contaram que você vinha me visitar toda semana — continuou Himari. — Obrigada. Você é a amiga mais leal do mundo.

Era impressão dela ou as palavras tinham um toque de sarcasmo? Daphne não sabia ao certo. Ainda era surreal demais ouvir Himari falando qualquer coisa.

— Estávamos todos preocupados, Himari. Aquela queda...

— Você viu?

— Eu... o quê?

— Você me viu cair?

Era como se o quarto tivesse ficado sem ar. Daphne olhou nos olhos da amiga.

— Eu estava na festa, mas não. Não vi quando você caiu.

Himari puxou os lençóis distraidamente.

— Os médicos encontraram uma dose baixa de narcóticos no meu organismo. Como se eu tivesse misturado vodca com um remédio para gripe ou algo do tipo.

— Mesmo? — respondeu Daphne, com uma calma admirável. — Não parece algo que você faria.

— Também não entendi — insistiu Himari. — E o que eu queria fazer lá no andar de cima?

Seria uma armadilha, ou Himari realmente não sabia? Daphne não ousou dizer a verdade. Decidiu que a única saída era responder a uma pergunta com outra.

— Você não se lembra?

Parte da tensão pareceu ter se esvaído do corpo de Himari.

— Não. É muito bizarro. Eu me lembro de todo o resto: caramba, eu me lembro até do nome e do título de cada membro da corte, mas os dias antes do acidente são um branco total.

Um branco total. Daphne sentiu uma onda de alívio. Se Himari não se lembrava, era como se nada daquilo tivesse acontecido: o caso dela com Ethan, a chantagem, a noite da queda.

Ou... E se Himari estivesse apenas *fingindo* ter esquecido? Talvez ela estivesse se comportando daquela maneira para ganhar a confiança de Daphne e pôr em ação um elaborado plano de vingança.

— Não me surpreende que você se lembre de todos os membros da corte — disse Daphne com cuidado. — A gente passou semanas estudando os *Títulos nobiliários de McCall* antes da nossa primeira cerimônia real.

Himari sorriu ao ouvir aquilo. Daphne, pelo menos, achou que parecia um sorriso genuíno.

— Até hoje não acredito que a gente escreveu um monte de cartões com os nomes para decorar. Que nerds, nossa.

Na época, nenhuma delas tinha a menor relevância dentro da extensa hierarquia da corte. Os pais de Himari possuíam um ducado — portanto, estavam acima dos pais de Daphne: baronete e consorte de segunda geração. Só que o irmão mais velho de Himari herdaria o título dos pais, enquanto Daphne era filha única.

As duas garotas eram desconhecidas, mas queriam desesperadamente o contrário. Foi isso que as havia aproximado tanto no início: ambas compartilhavam o desejo de ascender.

Naquele tempo, Daphne não tinha se dado conta do que essa motivação era capaz de fazer com uma pessoa, como ela poderia se tornar perigosa.

— Se não se lembra da queda, do que você se *lembra*, então? — perguntou.

— A última coisa que eu me lembro é da nossa prova de francês! Na hora que eu acordei, o primeiro pensamento que passou pela minha cabeça foi que hoje era a prova final de cálculo e que eu não podia me esquecer de levar a calculadora.

Daphne ouviu com atenção, tentando detectar qualquer indício de hesitação ou falsidade nas palavras da amiga, mas não encontrou nada.

— Nossa prova de francês? Isso foi pelo menos uma semana antes da festa de formatura.

E antes do aniversário de Himari — quando Daphne ficou com Ethan e a amiga viu os dois juntos na cama. Antes de Himari ameaçar revelar aquele segredo, e Daphne resolver pagar na mesma moeda, perdendo completamente o controle da situação.

— Poderia ser pior. Eu poderia ter perdido meses inteiros, em vez de dias — comentou Himari. — Acho que acabei perdendo meses inteiros de qualquer maneira, já que um ano da minha vida simplesmente desapareceu.

— Eu sinto muito — respondeu Daphne, porque não havia mais nada a dizer.

— Eu não acreditei nos meus pais, sabia? — Himari ainda segurava a cesta de presentes e não parava de mexer no papel celofane que envolvia uma vela de soja. — Quando acordei e ouvi que dia era, quando eles me contaram que o rei tinha morrido, não acreditei.

Daphne engoliu em seco.

— Aconteceu muita coisa enquanto você esteve internada.

— Pois é, você está para se formar! No ano que vem, vou ficar sozinha no último ano. — Ela soltou um suspiro dramático.

Parecia tanto a mesma Himari de sempre que Daphne quase sorriu.

Sem mais nem menos, Daphne se lembrou de algo que tinha acontecido no primeiro ano — antes de começar a namorar Jefferson, porque ninguém se atreveria a fazer uma coisa dessas agora: Mary Blythe, aluna do terceiro ano, espalhou o boato de que ela tinha feito plástica. No nariz, nos peitos, no corpo inteiro.

Daphne fizera muito esforço para não dar ouvidos ao boato. Sabia que, quanto mais protestasse, mais as pessoas achariam que era verdade.

Himari, por sua vez, criara uma conta de e-mail falsa para entrar em contato com Mary, fingindo ser a recrutadora de um reality show de namoro. Ela a convenceu a gravar um vídeo constrangedor que serviria de teste para participar do elenco, que Himari exibiu para toda a escola durante uma assembleia.

— Que foi? — perguntara ela, em resposta ao olhar atordoado de Daphne. — Se depender de mim, ninguém vai mexer com você.

Himari era meio assustadora nesse sentido. Não existia ninguém mais fiel aos próprios amigos, ou mais implacável com os inimigos.

Bem que Daphne gostaria de saber em qual das categorias se encaixava.

— E aí, o que mais eu perdi? — Himari enfiou as pernas debaixo das cobertas. — Me atualiza de tudo que aconteceu ao longo do ano.

— Beatrice agora é rainha — começou Daphne, mas a amiga a interrompeu.

— *Disso* eu sei! Me conta de você e do Jeff — implorou ela. — Por que todo mundo anda dizendo que talvez vocês dois voltem a ficar juntos? Quando foi que vocês se separaram, para início de conversa?

— Ele terminou comigo no verão — respondeu Daphne cautelosamente. — E namorou a Nina Gonzalez por um tempinho. Aquela amiga da Samantha.

Himari arregalou os olhos ao entender de quem Daphne estava falando e começou a rir.

— *Aquela* garota? Nossa, sério?

Dessa vez, Daphne não conseguiu conter o sorriso.

Não tinha se dado conta do tamanho da saudade que sentia de ter alguém com quem trocar confidências. Por anos, Himari sempre fora a primeira pessoa a quem ela recorria para contar qualquer tipo de notícia — as boas, as ruins, as que não tinham a menor importância.

Mas, desde o acidente, Daphne só tinha esse tipo de conversa com Himari em sua própria cabeça, ela lhe fazia perguntas e adivinhava o que a amiga poderia ter respondido. Aquela era exatamente a reação que tinha imaginado quando pensava no que a amiga teria comentado a respeito de Nina.

Himari pegou uma caixinha de trufas de chocolate da cesta de presentes, pôs uma na boca e ofereceu o restante a Daphne.

— Me conta a história todinha do começo.

11

SAMANTHA

Samantha cruzava o corredor do palácio em passos deliberadamente lentos, deslizando os dedos por cada tapeçaria e arrastando os pés pelos tapetes, como ela já vira crianças fazerem quando os pais as obrigavam a acompanhá-los em uma visita guiada pelo palácio. Depois de receber o aviso de que lorde Robert Standish queria vê-la, Sam estava se sentindo como uma dessas criancinhas, para sua irritação.

Ela só tinha ido ao escritório de Robert duas vezes. A primeira, alguns anos antes, quando aquele paparazzo tirou a infame foto de quando sua saia levantou. E a segunda, na primavera anterior, quando fora convocada com Jeff após Himari Mariko cair da escada na festa de formatura dos gêmeos.

Nenhuma das ocasiões tinha sido agradável.

O Lorde Conselheiro trabalhava no segundo andar, bem em frente ao escritório de Beatrice — dessa forma, podia controlar quem visitava a rainha, como um Cérbero de olhos brilhantes cujo trabalho era garantir que ninguém a fizesse perder tempo. Sam ficou feliz ao notar que a porta da irmã estava fechada. Nas últimas semanas, ela vinha fazendo um excelente trabalho evitando Beatrice e não tinha a menor intenção de mudar.

Ela bateu na porta do conselheiro e, com certa relutância, entrou para se sentar.

Robert estava sentado à escrivaninha, vestindo, como sempre, um terno cinza-escuro. Era a única coisa que Sam já tinha o visto usar. Ela se divertia pensando se ele chegava a tirar o terno, ou se seu guarda-roupa era cheio das mesmas peças, dezenas de calças e paletós cinza, dispostos em fileiras organizadas.

Ela pigarreou com impaciência, mas Robert não levantou a cabeça e continuou digitando, como se quisesse puni-la pelo atraso.

Sua mesa estava adornada com um arranjo de rosas vermelhas, lírios dourados e delfínios azuis. O resultado era repugnantemente patriótico. Sam estendeu a mão para puxar uma das flores e a girou entre os dedos. Era de um azul crepuscular, como um céu de solstício de verão, como os olhos de Teddy.

Ela a esmagou e a deixou cair no chão.

— Você está dezenove minutos atrasada — disse ele, por fim.

Sam achou irritante Robert ter dito *dezenove*, e não *vinte*. O conselheiro balançou a cabeça com um suspiro resignado.

— Vossa Alteza Real, marquei essa reunião para que possamos discutir suas novas responsabilidades como primeira pessoa na linha de sucessão ao trono.

— Não existe a menor necessidade de me treinar como foi feito com Beatrice — disse Sam automaticamente. — Não é como se eu vá *governar* um dia.

Aquilo — ser a primeira pessoa na linha de sucessão ao trono — era o máximo que Sam podia esperar. Assim que Beatrice tivesse filhos, toda a família entraria em uma versão discreta de dança das cadeiras, cada um descendo um degrauzinho, se afastando da linha de sucessão. Quanto mais filhos Beatrice tivesse, mais obsoleta Sam se tornaria.

Até mesmo *Teddy* tinha agarrado a chance de subir na vida assim que ela surgiu ao se juntar com Beatrice.

— Não estou sugerindo que você se prepare para ser *rainha*. Beatrice não vai a lugar algum. — Robert ficou tão chocado com a sugestão que, pela primeira vez, omitiu o título da rainha.

— Que bom, então estamos de acordo. — Sam se pôs de pé. — Não tem por que perder tempo me preparando para um papel que nunca vou exercer. Muito menos quando nenhum de nós quer estar aqui fazendo isso.

— Sente-se — rebateu Robert, e Sam obedeceu, de cara amarrada. — Não estamos aqui para ensiná-la a ser a futura monarca. Além disso, a única pessoa qualificada para esse tipo de preparação é a própria Sua Majestade.

Robert era o tipo de pessoa que dizia "Majestade" como se o título lhe pertencesse, ou, pelo menos, como se lhe conferisse uma espécie de glamour por tabela.

— Então por que é que estamos aqui? — insistiu Sam.

— Nossa discussão de hoje girará em torno da sua nova função como herdeira do trono. Agora, você é uma representante da Coroa.

— Mas... eu já não era?

Robert fechou ainda mais a cara com a demonstração de ignorância de Sam.

— Como princesa, você representava a família. Só que agora, você é a herdeira aparente: a sucessora da rainha, caso algo dê errado. Você tem *credencial de segurança nível um*.

Ele apontou para o alarme na parede. Era apenas um dos milhares espalhados pelo palácio, todos protegidos por um sistema biométrico para garantir que pouquíssimas pessoas pudessem ativá-los. Agora, Sam fazia parte desse grupo seleto.

— Espera-se que você siga o mesmo calendário social que Sua Majestade seguia quando era herdeira — prosseguiu Robert. — Incluindo o Dérbi Real, as festas no jardim da rainha, o US Open de tênis *e* o de golfe, o Festival das Flores de Baltimore, a Feira de Arte de Chelsea, as festividades de Quatro de Julho, as visitas ao hospital e, é claro, qualquer coisa relacionada ao exército.

Por um momento, Sam pensou que Robert só tivesse feito uma pausa, que seguiria listando os eventos até que ela o interrompesse ou que ele ficasse rouco. Mas o conselheiro simplesmente a encarou com um brilho inconfundível de desafio nos olhos.

— Bom, se isso é tudo... — disse ela com uma leveza forçada.

— São cento e oitenta eventos ao ano. — Ao ver Sam arregalar os olhos, Robert assentiu com a cabeça. — E é por isso que temos muito trabalho pela frente para transformá-la em uma princesa.

O rosto de Sam pegou fogo.

— Eu *sou* uma princesa — ela o lembrou.

Robert falou devagarinho. A felicidade de ter uma oportunidade para expor sua opinião negativa a respeito de Sam estava estampada em seu rosto.

— Sinto muito, Vossa Alteza Real. Quis dizer que precisa começar a *se comportar* como uma princesa.

Sam reprimiu a pontada de dor que aquelas palavras lhe causaram enquanto pensava em todas as horas que ela e os irmãos haviam passado logo abaixo, na sala de estar, com o professor de etiqueta. O homem passava horas divagando sobre qual era a forma adequada de receber os dignitários visitantes, os diferentes tipos de reverências adequadas para cada situação e qual era a ordem de precedência em todas as casas aristocráticas. Ai dela se insultasse alguém dirigindo a palavra a um membro mais jovem da família antes de falar com um mais velho. Já Beatrice, claro, fazia anotações enquanto assentia com uma seriedade pueril. Até Jeff prestava um pouco de atenção. Enquanto isso, Sam passava o tempo todo encarando a janela e sonhando acordada.

A certa altura, o rei e a rainha acabaram jogando a toalha e a deixaram fazer o que ela quisesse. Tentar domá-la fora muito trabalhoso.

— Com o casamento de Sua Majestade tão próximo, sua família estará sob um escrutínio ainda mais intenso do que antes. — Robert inclinou a cabeça, analisando-a. — Como dama de honra, você precisará de um acompanhante. Vou encontrar um parceiro adequado.

— Como é que é?

Robert queria escolher seu *acompanhante para o casamento*?

Ele arqueou as sobrancelhas.

— Desculpe, você tinha alguém em mente? Não sabia que estava namorando.

Sam pensou em Teddy e contraiu a mandíbula. Em seguida, ergueu a cabeça em tom de desafio.

— Não preciso de acompanhante algum. Posso muito bem ir ao casamento da Beatrice sozinha.

— Infelizmente, não é uma possibilidade. Você vai precisar ajudar a conduzir a dança de abertura. — A expressão no rosto de Robert era para ser um sorriso, mas lembrava mais uma careta. Ele começou a separar os papéis em sua escrivaninha, organizando cada pilha em ângulos retos meticulosos. — Receio que devemos concluir a reunião de hoje. Eu gostaria muito que tivéssemos tido mais tempo, mas, com seu atraso de dezenove minutos, teremos que continuar de onde paramos na reunião de quinta-feira.

— Você quer que eu venha para *outra* reunião?

— É crucial que comecemos a nos reunir várias vezes por semana. Precisamos tratar de muitos assuntos.

A raiva de Sam se equiparou à dele.

— Já vou logo avisando que isso tudo vai ser uma perda de tempo.

— Isso porque você se recusa a cooperar?

É claro que Robert presumia que *ela* era o problema. Ele não sabia o que era ter crescido na sombra de uma irmã e lutado por anos para ser levada a sério, só para acabar se dando conta de que esta era uma luta inútil.

A nação nunca *quisera* gostar de Sam. Como era mesmo aquele velho ditado? Nada unia mais as pessoas do que ter um adversário em comum, ou coisa do tipo. Bem, se havia uma coisa que unia todos os americanos era o desgosto pela princesa Samantha.

— Não importa o quanto a gente tente — disse ela, incapaz de conter a amargura no tom de voz. — Eu sou o membro menos popular da família.

O país *nunca* se importou com o que eu faço. Não é agora que o povo vai começar a se importar.

Ela saiu do escritório de Robert pisando firme antes que ele pudesse responder e deixou a porta se bater atrás de si.

Enquanto caminhava, Sam revirou o bolso em busca do celular. Precisava ligar para Nina e ver se podiam se encontrar mais tarde, mas foi interrompida por uma voz familiar que ecoou da entrada de dois andares do palácio.

Lorde Marshall Davis estava parado ao pé da escada curva, gesticulando acaloradamente enquanto discutia com um criado. E vestia seu traje cerimonial completo.

— Marshall? O que está fazendo aqui?

Sam não sabia quando o veria outra vez depois de terem se despedido no fim da festa no museu.

Ele levantou a cabeça, visivelmente aliviado.

— Samantha! Vim encontrar você, na verdade. Preciso do meu broche de volta.

Sam corou ao se lembrar do atrevimento com que havia arrancado o broche para prendê-lo no vestido antes de arrastar Marshall para a festa. Fora puro impulso, alimentado por seu orgulho obstinado e aquela garrafa de vinho. "Pense antes de agir, Sam", seu pai sempre lhe dizia, mas ela tinha o hábito de agir primeiro, deixando os pensamentos — ou, muitas vezes, os arrependimentos — para depois.

Ela apoiou a palma das mãos no corrimão e se inclinou para a frente.

— Você nem pensou em me mandar uma mensagem? — perguntou com uma indiferença fingida.

— Você não me passou o seu número. — Marshall começou a subir os degraus de dois em dois, do jeito que Sam fazia.

Ele vestia o traje cerimonial dos nobres: uma túnica de lã carmesim enfeitada com renda dourada e uma capa amarrada no pescoço com uma fita de cetim branco. A roupa era ridícula. A túnica havia sido desenhada séculos antes, numa época em que os líderes da maioria dos ducados eram homens brancos idosos. Marshall era tão alto e imponente que o uniforme parecia uma fantasia de Halloween.

— Não acredito que você veio até aqui a caminho do... para onde você está indo?

— Para a posse do novo Presidente do Tribunal. — Ele olhou com tristeza para a própria túnica. — Por incrível que pareça, só fui dar falta do broche agora há pouco.

— Você não tem outro?

— Você perdeu? — Marshall suspirou. — Já aconteceu comigo também. Uma vez, usei lá em Las Vegas, depois de perder uma aposta, e deixei cair na rua. Não foi no cassino, na verdade, mas na hamburgueria onde a gente parou quando...

Sam o interrompeu com um grunhido.

— Relaxa, tá? Eu não perdi o seu broche.

Marshall não mordeu a isca. Simplesmente sorriu e perguntou:

— Onde está?

— No meu quarto.

Para a surpresa de Sam, Marshall a seguiu pelo corredor enquanto sua capa vermelha de veludo flutuava atrás dele. Nas paredes, retratos históricos censuravam os dois: estadistas com perucas empoadas e barbas pontudas, mulheres com colares de pérolas de mais de seis voltas. O traje de Marshall não ficaria deslocado em nenhuma das pinturas.

Sam se perguntou o que ele estaria usando debaixo das vestes. Ela o olhou furtivamente, examinando com curiosidade a ampla extensão do peito do rapaz.

Marshall a encarou.

— Por que você veio representar Orange? — perguntou Sam apressadamente, ciente de que tinha sido pega o fitando. — Seu avô não é o duque em atividade?

A maioria dos nobres ansiava por cerimônias como aquela. Era uma das poucas ocasiões em que podiam usar suas túnicas velhas e empoeiradas — e olhar com ar de superioridade para os plebeus que não tinham o direito de usá-las.

— Ultimamente, ele tem delegado essas funções para mim. Diz que odeia voar de uma ponta do país à outra. Mas eu nem *faço* muita coisa — confidenciou Marshall.

— Como assim?

— Mesmo quando todos os duques se reúnem, eu só vou para ajudar a encher o recinto. Na verdade, não tenho voz nem voto. Fazer papel de representante é literalmente ser um corpo ocupando uma cadeira... um corpo bem bonito, é claro. — Marshall lhe lançou seu sorriso convencido de sempre, mas Sam percebeu que ele parecia meio triste. Ela ficou surpresa ao se ver confessando uma verdade.

— Sei como é. Ninguém nunca quer que eu seja nada além de um corpo: um corpo capaz de sorrir, acenar e usar uma tiara.

— Será que ajudaria se eu dissesse que você fica deslumbrante de tiara? — arriscou Marshall, e Sam revirou os olhos.

— A tiara não é o problema. O resto todo que é insuportável.

— Se serve de consolo, também não sou do tipo que sorri e acena para os outros.

— Mas pelo menos você tem um *propósito*! Um dia, você vai governar!

Ele pareceu surpreso com a resposta dela.

— Quem sabe daqui a uns quarenta anos. Por enquanto, não tenho nada a fazer a não ser sentar e esperar.

— Bem-vindo à vida de um reserva. Um trabalho que consiste em fazer vários nadas — disse Sam secamente.

— Você, fazendo vários nadas? Difícil acreditar. — Um sorriso se insinuou nos lábios de Marshall. — Pensa em todos os lugares que você ainda não chutou.

— Olha só, vamos esquecer isso, por favor?

Sam odiava saber que Marshall a havia flagrado naquele momento. De alguma maneira, ela se sentira mais exposta do que se ele a tivesse visto nua.

— De forma alguma — respondeu ele, sem dó nem piedade. — A princesa dos Estados Unidos descontando as próprias frustrações num monumento nacional? Essa é uma das minhas lembranças mais preciosas.

— Então você vai ser o próximo — alertou Sam, e ele começou a rir.

Ao abrir a porta, ela percebeu que Marshall lançava olhares curiosos em direção à sala de estar. Ao contrário do restante do palácio, a suíte de Sam era uma mistura eclética de cores e estilos distintos. O chão estava coberto de tapetes de cores vivas dispostos em ângulos assimétricos. Contra uma parede havia um relógio de pêndulo — importado da Rússia pela rainha Tatiana, com as horas marcadas por belíssimos numerais cirílicos — ao lado de uma mesa repleta de tartarugas verdes pintadas à mão.

Sam foi até a escrivaninha e abriu a gaveta de cima, onde se acumulava uma miscelânea de objetos: batons velhos, tarraxas de brincos, um botão de pérola que tinha se soltado da sua luva de couro. O broche de urso esmaltado estava no meio de toda aquela zona.

— Viu só? Falei que não tinha perdido!

Ela estendeu a mão para segurar o tecido das vestes de Marshall. Um brilho de surpresa se destacou nos olhos do rapaz, e Sam percebeu, tarde demais, que ele não esperava que ela mesma fosse prender o broche.

A mão de Sam caiu abruptamente do peito dele.

— Pode deixar. — Marshall pôs o broche no lugar certo. A peça tinha sido feita para ficar daquele jeito, Sam se deu conta, não presa contra o pano de fundo sem graça de um terno, mas por cima da túnica escarlate, onde brilhava feito ouro líquido.

Ela recuou um passo, intimidada pela presença avassaladora de Marshall. Ele não parecia nem um pouco ridículo com aquelas vestes naquele momento. Muito pelo contrário: os *outros* nobres é que ficariam ridículos ao lado dele.

— E aí, deu certo? — perguntou ela ao lembrar por que tinha tirado o broche dele. — A gente conseguiu deixar Kelsey com ciúmes?

— Não sei. Não tive notícias dela. — Marshall deu de ombros. — E o seu cara misterioso?

— Ele nos viu — respondeu ela, evasiva.

Por mais que não tivesse se atrevido a procurar por Teddy ao entrar na recepção de braços dados com Marshall, Sam tinha certeza de que ele os vira. Todos que estavam naquela festa os viram, pois ela e Marshall eram, no mínimo, uma boa fonte de fofocas. E eles haviam protagonizado uma cena e tanto.

A lembrança fez uma onda abrasadora de prazer vingativo percorrer seu corpo, que logo evaporou.

Teddy ia se *casar* com sua irmã. Não importava o que Sam fizesse: ela nunca ia conseguir machucá-lo mais do que ele a havia machucado.

— Valeu, Samantha. A gente se vê — disse Marshall alegremente enquanto caminhava até a porta.

Sam engoliu em seco, lembrando-se do que Robert tinha dito: o protocolo exigia que ela levasse um acompanhante para o casamento.

— Marshall. E se a nossa encenação continuasse?

Ele a olhou com uma mistura de curiosidade e confusão. Sam se apressou em explicar.

— Preciso de um acompanhante para o casamento da Beatrice. Bem que podia ser você.

Ele franziu a testa.

— Você quer que *eu* seja seu par para o casamento da sua irmã?

— Por que não? Você já tem a roupa.

Mais uma vez, Sam teve a impressão inquietante de que Marshall podia ler a mente dela.

— Isso ainda é por causa do cara, né? Você acha que ir comigo para o casamento da sua irmã vai deixar ele com ciúmes?

— Bom... acho, sim — admitiu ela. — Mas funciona para nós dois! Pensa só em como Kelsey vai ficar irritada. Ela *com certeza* vai querer você de volta.

— Kelly vai me querer de volta porque não vai suportar me ver saindo com uma garota mais famosa do que ela?

— Porque as garotas sempre querem o que não podem ter — retrucou Sam, e então mordeu o lábio.

Era por isso que ela gostava de Teddy? Não, Sam o queria porque *se importava* com ele, não porque estava fora de seu alcance.

Mesmo assim, uma parte horrível de si mesma se questionou se isso não fazia parte do apelo de Teddy. Afinal de contas, ele era a única coisa de Beatrice que Sam tinha conseguido arrancar para si. Mesmo que não tenha durado muito.

— Estou morrendo de medo desse casamento — prosseguiu ela, olhando de relance para Marshall. — Tem tudo que eu odeio: protocolo, cerimônia e tradições arcaicas, tudo combinado num evento gigantesco. Como sempre, vou ser analisada nos mínimos detalhes e criticada, não importa o que eu faça. E, como sempre, nada que eu faça vai ter a menor importância.

Sam suspirou.

— Eu entendo se não quiser se envolver. É só que... seria legal passar por tudo isso com alguém que eu tolere.

— Com alguém que você tolere — repetiu ele, erguendo a sobrancelha. — Como é que eu poderia recusar, depois de ouvir um baita elogio desses?

— Desculpa, por acaso feri seu precioso ego masculino? — zombou Sam. — Olha só, Marshall, nós dois queremos a mesma coisa: que nossos ex-namorados percebam que cometeram um erro. Isso só vai acontecer se eles *prestarem atenção* na gente. E, se tem uma coisa em que temos muito talento, é chamar atenção.

Marshall tinha uma reputação, assim como Sam. A experiência havia lhe ensinado que, quando se tratava de boatos, o todo era sempre maior do que a soma das partes. Juntos, eles atrairiam muito mais burburinho para a imprensa do que qualquer coisa que pudessem fazer separados.

— Você não está me pedindo para ser o seu acompanhante só no casamento, né? — perguntou Marshall lentamente. — Você quer fazer essa história colar de verdade. Quer que todo mundo ache que estamos namorando.

— As celebridades de Hollywood fazem isso o tempo todo — insistiu Sam, embora não tivesse certeza de que aquilo fosse verdade.

— Qual é o seu plano, exatamente? A gente monta uma coletiva de imprensa para contar a todo mundo que está namorando? Vamos nos tornar Samarshall?

— Ou Marshantha. Não me importo de ficar com a parte do sufixo — respondeu Sam, sem titubear. Ela ficou aliviada quando Marshall reagiu com uma risada. — E não tem por que fazer uma coletiva de imprensa. A gente pode participar de alguns eventos juntos, deixar que os paparazzi nos flagrem de mãos dadas, e as pessoas vão começar a comentar. No dia do casamento, Kelsey já vai estar implorando para voltar com você!

"E Teddy vai se arrepender de ter me perdido", pensou ela, amarga.

— Você até pode ter razão... mas não sei se vale a surra que vou levar da imprensa — comentou Marshall, olhando-a fixamente nos olhos. — Sempre que um membro da família real namora com uma pessoa não branca, é um caos. Lembra como o povo reagiu quando sua tia Margaret saiu com aquele príncipe nigeriano? E ele era um futuro rei. Isso sem falar do que fizeram com aquela menina, Nina, quando ela e seu irmão estavam juntos — ele a lembrou. — Se as pessoas acharem que estamos namorando, todas as críticas vão cair sobre mim, ninguém vai mexer com você. É assim que funciona.

Sam sentiu um embrulho no estômago. Quando propôs o plano para Marshall, não estava pensando nem um pouco na questão racial. Só tinha pensado em como ele era conhecido — ou, melhor dizendo, *infame*. Além de ser alto e atraente. Eram os ingredientes perfeitos para preparar a vingança ideal.

Sam já tinha ficado com vários caras, e muitos deles não eram brancos, mas sempre conseguia manter seus casos fora dos noticiários — provavelmente porque nunca duravam mais do que um fim de semana. Aquela era a primeira vez que teria um relacionamento tão público. Agora, ao se lembrar da angústia sofrida por Nina quando estava com Jeff — os paparazzi perseguindo sua família, os comentários raivosos na internet —, Sam se deu conta do que estava pedindo de Marshall.

Ela assentiu, sentindo-se levemente envergonhada.

— Desculpa. Você está certo, não sei o que eu estava pensando.

— Tenho certeza de que vai conseguir encontrar alguém interessado na sua... oferta — respondeu Marshall.

— Por favor, esquece que eu...

— Por outro lado, não sei se quero que você encontre outra pessoa.

Sam levantou a cabeça. Um brilho fugaz de emoção atravessou o rosto de Marshall, mas logo desapareceu por baixo do sorriso indiferente de sempre.

— Você está dizendo que aceita? — insistiu ela. — Mesmo que isso ponha você debaixo de um microscópio?

Ele deu de ombros.

— Ué, por que não? Eu nunca namorei com uma princesa. Nem de verdade, nem por vingança. Nem por... bom, seja lá o que for o que estamos fazendo.

Sam estendeu a mão.

— Então... temos um acordo?

Marshall reagiu ao gesto com um sorriso.

— Ah, não precisamos selar o acordo com um aperto de mão. Confio em você, Sam. *Posso* te chamar de Sam, não é? — perguntou ele atrevidamente. — Ou você prefere outra coisa? Amor, ou meu bem, ou que tal *Sammie*?

Sam abafou um grunhido.

— Você não pode me chamar de nenhum desses nomes, em hipótese alguma.

Marshall abriu um sorriso de orelha a orelha, jogando a capa para trás como se interpretasse um personagem numa peça de teatro antiquada.

— Então tudo bem. Até mais tarde, meu docinho de coco.

Sam pegou uma almofada e jogou na direção da cabeça dele, mas Marshall já tinha saído e fechado a porta.

12

BEATRICE

Beatrice desceu correndo os degraus principais do palácio, seu guarda logo atrás.

— Desculpa — disse quando viu Teddy no caminho de acesso, esperando por ela ao lado de um SUV vermelho. — Não queria me atrasar para a nossa reunião.

Um sorriso se insinuou nos lábios dele.

— Beatrice, isso não é uma *reunião*. Eu pedi a Robert que reservasse um horário na sua agenda para passarmos um tempo juntos.

— Ah… tudo bem — sussurrou Beatrice.

Ela não *passava um tempo* com alguém — sem calendários, sem um propósito específico — desde a faculdade, a não ser que todas as horas com Connor contassem.

— Sem problemas.

Teddy foi para o lado do carona e segurou a porta. Estava bem claro que *ele* seria o motorista. Para a surpresa de Beatrice, seu agente de segurança franziu a testa, mas só disse:

— Vou seguir vocês.

Beatrice deslizou para o assento e pôs o cinto de segurança sobre o vestido de seda com estampa floral. Não conseguia se lembrar da última vez que sentara no banco da frente de um carro.

— Está com fome? — perguntou Teddy ao sair da entrada principal do palácio. — Pensei em ir ao Spruce. Você ama a salada de couve deles, né?

Na verdade, Beatrice nunca tinha gostado do Spruce. Era barulhento demais e vivia cheio de personalidades da mídia e modelos competindo para serem notadas. A última vez que foi lá tinha sido para dar uma entrevista no verão anterior.

— Espera — disse ela ao perceber o que estava acontecendo. — Você leu meu perfil na revista *Metropolitan*? Você andou me *estudando*?

Teddy corou, olhando fixamente para a estrada.

— Eu não costumo ir a nenhum encontro sem antes fazer uma pesquisa rápida.

Houve um silêncio desconfortável quando os dois se deram conta de que ele tinha usado a palavra "encontro".

— Só para constar, eu só pedi a salada de couve naquele dia porque não podia pegar um hambúrguer — prosseguiu Beatrice.

— Por que não?

— Hambúrguer não é uma boa comida para uma entrevista. Faz uma lambança — disse ela com pesar.

Os olhos de Teddy brilhavam enquanto ele a olhava pelo canto dos olhos.

— Não sei se você sabia, mas hambúrgueres são minha especialidade. Só que *não* vamos pedir o do Spruce. Quer dizer, o deles vem com *brie*.

— Que abominação — concordou Beatrice com um sorriso.

Teddy deu uma risadinha e aumentou o volume do rádio. Estava tocando uma música de alguma banda indie que Beatrice não reconheceu.

— Que bom que faz sentido para você.

Ao ver as luzes brilhantes do drive-thru, Beatrice se deu conta de que Teddy a estava levando para o Burger Haus.

— Cresci comendo isso — admitiu Teddy antes de parar perto do interfone e pedir dois cheeseburguers.

Beatrice ficou maravilhada com a eficiência. Ao notar a expressão no rosto dela, Teddy riu.

— Beatrice. Você já comeu fast-food alguma vez na vida?

— É claro que já! Mas não assim, direto do drive-thru. — Ela abaixou a cabeça, alisando o vestido por cima das coxas. — Quando eu era criança, fazíamos uma refeição em família no McDonald's pelo menos uma vez por ano. Nossa equipe de imprensa alertava os tabloides com antecedência, para que pudessem plantar fotógrafos nas mesas próximas. Eles sempre usavam as imagens naquela seção "Família Real: Gente Como a Gente".

— Então você não sabe o que é fast-food de verdade — comentou Teddy.

— Todo mundo sabe que é impossível saborear um hambúrguer quando os paparazzi ficam te olhando. — Ele estava tentando parecer leve e bem-humorado, mas não deu muito certo. Beatrice se perguntou se o havia assustado, se ele estava começando a perceber no que tinha se metido ao aceitar se casar com ela.

Eles se aproximaram da janela para fazer o pedido. Uma mulher com o cabelo preso em um rabo de cavalo alto olhou para os dois e arregalou os olhos ao reconhecê-lo.

— Theodore Eaton! O Duque Encantado! — Quando percebeu quem estava no banco do carona, ficou ainda mais vermelha. — Meu Deus, Vossa Alteza... quer dizer, Majestade... — Ela fez uma reverência, assustada, sem soltar a bandeja de batata frita.

Normalmente, Beatrice teria cumprimentado a mulher com um sorriso gracioso. Só que ela estava em um carro sem seu guarda, prestes a comer um hambúrguer sem se preocupar com as péssimas fotos que a cena renderia. Na verdade, não havia *ninguém* tirando fotos dela. A ideia lhe proporcionou uma satisfação infantil.

— É sério? Você me acha parecida com a rainha? — perguntou Beatrice, dando-lhe uma piscadela.

♛

Mais tarde, ao deixá-la no saguão de entrada do palácio, Teddy pigarreou.

— Antes de ir, eu queria fazer uma pergunta — arriscou. — Meus pais tiveram uma ideia. O que você acha de passar um fim de semana na minha casa, Walthorpe?

Visitar a casa onde Teddy tinha passado a infância. Beatrice ficou surpresa com a pontada de animação que a ideia de conhecê-lo melhor lhe causou.

— Eu adoraria — respondeu ela.

Teddy abriu um sorriso de alívio.

— Maravilha — disse ele, com os polegares enganchados nos bolsos. — Bom... é melhor eu ir. Você precisa descansar o seu braço bom para o grande arremesso de amanhã.

Ah, claro. Beatrice havia quase se esquecido de que, no dia seguinte, faria o primeiro arremesso no Estádio Nacional. Tratava-se de uma tradição antiga: o monarca sempre abria um dos primeiros jogos da temporada de beisebol.

— Você treinou, não foi? — acrescentou Teddy ao ver a cara que ela fez.

— Estava pensando em só dar uma jogadinha para cima e pronto. Quer dizer, é um gesto simbólico. As pessoas não vão querer que eu só jogue a bola para que o jogo de verdade comece?

— Você não pode *dar uma jogadinha*. — Teddy parecia horrorizado. — Beatrice, o país inteiro julga as pessoas por sua habilidade de lançar a primeira bola. É como se seu arremesso representasse que tipo de governante você vai ser.

— Ótimo — murmurou Beatrice com pessimismo. — Agora vão me vaiar quando a bola cair na lama.

— Não vamos deixar isso acontecer — prometeu Teddy.

— Qual é seu plano, me ensinar a arremessar uma bola de beisebol entre agora e amanhã de manhã?

— É exatamente o que vamos fazer. Não se preocupe, você está em boas mãos — respondeu ele, tranquilizando-a. — Eu fui capitão do meu time de beisebol no ensino médio. E arremessador.

— Achei que você fosse capitão do seu time de *futebol*.

— Também — respondeu ele com modéstia.

— O que mais você foi? Rei do baile de formatura? — Ao ver que Teddy não protestou, Beatrice levantou as mãos, exasperada. — Meu Deus, você *foi*! Você é o Mister Estados Unidos, literalmente! Não é à toa que aquela mulher te chamou de Duque Encantado!

— *Por favor*, não me chame assim. — Teddy grunhiu. — Vamos lá, estamos desperdiçando a luz da lua.

Meia hora mais tarde, estavam no gramado dos fundos do palácio. Algumas mariposas voavam e suas asas roxas e prateadas brilhavam. Embora tivesse esfriado aquela noite, havia uma delicada placidez no ar que trazia a promessa do verão iminente.

Com a ajuda de um criado, Teddy conseguiu encontrar alguns equipamentos esportivos que Jeff usava no colégio. Ele vasculhou a caixa e abriu um sorriso triunfante quando emergiu com uma bola de beisebol e um par de luvas velhas.

Teddy pôs a luva de receptor, passou por ela e se agachou na ponta dos pés.

— Certo, me mostra do que você é capaz, Bee.

Ela congelou. Só duas pessoas tinham usado aquele apelido.

— Onde foi que você ouviu isso? Digo, esse apelido. Bee.

Ela se perguntou se Sam tinha contado a ele ou se ele tinha inventado por conta própria. Afinal de contas, era só a primeira sílaba de seu nome.

— Você não gosta? — Teddy franziu a testa, intrigado, e Beatrice balançou a cabeça.

— Eu gosto, sim. É só que... fazia um tempo que ninguém me chamava assim.

Ela respirou fundo e arremessou a bola, que desviou para a direita do rosto de Teddy. Ele devolveu a bola, e Beatrice ergueu a luva na tentativa de pegá-la, mas não conseguiu.

— Então tá, receber não é o seu forte — comentou Teddy, sem rodeios, enquanto Beatrice se atrapalhava para pegar a bola do chão. — Mas não tem importância, porque você não precisa pegá-la amanhã. Nosso problema é que você joga como...

— Nem se atreva a dizer "como uma garota" — interrompeu Beatrice, e ele começou a rir.

— Ah, por favor, eu jamais falaria isso. Você precisava ver a bola rápida da Charlotte. — Ele balançou a cabeça. — O que eu *ia* dizer é que você joga como se nunca tivesse segurado uma bola de beisebol na vida.

Teddy arrancou a luva e se aproximou para ficar atrás dela.

— Vamos tentar de novo: devagar, um passo de cada vez. Vou guiar você ao longo do processo.

Beatrice mal ousou respirar quando as mãos dele pousaram em sua cintura.

— Para início de conversa, você está se adiantando demais. — Teddy aplicou uma leve pressão nos quadris de Beatrice para fazê-la virar, envolveu-a com os braços e fechou as mãos sobre as dela. De repente, ela desenvolveu uma intensa noção de cada ponto em que seus corpos se tocavam.

— Comece com a bola na altura do peito. Agora, levante a mão esquerda e mire seu alvo. — Enquanto falava, Teddy manteve as mãos nos braços de Beatrice, indicando cuidadosamente cada movimento. A respiração dele lhe causou arrepios na nuca.

Quando Beatrice lançou a bola, o arremesso foi mais reto e mais longe do que o primeiro.

— Melhorei! — gritou Beatrice, triunfante, e então se virou.

Os olhos azuis magnéticos de Teddy estavam cravados nos dela. Ele se moveu e, por um instante, Beatrice ficou sem ar, achando que ele ia beijá-la. Por instinto, ela ergueu um pouco o queixo, mas nada aconteceu.

"Ele é meu noivo", ela se deu conta, com uma mistura de confusão e choque. Claro que era, ela *sabia* disso, mas a ideia se instalou nela de um jeito que nunca tinha acontecido antes.

Era como se, durante todo aquele tempo, ela soubesse que ia se casar com Teddy Eaton, o filho do duque de Boston. No entanto, só agora Beatrice se dava conta de que ia se casar com Teddy Eaton, o homem.

— Sim, melhorou — concordou Teddy com um sorriso. Não era aquele sorriso impecável que ela já tinha visto mil vezes, mas uma expressão nova e adorável, espontânea e contagiosa.

Beatrice compreendeu que era o sorriso *verdadeiro* dele.

E, pela primeira vez desde que perdera o pai, ela também abriu um sorriso genuíno.

13

NINA

Nina descia correndo a escada de uma casa nos arredores do campus, e seu vestido de franjas, estilo anos 1920, acompanhava os movimentos. Em seguida, revirou a bolsa para dar mais uma olhada no celular e ver se alguma das amigas também já estava pronta para ir embora da festa.

E, Nina admitiu para si mesma, para ver se Ethan tinha mandado alguma mensagem.

Eles se falaram a semana inteira. A princípio, só para organizar a logística do trabalho de jornalismo, mas o papo logo acabara evoluindo para outros assuntos. Agora, eles trocavam mensagens diariamente, nem que fosse apenas para mandar um emoji inoportuno no meio da aula.

Trocar mensagens era a parte fácil. Quando se escreviam, Nina tinha certeza de que não estavam fazendo nada de errado — eram só velhos amigos que, por acaso, acabaram se reconectando na faculdade. Quando se escreviam, Nina podia controlar suas respostas até a última vírgula.

Era quando se viam pessoalmente — no dia em que almoçaram juntos depois da aula, ou na tarde que passaram juntos estudando na biblioteca, dividindo um saquinho de bala enquanto Ethan cantarolava o que quer que estivesse tocando em seus fones de ouvido — que a situação se tornava mais confusa.

Nina ainda não contara para Sam que tinha começado a andar com Ethan. Ela queria... Mas, no dia anterior, enquanto estava no palácio, Sam havia anunciado que ela e Marshall Davis estavam em um *relacionamento de mentira*, uma notícia tão confusa e surpreendente que Nina não conseguiu pensar em mais nada.

— Não gostei nem um pouco — alertara Nina ao ouvir Sam explicar o plano. — Fazer ciúmes no Teddy é um péssimo motivo para sair com outra pessoa. E Marshall chegou a levar em consideração o que os tabloides vão falar dele assim que vocês anunciarem seu suposto relacionamento?

Nina sentiu arrepios ao se lembrar dos comentários perversos que as pessoas escreveram a respeito dela. Sim, Marshall era rico e pertencia à nobreza, então não seria taxado de um "plebeu cafona" ou "um zé-ninguém", como tinha acontecido com ela. Ainda assim, seria um cara não branco namorando publicamente uma integrante da família real.

A expressão no rosto de Sam se suavizou ao ouvir as palavras de Nina.

— A gente conversou sobre o assunto, na verdade. Marshall disse que está de boa quanto a isso.

— Então ele não tem noção de como a coisa vai ficar feia — rebatera Nina.

Não se tratava apenas de Marshall, embora Nina de fato achasse que ele não fazia a menor ideia do que o esperava. Nina também estava preocupada com a amiga.

Sam era incapaz de fazer qualquer coisa pela metade. Ela se entregava de corpo e alma a cada decisão que tomava, e acabava se machucando. Fingir namorar Marshall só lhe causaria dor.

Os pensamentos dela foram interrompidos por um grupo de jovens turbulentos saindo da Casa Rutledge. Ela ignorou as risadas e devolveu o celular à bolsa, mas logo parou ao ouvir o próprio nome.

— Nina, e aí! — Ethan se separou do grupo e atravessou a rua para encontrá-la. Ele sorriu enquanto observava a roupa que ela estava usando. — Eu deveria ter imaginado que você viria para a Noite Gatsby. Você não resiste à chance de viver dentro de um livro.

Nina balançou a cabeça, o que fez com que seu toucado de penas escorregasse da testa.

— Na verdade, não gosto tanto assim de *O grande Gatsby*.

— Mesmo?

— Jay planeja toda a vida dele em função de Daisy, e ela nem é tudo isso! — exclamou Nina. — Que tipo de relacionamento é esse? Na vida real, ninguém forçaria a pessoa que ama a *escalar socialmente* para provar seu valor.

Uma sombra cobriu os olhos de Ethan, mas ele desviou o olhar e encarou a rua. Os postes lançavam poças de luz verde-clara no asfalto.

— Está esperando por alguém?

— Na verdade, eu estava indo para casa...

— Eu te acompanho.

Antes que ela pudesse responder qualquer coisa, Ethan correu de volta até o grupo. "Preciso acompanhar minha amiga até a casa dela", Nina o ouviu dizer; e, por algum motivo, o termo a assustou. Mas por quê? Ela e Ethan *eram* amigos. O que mais poderiam ser?

Em um silêncio amigável, eles voltaram para os dormitórios dos calouros. Os pináculos familiares e as torres neogóticas do campus sempre pareciam um pouquinho diferentes à noite. Nina sempre se pegava reparando em detalhes que nunca tinha visto antes — um anjo de pedra chorando, uma fileira de árvores esqueléticas — e se perguntava se sempre estiveram ali ou se só ganharam vida depois do pôr do sol. Ela se envolveu com os braços e sentiu uma felicidade surpreendente por Ethan a acompanhar.

Ele a olhou de relance, percebeu o gesto dela e apertou o passo.

— Está com frio?

— Estou — disse ela, embora também estivesse sentindo outra coisa: um sentimento discreto e levemente ávido que não ousava examinar de perto.

O celular de Ethan vibrou, interrompendo o silêncio. Uma expressão estranha se espalhou pelo rosto dele ao espiar a tela, uma mistura de animação, incerteza e suspeita, tudo ao mesmo tempo. Ele recusou a chamada e, logo depois, digitou uma mensagem rápida, escondendo a tela para que ela não pudesse ler.

— Pode atender, se quiser — ela sentiu a necessidade de comentar, mas Ethan balançou a cabeça.

— Tudo bem.

Algo no tom de Ethan fez com que ela se perguntasse se a ligação tinha vindo de uma garota. Ele podia ter planejado ver outra pessoa aquela noite e, em vez disso, estava com ela. Era um pensamento estranho, mas até que não era desagradável.

Eles chegaram à entrada do dormitório dela. Era o mesmo lugar em que Jeff a beijara na noite em que foram flagrados, e a foto acabou indo parar nos tabloides.

Nina afastou as lembranças e, enquanto vasculhava a bolsa, o estômago de Ethan roncou altíssimo.

— Está com fome? — perguntou ela com uma risada.

Ele deu de ombros, nem um pouco constrangido.

— Eu comeria alguma coisa.

— Obrigada por me acompanhar até em casa. — Ela abriu a porta de entrada e, para sua surpresa, Ethan a seguiu escada acima.

— Que tipo de pizza você gosta? — perguntou enquanto digitava no celular. Seus olhos brilhavam com uma malícia que quase fazia Nina se lembrar de Sam.

— Estou bem, não quero pizza — disse ela, nem um pouquinho convincente.

— Pizza não é uma questão de *querer*, é uma questão de *necessidade*. — Ethan parou de falar e a olhou nos olhos. — A não ser que você queira que eu vá embora.

Bem… amigos podiam comer juntos de madrugada, né?

— Uma pizza cairia super bem — corrigiu-se ela. — De cogumelos, por favor.

Ele soltou um suspiro indignado.

— Nós vamos pedir pizza, não uma salada. Vou pedir de pepperoni.

— Se você não ia me ouvir, por que se deu ao trabalho de perguntar?

— Porque eu presumi que você tivesse bom gosto e não fosse escolher um sabor *natureba*. Tá bom — cedeu ele —, vamos pedir meio a meio.

Nina destrancou a porta. Na mesma hora, Ethan foi se sentar na cadeira da escrivaninha e recostou-se para equilibrá-la sobre as pernas de trás. Ele passou os olhos pelo quarto, parando e observando cada mínimo detalhe — a colagem de fotos acima da cama, os protetores labiais e as canetas espalhadas pela mesa — como se tentasse desvendá-la. De repente, ela quis saber a que conclusões ele havia chegado.

— Engraçado — refletiu Ethan. — De todas as pessoas que conhecemos, você é a última que eu esperava que viesse estudar aqui.

Nina subiu na cama e cobriu as pernas com uma manta.

— Sério?

— Acho que sempre pensei que você fosse estudar longe. Fora do país, até. — Ethan suspirou. — Às vezes, *eu* queria ter feito isso.

— Ainda dá tempo. Você pode cursar um semestre no exterior — observou ela.

— Mas, enquanto isso, aqui estou eu, ainda… — Ethan deu de ombros, como se dissesse: "Ainda envolvido com a vida da família real."

— Para onde você gostaria de ir? Londres?

— O que te faz achar isso? Só porque eu não precisaria falar uma língua estrangeira? — Ao ver o olhar culpado de Nina, Ethan deu uma risadinha. — Fique sabendo que eu falo espanhol.

— Salamanca, então?

Ethan desviou o olhar, como se não tivesse certeza de querer compartilhar a informação.

— Na verdade — murmurou —, se eu estudasse fora, sempre quis secretamente que fosse em Veneza.

— Veneza? — Nina arregalou os olhos, assustada. — Eu *sempre* quis visitar.

— Por ser a cidade dos amantes?

— Você está confundindo com Paris. — Ela se apoiou em uma das mãos enquanto a outra acariciava a estampa xadrez do cobertor. — Eu sempre fui fascinada por Veneza. A cidade inteira está *afundando*, mergulhando na água um centímetro de cada vez. Ninguém pode fazer nada para impedir, então todo mundo leva a vida como se isso fosse normal. Como turista, a gente pode até se sentir perdido, mas não faz diferença, porque cada rua da cidade leva até a *piazza*. E, mais cedo ou mais tarde, acabamos voltando para lá e nos sentando num café para assistir ao pôr do sol sobre os canais...

— Eu não sabia que você conhecia Veneza — disse Ethan devagarinho, e Nina sentiu o rosto pegar fogo.

— Nunca fui. Só li sobre a cidade.

Uma batida na porta: a pizza tinha chegado. Nina foi atender e, em seguida, voltou-se para Ethan com a caixa em uma das mãos.

— É melhor você sentar aqui. — Ela se surpreendeu ao oferecer.

— Claro.

Ethan se jogou na cama e se virou de frente para Nina, com a caixa de pizza equilibrada entre eles como se estivessem fazendo um piquenique. Ela quase gemeu ao morder sua fatia.

— Falei que você ia querer pizza. — Ethan parecia muito satisfeito consigo mesmo. Já tinha devorado o primeiro pedaço e se preparava para começar o segundo.

Nina tentou, sem sucesso, esconder o sorriso.

— Odeio ajudar a alimentar sua presunção já além do comum, mas, sim, você estava certo.

Ela jamais teria imaginado que ficar sentada com Ethan em sua própria *cama* pudesse ser algo tão natural.

— E aí, por que você não foi estudar em Veneza, depois de ler tantos livros sobre a cidade que parece até que já *esteve* por lá?

— Sei lá. Talvez... — Era difícil de admitir, mas Nina se forçou a dizer em voz alta. — Talvez por covardia. Eu nunca viajei para tão longe de casa. — Ela dobrou a fatia de pizza ao meio para poder dar outra mordida. — Não tem problema. Veneza não vai afundar tão rápido assim. Não vai mudar tanto até eu visitar.

— Mas esse não é o objetivo de estudar fora — argumentou Ethan. — Você não vai para Veneza porque a *cidade* está mudando, e sim porque morar lá mudaria *você*. Quando voltasse para casa, você veria tudo com outros olhos. Notaria coisas e pessoas que antes você talvez não teria percebido.

Suas palavras carregavam um duplo sentido que fez Nina se perguntar se ele não estava falando dos dois. Talvez Ethan a tivesse notado agora, embora não tivesse reparado nela antes.

Ela pôs a caixa de pizza meio vazia na beirada da escrivaninha.

— Isso foi... surpreendentemente profundo para um papo de madrugada regado a pizza.

— Pizza e filosofia, minhas duas especialidades.

Ethan pegou o travesseiro de Nina e o apoiou na nuca. Em seguida, recostou-se com um suspiro satisfeito.

— Você não pode roubar o meu travesseiro! — reclamou Nina.

— Eu preciso dele mais do que você. Minha cabeça é maior — argumentou Ethan. — Está cheia de cerveja e pensamentos profundos.

Ela tentou puxar pelo cantinho, mas o travesseiro não saiu do lugar.

— Um cavalheiro jamais faria isso — ela o repreendeu com um sorriso.

Os olhos de Ethan ainda estavam semicerrados.

— Foi mal, gastei todo o meu cavalheirismo acompanhando você até aqui.

— Me devolve! — Nina puxou o travesseiro no instante em que Ethan o tirou de trás da cabeça para jogar nela.

— Ops — disse ele, todo alegre.

Quando menos esperavam, Nina e Ethan já estavam trocando golpes de travesseiro, como faziam quando eram crianças e todos se perseguiam pelo palácio, gritando de alegria, com Sam sempre no centro da confusão, liderando a grande guerra de travesseiros de meninas contra meninos.

A certa altura, eles se recostaram, ofegantes. Nina riu tanto que sua barriga quase doía. A risada ainda fazia cócegas em seu peito, dissolvendo-se em um brilho inebriante que iluminou seu rosto.

De repente, ela se deu conta de como o rosto de Ethan estava perto do dela. Tão perto que dava para ver cada sarda que salpicava as bochechas dele, cada cílio que se curvava sobre seus olhos castanho-escuros.

Ele estendeu a mão para empurrar uma mecha de cabelo solta para trás da orelha dela.

Nina concentrou todo o seu ser naquele ponto de contato, onde a pele de Ethan tocava a dela. Sabia que deveria se afastar, lembrá-lo de que aquilo não era justo com Jeff e que eles precisavam encerrar a noite. No entanto, não conseguia reunir forças para dizer o nome de Jeff e quebrar o encanto que parecia ter se formado ao redor dos dois.

O toque de Ethan foi ficando cada vez mais firme enquanto ele traçava a mandíbula e o lábio inferior de Nina com a mão. O ar entre os dois crepitava, carregado de eletricidade. Bem devagarinho, como se quisesse lhe dar tempo de mudar de ideia — o que não aconteceu —, ele roçou os lábios nos dela.

Nina se entregou ao beijo e apertou os ombros de Ethan. Cada ponto de contato entre os dois pegava fogo, as mãos dele pareciam incendiar sua pele.

Ethan encerrou o beijo abruptamente, respirando com dificuldade.

— Acho melhor eu ir — murmurou enquanto saía da cama.

Depois que ele foi embora, fechando a porta, Nina se deitou e cerrou os olhos, perguntando-se o que tinha acabado de acontecer.

14

SAMANTHA

Sam soltou um suspiro dramático quando viu que as luzes do salão de baile ainda estavam apagadas. Queria ter chegado atrasada para aquele ensaio ridículo de casamento, mas, ao que parecia, Robert a enganara, enviando um cronograma com um horário falso.

Ela se perguntou se o conselheiro tinha feito o mesmo com Marshall. Na semana anterior, quando o avisara que Marshall seria seu acompanhante, ele tinha bufado, incapaz de disfarçar a reprovação.

— Ele terá que participar dos ensaios. Certifique-se de que o rapaz compareça, por favor — foram as palavras agourentas de Robert.

— Claro — rebatera Sam, embora não tivesse certeza se seria capaz de *obrigar* Marshall a fazer qualquer coisa. Eles eram iguaizinhos nesse sentido.

Ela afundou em um banco estofado de veludo e encarou a pintura na parede oposta: um retrato a óleo em tamanho real da família toda, o tipo de imagem formal e coreografada que ia parar nas páginas dos futuros livros didáticos.

No retrato, a rainha Adelaide estava sentada com um Jeff de quatro anos no colo. A luz dançava sobre a treliça de diamantes de sua tiara. O rei estava logo atrás, com uma das mãos nas costas da cadeira e a outra apoiada no ombro de Beatrice. Sam perdeu um pouco do fôlego ao ver o pai. Era como se estivesse espiando por uma luneta capaz de fazê-la voltar no tempo, para uma época em que ainda não o havia perdido.

Sam desviou o olhar para o outro lado da pintura, onde ela se encontrava de pé, separada da família. Era quase como se tivessem posado sem ela, e o artista a tivesse incluído de última hora.

— Você se lembra desse dia?

Sam levantou a cabeça bruscamente. Beatrice hesitou e, em seguida, sentou-se ao lado da irmã com cautela, como se tivesse medo de que Sam pudesse mordê-la. Trajava um vestido de manga comprida com botões nos pulsos que parecia ainda mais elegante em comparação com os jeans surrados de Sam.

— Mais ou menos.

Sam se lembrava do som hipnótico do lápis do artista e da impaciência que sentia para se ver, para testemunhar a transformação daquela tela em branco em uma imagem dela. Estava tão nervosa que não parava de se remexer no colo da mãe. Quando Adelaide perdera a paciência, o artista sugerira que Sam e Jeff trocassem de lugar. "Não se preocupe se ela não ficar parada. Eu conserto isso na pintura", assegurara ele à rainha. "Essa é a vantagem dos retratos a óleo: são mais flexíveis do que as fotografias."

Ela se lembrava de ter visto réplicas daquele retrato na loja de suvenires do palácio e ter se dado conta de que desconhecidos gastavam dinheiro para ter fotos da sua família. Aquela foi a primeira vez que Sam entendeu a natureza surreal da posição que eles ocupavam.

— Sinto saudade dele — murmurou Beatrice. — Muita saudade.

Sam avaliou rapidamente a irmã. No momento, não parecia tão majestosa. Era apenas... Beatrice.

— Também sinto saudades.

Beatrice ainda olhava fixamente para a representação do pai.

— Essa pintura não tem nada a ver com ele.

— Pois é. Ele está majestoso demais.

O George que as olhava do retrato era sério, resoluto e solene, com as têmporas cercadas pela Coroa do Estado Imperial. Ninguém poderia ter a menor dúvida a respeito de sua posição como monarca.

Mas Sam não sentia falta de seu monarca; sentia falta do pai.

— Ele sempre fazia essa cara quando usava a coroa. Como se o peso o forçasse a ficar mais sério — refletiu Beatrice.

— Você também. Você faz uma cara constipada quando usa a coroa — comentou Sam, impassível. Ao ver a expressão no rosto da irmã, Sam soltou algo parecido com uma risada. — Estou *brincando*!

— Rá, rá, muito engraçado — respondeu Beatrice, embora tivesse arriscado um sorriso.

Sam se deu conta de que aquilo era o máximo que tinham conversado em semanas. Desde o dia da Corrida Real do Potomac, tinha voltado a evitar a irmã, como fizera ao longo de tantos anos. Beatrice tentara se reconciliar com ela algumas vezes — tinha batido na porta do quarto de Sam, mandado mensagem perguntando se ela queria encontrá-la para almoçar —, mas ela respondera tudo com silêncio.

Ela olhou para Beatrice, de repente hesitante.

— Belo arremesso no jogo dos Generals, aliás.

— Você viu?

A surpresa na voz da irmã ajudou a dissolver um pouco mais a animosidade de Sam.

— Claro que vi. Você não viu que já virou meme e tudo? Foi muito irado.

— Obrigada — disse Beatrice. — Eu… tive ajuda.

Sam começou a responder, mas parou de falar quando Teddy virou o corredor.

E, assim, o frágil momento de trégua entre as irmãs Washington se desfez. Tudo que Sam gostaria de dizer teria que permanecer confinado no silêncio. Como sempre acontecia em sua família.

Houve um momento de pesar, ou talvez arrependimento, estampado no rosto de Teddy, mas logo desapareceu.

— Oi, Samantha — ele a cumprimentou, com tanta naturalidade que parecia até que Sam nunca fora nada além da irmã mais nova de sua noiva.

Sam se preparou para uma onda de saudade e ressentimento, mas só sentiu uma pontada suave de exaustão.

Por sorte, não precisaram desenvolver a conversa, graças à chegada dos demais: a rainha Adelaide e Jeff, seguidos por Robert. O conselheiro fez um gesto para que Beatrice os conduzisse até o salão de baile — como se respeitar a ordem de precedência fosse essencial, mesmo num contexto casual. Era por isso que Sam sempre tinha odiado os protocolos.

— Obrigado a todos por terem vindo — começou Robert. — Sei que pode parecer cedo para ensaiarmos, mas não podemos nos dar ao luxo de cometer erros. Dois *bilhões* de pessoas assistirão à cobertura ao vivo da cerimônia.

O casamento dos pais de Sam tinha sido o primeiro casamento real a ser transmitido pela televisão internacional, decisão que havia gerado muita controvérsia entre os Washington. "As pessoas assistiram em *bares*", dizia a avó de Sam, com um tom de reprovação na voz.

— Achei melhor nos reunirmos antes de seu fim de semana em Boston — acrescentou Robert com um aceno de cabeça cortês para Beatrice. — Dessa forma, você terá a oportunidade de revisar a programação com a família de Sua Senhoria e me avisar se houver qualquer pedido de alteração da parte deles.

Sam mal ouviu a resposta da irmã e mal processou o comentário da mãe, dizendo que passaria o fim de semana em Canaveral e que mandassem lembranças à duquesa. Toda a atenção de Sam tinha se voltado, com implacável crueldade, para aquelas palavras: "seu fim de semana em Boston".

Teddy ia levar Beatrice para sua casa, Walthorpe.

Ele a trocou pela irmã mais velha — e, por ela, tudo bem, já que Teddy também não significava nada para Sam. Não tinha passado de um flerte idiota, e agora não existia mais nada entre eles.

Robert ainda estava tagarelando sobre alguma coisa — talvez alguma coisa relacionada à etiqueta — enquanto Sam se aproximava do irmão.

— Vamos ficar sozinhos no fim de semana — sussurrou ela, indicando Teddy e Beatrice com a cabeça. — Que tal convidarmos algumas pessoas?

Quando estavam no ensino médio, eles sempre davam festas quando o pai saía da cidade. Era como se, com o Estandarte Real hasteado a meio-mastro e a ausência do monarca, o palácio deixasse de ser uma instituição e se tornasse um *lar*.

Jeff arregalou os olhos.

— Você quer dar uma festa, depois do que aconteceu da última vez?

A lembrança fez Sam estremecer.

— A queda da Himari foi um acidente. E, além disso, ela acordou do coma! — Sam tinha visto a notícia, e não se falava de outra coisa nas redes sociais. — Fala sério, Jeff, um pouquinho de diversão ia ser bem útil para todo mundo agora.

Sem contar que aquilo mostraria a Teddy que ela não ligava a mínima para a viagem do casalzinho para Boston.

— Tá bom. Tô dentro — sussurrou Jeff.

— O que vocês dois estão tramando? — quis saber a mãe deles.

— Nada — responderam os gêmeos em uníssono, como nos velhos tempos. Sam precisou morder o lábio para não rir.

Robert pigarreou — um som irritante e pomposo.

— Como eu estava dizendo, hoje treinaremos os momentos iniciais da recepção. Após a entrada, os noivos darão início à tradicional primeira dança ao som de "Estados Unidos, minha pátria".

Enquanto o conselheiro falava, Beatrice e Teddy dirigiram-se até o piso de madeira polida do salão de baile.

— Logo após o primeiro refrão, os familiares se juntarão a eles, como manda a tradição. — Robert inclinou a cabeça em direção à rainha Adelaide. — Vossa

Majestade, Sua Graça, o Duque de Boston, a levará à pista de dança. E, quanto a Vossa Alteza, príncipe Jefferson... — Robert lançou um olhar incisivo para Jeff. — Você ainda não me disse o nome da sua acompanhante.

Jeff abriu um sorriso alegre e despreocupado.

— Estou deixando para a última hora. É mais legal ver as teorias que as pessoas inventam.

Sam se perguntou se o irmão já tinha alguém em mente. Sempre havia a possibilidade de ele fazer o que a população esperava dele e acabar voltando para Daphne.

Ela esperava que não. Seria péssimo para Nina ver Jeff e Daphne juntos outra vez.

— Samantha — falou Robert, omitindo o título, apesar de tê-lo usado com todo mundo. — Você disse que tinha convidado lorde Marshall Davis. Onde ele está?

Sam ficou satisfeita com o susto que Teddy levou ao ouvir a notícia. Até mesmo Beatrice, que nunca revelava o que estava sentindo, arregalou os olhos, surpresa.

— Sem dúvidas, ele está a caminho — respondeu Sam, por mais que tivesse muitas dúvidas. Mas, de alguma maneira, e bem a tempo, as portas do salão de baile se abriram.

Marshall cruzou o salão com desenvoltura e se colocou ao lado de Sam.

— Peço desculpas, espero não ter atrasado muito as coisas.

Foi o pedido de desculpas menos sincero que Sam já tinha ouvido. E, vindo dela, aquilo queria dizer muito.

Robert franziu os lábios em sinal de reprovação.

— Agora que estamos todos presentes, vamos começar.

Ele deslizou os dedos pelo tablet, e as primeiras notas de "Estados Unidos, minha pátria" ecoaram dos alto-falantes.

Era uma música bem melancólica, pensou Sam, quase com pena de Beatrice. Quando *ela* se casasse, pelo menos, poderia escolher a música para sua primeira dança.

Marshall apoiou um braço no ombro de Samantha em um gesto casual.

— Oi, amor.

Sam se aconchegou nele e encostou a cabeça em seu ombro.

— Já te falei para não me chamar assim — murmurou ela, dando-lhe um beliscão na lateral do corpo.

Marshall nem sequer se contraiu. Simplesmente a pegou pela mão e entrelaçou os dedos nos dela.

— Ah, meu chuchuzinho, fique sabendo que tenho uma irmã mais nova. Você vai ter que se esforçar bem mais se quiser que eu fique com o rabo entre as pernas.

— *Chuchuzinho*? Sério? — Sam tentou se desvencilhar da mão dele, mas Marshall a segurava com força.

Ele começou a acariciar os nós dos dedos de Sam com o polegar, traçando círculos lentos. A manobra distrativa serviu para fazê-la desistir de seus esforços de escapar. Ela se concentrou em Teddy e Beatrice, que executavam os primeiros passos da dança como se flutuassem.

Odiava admitir, mas os dois combinavam. Quando Teddy a girou na ponta dos pés, o vestido de Beatrice chegou até a esvoaçar um pouco, dando uma ideia de como o vestido de noiva teria um efeito ainda mais espetacular. O esforço pareceu tê-la aquecido, porque, quando chegaram ao primeiro refrão, suas bochechas estavam tingidas com um tom de rosa delicado que a fazia parecer… feliz.

Robert se virou com uma risada de satisfação. Enquanto Jeff se dirigia para o outro lado do salão de baile — dançando com a mãe deles, que estava substituindo a acompanhante do irmão, quem quer que ela fosse —, Marshall puxou Sam para a pista de dança e segurou bem firme sua mão direita com a esquerda, enquanto a outra pousou em seu quadril. Ela cabia nos braços dele com uma facilidade incrível.

Marshall grunhiu quando as notas monótonas e desoladas do estribilho soaram.

— Como esperam que a gente dance ao som de uma música tão deprimente?

— É só calar a boca e fazer o que eles mandarem — rebateu Sam, meio desconcertada ao ver como os dois pensavam igual. — Estou começando a achar que arrumei um problema escolhendo você.

Ele sorriu ao ouvir aquilo.

— Ninguém vai acreditar que a gente está namorando enquanto você não parar de dizer o que *realmente* pensa. Ainda mais sobre mim.

— Mas você faz por merecer os insultos — respondeu Sam, por mais que soubesse que Marshall tinha razão. Ela nunca tinha sido tão brutalmente sincera com um cara antes… porque nunca tinha entrado em um relacionamento com a consciência de que não daria em nada. Para dizer a verdade, era libertador.

— Olha, sei que combinamos do nosso primeiro encontro público ser na semana que vem — prosseguiu Sam —, mas eu e Jeff acabamos de decidir que vamos dar uma festa no sábado. Você deveria vir.

Marshall segurou a cintura dela ainda mais firme.

— Ah, então o seu homem misterioso vai. E você precisa de mim para encher o coração dele de medo e ciúme.

"Não, mas vou postar fotos tão fantásticas que vai ser impossível ele não ver, e aí vai se dar conta de que a fila andou", Sam pensou.

— Posso convidar Kelsey, se quiser — ofereceu ela.

— Kelsey raramente sai de Los Angeles. Ela só veio para aquela festa no museu porque ia gravar um comercial no dia seguinte.

— Você disse que não tinha falado com ela… — retrucou Sam.

Ao perceber que tinha sido pego na mentira, ele deu de ombros.

— A gente não se falou. Eu só… vi na internet o post que ela fez sobre o comercial.

— *Marshall!* — sibilou Sam. — Você não parou de seguir ela? É a primeira coisa que se faz assim que termina com alguém!

— Sinto muito se eu não corro para seguir seus conselhos. Sei bem que, quando se trata de relacionamentos, você é infinitamente mais sábia e madura — disse ele, seco.

Sam revirou os olhos.

— Só me promete que vem para a festa, tá?

— Claro — concordou ele, surpreendendo-a. — Quando na vida eu recusei uma festa?

— Eu… tá. Valeu. — De repente, Sam se distraiu ao sentir a mão de Marshall escorregar um pouco mais para baixo, acomodando-se na curva de sua coluna.

Para dizer a verdade, a dança era um fenômeno social estranho. Ali estava ela, tão perto de Marshall que eles podiam conversar sem que ninguém ouvisse, perto o suficiente para sentir o cheiro de suas roupas limpas, a fragrância de sua pele… Mesmo assim, as pessoas insistiam em fingir que era apenas mais um ritual da corte, que não havia nada de físico ou de íntimo naquele momento.

O passo seguinte de Sam pousou diretamente no peito do pé de Marshall. Ela cambaleou para trás, mas ele a segurou pelo cotovelo para equilibrá-la.

— Sei que vai contra sua natureza, mas bem que você podia tentar me deixar conduzir — sugeriu ele.

— É isso que eu odeio na dança de salão. Por que é *você* que conduz?

— Porque eu sou mais alto. É óbvio. — Marshall contraiu os lábios. — Além disso, meus sapatos são mais resistentes. Foram feitos para serem pisoteados até pelo mais fino dos saltos.

— A culpa foi sua — insistiu ela, embora estivesse segurando o sorriso. — Foi você que se meteu no caminho.

Os dois dançaram em silêncio por mais alguns minutos. Quando Marshall começou a movê-los na diagonal, Sam balançou a cabeça.

— O que você está fazendo? Essa é a volta de três passos!

— Essa parte é depois. Primeiro vem o chassé.

Ela cravou os saltos no chão, e seus sapatos rangeram em protesto no piso de madeira.

— Samantha! O chassé vem primeiro! — gritou Robert. Dava para ouvir a frustração do conselheiro do outro lado do salão.

Sam estava prestes a ignorar as críticas, como era acostumada a fazer, mas, para sua surpresa, Marshall parou de repente, bem no meio da pista de dança.

— Sinto muito, lorde Standish. Foi erro meu. Eu a conduzi mal.

Robert resmungou em voz baixa, mas aceitou o pedido de desculpas com um aceno.

Marshall voltou-se para Samantha e estendeu a mão para ela em expectativa. Devagarinho, e meio surpresa, ela apoiou a palma na dele.

— Você acabou de levar a culpa por mim?

— É para isso que servem os namorados de mentira.

— Eu… Você não precisava ter feito isso.

Marshall deu de ombros como se o gesto não fosse nada. Talvez para ele não fosse.

— Precisava sim, na verdade. Sei bem como é ser o saco de pancadas de alguém.

Havia uma nota em sua voz que fez Sam sentir vontade de perguntar o que ele queria dizer. Uma namorada *de verdade* teria perguntado… ou, melhor dizendo, uma namorada de verdade já saberia a resposta.

— Obrigada — foi tudo que ela disse.

Eles continuaram dançando em silêncio. Sam tentou se concentrar nos passos: o passeio, a volta no lugar, o giro completo que a levou a se envolver nos braços de Marshall e, então, se desvencilhar lentamente. Ela se concentrou no movimento para não ficar se fazendo perguntas sobre ele.

De uma hora para outra, a música desacelerou ao atingir seu crescendo dramático final. Antes que Sam conseguisse processar o que estava acontecendo, Marshall a mergulhou para trás lentamente. Seu peso inteiro se equilibrou no braço direito do rapaz, cuja pulsação parecia ecoar em seu corpo.

— Foi um bom começo — comentou Robert em voz alta, passando os dedos pela tela do tablet. — Mas ainda temos muito trabalho pela frente. Vamos recomeçar.

Então, Marshall a levantou devagar, olhos nos olhos. Sam estava sem fôlego e sentia que estava vermelha do pescoço até o couro cabeludo.

— Nada mal, hein, meu Sam-duichinho de presunto? — murmurou Marshall, quebrando a tensão entre eles. Sam revirou os olhos e se desvencilhou dos braços dele.

Enquanto voltavam aos seus postos, ela tentou se convencer de que o coração só estava acelerado por conta do esforço físico. Certamente não tinha nada a ver com o fato de que, por um breve instante, Sam achou que Marshall fosse beijá-la.

15

DAPHNE

Os portões do Palácio de Washington foram projetados para maximizar o impacto visual, esculpidos com intrincados arabescos e Ws entrelaçados. Quando Daphne e Himari deram seus nomes para o guarda e ele liberou a entrada do táxi, Daphne pôde sentir como toda aquela grandeza era gratificante.

Ela amava portas ou portões imponentes, contanto que estivesse do lado de dentro.

— Como está se sentindo? — perguntou ao saírem do carro. Himari estava quieta demais.

As duas tinham se visto praticamente todos os dias desde que Himari recebera alta do hospital. A princípio, permaneceram na casa dos Mariko, folheando revistas e compensando um ano de conversas perdidas. Então, por recomendação médica, elas foram, pouco a pouco, retomando as velhas atividades: fazer as unhas ou passear pelas calçadas da Hanover Street, admirando as vitrines.

— Estou um pouco nervosa. Mas, principalmente, animada. — Himari cumprimentou o lacaio de aparência estoica que, com um gesto, indicou que elas seguissem para as portas que davam para o jardim dos fundos.

Daphne assentiu, embora estivesse insegura.

— Só estou surpresa que seus pais tenham deixado você vir.

— Meu médico quer que eu volte à minha antiga rotina, para ajudar a regenerar as redes neurais. Quanto mais eu me comportar como antes, maiores as chances de conseguir recuperar tudo que esqueci. — Himari viu a expressão preocupada no rosto de Daphne e suspirou. — Se serve de consolo, prometi aos meus pais que não vou beber uma gota de álcool, já que ainda não faço a menor ideia do que aconteceu da última vez que bebi.

Toda vez que Himari fazia esse tipo de comentário, Daphne temia que a amiga a estivesse atraindo para uma armadilha com a intenção de arrancar algum comentário que a entregasse. Por isso, ficou em silêncio. Por outro lado... Himari nem sequer lançou um olhar desconfiado na direção de Daphne.

Era aquele momento mágico e crepuscular do dia, quando o sol começava a se pôr e, por um breve instante, o céu ficava tão ofuscante que mais parecia meio-dia. A claridade iluminava os canteiros cheios de flores enfileiradas e os louros-da-montanha brancos espalhados como punhados de neve. Ao longe, no pomar, Daphne notou que as flores de cerejeira haviam desabrochado.

Seus passos ressoavam um som triturante no cascalho enquanto seguiam os outros convidados em direção a uma enorme tenda branca. Daphne reconheceu a estrutura, pois era a mesma que o palácio usava para as festas mensais ao ar livre: eventos vespertinos insossos, caracterizados por champanhe sem bolhas e tortas de cereja. Ver aquela cena tão familiar à noite era estranhamente animador. O ambiente inteiro ganhava um toque de travessura, como se todos fossem crianças decididas a furar o toque de recolher, e que talvez escapassem impunes.

Assim que entrou, Daphne logo avistou Ethan do outro lado da tenda e desviou o olhar. Odiava a facilidade com que conseguia reconhecê-lo em meio à multidão — não importava a distância que os separava, os contornos de seu corpo eram inconfundíveis.

— Meu Deus do céu — sussurrou Himari. — Aquele com a Sam é *Marshall Davis*?

Daphne seguiu o olhar da amiga. Era verdade: ao lado da princesa estava o futuro duque de Orange com o braço ao redor da cintura de Samantha como se fosse a coisa mais natural do mundo.

— Dessa eu não sabia — comentou ela, pensativa. Se bem que, para dizer a verdade, não deveria ser uma surpresa, dada a fama de baladeiros que os dois tinham.

Quando ela e Himari se misturaram à multidão, houve uma nítida pausa no bate-papo ao redor das duas. Todo mundo começou a se acotovelar, sinalizando com sussurros abafados que Himari tinha chegado.

Instintivamente, Daphne deu o braço para a amiga.

— Você está bem? Prefere voltar para casa?

— Não. — Himari mordeu o lábio, indecisa. Longe de parecer perigosa ou vingativa, ela parecia... vulnerável. — Eu só... não esperava que todo mundo fosse me encarar tanto.

Era óbvio que todos os colegas de classe já sabiam que Himari tinha acordado. Despertar de um coma de dez meses a transformara numa espécie de celebridade. Pelo que ela tinha dito a Daphne, alguns repórteres chegaram até a ligar para a casa dela pedindo uma entrevista exclusiva, mas a mãe de Himari havia recusado.

— Ninguém nessa casa fala com a *mídia* — respondera a condessa de Hana com desdém. Ela ainda era adepta da antiga crença aristocrática de que, se seu nome aparecesse nos jornais, só podia ser porque alguma coisa horrível tinha acontecido.

— Não se preocupa. Daqui a uns cinco minutos, todo mundo só vai ter olhos para a próxima besteira que Samantha e Marshall fizerem — disse Daphne com convicção. — Além disso, se as pessoas estão te encarando, é porque você está maravilhosa.

Himari abafou uma risada.

— Minha mãe disse a mesma coisa. Esse é o resultado de meses de dieta líquida.

— Eu estava falando da sua roupa — respondeu Daphne com um sorriso.

— Ah, mandei uma mensagem pedindo socorro para Damien hoje à tarde e ele trouxe isso. Não tinha a menor condição de sair com minhas roupas antigas, elas estão fora de moda — disse Himari, toda dramática.

Ao contrário de Daphne — que reciclava as próprias roupas sempre que tinha a chance e aceitava brindes de estilistas promissores por não poder bancar novas joias —, dinheiro nunca fora um problema para Himari. No momento, ela estava usando um macacão lilás e uma bolsa de lantejoulas da mesma cor que Daphne tinha visto no manequim da Halo no dia anterior.

Houve um redemoinho de agitação nas proximidades. Ao se virar, Daphne avistou o príncipe Jefferson a poucos metros de distância. A camisa polo branca que ele vestia realçava seu bronzeado, e ele exibia aquele sorriso jovial e deslumbrante com o qual conquistara o coração de grande parte do país.

— Jefferson... — sussurrou, enquanto ela e Himari faziam uma reverência em uníssono, agachando-se exatamente no mesmo ângulo de inclinação.

O príncipe dispensou o gesto com um aceno de mão.

— Não, por favor. Odeio quando fazem isso.

— Não é nada de mais — começou a dizer Daphne, mas Himari a interrompeu.

— Jeff, quando nós, garotas, fazemos reverência, não é por você, mas por *nós*.

Daphne congelou, imaginando se a amiga estava flertando com o príncipe, mas Himari se limitou a acrescentar:

— Gosto de forçar as pessoas a saírem do meu caminho. E, quanto maior o vestido, mais elas precisam se afastar.

Com uma risada, o príncipe puxou Himari para um abraço.

— É por esse tipo de coisa que senti saudades suas — brincou ele. Em seguida, se afastou e adquiriu um tom mais sério. — Himari, eu sinto muito, de verdade. Não sei muito bem o que aconteceu naquela noite, mas aconteceu na *nossa* festa. Eu e a Sam nos sentimos péssimos.

— Não foi culpa de vocês — garantiu Himari, e Jefferson sorriu, aliviado.

Claro que não, pensou Daphne. A culpa era *dela*. Ela gostaria de ser absolvida pela amiga também, mas sabia que era impossível.

Jeff indicou com a cabeça uma mesa repleta de bebidas.

— Estou com sede. Vocês me acompanham?

Agora que Jefferson havia quebrado o gelo e cumprimentado Himari, todo mundo veio atrás. As perguntas começaram a pipocar: como ela estava se sentindo? Ela sonhou durante todos aqueles meses? Qual foi a primeira coisa que disse assim que acordou?

Daphne hesitou. Jefferson havia seguido em frente, abrindo caminho em meio à multidão, mas Himari ficou para trás, deleitando-se com a onda de atenção repentina. Ela olhou nos olhos de Daphne. Por um breve instante, um brilho estranho iluminou os olhos de Himari, mas então ela ergueu o queixo discretamente, como quem diz: "Pode ir." Daphne correu para alcançar o príncipe.

Era a primeira vez que ficava sozinha com ele desde a Corrida Real do Potomac, embora Daphne tivesse se esforçado ao máximo para ficar de olho no príncipe. Tinha quase certeza de que ele ainda não tinha convidado ninguém para acompanhá-lo ao casamento de Beatrice.

E Jeff também não tinha sido visto com Nina, mas Daphne sabia que não podia ter certeza de nada. Só porque os dois não estavam juntos em público não significava que nada estava acontecendo em particular. Da última vez, Jefferson e Nina já estavam namorando havia semanas antes que ela e a mídia descobrissem.

E, além do mais, Ethan não deveria estar cuidando da situação? Nas poucas vezes que Daphne lhe fizera perguntas a respeito, ele tinha respondido com mensagens vagas de uma linha só. Então, no fim de semana anterior, ela perdeu a paciência e ligou para ele, mas Ethan recusara a chamada.

"Pode parar com o assédio. Estou com ela agora", escrevera ele antes que ela pudesse tentar ligar de novo.

Daphne havia sentido uma estranha pontada de surpresa por ele estar com Nina tão tarde da noite em um sábado, por mais que aquilo fosse exatamente o que pediu a ele. "Que bom", respondera ela, curta e grossa.

Não estava nem aí para o que Ethan fazia ou deixava de fazer, contanto que Nina ficasse bem longe do príncipe, deixando o caminho livre para ela entrar em ação.

— Que ambientação linda — comentou ao parar um pouco atrás de Jefferson. — Como você conseguiu a tenda?

Ele procurou um saco de gelo embaixo da mesa e jogou um punhado num copo vermelho de plástico. Daphne se divertia sempre que pensava que Jefferson e Sam eram dois dos jovens mais ricos do planeta e, mesmo assim, insistiam em beber naqueles copos, como universitários comuns.

— Ah, a tenda não é pra gente, é para a festa de amanhã no jardim — respondeu com um sorriso travesso.

Jefferson encheu o copo de gelo de Daphne com refrigerante. Ela amou ele nem ter sentido a necessidade de perguntar; simplesmente serviu a bebida para ela, como sempre.

Mas, por outro lado, ser a namorada perfeita e comportada não tinha funcionado da última vez. Daphne tinha a sensação de que *Nina* gostava de beber álcool nas festas.

— Você se esqueceu da vodca — disse ela gentilmente.

— Ah, claro... desculpa. — Jefferson disfarçou a surpresa e acrescentou um pouco de vodca no copo dela. Em seguida, pegou uma cerveja para si e conduziu Daphne para o cantinho mais afastado da tenda, onde poderiam desfrutar de uma momentânea privacidade.

— Vai dar uma trabalheira limpar tudo antes da festa de amanhã — observou Daphne com indiferença.

O príncipe deu de ombros.

— Vai ficar tudo bem, contanto que ninguém faça nenhuma besteira. E estou me incluindo nisso.

— Você, fazendo besteira? — provocou ela. — Tipo aquela vez em que estava jogando dardos e errou tanto o alvo que acabou acertando o quadro do lorde Alexander Hamilton lá do outro lado da sala?

— Ei, eu acertei o olho dele. Pode-se dizer que minha pontaria é impecável — protestou Jefferson. — E aquela vez em que levei todo mundo para um passeio nas masmorras e acidentalmente tranquei a gente lá dentro?

— Você vive chamando aquele cômodo de masmorra, mas é só um porão.

— Teve também aquela festa nas férias de inverno, quando estávamos no segundo ano. Eu e Ethan abrimos uma caixa de fogos de artifício guardada para a celebração do Quatro de Julho. Aquela foi a noite em que eu te conheci, aliás — relembrou Jefferson melancolicamente.

Daphne sorriu.

— Acabei acendendo um, embora tivesse achado uma péssima ideia. Acho que queria te impressionar.

O príncipe girou a garrafa de cerveja em uma das mãos.

— Eu me lembro de ter te visto lá fora, no terraço, rindo, segurando aquele rojão. Aquela faísca iluminava seu rosto de um jeito... Você era a garota mais bonita que eu já tinha visto.

Por algum motivo, Daphne se lembrou do que Ethan lhe dissera no início do ano: "O Jeff não te conhece como eu. Tudo o que ele vê é sua aparência, o que é uma pena, porque o melhor em você é sua mente. Essa mente brilhante, teimosa e sem escrúpulos..."

Daphne se forçou a deixar o pensamento de lado. O que ela estava fazendo pensando em Ethan naquele momento?

— Aí você deixou o rojão cair na grama e todo mundo começou a gritar, desesperado — continuou Jefferson com uma risadinha.

Como se ela não tivesse feito aquilo de propósito.

— Eu tentei apagar o fogo com os meus saltos! — relembrou Daphne.

— Sorte sua que eu estava bem ali. Com uma cerveja.

— E eu gritei para você não apagar com a cerveja porque achei que o álcool ia alimentar as chamas!

— Isso só acontece com licor — observou Jefferson. — A cerveja pode ser usada como extintor de incêndio. Tem mais água do que qualquer coisa, afinal de contas.

— Você tinha dezesseis anos — provocou Daphne. — Dois anos a menos do que a idade permitida para beber.

— Não é culpa minha se as coisas mais interessantes da vida tendem a ser contra as regras — respondeu ele com um sorriso de orelha a orelha.

Daphne sabia que aquele era o momento de mover suas pecinhas para conquistá-lo, mas precisava ser sutil. Seria contraproducente se Jefferson se sentisse *sufocado*. Precisava seduzi-lo sem que ele se desse conta.

— Não foi naquela noite que ficamos acordados até tão tarde que saímos para tomar café da manhã? — perguntou ela, como se a noite não estivesse gravada em sua memória. Possuída por uma sensação inebriante de vitória, Daphne permanecera no palácio quase até o amanhecer, quando os únicos convidados ainda presentes eram os amigos íntimos dos gêmeos. Embora ela quisesse mais do que tudo ir para casa e desabar na cama, acabara se forçando a resistir. Não dava para saber quando teria outra oportunidade como aquela.

Então Daphne retocara a sombra e reaplicara o batom. Em seguida, abrira uma garrafa de champanhe, por mais que não tivesse nenhuma intenção de beber (o estouro da rolha sempre conferia um clima *festivo* a todas as ocasiões), e, enquanto a garrafa passava de mão em mão, perguntara: "Que tal tomarmos um café da manhã?"

— É verdade, a gente foi parar no Patriot! — exclamou Jefferson, referindo-se ao bar do Hotel Monmouth, ali pertinho. — Faz séculos que não como aqueles bolinhos de batata.

— Eu também — disse Daphne, nostálgica, quase melancólica. — Depois de hoje à noite, vou precisar daquele tipo de carboidrato para me recuperar.

Ela sempre fazia a mesma coisa com Jefferson: ria de prazer quando ele propunha alguma coisa, como se a ideia fosse dele, e não algo induzido discretamente por ela. Afastava-o de assuntos que preferia evitar e dava um jeitinho de abordar aqueles que fossem de seu interesse. Ela o *manipulava* — sempre fora assim e sempre seria.

— Sabe de uma coisa? Bem que a gente podia ir amanhã — propôs Jefferson, e Daphne sorriu como se tivesse sido pega de surpresa pela sugestão.

— Você não vai dormir até tarde?

— Talvez eu nem durma! Vai saber! — Jefferson tirou o celular do bolso. — Olha, vou programar o despertador para as dez da manhã agora mesmo.

— Combinado, então — concordou ela, e então se aproximou bem de leve.

Embora pudesse ser loucamente aventureiro, Jefferson também gostava de familiaridade e rotina. Era por isso que, no fim das contas, Daphne o conquistaria. Ela era o primeiro, o mais público e o mais viciante de seus hábitos. E não tinha a menor pretensão de permitir que ele se esquecesse disso.

Eles conversaram por mais um tempinho, mas era impossível manter alguém por perto a festa inteira, então Daphne não se surpreendeu quando foram interrompidos pelo antigo time de remo de Jefferson. Eles correram para cima do príncipe em bando, turbulentos, jocosos e já bêbados, gritando que precisavam dele para uma rodada de shots. Daphne abriu um sorriso indulgente e deixou que os amigos o arrastassem.

Ao reencontrar Himari, havia um brilho de preocupação nos olhos da amiga. Ela a puxou de lado e falou em voz baixa:

— Daphne... Nina Gonzalez está aqui.

Daphne olhou para o outro lado da tenda, onde avistou Nina, hesitante, ao lado de Sam e seu novo brinquedinho, ou o que quer que Marshall fosse.

— Eu estava sentindo que ela viria.

Agora, Daphne realmente precisava encontrar Ethan e garantir que ele estava seguindo o plano.

— Acho bom ela ficar longe de Jeff — disse Himari. — Verdade seja dita, eu ainda não entendi como foi que eles começaram a namorar, para início de conversa. Como é possível ele ter deixado *você* por *ela*?

— Exatamente — respondeu Daphne, sentindo-se vingada pela primeira vez em meses.

Himari fez uma careta.

— Não consigo decidir o que é pior: esmalte preto ou aqueles brincos de pena bizarros. Você acha que foi ela mesma que fez?

— Fez usando o quê? Pena de pombo? — retrucou Daphne, e a amiga mal conteve o riso.

— Tem certeza de que Jeff não caiu e bateu a cabeça naquela noite também?

Era um esforço tão nítido para animá-la que o peito de Daphne se encheu de gratidão. E foi então que ela percebeu que a amiga não a estava manipulando, que Himari realmente não sabia o que tinha acontecido na noite da queda. Era uma certeza instintiva e profunda, assim como todo mundo sabe que respirar é necessário para viver. Ela simplesmente... *sabia*.

E, ao se dar conta disso, Daphne sentiu como se uma peça perdida tivesse acabado de se encaixar.

"Não existe segunda chance na vida", sua mãe sempre lhe dizia. "O melhor é fazer certo da primeira vez, agarrar cada oportunidade com unhas e dentes, porque não vai haver outra."

No entanto, graças a uma reviravolta extraordinária do destino, Daphne estava *realmente* ganhando uma segunda chance. Tinha voltado no tempo, para antes da briga entre ela e Himari, antes de tudo dar tão errado.

Ela não estava acostumada a sentir gratidão. Em sua opinião, merecia tudo que tinha, porque tinha se dedicado muito. Ela ia às compras em época de liquidação e fascinava as pessoas, subia com muito suor e determinação a pirâmide social e defendia cada centímetro de terreno conquistado. Bolava planos elaborados e, caso falhassem, *sempre* tinha um plano B na manga.

Agora, pela primeira vez em dezoito anos de vida, Daphne Deighton sentia-se pequena, porque tinha recebido um presente que não merecia.

— Fico tão feliz por você estar bem — disse ela com a voz rouca, e então puxou Himari para um abraço breve e intenso. — Eu senti muitas saudades, de verdade.

Depois de todo aquele tempo, sua melhor amiga estava de volta.

16

BEATRICE

Beatrice abriu o zíper de seu vestido de festa e se deixou cair na cama de dossel no quarto de hóspedes de Walthorpe, piscando várias vezes enquanto encarava o tecido vermelho repleto de fios de ouro. Parecia até estar flutuando dentro do pôr do sol.

O dia em Boston tinha sido uma correria. Ela e Teddy tiveram que fazer várias aparições oficiais — uma sessão de fotos na prefeitura, uma recepção na Escola de Medicina de Harvard —, porque, obviamente, Beatrice nunca podia tirar um dia de folga *de verdade*.

No entanto, agora que não precisava ir sozinha a esses eventos, ela não se importava mais tanto assim. Era um alívio e tanto entrar num recinto e saber que só precisaria falar com metade dos convidados, porque Teddy cuidaria da outra metade. Então, depois de cada compromisso, os dois passavam todo o trajeto de carro comparando opiniões sobre as pessoas que tinham visto e rindo de algum comentário engraçado que tinham ouvido.

Quando chegaram à casa Walthorpe, Beatrice havia se preparado para um jantar com pompa e circunstância, cheio de primos, padrinhos e quem sabe até vizinhos. Para seu alívio, as únicas outras pessoas à mesa eram os pais de Teddy e seus dois irmãos mais novos — Charlotte, a irmã mais nova, não estava na cidade.

Beatrice amava a maneira como os Eaton se provocavam: era o tipo de implicância bem-intencionada que *quase* chegava a ofender, mas eles logo corriam em defesa um do outro. Ela ouviu histórias sobre os tempos de Teddy no colégio, a liga de softbol de Charlotte e a última vez em que receberam uma visita da família real, mais de vinte anos antes, quando o pai de Beatrice correra na Maratona de Boston.

— Eles te trouxeram junto, sabia? — disse a mãe de Teddy com brilho nos olhos. — Eles se recusavam a viajar sem você, então você veio, com berço e tudo.

Beatrice não tinha percebido até aquele momento o quanto precisava ouvir histórias desse tipo. Histórias de *antes*.

Ela se forçou a se sentar e começou a tirar os vários grampos e presilhas do penteado, um coque baixo que o cabeleireiro do palácio havia arrumado naquela manhã na capital. Em seguida, suspirou aliviada quando seu cabelo escuro se espalhou por cima dos ombros como uma cortina ondulada.

Ao se levantar, vestindo apenas uma calcinha creme e um sutiã sem alça, Beatrice se deu conta de que não sabia onde ficava o armário. Mal colocara os pés naquele quarto antes do jantar; um dos criados havia desfeito suas malas e deixado o vestido estendido sobre a cama.

Havia uma porta à direita da lareira. Só podia ser aquela. Ela pôs o cabelo para trás da orelha distraidamente, girou a maçaneta para abri-la...

E se viu cara a cara com Teddy Eaton nu.

Ela arfou e cambaleou para trás. Procurou apressadamente o vestido que ainda estava em cima da cama, cobriu o peito com ele como um roupão e fechou os olhos.

— Desculpa, foi sem querer... eu só estava procurando o armário...

— Está tudo bem, Bee. Sério. — Pelo tom de voz, dava para saber que ele estava rindo.

Quando se atreveu a olhar, viu que Teddy tinha enrolado uma toalha na cintura. Ele devia ter acabado de sair do banho — seu cabelo estava molhado e a água escorria pelo corpo. Uma nuvem de vapor emanava do banheiro.

— Por que tem uma porta que dá para o seu quarto? — O sangue de Beatrice pulsava contra a pele. Ela tentou desviar o olhar e parar de observá-lo, já que ele ainda estava sem camisa, mas isso só a deixou mais nervosa.

Teddy segurou o sorriso.

— Você nunca esteve em uma casa da era eduardiana antes? Muitas delas tinham quartos que se conectavam, para... facilitar o movimento — concluiu ele, com tato.

Ótimo. Ela estava num quarto literalmente projetado para que os antepassados de Teddy pudessem encontrar seus amantes de madrugada.

Beatrice tentou reorganizar o vestido de modo a cobri-la o máximo possível, mas a peça deixou muito a desejar.

— Na verdade, que bom que você está aqui — prosseguiu Teddy, e agia tão casualmente que mais parecia que Beatrice tinha aparecido ali para tomar um café. — Eu queria ver como você estava.

— Deixa eu me vestir primeiro — sugeriu ela, e Teddy concordou com uma risada.

Depois de colocar uma legging preta e um suéter de botão, ela bateu na porta que ligava os quartos.

— Teddy? — chamou Beatrice enquanto a abria, hesitante.

— Pode entrar. — A voz parecia vir de dentro do armário.

O quarto de Teddy era quase idêntico ao dela, com a diferença de que a cama dele era mais moderna. Ela não viu nenhuma foto, nem pôster ou qualquer outro toque pessoal. A decoração era tão neutra e sem graça quanto a de seu quarto no palácio.

Beatrice se dirigiu até a escrivaninha que ficava contra uma das paredes, provavelmente porque era onde *ela* passava a maior parte do tempo, e sentiu uma estranha satisfação ao notar que o mesmo podia ser verdade no caso de Teddy. Aquele cantinho tinha mais vida, com um moletom pendurado no encosto da cadeira e várias canetas esferográficas dispostas ao lado de um fone de ouvido sem fio. Uma bandeja de couro continha pilhas de documentos de aparência oficial.

Beatrice não tinha nenhuma intenção de bisbilhotar, mas, quando seus olhos percorreram os papéis, as palavras "pedido de pagamento" chamaram sua atenção.

"Lorde Eaton", dizia o comunicado, "estamos respeitosamente entrando em contato com você a respeito de seu empréstimo com a Intrepid Financial Services. Indicamos nosso desejo de receber um reembolso em diversas ocasiões…"

Beatrice prendeu a respiração ao examinar carta após carta e descobrir que todas falavam da mesma coisa: "Lorde Eaton, em relação à doação que você prometeu fazer ao Hospital Geral de Massachusetts, o conselho gostaria de perguntar oficialmente qual seria a data de pagamento prevista…", "Esperamos resolver a questão de seu empréstimo pendente o mais rápido possível …", "Lorde Eaton, confirmamos a venda de seu imóvel no número 101 da Cliff Road…"

Teddy entrou no quarto vestindo uma camiseta cinza-escura.

— Desculpa, custei a achar uma calça jeans que servisse. A maioria das calças aqui deve ser do Livingston, porque são curtas *demais* para mim… — Ele parou de falar ao ver a expressão no rosto de Beatrice.

— Desculpa. Não estava tentando fuçar suas coisas — disse ela, constrangida, indicando a escrivaninha com um gesto. — Mas o que é tudo isso?

Teddy passou a mão pelo cabelo, que se eriçou como os espinhos de um porco-espinho. Beatrice lutou contra o desejo incomum de estender a mão para alisá-lo.

— Quer dizer... claro que... a gente não precisa falar disso se não quiser — acrescentou ela, atrapalhando-se com as palavras. — Concordamos que podíamos ter nossos segredos.

— Está tudo bem, você merece saber. — Teddy suspirou. — Minha família está à beira da falência.

Beatrice assentiu. Era o que tinha deduzido a partir do conteúdo daquelas cartas.

— É por isso que você vai se casar comigo?

— Eu... é. Casar com você é o melhor que posso fazer pelo ducado.

Ela desviou o olhar enquanto piscava repetidas vezes. Aquilo não deveria surpreendê-la. Beatrice sabia que Teddy tinha seus motivos para aceitar o casamento. Só que ouvir a realidade da situação exposta em termos tão inequívocos doía.

Teddy explicou que a fortuna da família Eaton, que já fora uma das maiores do país, tinha evaporado numa série de investimentos ruins. Eles passaram anos adiando o inevitável: vender as heranças e as terras da família, incluindo a casa em Nantucket, mas não dava para resistir à tempestade por muito mais tempo.

— Se fosse só a gente, não teria importância — disse Teddy em voz baixa. — Mas muitos dependem de nós para trabalhar, para *sobreviver*. Assumimos a hipoteca de alguns por não terem condições de pagá-la. Tem também o hospital: há dez anos, meu avô prometeu a eles cem milhões de dólares a serem pagos no decorrer das próximas décadas. Agora eles passaram por uma reforma imensa, compraram equipamentos novos para alas inteiras, porque estão *contando* com esse legado. O que vão fazer quando a gente contar que não tem condição de pagar?

Beatrice assentiu, apática e mecanicamente. Conhecia melhor do que ninguém a sensação de ser responsável pelo bem-estar de desconhecidos.

— Sei que você tem uma montanha de pedidos nas costas — dizia Teddy. — E o país vai muito além de Boston. Por favor, não pense que estou pedindo para você assumir as dívidas. Só quis dizer que, casando com você, vou ajudar minha família a ganhar tempo. Os bancos tendem a adiar a apreensão de bens quando pertencem a parentes da família real. — Ele arriscou um sorriso, mas, àquela altura, Beatrice já o conhecia o suficiente para saber que não era sincero.

Ela congelou enquanto sua mente repassava todas as informações que acabara de ouvir. Do lado de fora da janela aberta, um delicado coro de grilos cantava.

— É claro que vou assumir as dívidas da sua família — decidiu. — Pessoalmente, se for necessário. É meu povo também. Não vou deixar que ninguém perca o emprego nem o lar. — Ela suspirou. — E vou comprar sua casa em Nantucket de volta.

— Não precisa...

— Vai ser o meu presente de casamento para você. — Beatrice olhou para o tapete. — É o mínimo que posso fazer, já que você vai se casar comigo porque *precisa*, e não porque quer.

Ela não queria ter dito aquelas últimas palavras, mas as deixou escapar.

De repente, Teddy avançou um passo.

— Isso é injusto, vindo de você.

— *O quê?*

— Ah, Beatrice — insistiu ele, num tom que ela nunca tinha ouvido antes. — Quem está *apaixonada* por outra pessoa é você.

As palavras caíram feito rochas no espaço que os separava, e ela arregalou os olhos.

— Como você...

— Samantha me contou tudo na noite da nossa festa de noivado. Disse que você ia cancelar o casamento porque amava outra pessoa.

A boca de Beatrice ficou seca. Parecia surreal ouvir Teddy falar de Connor. Era como se estivesse presa na realidade distorcida de seus sonhos.

O instinto gritava para que ela negasse, que evitasse revelar algo tão pessoal, do jeito que sempre haviam lhe ensinado.

Mas Teddy acabara de lhe contar um segredo. Será que ela não devia o mesmo a ele?

— O cara de quem eu falei com ela... foi embora — confessou Beatrice. — Deixou a corte. Ele...

Ela parou antes de dar mais detalhes, mas Teddy não a pressionou. Em vez disso, fez uma pergunta inesperada.

— Você ainda o ama?

Beatrice piscou os olhos, surpresa.

— Isso não é...

— Acredito que tenho o direito de saber. — A voz dele ficava mais rouca a cada palavra. — Eu mereço um aviso, por menor que seja, se você vai passar o resto da vida me odiando.

— Por que eu te odiaria? — repetiu ela, assustada.

— Porque eu não sou *ele*!

Um silêncio incômodo seguiu as palavras de Teddy. Beatrice respirou fundo, impotente, e se forçou a olhar nos olhos dele, tão azuis que não pareciam reais.

— Eu o amava, sim — disse ela por fim. — Mas agora…

Agora, quando pensava em Connor, ele parecia intangível, como se ela tentasse capturar uma sombra ondulante na superfície da água. Como se tudo que lhe restasse fossem memórias de outra memória.

— Não tenho certeza — sussurrou Beatrice. — E, sério, não faz diferença. Nunca mais vou vê-lo de novo.

Ela hesitou, mas, ali estavam eles, expondo as verdades, por mais incômodas que fossem. Beatrice ficou surpresa com o quanto precisava dizer o que pensa, reconhecer o obstáculo silencioso que pairava sobre os dois.

— Ao contrário de você e de Samantha — acrescentou ela.

Nenhum dos dois tinha mencionado Sam até então, como se ambos soubessem que seria mais fácil fingir que Teddy nunca se envolvera com ela.

— Olha, Bee, eu estaria mentindo se dissesse que nunca senti nada pela sua irmã — disse ele, desconfortável. — Mas isso foi *antes*, tá?

— Antes do *quê*?

Ele estendeu a mão, mas logo a abaixou, como se tivesse se arrependido do gesto.

— Eu só… pensei que estivéssemos juntos agora, você e eu.

A simplicidade da declaração a deixou sem palavras.

Mais uma vez, Beatrice teve a sensação de que Teddy apresentava uma elegância arcaica, uma qualidade típica dos séculos anteriores. Cercado por todos os outros membros da corte — bajuladores que faziam promessas sem a menor intenção de cumpri-las, egoístas agindo apenas por interesse próprio —, ele brilhava como uma peça de ouro em meio a um mar de joias falsificadas.

Beatrice segurou a mão de Teddy e a puxou para si. O rapaz pareceu surpreso, mas não se afastou.

— Você está certo. De agora em diante, somos só nós dois.

Ao proferir aquelas palavras, Beatrice sentiu que se elas tornavam verdadeiras.

17

SAMANTHA

— Nina! — exclamou Sam ao se dar conta de que mal tinha visto a amiga a noite inteira. Ela abriu caminho pelo centro da tenda, onde estava dançando com Jeff e os amigos dele. Talvez fosse por isso que Nina tenha preferido manter distância.

Quando alcançou a melhor amiga, Sam abriu um sorriso radiante e exuberante.

— Preciso de ar. Você me acompanha?

— E Marshall? — perguntou Nina.

Sam espiou na direção do bar, onde Marshall contava alguma anedota em meio a gargalhadas. Todos pareciam bem mais desalinhados do que quando chegaram, com cabelos desgrenhados e sorrisos frouxos.

Marshall tinha brincado de ser seu namorado com entusiasmo inabalável a noite toda — girando-a pela pista de dança, encantando seus amigos com histórias escandalosas e chamando-a de uma série de nomes cada vez mais desagradáveis, como *meu benzinho* e *docinho de coco*.

Sam se deu conta de que tudo que ele fazia era em grande estilo. Não só por conta de seu tipo físico, embora talvez tivesse alguma relação. Só que Marshall parecia querer aproveitar ao máximo cada momento juntos. Até sua *risada* era mais alta do que a de qualquer pessoa que Sam já conhecera: uma gargalhada sincera e estrondosa a que todos se juntavam pelo simples fato de querer ouvi-la.

— Ele vai ficar bem sozinho — decidiu Sam.

Ela levou Nina para fora da tenda, para longe da música e das risadas. O palácio se erguia à direita e as janelas refletiam o brilho da lua, fazendo com que o edifício gigantesco parecesse piscar feito as estrelas.

Por trás de uma avenida de alfarrobeiras, do outro lado de um muro de pedra com portão, ficava a casa de hóspedes dos Washington: construída originalmente pelo rei John para abrigar a amante, embora todo mundo fingisse esquecer esse detalhe. Agora, as colunas ornamentadas e a varanda de pedra esculpida davam para uma piscina olímpica.

Sam arrancou os sapatos, sentou-se na beirada e deixou os pés descalços traçarem sulcos na água, que estava agradavelmente quente. Alguém deve ter ouvido falar da festa dos gêmeos e resolveu ligar o aquecedor. A brisa desenhava ondulações na superfície, criando mil sombras que se perseguiam pelas águas.

— Beleza — começou a dizer Sam enquanto Nina se sentava ao lado dela —, o que houve?

Nina se remexeu, entregando a culpa.

— Como assim?

— Eu conheço essa cara. Você quer falar de algum assunto, mas não sabe como começar. — Sam puxou distraidamente a bainha de seu vestido branco, mais curto do que se lembrava, mas logo desistiu e olhou para a amiga.

— Tem um carinha aí — admitiu Nina. — Mas é complicado.

Sam assentiu.

— Que bom! Já estava na hora de se recuperar dessa ressaca emocional.

— Na verdade... é Ethan.

— Espera. Ethan *Beckett*?

Sam ouviu Nina explicar que ela e Ethan tinham começado a se ver cada vez mais depois de terem feito um trabalho juntos para a aula de jornalismo. Então, no fim de semana anterior, ele a acompanhara até o dormitório dela e a beijara lá dentro.

— Você o viu depois disso? — perguntou Sam, e Nina se encolheu.

— Ele não foi para a aula de jornalismo de ontem. Eu não... E se ele estiver tentando me dar um perdido?

— Ele deve estar surtando — disse Sam pacientemente. — Você é a *ex* do melhor amigo dele, e ele gosta de você.

Nina levantou a cabeça e perguntou, esperançosa:

— Você acha que ele gosta de mim?

— Se não gostasse, ele teria ido à aula e agido como se nada tivesse acontecido. Só que, em vez disso, ele está se escondendo, na esperança de que você dê o próximo passo. Argh, *homens*. — Sam sacudiu a mão no ar com desdém. — Agora é você que precisa decidir: foi uma coisa de uma noite só ou você gosta dele?

A resposta foi imediata.

— Eu gosto dele.

Sam se recostou com as palmas apoiadas nos ladrilhos do terraço.

— Você sabe que as coisas seriam mil vezes mais fáceis se você tivesse escolhido ficar com outra pessoa, né? Digo, alguém *fora* do nosso grupo de amigos.

— Mais ninguém me entenderia! — exclamou Nina. — Ethan entende como é ser um estranho dentro da família real.

— Você não é uma estranha!

— Sam, você sabe que eu amo ser sua melhor amiga, mas ninguém nunca para pra pensar no que isso significa. Das duas, uma: ou eu sou julgada ou eu sou invejada por isso — explicou Nina. — Só estou dizendo que Ethan me entende, porque já passou pela mesma experiência.

Sam odiava saber como dificultava a vida da amiga. Crescer ao lado dela havia colocado Nina em uma situação bizarra e desconfortável — com um pé em cada mundo sem pertencer a nenhum.

— Tá bom — sussurrou ela.

— Então você aprova?

— Para início de conversa, você não precisa da aprovação de ninguém para levar adiante um relacionamento amoroso. Nem da minha — enfatizou Sam. — Mas, só pra constar, estou de boa com você e Ethan juntos. Além do mais — acrescentou —, não tenho lá muita moral para julgar.

Nina deu uma risadinha abafada.

— Mas que bela dupla a gente forma, hein? Você está num relacionamento de mentira, e eu estou me escondendo do meu ex-namorado e do melhor amigo dele, que por acaso eu *beijei* no fim de semana passado.

— São problemas seríssimos — concordou Sam. — Claramente, a única solução é entrar de fininho na cozinha e comer a massa de biscoito do chef Greg.

Nina sorriu.

— Quer saber? Me parece uma ótima solução.

Elas começaram a se levantar, mas, antes que pudessem se mover, Sam ouviu o rangido baixinho do portão se abrindo.

— Ah, achei você, meu biscoitinho da sorte! Oi, Nina — acrescentou Marshall com um aceno de cabeça. — Vocês duas parecem confortáveis. Será que devo trazer a festa para cá?

— Na verdade, encontro vocês mais tarde. — Nina se pôs de pé. — Preciso resolver um assunto.

Sam teria até protestado, mas tinha a sensação de que Nina ia procurar por Ethan, então se limitou a assentir.

— A gente se vê mais tarde.

Quando Nina saiu, Marshall se virou para Sam com uma sobrancelha erguida.

— Será que eu a espantei?

— Ela não gosta de você — disse Sam sem a menor sutileza, e Marshall bufou. — Quer dizer, ela não gosta do que a gente está fazendo. Acha que fingir um relacionamento é uma péssima ideia.

Ele arregalou os olhos.

— Sério? Você contou para ela?

—Nina é como uma irmã! — Sam olhou feio para ele. — *Jamais* daria com a língua nos dentes. Ela vai levar meus segredos para o *túmulo*.

Marshall ergueu as mãos com uma risadinha.

— Tá bom, nossa! Você está falando que nem os personagens de O *pacto*.

Sam ficou estranhamente irritada com a menção ao programa de Kelsey.

— Achei ofensivo — disse ela com altivez. — Meu vocabulário está a anos-luz daqueles lixos de diálogos.

— Justo. Ninguém assiste àquele programa pelo bate-papo entre os personagens. — Ele se sentou ao lado dela e entrelaçou os dedos nos joelhos. — Gostei da piscina — acrescentou. — É quase do tamanho da que a gente tem na casa de Napa.

— Uma piscina gigantesca numa região assolada pela seca? Não é de admirar que o povo de Orange goste tanto de você!

Marshall sorriu com apreço. De algum lugar nas redondezas, um pássaro cantou algumas notas soltas e voltou a ficar em silêncio. Sam dava chutinhos distraídos na água.

— Eu e Jeff vínhamos aqui toda hora quando éramos pequenos — contou ela, quase para si mesma. — A gente vivia correndo, ou brincando de pirata, ou batendo um no outro com aqueles espaguetes de piscina, sem dó nem piedade.

Sam não tinha certeza de quando aquela veia competitiva entre ela e Jeff tinha começado. Talvez fosse porque, por serem gêmeos, estavam sempre disputando para ver quem chamava mais atenção ou ganhava mais espaço. Ou talvez fosse porque o mundo inteiro não parava de lembrá-la de que Beatrice era muito mais importante do que ela. Seja lá qual fosse o motivo, Sam desafiava Jeff o tempo todo: para um salto de bungee jump ou uma corrida de esqui, para uma bebedeira de cerveja ou até mesmo para jogos de tabuleiro infantis, como Candyland.

Marshall sorriu.

— Rory, minha irmã, curtia inventar uns jogos de piscina bem elaborados, atividades que envolviam cestas de basquete infláveis, corridas de revezamento e mais regras do que qualquer um teria condições de seguir. Às vezes, acho que ela mudava as regras no meio do jogo, só para garantir que ia ganhar. — Ele encarou Sam com brilho no olhar. — Vocês duas iam se dar bem.

— Ah, sim — concordou Sam. — Se eu tivesse que competir na piscina com um membro da equipe de natação do colégio, com certeza trapacearia.

— Eu jogo polo aquático, na verdade. Foi assim que quebrei o nariz.

Ela olhou para Marshall de perfil. Era verdade que seu nariz era levemente torto, embora aquilo lhe desse um poderoso ar de romano.

— Seu nariz é distinto — decidiu. — Tem personalidade.

— Quero ver tentar explicar isso para a minha família. Minha mãe já deve ter tentado me convencer a desistir umas mil vezes. Diz ela que polo aquático é esporte de vândalos.

— Por acaso ela já *viu* hóquei no gelo? — brincou Sam, e Marshall caiu na gargalhada.

A noite primaveril os envolvia com um manto de sombras cada vez mais pesado; o único brilho vinha das luzes instaladas nas laterais da piscina. As unhas dos pés de Sam, pintadas de um rosa-melancia brilhante, reluziam abaixo da superfície da água.

— Não sei por que eu achava que você fizesse natação. — Ela o olhou de canto de olho mais uma vez e, com um sorriso, acrescentou: — Você não chegou a desafiar o duque de Sussex na piscina em Las Vegas?

— Foi o duque de Cambridge, para dizer a verdade, e foi *ele* quem *me* desafiou. — Os olhos de Marshall brilharam com a lembrança. — Quando os paparazzi descobriram, foi o irmão mais novo que levou a culpa.

— É para isso que servem os reservas, não é? — De alguma maneira, a pergunta soou menos amarga do que o normal.

Marshall não a contradisse.

— Acho que os britânicos não iam querer ouvir que o futuro rei andava competindo na piscina de madrugada, ainda mais contra um notório hedonista que nem eu.

Embora as palavras tivessem soado indiferentes, algo no tom de voz dele fez Sam se perguntar se Marshall também estava ficando de saco cheio de sua imagem de baladeiro.

— E aí, quem ganhou? Imagino que você tenha defendido a honra nacional estadunidense contra os britânicos.

Um sorriso se insinuou em seus lábios.

— O que acontece em Vegas fica em Vegas.

— Ah, meu Deus — gritou Sam. — Ele *ganhou* de você, não foi?

Marshall parecia estar se esforçando para não protestar, ofendido.

— Eu tinha enchido a cara de cerveja aquela noite, tá? E estava sem touca…

— Ah, mas é claro, o problema era a *touca* — disse Sam com malícia. — Imagino que o duque fosse mais aerodinâmico, já que está ficando careca.

— Tentei desafiá-lo para uma revanche, mas ele recusou!

Sam caiu na gargalhada, e Marshall logo se juntou a ela com aquela risada grave e vibrante que pareceu tecer um feitiço de silêncio ao redor deles.

— Quer voltar? — perguntou Marshall, por fim, levantando-se.

— Claro. — Sam assentiu… mas, antes que pudesse ficar de pé, Marshall pôs as mãos nas costas dela e a empurrou para dentro da piscina, de vestido e tudo.

Ela tombou para a frente com um grito surpreso, a água se fechou sobre sua cabeça e, de repente, tudo era calor, languidez e silêncio.

Sam disparou em direção ao luar, cuspindo água enquanto virava de frente para Marshall.

— Você é *inacreditável*!

— Ops — disse ele com um sorriso. Então, estendeu a mão para ajudá-la a sair.

— Valeu. — Sam se inclinou para a frente com o braço esticado.

Em seguida, apoiou as pernas na borda da piscina e puxou Marshall com toda força para que ele também caísse na água.

Ele emergiu da superfície com um impulso poderoso e sacudiu a cabeça, espirrando gotas d'água de seus cachos escuros e curtos. Sam teve a sensação de que era um gesto habitual, algo que Marshall já devia ter feito mil vezes durante as partidas de polo aquático. Ele estava vestindo camisa de botão e calça jeans e, naquele momento, o tecido da camisa molhada abraçava os músculos de seus braços e se agarrava hipnoticamente à curva de sua garganta.

Um sorriso ávido e vagaroso foi se abrindo no rosto dele.

— Ah, você me paga.

Sam gritou feito uma criancinha quando Marshall investiu contra ela. Em seguida, bateu as pernas desesperadamente para se afastar dele, e os dois começaram a se perseguir pela piscina num zigue-zague animado. O eco das risadas se confundia com o barulho da água.

Marshall a segurou pelo tornozelo e começou a puxá-la para si. Sam prendeu a respiração e mergulhou para lutar debaixo d'água. Ele empurrou os dois para a frente e segurou Sam bem firme, embora ela não estivesse mais tentando fugir.

De uma hora para outra, eles se viram de rosto quase colado e corpos entrelaçados. Dava para ver cada gota de água no leque dos cílios de Marshall, brilhando como estrelas líquidas.

Marshall deve ter percebido a mudança nela, porque também ficou imóvel. Sam já estava numa parte da piscina que dava pé, mas, mesmo assim, ficou onde estava, boiando em um estranho limbo de serenidade encantada. Seu cabelo escuro caiu, esparramado, por cima do ombro, como uma sereia. Marshall havia passado uma das mãos por baixo de suas pernas e pousado a outra nas costas, embora parecessem deslizar por seu corpo com o sussurro do mais sutil dos toques.

Ele pôs um cacho molhado para trás da orelha de Sam. Logo em seguida, seus lábios se tocaram suavemente.

Ele logo seguiu em frente, traçando beijos provocantes na linha da mandíbula e dando mordidinhas na pele corada dela abaixo da orelha. Sam rodeou o pescoço de Marshall com os dedos enquanto tentava pegar sua boca com a dela. Ele agarrou a cintura de Sam com vontade.

Enfim, os lábios se reencontraram. Sam retribuía os beijos com avidez e urgência. Ela se moveu para enganchar as pernas ao redor do torso de Marshall, pressionando as coxas despidas contra o tecido áspero e úmido do jeans. As palmas dele foram descendo bem devagarinho, até chegarem à base de suas costas, fazendo cada pedacinho de pele que tocavam pegar fogo.

Sam levantou a cabeça de supetão ao ouvir o som de gritos estridentes.

Ela se desvencilhou dos braços de Marshall e olhou para trás, em direção ao portão aberto no final do caminho de cascalho. Um grupo de convidados tinha saído para o terraço e espiava com curiosidade voraz as figuras entrelaçadas na piscina. Um flash inconfundível lhe disse que os dois estavam sendo fotografados.

Antes da festa, Sam tinha dado instruções para que os guardas não se dessem ao trabalho de recolher o celular dos convidados, como sempre faziam. O chefe da segurança não concordou, mas a única pessoa acima de Sam e que poderia revogar suas ordens diretas estava em Boston. Sam *queria* que os convidados tirassem um montão de fotos aquela noite — de preferência, fotos dela e de Marshall, para que Teddy se rasgasse de ciúmes.

Aparentemente, seu sonho tinha virado realidade.

Sam olhou nos olhos de Marshall, mas não encontrou nenhum sinal de surpresa nem de indignação, muito menos de arrependimento. Só percebeu uma espécie de diversão contida. Foi então que a ficha caiu: ele estava virado na direção certa e tinha visto toda aquela gente. O beijo não tinha sido pensado para agradar a Sam, mas a eles.

Sam forçou os lábios a se curvarem num sorriso e soltou Marshall enquanto arrumava as alças do vestido, como se tivesse acabado de perceber que o estava usando.

— Bom trabalho — disse ela em voz baixa. — A gente sabe fazer um espetáculo.

Ela conseguiu incutir sua indiferença característica nas palavras. Não foi difícil. Sam era especialista em fingir que não se importava.

Vinha fazendo aquilo quase a vida inteira.

18

BEATRICE

— Para onde você está me levando? — questionou Beatrice, seguindo Teddy pelo gramado dos fundos de Walthorpe. Eles se dirigiam para uma estrutura de madeira, semelhante a um celeiro, que ela supôs que era uma garagem.

— Você já vai ver — respondeu Teddy com aquele sorriso ávido e marcado por covinhas que sempre parecia iluminar qualquer ambiente.

Ocorreu a Beatrice que o relacionamento dos dois tinha dado uma guinada fundamental. Essa ida ao celeiro não tinha nada a ver com a chegada deles à casa poucas horas antes — quando ainda não tinham compartilhado tantos segredos. Antes de Teddy ter dito: "Estamos juntos nessa, você e eu."

Ele a guiou por uma escada estreita e parou no patamar.

— Aquele quarto na casa principal é onde eu durmo, mas aqui sempre foi meu *verdadeiro* quarto — explicou, e então abriu a porta.

O andar de cima do celeiro havia sido transformado no que só poderia ser descrito como uma sala audiovisual de aparência rústica. Com o teto alto e abobadado e as vigas de madeira expostas, o espaço era vasto e aconchegante ao mesmo tempo. De frente para uma TV gigante, havia um imenso sofá de camurça marrom em forma de L, e era naquele sofá que os dois irmãos de Teddy estavam jogando videogame.

— Fala, cara. — Livingston, o mais novo, levantou a cabeça quando ouviu Teddy chegar e arregalou os olhos ao dar de cara com Beatrice. No mesmo instante, deu uma cotovelada no irmão e se pôs de pé. — Ah… sinto muito, não sabíamos que você ia subir aqui. Quer dizer…

— Está tudo bem. Por favor, não se sintam na obrigação de ir embora. — Beatrice odiava ter esse efeito nas pessoas: ser incapaz de entrar em qualquer lugar sem que todos os presentes a notassem e reagissem à sua presença na mesma hora. Ficou imaginando qual seria a sensação de ser anônima. De conhecer alguém e, de fato, poder *se apresentar* pela primeira vez.

Lewis e Livingston se entreolharam, depois deram de ombros e continuaram jogando.

Beatrice caminhou até um pôster em preto e branco do Half Dome pendurado numa das paredes.

— Você já foi lá? — perguntou ela, virando-se para Teddy. Sempre quis escalar aquele pico, mas, na única vez que visitara Yosemite, sua agenda lotada a impedira.

— Fui, alguns verões atrás, mas não foi por isso que comprei o pôster. Será que... — Teddy ergueu a moldura e revelou um buraco do tamanho de um punho no compensado.

Beatrice viu o isolamento da construção que se aglutinava por trás.

— É. Ainda está aqui. — Teddy parecia exultante e até meio orgulhoso — Um foguete de gelo seco que explodiu cedo demais — acrescentou ele para que ela entendesse.

Lá do sofá, Lewis entrou na conversa.

— Eu disse que a gente ia se safar! Já tem seis anos, e a mamãe *ainda* não faz ideia!

— Parece que vocês já se divertiram muito por aqui — brincou Beatrice.

— E você? — perguntou Teddy. — Com certeza passou por uma fase rebelde em algum momento da vida: foi pega fumando entre as cerejeiras, quebrou um ou outro artefato nacional.

— Certa vez, derrubei um vaso que minha bisavó tinha trazido de Hesse — arriscou ela. Não era exatamente escandaloso, mas Beatrice não podia falar com Teddy de sua *verdadeira* "fase rebelde": quando tivera um relacionamento secreto com seu Guarda Revere. — Eu tentei colar os caquinhos, mas a governanta me flagrou.

— Como foi que você quebrou?

— É uma longa história. — Tinha sido culpa de Sam e Jeff, na verdade, como era o caso muitas vezes. — Meu pai me botou de castigo por duas semanas. Ele disse que não foi por ter quebrado o vaso, mas por ter tentado esconder o que fiz. Disse também que os monarcas devem sempre assumir a responsabilidade pelos próprios atos. Ainda mais os erros.

Teddy lhe lançou um olhar intenso, temendo que ela chorasse. Mas, para a surpresa de Beatrice — e alívio —, ela se pegou sorrindo com a memória. Era bom saber que podia pensar no pai e sentir alegria, mesmo em meio a toda a dor que sua morte lhe trazia.

— Quer beber alguma coisa? — Teddy se dirigiu para os armários embutidos na parede do canto e fez uma pausa. — Não sei o que você gosta de beber.

— Hmm... — Champanhe em recepções formais, vinho em jantares de Estado. — Qualquer coisa que você tenha por aí — respondeu ela, evitando ser mais específica, mas Teddy deve ter percebido a verdade em seu tom de voz.

— Não tem problema se você não é muito de beber.

Ele tinha razão. Beatrice sempre se limitava a um, quem sabe dois drinques por noite em eventos como aqueles.

— Não sou mesmo. Não posso me dar ao luxo de ficar bêbada e fazer papel de boba em público. — Ao ouvir as palavras que tinha acabado de proferir, Beatrice se deu conta de como soavam ridículas. — Se bem que... não vejo por que não poderia tomar alguma coisa agora.

— Claro — disse Teddy, com um sorriso. — Se quiser fazer papel de boba *no privado*, o seu segredo está seguro em minhas mãos.

Embora ele estivesse brincando, Beatrice sabia que era verdade. Sentia-se mesmo segura com Teddy. Sabia, com uma certeza instintiva, que podia confiar nele.

— Só temos cerveja. — Teddy se ajoelhou para explorar o conteúdo do bar. — E vodca com toranja, ou algo do tipo, que só pode ser coisa da Charlotte.

Podia até ser pouquíssimo americano de sua parte, mas a verdade era que Beatrice nunca tinha gostado muito de cerveja.

— Vou experimentar essa mistura de toranja — decidiu. — Não pode ser pior do que o conhaque de cereja que sempre servem depois dos jantares de Estado.

Teddy ergueu a sobrancelha, mas não protestou; simplesmente se virou para os irmãos.

— Alguém lembra se a gente tem copo de plástico por aqui?

Beatrice o ajudou a procurar, abrindo e fechando os vários armários em rápida sucessão.

— Prontinho — disse ao encontrar uma prateleira com algumas canecas avulsas. Quando pegou uma e a ofereceu a Teddy, percebeu que era uma caneca personalizada, daquelas que se encomendam pela internet. A imagem impressa mostrava Teddy com uma garota loira e esguia.

— Quem é? — perguntou Beatrice, inclinando a caneca para mostrar a foto ao noivo.

Ele ficou vermelho feito um pimentão, até a pontinha das orelhas.

— É minha namorada dos tempos de colégio, Penelope van der Walle — murmurou ele. — Ela fez essa caneca para mim... que vergonha. Nem sabia que ainda estava aqui. Desculpa — acrescentou, lançando um olhar assassino para os irmãos. Nenhum dos dois se manifestou, mas o movimento dos ombros denunciava a risada que estavam disfarçando.

— Entendi — respondeu Beatrice calmamente. Por algum motivo, imaginar Teddy junto com aquela garota de olhar inocente despertou nela um surpreendente instinto territorial que a fez pegar fogo da cabeça aos pés.

Teddy correu para devolver a caneca à prateleira e a substituiu por outra, azul-marinho, com a palavra NANTUCKET gravada. Beatrice, possuída por uma emoção inexplicável, pegou a garrafa antes dele e encheu a caneca quase até a borda.

— Bebe devagar, viu? — Ele olhou para a caneca cheia com um lampejo de apreensão. — Isso é feito para ser misturado com limão e água com gás.

Beatrice tomou um gole... e continuou bebendo.

— Você está errado — insistiu ela, depois de ter bebido pelo menos um quarto da caneca. — É uma delícia.

Eles se dirigiram para o sofá. Lewis e Livingston ainda estavam absortos no videogame enquanto seus jogadores de futebol americano corriam por um campo de desenho animado.

— A gente jogava isso o tempo todo no ensino médio — relembrou Teddy.

— Mas você não jogava em um time de futebol americano *de verdade* naquela época? — perguntou Beatrice. — Você não tinha vontade de jogar outra coisa?

— Videogame é diferente. As habilidades exigidas são outras — explicou Livingston e, em seguida, ofereceu-lhe o controle. Ele parecia uma versão mais nova e atarracada de Teddy, com os olhos azuis e os cabelos loiros característicos dos Eaton. — Quer jogar? A gente pode jogar em dupla, eu e você contra Lewis e Teddy.

Beatrice hesitou.

— Eu nunca joguei.

— É por isso que você está no meu time. Sou o melhor jogador daqui, posso compensar seus erros — declarou Livingston. Os irmãos soltaram um "uuuuh" baixinho diante do desafio, mas, ao ver que Beatrice ainda estava hesitante, o menino voltou atrás. — Ou você pode jogar com Teddy, claro.

Ela tomou outro gole e, então, pôs a caneca em cima da mesinha de centro. Sentiu uma desconhecida leveza, uma espécie de vertigem que tingia tudo de um agradável tom dourado.

— Não, você está certo. Quero jogar com você contra Teddy — decidiu. — Quero ver a cara dele quando nós o destruirmos.

Sua declaração provocou risos, provocações e algumas piadas bem-intencionadas à custa de seu noivo. Teddy lhe lançou um sorriso zombeteiro.

— Que tal se fizéssemos uma aposta, Bee?

— Estou dentro — disse ela, sem nem pensar duas vezes. — Quais são as condições?

Uma onda de calor percorreu todo o seu ser quando Teddy a olhou nos olhos; o calor não era causado pela vodca, mas por algo mais feroz e perigoso. Beatrice se perguntou se Teddy ia apostar um beijo.

Ela se perguntou o que diria, se fosse o caso.

— A gente podia fazer uma rodada de verdade ou consequência — sugeriu Teddy.

Mais um jogo de ensino médio do qual Beatrice nunca tinha participado.

— Fechado — disse ela, com mais coragem do que de fato sentia.

Beatrice levou alguns minutos para pegar o jeito. Porém, sua natureza competitiva logo se impôs e, em pouco tempo, ela já estava empoleirada na beira do sofá, gritando tão alto quanto os garotos enquanto castigava o controle. Com toda a sua energia concentrada na tela enorme, o tempo parecia se estender infinitamente.

A poucos minutos do fim da partida, ela e Livingston estavam prestes a vencer — até o recebedor de Teddy pegar um passe de Lewis e marcar um *touchdown* no momento que o relógio marcou zero.

Beatrice levou alguns instantes para se dar conta de que a sala havia irrompido em gritos de alegria e indignação — e que os dela eram os mais altos de todos. Ela soltou o controle, cheia de vergonha.

— Ei, você jogou super bem. — Livingston bateu o punho contra o dela para parabenizá-la.

— Obrigada. — Era a primeira vez que alguém a cumprimentava daquela maneira. Era a primeira vez que alguém lhe dava uma *noite* como aquela: uma noite inteirinha fingindo ser apenas uma pessoa comum.

Teddy a conhecia melhor do que Beatrice imaginava.

— E aí? — disse ele, virando-se com um meio sorriso. — O que vai ser: verdade ou consequência?

— Verdade? — Depois de todas as verdades que os dois já tinham compartilhado aquela noite, compartilhar mais uma parecia uma tarefa fácil. Com certeza mais fácil do que qualquer ação maluca que Teddy e seus irmãos pudessem inventar.

— O que você seria, se não fosse rainha?

Se não fosse rainha. Beatrice teve dificuldade de absorver a ideia. A última vez que tinha se permitido o luxo de imaginar algo assim fora para sonhar com um futuro ao lado de Connor. Parecia que uma eternidade já havia se passado desde então. Além disso, Beatrice se deu conta de que aquele sonho tinha sido baseado na existência de outra pessoa.

Era hora de sonhar com algo para *si mesma*. O que ela, Beatrice, faria se tivesse liberdade de escolha? Se parasse de dar ouvidos a pessoas como Robert Standish e, de fato, fizesse o que *ela* queria, pela primeira vez na vida?

— Eu faria um mochilão pelo mundo.

Lewis apoiou os cotovelos nos joelhos e franziu a testa, intrigado.

— Mas você já não viajou pelo mundo inteiro?

— Ah, sim. Já vi salões de baile e salas de conferência de vários países! Eu nunca viajei feito uma pessoa *normal*. — Beatrice falava com urgência, cada vez mais rápido. — Quero aprender a saltar de paraquedas. E mergulhar. E fazer uma bomba de gelo seco!

Os garotos riram ao ouvirem a declaração.

— Deixa eu ver se entendi — resumiu Teddy. — Você quer se jogar de um avião em movimento e aprender a fazer buracos na sua parede.

Beatrice assentiu vigorosamente.

— Isso, exatamente! Parece *divertido*.

— Você é bem mais legal do que as revistas dão a entender — comentou Livingston e, logo em seguida, se encolheu de vergonha. Mas Beatrice entendeu o que ele queria dizer.

Teddy concordou com as palavras do irmão.

— É mesmo, né?

— Você está bem? — Teddy começou a descer a escada ao lado de Beatrice.

Já era tarde, e fazia algumas horas que Lewis e Livingstone tinham voltado para a casa principal, deixando-os a sós.

— Estou ótima — declarou Beatrice, mas se deteve quando chegou ao pé da escada. Do outro lado do celeiro, dava para ouvir um lamento sutil que fez seu coração afundar. Ela foi em busca da origem.

— Bee? — perguntou Teddy, apertando o passo para alcançá-la.

No final de um corredor, havia uma labradora amarela rodeada por uma pilha de filhotes agitados e brincalhões que tropeçavam uns sobre os outros numa alegre confusão.

Beatrice se ajoelhou no chão empoeirado, e um dos filhotes se aproximou. Ela soltou um suspiro de satisfação enquanto o bichinho subia em seu colo.

— Você não me contou que sua família tinha cachorros. — Seu novo amiguinho apoiou as patas no ombro dela e começou a lamber seu rosto: beijinhos exploratórios, como se tentasse descobrir quem ela era. Beatrice não conseguiu conter a risada. Era uma daquelas gargalhadas automáticas que fluem pelo corpo como correntes de magia.

Ela riu tanto que o peito quase chegou a *doer*; era como se estivesse comprimindo aquela risada dentro de si desde antes da morte do pai.

Teddy se ajoelhou ao lado dela.

— Não sabia que ainda tínhamos. Quer dizer, eu sabia que Sadie tinha tido filhotes uns meses atrás, mas achei que, a essa altura, já tivessem sido doados.

— Sadie é sua cachorra?

— Ela é de todo mundo. É a dona do pedaço.

— Estou apaixonada. — Beatrice fez cara de pidona para Teddy. — A gente pode ficar com ele?

Ela dissera *a gente*, não *eu*. E era de coração. Beatrice queria cuidar daquele filhotinho com Teddy.

— Beatrice...

— Não podemos deixar Franklin aqui!

Teddy suspirou, mas ela viu que o noivo estava sorrindo. O sorriso despertou sentimentos dentro de si.

— Você já deu nome e tudo — observou ele.

— Um nome americano e patriótico. Além de elegante. — Ela abraçou Franklin. — Por favor?

— Tá bom. — Teddy estendeu a mão para ajudá-la a se levantar.

Beatrice já estava preparada para lutar pelo filhote, mas nem precisou.

— Sério?

— Não é fácil dizer não para você.

Beatrice ignorou a mão dele e se levantou sozinha, sem deixar de abraçar Franklin contra o peito.

— Porque eu sou a rainha.

— Não. Porque quando você me olha desse jeito, fica difícil dizer não. Eu não *quero* dizer não.

— Ah — foi tudo que ela conseguiu dizer.

Enquanto voltavam para a casa, Teddy passou o braço pela cintura de Beatrice para que ela não tropeçasse. A vodca tinha mesmo subido à cabeça, não tinha? Ela se lembrou de algo que o embaixador russo lhe dissera certa vez: embriagar-se de vodca era o único jeito de ficar genuinamente bêbado. Enquanto a cerveja e o vinho abafavam e silenciavam nossas emoções, a vodca as revelava.

Talvez fosse verdade. Beatrice não estava mais confusa quando ela e Teddy começaram a andar pela grama banhada pelo luar, precedidos pelas sombras que se estendiam diante deles.

— Shhh — sussurrou Teddy enquanto entravam de fininho pela porta dos fundos.

— Shhh *você*! — rebateu ela. — É você que está fazendo essa barulheira toda!

Ele tirou Franklin dos braços dela.

— Beatrice, você bebeu demais.

— Não se preocupa — enfatizou ela. — Eu te garanto que sempre me comporto como convém à Coroa.

Teddy prendeu o riso com uma bufada e a guiou escada acima. Beatrice sentiu uma onda de gratidão inesperada por ele. Nunca tinha feito nada assim, nunca tinha confiado em ninguém o bastante para simplesmente... continuar bebendo. Ela sempre morria de medo de fazer ou de dizer a coisa errada.

Quando chegaram ao quarto dela, Teddy tirou uma caixa de papelão do armário e ajeitou Franklin ali dentro.

— Amanhã de manhã a gente arruma uma caixinha de verdade.

Beatrice lutava para desabotoar o suéter, mas seus dedos pareciam incapazes de funcionar direito.

— Me ajuda aqui?

— Ajudo — disse Teddy com a voz rouca. — Claro.

Beatrice ficou em silêncio, levemente bamba. Teddy se atrapalhou com as mãos por um instante, quase como se estivesse nervoso. Depois de um tempo, porém, conseguiu desabotoar o suéter, do pescoço à bainha, e a ajudou a tirá-lo. Por baixo do agasalho, Beatrice usava apenas uma regata bem fininha.

— Hora de ir pra cama. — Teddy puxou os lençóis. Beatrice sentou-se obedientemente, mas segurou o braço de Teddy antes que ele pudesse se afastar.

— Não vai, não. Não consigo dormir.

— Depois de toda aquela vodca, aposto que vai conseguir, sim — disse ele, sorrindo.

— *Por favor*. Desde que meu pai morreu, ando tendo pesadelos. — Ela engoliu em seco. — Fica aqui, por favor, só um pouquinho.

Ele assentiu e deu a volta para se sentar do outro lado da cama, como uma espécie de sentinela.

— Pode deitar se quiser.

Teddy hesitou.

— Só até você dormir — acabou cedendo. Em seguida, deitou-se de costas.

O luar contornava as cortinas de brocado que cobriam a janela. Mal dava para ver os contornos do rosto de Teddy. Sempre houvera uma distância tão grande entre os dois, tanta cerimônia e formalidade… Ela havia se acostumado a olhar para ele sem de fato *vê-lo*.

Mas, naquele momento, Beatrice deixou os olhos percorrerem o corpo dele.

A única palavra capaz de descrevê-lo era… bem, *bonito*. Seus ossos eram compridos e graciosamente desenhados, os músculos fluíam sobre eles em linhas tensas e suaves. Ele ainda estava usando a camisa de manga comprida, embora a bainha tivesse subido um pouco na altura da barriga, revelando o contorno esculpido de seu abdômen.

Beatrice se apoiou sobre um cotovelo e ficou olhando o movimento do peito de Teddy e a batida de seu pulso, tão rápida quanto a dela.

Ao perceber que estava sendo observado, Teddy se virou no colchão para ficar de frente para ela. Na penumbra, os olhos dele pareciam ter adquirido um tom mais escuro de azul, quase cobalto. Beatrice o sentiu prender a respiração, e o som lhe deu uma coragem inesperada.

Ela seguiu em frente e o beijou.

Talvez por ter sido pego de surpresa, a boca de Teddy se abriu sob a dela, permitindo que as línguas roçassem.

Ela e Teddy já tinham se beijado diversas vezes: beijos castos, adequados para todos os públicos e encenados em festas de noivado e eventos oficiais. Beijos pensados para satisfazer o país, não o casal.

Aquele beijo era totalmente diferente.

De repente, sem saber como, Beatrice se viu ao lado de Teddy, aninhada em seu corpo quente. Ela deslizou os braços ao redor dos ombros dele para puxá-lo para mais perto. Sentia as rápidas batidas do coração de Teddy.

Ela puxou impacientemente a camisa dele, tentando despi-lo, mas Teddy se afastou. Um gemido de decepção escapou dos lábios de Beatrice.

— Não podemos fazer isso — disse ele com a voz rouca.

Beatrice se sentou, deixando o cabelo cair ao redor dos ombros. O desejo não realizado rasgava suas entranhas. Ela apoiou as mãos no colchão, emaranhando-as nos lençóis para poder se firmar. Sentia-se tonta e dolorida, com calor e frio ao mesmo tempo.

— Você sabe que a gente vai se casar, certo? — ela o lembrou com uma lógica irrefutável.

— Não podemos fazer isso *esta noite* — corrigiu-se ele.

— Mas eu quero você — acrescentou Beatrice, bêbada o bastante para falar sem rodeios.

— Bee... você está bêbada demais para tomar uma decisão desse porte. Não importa o quanto a gente queira — respondeu ele num tom de voz mais suave.

Uma parte de Beatrice se perguntou se deveria ter vergonha de ter se atirado nos braços de Teddy, mas ela não sentia vergonha alguma. Talvez fosse porque Teddy fazia tudo parecer tão estável, tão claro...

Apaixonar-se por Connor tinha sido um turbilhão eletrizante e de tirar o fôlego. Já aquilo — o que quer que existisse entre Beatrice e Teddy — não fazia seu coração parar nem a deixava sem ar.

Teddy fazia sua pulsação *acelerar* e a respiração fluía mais *fácil*. Era como se ela tivesse ficado trancada a sete chaves dentro de um quarto e alguém finalmente tivesse aberto a janela.

Teddy já estava levantando da cama, mas Beatrice balançou a cabeça.

— Fica. Só para dormir mesmo — implorou. — A história dos pesadelos é verdade.

Ele hesitou, mas recostou-se nos travesseiros.

Beatrice bocejou e se aninhou no corpo de Teddy, apoiando a cabeça em seu peito. Com jeitinho, ele a rodeou com um dos braços e ficou brincando distraidamente com as mechas do cabelo dela — como se aquilo não fosse estranho, novo ou incomum, como se já tivessem feito aquilo mil vezes. Em poucos minutos, a respiração de Beatrice se acalmou e ela caiu num sono tranquilo, segura no abraço dele.

Pela primeira vez em meses, ela dormiu a noite inteira.

19

NINA

Nina dirigiu-se para a entrada do palácio com uma mistura de cansaço e resignação.

Quando chegou à festa aquela noite, estava tão preocupada com toda a história com Ethan — e o que diria ao vê-lo — que, pela primeira vez, não tinha entrado em pânico com a ideia de encontrar Jeff.

Ela passou a semana inteira relembrando o beijo. Estava nervosa demais para mandar uma mensagem para Ethan. Imaginou que aquele era o tipo de conversa que deveriam ter pessoalmente. Então, depois que ele não foi à aula de jornalismo, Nina presumiu que ele a estava evitando: queria fingir que tudo não passava de um erro induzido pelo álcool e seguir em frente.

Mas e se Sam tivesse razão? E se ele só tivesse se afastado por lealdade a Jeff?

Nina suspirou ao ver a fila que rodeava os degraus principais, abarrotados de convidados indomáveis à espera de um dos carros de cortesia do palácio. Sempre acontecia a mesma coisa quando as festas dos gêmeos acabavam de repente.

Mais cedo, depois da conversa com Sam, ela havia voltado para a festa e circulado a pista de dança em busca de Ethan, mas foi quando Sam e Marshall decidiram se agarrar na piscina e, agora, a festa estava se desintegrando a passos largos. Nina se ofereceu para passar a noite com a amiga — para estar presente quando as redes sociais explodissem —, mas Sam não parava de insistir que aquele era o plano. Ela agia como se não estivesse nem aí, mas Nina conhecia a amiga como ninguém.

Ela piscou os olhos, assustada, quando o luar iluminou os cabelos escuros em frente ao pórtico.

— Ethan!

Sem pensar duas vezes, ela saiu da calçada e foi correndo atrás dele. Ele parou com uma das mãos apoiada na porta do carro e lhe lançou um olhar hesitante.

— Oi — sussurrou ela, jogando uma mecha de cabelo solta para trás da orelha. Sentia-se hesitante, ansiosa e insegura ao mesmo tempo, como se estivesse parada à beira do precipício e quisesse desesperadamente se jogar. — Posso pegar uma carona? Quer dizer... a gente está indo para o mesmo lugar, certo?

Depois de um instante de indecisão, Ethan abriu caminho e segurou a porta para que ela entrasse.

— Claro. Com certeza — disse ele bruscamente.

— Obrigada. — Nina deslizou para o banco de trás e Ethan a seguiu.

— King's College — informou ele ao motorista.

O carro se afastou obedientemente da entrada do palácio e, por fim, lá estavam os dois, a sós.

Ao chegarem à esquina do John Jay Park, os faróis brilhantes dos veículos se misturaram ao brilho opaco dos postes de luz, piscando sobre os vidros escuros do carro em que estavam. Um silêncio carregado de tensão pairou sobre os dois.

— Eu procurei por você hoje à noite — comentou ela por fim.

— É mesmo? — Ethan deu de ombros com indiferença, como sempre fazia.

— A festa estava bem cheia. Aquela tenda *definitivamente* não foi feita para o tipo de dança que vi lá dentro.

— Fala sério, Ethan, para de fingir que... como se a gente... — Nina corou, mas seguiu em frente com mais confiança. — A gente deveria conversar sobre o que aconteceu no final de semana passado.

— Nina... — Havia um tom de advertência em sua voz, mas também algo a mais, quase como desejo.

— Ethan, eu *gosto* de você.

Nina mal estava se reconhecendo. Nunca falava daquele jeito, sem papas na língua. Era Sam que vivia sempre com as emoções à flor da pele, enquanto Nina dedicava cada grama de energia tentando disfarçar seus sentimentos, escondendo-os até daqueles que precisavam ouvir o que ela sentia.

No entanto, lá estava ela, declarando-se para Ethan — e as palavras saíram com a maior facilidade, como se alguma força irresistível as tivesse arrancado das profundezas de seu ser.

— Eu também gosto de você.

Ao ouvir aquelas palavras, Nina virou a cabeça e tentou encontrar os olhos dele no escuro do carro, mas as feições de Ethan estavam mais inescrutáveis do que nunca.

— Eu sei que é estranho e meio complicado...

— É mais do que meio complicado — murmurou Ethan.

— Mas também sei que não sou de me sentir assim com muita frequência. — Para dizer a verdade, só tinha acontecido uma vez antes. Nina deixou o pensamento de lado. — Entendo se não quiser começar nada comigo por causa de Jeff. Seja como for, gostei muito de passar esses últimos tempos com você. O fim de semana passado...

O pulso de Nina estava a mil por hora. Ela compreendeu que estava trilhando um caminho sem volta — até então, eles poderiam ter levado adiante a farsa de que o fim de semana anterior tinha sido um erro induzido pelo álcool.

Ela respirou fundo.

— Existe algo entre a gente e, seja lá o que for, eu quero dar uma chance.

Será que era errado nutrir esse tipo de sentimento por Ethan depois de ter amado Jeff por tantos anos?

Só que essa era a questão: Nina amara Jeff desde que eram crianças, e o amor que sentia por ele nunca tinha chegado a amadurecer. Era o amor de uma garotinha. Nina nunca sequer havia questionado *por que* amava Jeff; era assim e ponto final.

Se não tivesse ficado cega de amores pelo deslumbrante esplendor do príncipe Jeff, talvez pudesse ter notado Ethan muito antes.

Ela o sentiu se mover e deslizar para o banco do meio entre os dois. Seus olhos brilhavam, como se procurassem algo no rosto de Nina.

O que quer que tenha visto deve tê-lo ajudado a se decidir, porque ele recuou novamente.

— Você não deveria querer ficar comigo — disse ele com a voz pesada. — Não tem por que se envolver na bagunça que é a minha vida. Se você soubesse...

— Soubesse do quê, Ethan? — perguntou ela, frustrada. — Que você é irritante, insuportável e inteligente pra caramba? Que é o melhor amigo do meu ex-namorado e ficar comigo violaria algum código de honra? Que me deu o beijo mais intenso de toda a minha vida e depois passou a semana inteira sem falar comigo? — Nina cerrou os punhos no colo. — Eu já sei de tudo isso e *ainda estou aqui*!

Ethan hesitou. Dava para sentir o peso das emoções conflitantes que ele carregava e, por um instante, Nina se perguntou se deveria se preocupar. Bastou ele se inclinar para a frente que seus medos evaporaram.

— Também quero dar uma chance — disse ele com a voz rouca. — Não importa o quanto isso seja complicado ou egoísta da minha parte.

Ele pegou a mão de Nina e entrelaçou os dedos nos dela. Mesmo no escuro, ela percebeu que ele estava sorrindo.

— Que foi? — questionou ela.

— O beijo mais intenso da sua vida, é? — repetiu ele com um tom inconfundivelmente presunçoso.

O coração de Nina batia mais forte do que nunca.

— Para ter certeza, eu precisaria de outra amostra — disse ela e, agora, também estava sorrindo. — Por uma questão de precisão científica.

— Bom, se é em nome da ciência... — concordou Ethan, aproximando-se para beijá-la.

Nina parou de se preocupar se sua decisão era errada ou imprudente, ou se magoaria Jeff, ou se estava cometendo um erro. Em sua mente não havia espaço para pensar em mais nada, a não ser em Ethan.

20

SAMANTHA

Como era de se esperar, Sam foi chamada ao escritório da mãe na manhã seguinte.

Quando bateu à porta, foi Robert Standish quem abriu. Ele a cumprimentou com desdém antes de se acomodar numa poltrona. A rainha Adelaide — vestida com uma camisa bege, um cachecol solto e o cabelo preso atrás da faixa de crocodilo de sempre — estava sentada à mesa, rolando a tela de seu tablet em um silêncio estupefato.

O escritório da rainha ficava na ala do palácio oposta à do monarca — resquício de séculos anteriores, quando os casais se casavam para forjar alianças políticas e preferiam passar os dias o mais longe possível um do outro. Era um cômodo menor e mais intimista, com um papel de parede azul-claro e mobília delicada. A rainha Adelaide, assim como a maioria dos integrantes da realeza, ainda se correspondia por carta. Sam viu que sua escrivaninha estava coberta delas, vindas de Sandringham, Palácio de Drottningholm, Peterhof e Neues Palais.

— Bem, Samantha — começou a dizer sua mãe. — Quando planejei passar esse final de semana fora da cidade, não esperava ter que pegar um voo de volta hoje de manhã porque a internet está inundada de fotos escandalosas da minha filha. — Ela ergueu o tablet e leu várias manchetes com a voz baixa e feroz. — "Nem a água apaga o fogo da princesa." "Sua Baixeza Real."

Nas fotos, Sam estava com as pernas enganchadas na cintura de Marshall enquanto ele, por sua vez, passava as mãos pela base das costas dela. Sem sutiã, o vestido branco encharcado agarrava-se ao corpo dela com toda a modéstia de um lenço de papel molhado. Ela deixara tão pouco para a imaginação que daria no mesmo se tivesse sido fotografada pelada.

Sam esperava reagir com uma onda de indignação, mas tudo que sentiu foi um misto de cansaço e decepção. Ela *já* previa que seus supostos amigos vazassem fotos dela com Marshall. E eles haviam superado até mesmo suas expectativas.

— Olha essa aqui! — Sua mãe, com as bochechas coradas de decepção, brandia o tablet como se fosse uma arma. — "Pegação picante na piscina da princesa."

— Que aliteração lamentável. Esperava coisa melhor do *Daily News* — respondeu Sam, com mais indiferença do que sentia.

Robert soltou um suspiro aflito.

— *Samantha!* — Adelaide deu um susto em todo mundo ao socar a mesa. Até mesmo as partículas de poeira que flutuavam nos raios de sol das primeiras horas da manhã pareceram se assustar com o impacto. — Onde você estava com a cabeça para se deixar ser flagrada desse jeito, seminua?

— Eu estava de roupa! — Tecnicamente falando, pelo menos. — Além disso, a gente só estava se beijando. Você sabe que vários antepassados nossos já fizeram coisa pior: tinham casos escandalosos com damas de companhia ou funcionários do palácio. E eram pessoas *casadas*!

— Sim, mas nenhuma dessas pessoas foi estúpida a ponto de ser fotografada. — Sua mãe empurrou o tablet para longe com desgosto.

— Só porque a fotografia não tinha sido inventada ainda.

Sam bateu os olhos nas centenas de comentários que se acumulavam no final da matéria. As manchetes podiam até ter se concentrado em Sam, mas ela ficou horrorizada ao notar que a vasta maioria dos comentários difamava Marshall. Alguns eram tão abertamente racistas que ela sentiu embrulho no estômago.

Marshall estava certo ao ter previsto que a maior parte das críticas ao relacionamento dos dois recairia sobre ele.

A rainha Adelaide cerrou os dentes.

— O que foi que deu em você para deixar seus convidados entrarem com celular? Você sabe que não dá para confiar em um grupo tão grande. Ainda mais se estava planejando beijar justo Marshall Davis, de todas as pessoas!

— O que você tem contra Marshall? — Sam pensou em todos aqueles comentários e respirou fundo, horrorizada. — É porque ele é *negro*?

Ela captou um olhar fugaz de confirmação no rosto de Robert e desejou poder lhe dar um tapa.

— Samantha. Claro que não — respondeu a mãe, assustada e magoada. — É a fama dele que me preocupa. Ele é rebelde e imprudente demais. E vive indo em festas com *celebridades* — acrescentou, com um toque de desdém.

Adelaide não conseguia entender por que havia pessoas que *escolhiam* ser o centro das atenções, quando, no caso dos Washington, era apenas uma questão de dever.

Sam bufou.

— Se você o reprova tanto assim, então por que ele foi parar na lista de possíveis maridos para Beatrice?

— Tirando o lado festeiro, Marshall é um ótimo partido. Orange é um dos ducados mais ricos e populosos do país. E você sabe que a monarquia nunca teve resultados muito bons nas pesquisas de popularidade da Costa Oeste — disse sua mãe com naturalidade. — Teria sido uma jogada inteligente trazer alguém de Orange para a família real. — Ela suspirou. — Mas nunca tive a menor expectativa de que Beatrice se apaixonasse por Marshall. Qualquer um poderia notar que a personalidade dos dois é bem diferente.

Sam cerrou os punhos nos braços da cadeira.

— Então isso significa que você não quer mais que eu saia com ele, certo? — Ela tentou soar indiferente, mas a dureza das palavras a traiu.

Robert pigarreou com um som baixinho que deu nos nervos de Sam.

— Pelo contrário — respondeu ele, manifestando-se pela primeira vez. — Consultamos as equipes de relações públicas e decidimos que a melhor forma de abordarmos a situação é acelerarmos o relacionamento entre você e Sua Senhoria. Isso nos ajudará a transformar o caso não num escândalo, mas numa invasão grosseira da privacidade de dois jovens apaixonados.

— Vocês... o quê?

— A única maneira de dar a volta por cima nessa situação é fortalecer o relacionamento.

Sam voltou a pensar nos acontecimentos da noite anterior — naquele beijo idiota, teatral e imprudente. Por que tinha achado que aquilo seria uma boa ideia?

— Sua Senhoria vai permanecer na capital — dizia Robert. — Vocês vão fazer algumas aparições juntos. Vão jantar em restaurantes famosos, o tipo de lugar onde as pessoas vão tirar fotos para postar na internet. Não haverá mais *nenhuma* demonstração pública de afeto, a não ser dar as mãos — acrescentou severamente. — Então, no mês que vem, vocês vão para Orange para assistir às festividades do Dia da Ascensão. Sua Majestade também comparecerá, já que se comemora o centésimo quinquagésimo aniversário da adesão de Orange à união.

Sam passou a mão pelo cabelo, que ainda estava áspero e cheirava a cloro.

— A questão é que eu e Marshall estamos namorando há pouquíssimo tempo. Não dá para transformar num relacionamento sério da noite para o dia.

— Mas *eu* posso — retrucou a rainha Adelaide com firmeza. — Acabei de sair de uma ligação com o avô do Marshall, o duque. Ele estava tão aflito com as fotos quanto eu. Está tudo resolvido. — Ela assentiu energicamente, como se dissesse: "E não se fala mais nisso."

— Não tenho certeza de que Marshall vai querer que eu vá para Orange com ele... — Eles podiam até ter combinado de fingir um namoro até o casamento, mas Sam não sabia o que Marshall acharia da família dos dois manipulando o relacionamento.

— Acredito que Marshall vai concordar assim que o avô falar com ele.

Sam entendeu o significado por trás das palavras de Robert: "A opinião de vocês não tem importância. Vocês vão fazer o que mandarmos, pelo bem da Coroa."

— Não podemos permitir mais publicidade negativa — acrescentou ele. — Você precisa se certificar de que tudo corra bem com Sua Senhoria... pelo menos até o casamento. Depois, sinta-se livre para terminar com ele, é claro. — Ele sorriu com os lábios cerrados. — Podemos soltar uma nota dizendo que o relacionamento não deu certo, mas que a amizade continua.

Robert presumia que o relacionamento entre ela e Marshall não teria futuro. Sam odiava saber que acabaria provando que ele estava certo.

— Tá, vou garantir que a gente fique junto até o casamento. Deus que me livre de ofuscar o grande momento da Beatrice — disse ela, sarcástica.

Os olhos de sua mãe brilharam.

— Samantha, Beatrice nunca atiçou a imprensa como você fez ontem à noite.

— Desculpa não ser tão perfeita quanto ela — rebateu Sam.

— Perfeita? — repetiu sua mãe. — Eu me contento com *aceitável*. Daphne Deighton não cresceu num palácio, mas tem mais noção do que é um comportamento adequado do que você!

— Então talvez eu devesse chamar Daphne aqui para me ensinar como ser uma princesa!

A rainha Adelaide franziu os lábios. Quando finalmente voltou a falar, as palavras saíram frias e sem inflexão.

— Eu esperava mais de você, Sam. Sabe quem também esperava mais? Seu pai. Ele teria ficado *horrorizado* com o seu comportamento ontem à noite.

Sam se levantou, empurrando a cadeira com tanta força que quase a derrubou.

— Bom, peço desculpas por ser um fracasso tão épico.

Era imaturo, mas ela não resistiu ao impulso de bater a porta ao sair do escritório da mãe. As luminárias de cristal no corredor balançaram com o impacto, projetando fragmentos de luz nas paredes.

Como será que seu pai teria reagido se estivesse presente naquele momento?

"Ei, filhota, eu te amo", murmuraria ele assim que Sam entrasse no escritório. "Quer me contar o que aconteceu?"

Ele a teria deixado explicar e jamais a interromperia ou a trataria com condescendência. Mesmo quando Sam era pequena, o pai sempre arrumava tempo e ouvia solenemente suas preocupações infantis. Depois, em vez de impor uma série de regras, ele teria perguntado: "Como você acha que isso pode ser resolvido?" E então teriam chegado juntos a uma solução.

Sua mãe tinha sido injusta ao afirmar que ele teria sentido vergonha de Sam, usá-lo como uma arma para vencer uma discussão.

No entanto, injusto mesmo havia sido perdê-lo.

Sam amaria poder voltar no tempo, pedir uma segunda chance, apertar um botão cósmico com os dizeres JOGAR DE NOVO, como se estivesse num videogame. Ela faria tudo diferente. Não se esforçaria para chamar atenção, não perderia tempo com Teddy. E, acima de tudo, diria ao pai o quanto o amava.

Sam nem se deu ao trabalho de avisar à equipe de segurança que ia sair. Ao correr pelos portões do palácio, ouviu os protestos surpresos dos guardas, as mensagens de rádio para alertar ao quartel-general que a princesa estava à solta. Para ser justa, seu Guarda Revere, Caleb, só perguntou uma vez aonde estavam indo. Como Sam não respondeu, ele se limitou a caminhar obstinadamente ao lado dela.

Nas ruas, alguns turistas davam gritinhos com a aparição inesperada, ou viravam-se uns para os outros e sussurravam: "Olha ela ali! Dá pra acreditar, depois do que aconteceu na noite passada?" Eles gritavam o nome dela e empunhavam os celulares para tirar fotos. Ela fez o sinal de paz e amor para a multidão e dobrou a esquina da Rotten Road — *route du roi*, como a rua era chamada nos tempos da rainha Thérèse, ou "a rota do rei", que de alguma forma foi se transformando até chegar na palavra *rotten* da língua inglesa, ou "podre".

Atrás de uma lixeira gigante, havia uma porta cuja placa dizia HOTEL MONMOUTH: ENTRADA DOS FUNCIONÁRIOS.

Os gêmeos Washington frequentavam o Patriot, o bar discreto e aconchegante localizado nos fundos do hotel, desde os dezesseis anos: sempre entrando pela porta dos funcionários. Amavam o lugar. O clima era relaxado o suficiente para que ninguém os incomodasse e, caso bebessem demais, bastava literalmente virar a esquina que já estavam em casa. Certa vez, após quebrar o toque de recolher, Sam havia tentado escalar o muro do palácio para voltar de fininho e passara semanas com hematomas na bunda.

Ela deu uma rápida olhada pelo bar, com as paredes revestidas de madeira escura e as bugigangas espalhadas por toda parte: uma antiga bandeira americana por trás de um vidro; um conjunto de tampas de cerveja que formavam o brasão real; uma espada da época da Guerra de Independência, bem fixa à parede, para o caso de alguém ter a infeliz ideia de empunhá-la.

No momento, o bar estava quase vazio, exceto por alguns hóspedes do hotel lendo o jornal — compreensível, já que ainda não era nem meio-dia. O pessoal que tinha ido fazer um brunch estava reunido na glamorosa sala de jantar na frente do restaurante, embora Sam e Jeff tivessem há muito convencido o barman a deixá-los comer em paz e sossego.

Com um nervosismo nada típico, Sam se sentou e pegou o celular. A tela se acendeu com dezenas de mensagens. Ela ignorou a maior parte e parou nas mensagens trocadas com Marshall.

7h08: *Oi, você está bem?*

Uma sensação pouco familiar de ternura dominou seu peito. Ninguém se interessava em saber como ela estava, a não ser Jeff e Nina.

Sam sabia que a culpa era dela. Mantinha as pessoas afastadas, repelia-as com sua atitude despreocupada, suas roupas chamativas e a insistência em dizer que não precisava da ajuda de ninguém, muito obrigada. Então, Marshall tinha surgido e, de alguma maneira, entendido o que significava a barricada de Sam — porque ele mesmo também havia construído uma à sua volta.

Ofegante, ela digitou uma mensagem.

"Sinto muito por tudo."

A resposta foi imediata.

"Sou eu que tenho que pedir desculpas. Afinal de contas, eu te empurrei na piscina."

"Sinto muito mesmo assim. As pessoas falaram umas coisas horríveis nos comentários." Sam hesitou com os dedos parados em cima da tela e, em seguida, acrescentou: "Você já falou com sua família?"

Houve uma pausa prolongada, como se Marshall estivesse decidindo o que dizer a ela.

"Tem alguns manifestantes do lado de fora do apartamento da Rory, mas a polícia já está mandando todo mundo embora", acrescentou rapidamente. "Não é nada com que ela não tenha lidado antes."

Sam ficou um pouco enjoada ao notar que a família de Marshall tinha aprendido a aceitar esse tipo de ódio como algo normal. Ela queria gritar com todas aquelas pessoas anônimas que acessavam seus computadores e escreviam comentários nojentos pelo simples fato de gostarem de ser detestáveis.

Ela acessou um site de fofocas no celular e voltou a olhar as fotos, para seus braços bronzeados e cheios de sardas ao lado dos braços negros de Marshall. Por baixo daquela pele, eles eram *iguais*, uma estrutura óssea que sustentava um emaranhado de nervos e músculos e um coração que batia constantemente. Era ridículo que alguém pudesse se importar com a cor que envolvia todo aquele organismo.

Ela gostaria de saber o que fazer para melhorar as coisas. Se bem que... talvez, de alguma maneira modesta, Sam e Marshall já estivessem fazendo isso.

Se os dois mantivessem o relacionamento, o mundo inteiro veria Marshall em posição de destaque num casamento real: dançando a música de abertura, posando ao lado dos Washington nas fotos oficiais do evento. Sam tinha noção do poder de influência que esse tipo de imaginário exerce: talvez fosse capaz até mesmo de mudar a mentalidade do país.

Mas qual seria o preço que Marshall e a família dele teriam que pagar?

"Se você quiser acabar com essa história toda, vou entender", ela se forçou a escrever, mordendo o lábio.

"Não. A atenção da mídia é um saco, mas vale a pena."

O coração de Sam bateu mais forte. Ela começou a digitar, mas, antes que pudesse enviar a resposta, recebeu mais uma mensagem de Marshall.

"Kelsey me escreveu hoje de manhã. Seu plano foi genial."

Ela se recostou na banqueta para recuperar o fôlego. Verdade. Tudo aquilo era uma farsa.

"É claro que sou", ela digitou, esforçando-se para igualar a irreverência dele. "Aliás, da próxima vez que a gente se beijar, será que a gente pode virar pro outro lado? Quero sair nas fotos no meu melhor ângulo."

Sam encarou o celular, mas não recebeu nenhuma resposta imediata. Ela o virou, afastou o aparelho, apoiou o queixo na mão e, então, sem paciência, virou-o de novo. Os três pontinhos tinham voltado a aparecer no lado de Marshall da conversa.

"Claro", respondeu ele. "Sorte a sua que meus dois lados são lindos."

Sam enviou um emoji revirando os olhos e enfiou o celular na bolsa energicamente.

Ela notou uma garota sentada do outro lado do bar, usando óculos escuros e um vestido verde de mangas bufantes. Os ombros estavam curvados como se não quisesse chamar atenção, embora ninguém parecesse notar a presença dela.

— Daphne?

Ao ouvir o próprio nome, ela tirou os óculos com evidente relutância.

— Oi, Samantha — disse ela, e então olhou para o celular.

— Você está esperando alguém — concluiu Sam. Claro, garotas tipo Daphne não iam ao Patriot para ficarem sentadas sozinhas no balcão como Sam fazia.

— Não. Quer dizer, eu *estava* esperando alguém, mas acho que ele não vem.

— Jeff, né? — O silêncio de Daphne era a resposta de que ela precisava para saber que estava certa. — Olha, se serve de consolo, garanto que ele não tem a menor condição de ir a lugar algum agora. Não que eu esteja muito melhor.

Para sua surpresa, Daphne emitiu um barulhinho esquisito que quase parecia uma risada.

— Eu deveria saber que é uma péssima ideia combinar qualquer coisa com seu irmão na manhã seguinte às suas festas.

— Nesse caso, quer se juntar a mim?

Sam não sabia o que a levara a fazer aquele convite. Parecia uma traição à amizade com Nina sentar-se com a *outra* ex-namorada de Jeff. Por outro lado... na noite anterior, Nina tinha insistido que gostava de Ethan.

E, no momento, Daphne estava longe de ser a garota perfeita e deslumbrante que todos conheciam. Parecia tão decepcionada quanto qualquer uma por ter levado um bolo, o que fez Sam gostar um pouco mais dela.

— Quero. — Daphne desceu da banqueta e foi se sentar ao lado de Sam. Depois, cruzou os tornozelos e juntou as mãos no colo: a mesma pose que os fotógrafos sempre pediam que Sam fizesse para os retratos formais. Era uma pose bem majestosa, na verdade.

O barman se aproximou delas com um sorriso educado. Era profissional demais para revelar que sabia quem eram as duas, ou que Sam estampava todas as manchetes daquela manhã.

— Qual vai ser o pedido de vocês, senhoritas?

As duas responderam ao mesmo tempo.

— *Café* — grunhiu Sam.

— Um cappuccino, por favor, com espuma extra — murmurou Daphne.

Quando o barman se retirou, Sam se virou para Daphne, curiosa.

— Eu vi você conversando com Jeff na festa.

— A gente se falou por um tempinho — respondeu Daphne cautelosamente.

— Vocês dois vão voltar?

— Não sei. — Agora foi Daphne quem olhou para Sam com curiosidade. — Quer dizer, fico imaginando se ele ainda gosta da Nina…

Ah, então Daphne estava jogando verde. Sam hesitou, sentindo de repente a necessidade de proteger a amiga. Não ia revelar o segredo de Nina… mas também não queria dar a entender que Nina tinha passado todos aqueles meses esperando ansiosamente por Jeff em vão.

— Na verdade, a Nina já superou — respondeu com cuidado. — Está a fim de um cara da faculdade.

— Ah, você está falando do Ethan? — perguntou Daphne em um tom estranho.

A ressaca e a confusão eram tão intensas que Sam não conseguiu disfarçar a surpresa.

— Como é que…

— Vi os dois juntos ontem à noite — disse Daphne tranquilamente.

Sam assentiu. Não sabia que as coisas entre Nina e Ethan haviam dado certo, e de maneira tão pública que Daphne tinha visto os dois juntos. Por outro lado, estivera ocupada com outros assuntos no fim da festa.

O barman voltou para servir os pedidos. Sam estava impaciente demais para esperar o creme ou o açúcar e tomou um gole na mesma hora. O calor amargo do café foi inútil para acalmar seus nervos.

— Como é que você lida com a imprensa? — perguntou abruptamente. — Quer dizer, é óbvio que você nunca foi fotografada em situações como a de ontem. Mesmo assim… parece que a mídia nunca te enche o saco.

— Ah, eles enchem, sim. — Daphne despejou um sachê de açúcar dentro do cappuccino, misturou e bateu a colher delicadamente na lateral da xícara. — Você acha que eu me diverti no verão passado? Os paparazzi passaram semanas me perseguindo depois que o seu irmão terminou comigo, para tentar conseguir uma foto minha chorando. Precisei reunir todas as minhas forças para ignorá-los.

Sam sentiu uma culpa repentina por nunca ter levado em conta os sentimentos de Daphne durante todo o tempo em que Jeff a namorou. A questão era que... Daphne escondia as próprias emoções tão bem — assim como Beatrice fazia e Sam *deveria* fazer — que geralmente parecia desprovida de qualquer sentimento.

Um silêncio estranho pairou sobre elas. Sam se lembrou da discussão com a mãe. De repente, em meio a todos os insultos e palavras ríspidas, uma frase se sobressaiu. "Então talvez eu devesse chamar Daphne aqui para me ensinar como ser uma princesa!"

— Você poderia me ajudar? — falou Sam sem pensar, como sempre era o caso.

— Ajudar? — Daphne franziu a testa, intrigada.

— Isso, me ensinando a lidar bem com a imprensa, a ser mais agradável. Você sabe que é bem melhor nessas coisas do que eu.

Daphne pareceu surpresa com o pedido — e, verdade seja dita, Sam também. Onde mais poderia buscar ajuda? Pesquisar "Como ser uma boa princesa" na internet não a levaria a lugar nenhum.

Ela assentiu lentamente.

— Claro, eu te ajudo.

Ambas ergueram a cabeça quando outra figura irrompeu pela porta dos fundos do Patriot: Jeff, usando sua camiseta favorita do campeonato estadual de remo e short cáqui. O cabelo amassado entregava que tinha acabado de sair da cama. Ao encontrar Daphne e Sam sentadas juntas, sua expressão inicial de descrença e perplexidade deu lugar a uma alegria exultante.

— E aí, meninas. — Ele chegou por trás delas e abraçou as duas pelos ombros para puxá-las para perto de si. — Foi mal pelo atraso.

Daphne murmurou algo educado, mas Sam deu um empurrão afetuoso no irmão.

— Acho que a festa foi ontem à noite. Tecnicamente, estamos na pós.

— Ou na pós-pós. Parece que você e Marshall tiveram um pós-festa só os dois — provocou Jeff. Sam se retesou, e ele a olhou pelo canto do olho. — Desculpa. Cedo demais?

— Não, está tudo bem. Sua capacidade de me fazer rir dos meus próprios erros é um dos seus maiores dons. — Sam terminou o café em um só gole e bagunçou ainda mais o cabelo de Jeff, só para lembrá-lo de qual dos gêmeos mandava. — Estou de saída.

Ele e Daphne reagiram com um protesto forçado, mas Sam não queria empatar o encontro deles.

Enquanto se dirigia para a porta, com Caleb obedientemente logo atrás, Daphne gritou:

— Até mais, Samantha!

Sam se perguntou no que havia se metido ao pedir a ajuda de Daphne Deighton.

21

DAPHNE

— Há muito tempo que a gente não fazia isso — declarou Daphne, estendendo a mão por cima da bancada dos Mariko para pegar outro biscoito amanteigado.

Durante anos, aquela havia sido a tradição mais sagrada das duas amigas: fazer compras na tarde de sábado e jantar na casa de Himari. Às vezes, Daphne dormia por lá, e elas ficavam acordadas até de madrugada, falando de tudo e nada ao mesmo tempo, do jeito que só melhores amigas são capazes de fazer.

Himari sorriu.

— Obrigada por ter ido comigo. Eu tinha um ano de compras para compensar.

— Você fez um belo esforço — brincou Daphne, passando os olhos rapidamente por todas as sacolas de compras empilhadas atrás da cadeira de Himari.

Daphne havia comprado apenas um único suéter, que estava em promoção. Fazia a maior parte de suas compras pela internet, onde podia acumular cupons de desconto ou encontrar itens usados de alta costura.

— Falando nisso, tenho um negocinho para você. — Himari se recostou na cadeira para pegar uma das sacolas e a entregou à amiga.

Daphne abriu o papel de seda, revelando uma bolsa de couro flexível, do mesmo tom verde-esmeralda de seus olhos. A corrente dourada era tão lisa que escorregava feito água entre os dedos.

— Himari... é muito legal da sua parte...

— Eu vi você de olho nela na Halo — comentou Himari com um sorriso. — Considere um presente de agradecimento por ter sido uma amiga tão boa esse ano. Para mim, significou muito saber que você foi me visitar no hospital com tanta frequência — acrescentou ela, falando mais baixo.

De alguma maneira, Daphne deu um jeito de sorrir em meio à onda de culpa.

— Obrigada.

— De nada. — Himari suspirou. — Nem acredito que você vai se formar daqui a poucas semanas. Não sei como vou sobreviver o ano que vem sem você.

— Fala sério. Você vai mandar na escola sem nem suar.

— Claro que sim — respondeu Himari, impaciente. — Mas quem vai me ajudar a garantir que os calouros do primeiro ano fiquem no lugar deles? Quem vai me ajudar a roubar as melhores vagas no estacionamento do pessoal do último ano? Quem vai fugir comigo da aula de francês da madame Meynard para comprar bagel com gergelim quando a gente deveria estar treinando a pronúncia?

Havia uma pitada de tristeza no sorriso de Daphne, porque ela também havia passado um ano inteiro fazendo tudo aquilo sozinha.

— Não vou estar longe. A King's College fica só a quinze minutos daqui — observou.

— Você e Jeff vão se divertir tanto... — grunhiu Himari. — Mal posso esperar para visitar vocês.

Daphne sorriu.

— Quando quiser, por favor.

Ela e Jefferson andavam trocando mensagens desde o fim de semana anterior, quando o príncipe entrou no Patriot e a encontrou no maior papo com a irmã. Daphne soube no mesmo instante que tinha marcado um grande ponto a seu favor. A rejeição de Samantha sempre tinha sido uma fonte de tensão entre eles, embora nunca tivessem conversado sobre aquilo.

Himari empurrou sua cadeira para longe da bancada.

— Quer assistir alguma coisa? Tenho *tantas* séries para colocar em dia.

O celular de Daphne vibrou dentro da bolsa. Ela viu que era sua mãe e rejeitou a ligação. Não estava a fim de lidar com o estoque infinito de tramas e esquemas de Rebecca.

— Claro, eu fico. — Ela fez menção de subir a escada, mas Himari já estava do outro lado da cozinha, seguindo em direção à porta dos fundos.

— Na verdade, será que a gente pode ir lá fora? Meus irmãos dominaram a sala de jogos.

Não havia nada que Daphne pudesse dizer sem levantar suspeitas, então acabou seguindo Himari, apesar do súbito desconforto que sentiu.

Ao abrir a porta da casa de hóspedes, Himari suspirou.

— Está quente demais aqui dentro — declarou ela. — Deixa eu ligar o ar-condicionado.

Daphne foi se sentar e clicou no menu da TV sem processar direito o que estava escrito. Da última vez em que estivera ali, na noite da festa de aniversário de Himari, na primavera anterior, o sofá-cama estava aberto.

Foi naquele lugar que perdera a virgindade com Ethan.

Daphne apoiou as palmas das mãos na almofada, tentando — sem sucesso — não pensar naquela noite. No corpo de Ethan encaixado no dela, pele com pele.

Houve um estrondo vindo da porta. Himari havia tropeçado e por pouco não caiu no chão.

Daphne correu ao encontro da amiga e a segurou por baixo dos braços para firmá-la.

— Você está bem? Ligo para o seu médico?

O rosto de Himari empalideceu e ela fechou os olhos.

— Só preciso de um minuto.

Daphne ajudou-a a se sentar no sofá, depois encontrou uma garrafa d'água no frigobar e forçou Himari a tomar alguns goles.

— Você deve ter feito muito esforço hoje — balbuciou ela. — Deixa eu te ajudar a subir. Ou você quer que eu chame seus pais?

A respiração de Himari estava rápida e curta. Por um momento aterrorizante, Daphne achou que a amiga pudesse ter desmaiado ou, de alguma maneira, entrado em coma novamente.

Então, Himari abriu os olhos e Daphne percebeu na mesma hora que algo tinha mudado.

— Você esteve aqui no ano passado, não foi? — perguntou Himari, falando bem devagar. — Com *Ethan*.

Os pelos dos braços de Daphne se arrepiaram. Ela não sabia como responder. Não dava para admitir a verdade, mas também não suportava ter que mentir para Himari. Não depois de tudo que a amiga havia passado.

A tristeza devia estar estampada no rosto de Daphne, porque Himari respirou fundo.

— Não acredito — sussurrou. — Você e ele... eu me lembro agora. Eu vi vocês!

Daphne engoliu em seco. O medo formou um nó em sua garganta, quente e viscoso como alcatrão.

— Me deixa explicar — disse ela, sem forças.

— Explicar o quê? Que você traiu seu namorado na *minha* casa? Jeff também é meu amigo, sabia?

— Eu sinto muito...

— Sente muito pelo que fez ou por ter sido pega?

— Sinto muito por *tudo*!

Algo em seu tom deve tê-la entregado, porque ela viu o instante em que a ficha de Himari caiu. A última peça do quebra-cabeça tinha acabado de se encaixar.

— Meu Deus do céu. A noite da festa de formatura dos gêmeos. Foi *você*.

Daphne se inclinou para a frente, mas Himari saiu cambaleando do sofá. Ela foi para trás aos tropeços, até uma fileira de cadeiras de plástico apoiadas na parede, e empunhou uma delas, estendida como uma arma.

— Fica longe de mim. — A voz de Himari estava embargada de raiva e, o mais doloroso de tudo, de medo. — Você foi para a cama com Ethan e, quando eu te confrontei, você tentou me *matar* para calar minha boca!

A mente de Daphne foi brutalmente silenciada por aquelas palavras.

— Claro que não tentei te matar — ela conseguiu dizer. — Quer dizer, entendo que possa dar essa impressão, mas você não sabe de toda a história.

— Foi você que me drogou aquela noite. Não foi?

Daphne olhou para baixo, incapaz de suportar a dor e o desgosto na expressão da amiga, e concordou com a cabeça, infeliz.

Himari baixou a cadeira, mas não saiu do lugar.

— Você é inacreditável.

— Eu nunca pensei... só queria que você fizesse alguma idiotice aquela noite — contou Daphne. — Só queria ter material para chantagem, assim como você estava me chantageando com Ethan. Eu nunca, jamais quis machucar você. Você é minha melhor amiga.

— Eu *era* sua melhor amiga, até ficar entre você e Jeff. — Himari balançou a cabeça. — Esse é o seu problema, Daphne. É sempre você em primeiro lugar. Nunca vi ninguém mais egoísta na vida.

Daphne se contraiu. Uma coisa era conhecer a verdade nua e crua por trás de suas ações, outra bem diferente era ouvir de outra pessoa.

— Eu sinto muito. Himari... me destruiu ver o que aconteceu com você.

— Você está de brincadeira? Não vem *me* pedir para ter pena de *você* — sibilou ela. — Eu poderia ter *morrido*!

— Se eu pudesse desfazer o que aconteceu, eu faria! É o maior arrependimento da minha vida!

Himari olhou para Daphne por um instante interminável.

— Queria poder acreditar em você — disse ela, por fim. — Mas você é mentirosa demais. Você mente para mim e para Jeff e, acima de tudo, mente para si mesma.

Às vezes, quando dormia, Daphne ficava presa num sonho lúcido — percebia, apavorada, que estava dormindo, mas era incapaz de acordar. Era assim que ela se sentia naquele momento, presa numa versão distorcida e aterrorizante da realidade.

— Por favor — implorou. — Tem alguma coisa que eu possa fazer para consertar essa situação?

Himari balançou a cabeça.

— Vai embora. *Agora*.

♛

Quando Daphne chegou em casa, sua mãe estava sentada na sala. Só havia uma luz acesa, um abajur de latão que projetava sombras estranhas sobre ela, realçando sua beleza cruel.

— Onde você estava? — perguntou ela, sem preâmbulos.

Rebecca Deighton era invariavelmente educada com desconhecidos, ainda mais aqueles que poderiam se provar úteis em algum momento no futuro. Com a família, no entanto, ela nunca se dava ao trabalho.

Os olhos de Daphne ardiam. De repente, sentiu muita vontade de contar à mãe tudo que tinha acontecido, desabafar e pedir conselhos, como outras garotas faziam com os pais.

Mas ela, é claro, não podia fazer nada do tipo.

— Estava na casa da Himari — respondeu, sem forças.

— Não estava com Jefferson? — Rebecca estalou a língua para expressar sua decepção. — Ele já te convidou para ir ao casamento?

Daphne mudou o peso de uma perna para a outra.

— Ainda não.

— Por que não? — perguntou a mãe, fria feito gelo.

— Não sei.

Rebecca ficou de pé em um instante e agarrou a filha pelos ombros. As unhas se cravaram com tanta força na pele de Daphne que ela teve que morder o lábio para reprimir um grito de dor.

— "Não sei" não é aceitável a essa altura! Se você não tem uma resposta, então vá atrás dela! — Rebecca soltou Daphne e recuou. — Faça-me o favor, Daphne. Eu não te criei para dizer "Não sei".

Daphne lutou contra as lágrimas, porque não ousava demonstrar medo na frente da mãe. Medo era uma fraqueza e, quando uma Deighton conhece sua fraqueza, nunca para de explorá-la.

— Pode deixar comigo. — Ela subiu a escada e foi para o quarto, onde caiu de costas na cama e fechou os olhos. Um redemoinho abrasador de ansiedade dominou seu estômago.

Entretanto, em meio ao emaranhado de pensamentos, uma coisa estava bem nítida: se Daphne queria que Jefferson a convidasse para o casamento, não dava mais para continuar se jogando no caminho dele. Tinha que ser *ele* a procurá-la... e ela sabia como conseguir isso.

Daphne hesitou por um instante, mas as palavras de Himari ecoavam cruelmente em sua cabeça. "É sempre você em primeiro lugar. Nunca vi ninguém mais egoísta na vida."

Ótimo. Se Himari a achava egocêntrica e sem coração, Daphne ia provar que a amiga estava certa. O plano magoaria as pessoas, mas e daí? Daphne só se importava consigo mesma, mais ninguém.

Ela ligou para Natasha, uma das editoras do *Daily News*. A jornalista atendeu no segundo toque.

— Daphne. A que devo a honra?

Quando Daphne explicou o que queria, Natasha soltou um assobio baixinho.

— Você quer que eu ligue pessoalmente para o príncipe Jefferson e peça uma declaração? Você tem noção de como o porta-voz do palácio vai ficar irritado? Vou ser banida de todas as sessões de fotos da família real por meses. Sem contar que eles vão insistir em saber como foi que eu consegui o número do príncipe.

— Vou compensar você — disse Daphne com urgência. — Por favor, você sabe que eu sempre cumpro minhas promessas.

Natasha deu uma risada rouca e baixa. Houve um farfalhar do outro lado da linha, como se a jornalista estivesse anotando tudo aquilo, rascunhando freneticamente o papel.

— Você *vai* ficar me devendo uma... e das grandes. Grande do tipo "anúncio de noivado" — alertou Natasha. — Mas, tudo bem, Daphne. Por você, eu topo.

Daphne desligou o telefone e sorriu: um sorriso amargo e triunfante que desapareceu nas sombras.

22

BEATRICE

Em algum momento, ao longo do último mês, Beatrice tinha começado a enxergar aquele espaço mais como *seu* escritório do que do pai.

Redecorá-lo ajudou. Foi ideia de Teddy, na verdade. Certo dia, ele tinha ido visitá-la e perguntou onde estavam as coisas dela. Beatrice percebera, com um sobressalto, que nada ali dentro lhe pertencia.

Ela trocara as cortinas com tranças douradas por outras mais transparentes, que mantinha sempre abertas para poder contemplar a lânguida curva cinza do rio. E havia trocado o retrato a óleo do rei George I, pendurado acima da lareira, por um retrato do pai.

Como era de se esperar, lorde Standish ficara horrorizado com as mudanças.

— Vossa Majestade, fazia séculos que aquele retrato estava pendurado aqui no escritório! — protestara ele ao ver os criados removendo o quadro. — Ele é o pai da nossa nação!

— Prefiro olhar para meu *próprio* pai em busca de orientação — insistira Beatrice. Ela achava a presença do retrato reconfortante, como se o pai estivesse cuidando dela em silêncio, guiando seus passos. De tempos em tempos, Beatrice se pegava conversando com a pintura em voz alta, pedindo conselhos ao pai a respeito de seus deveres, de Teddy... e de sua família.

Beatrice ficou aliviada ao ver Sam seguindo em frente e namorando Marshall. Por outro lado, não podia deixar de se preocupar com a maneira como a irmã havia anunciado ao mundo o relacionamento, com aquelas fotos sensuais na piscina... como um pedido de atenção. Queria poder conversar com ela... mas já tinha desistido de tentar.

Além disso, se ajudava Sam a superar Teddy, Beatrice não podia se opor.

Ela se espreguiçou, permitindo-se uma pausa momentânea da Caixa de Comunicados da Coroa, que Robert preenchia toda manhã com os compromissos do dia. Àquela altura, Beatrice já tinha percebido que ele botava os documentos mais irrelevantes no topo da pilha e enterrava lá no fundo aqueles que preferia que ela não visse, como informações políticas ou atualizações de assuntos exteriores.

A primeira coisa que ela fez quando pegou a Caixa foi remover todo o conteúdo e virar a pilha para poder examiná-la de baixo para cima.

Ela deixou de lado as previsões econômicas da Reserva Federal e pegou o documento seguinte: uma atualização do Tesoureiro Geral a respeito do financiamento do governo durante o recesso de verão do Congresso — um lembrete doloroso de que faltavam duas semanas para a sessão de encerramento do Congresso e ela ainda não tinha sido convidada.

Será que os congressistas iam mesmo deixar a sessão de encerramento acontecer sem a presença da monarca?

No dia anterior, Beatrice havia reprimido seus medos e perguntado a Robert o que deveria fazer.

— Nada — respondera ele suavemente. — Em momentos assim, o papel da rainha é não dizer nem fazer nada. Do contrário, interferiria no funcionamento adequado do governo.

O celular vibrou, distraindo-a de seus pensamentos. "Adivinha quem mandou", escrevera Teddy, com uma foto de duas camisas xadrez combinando. Para dizer a verdade, Beatrice não sabia se eram camisas de sair na rua ou pijamas.

Beatrice e Teddy tinham combinado de dividir os presentes de casamento para que seus respectivos secretários pudessem começar a escrever os milhares de bilhetes de agradecimento que ambos teriam que assinar. Os dois acabaram desenvolvendo o hábito de tirar fotos dos mais absurdos e mandar um para o outro.

Ela jogou o cabelo para trás do ombro com um gesto impaciente e digitou a resposta.

"O príncipe de Gales. Só os britânicos conseguem usar uma roupa xadrez que parece um tapete."

"Ai", respondeu Teddy. "Na verdade, esse presente veio do lorde Shrewsborough."

"Meu antigo professor de etiqueta!"

Quase podia ver o sorriso no rosto de Teddy quando ele respondeu: "Etiqueta, uma arte em extinção."

Beatrice girou a cadeira em direção ao canto onde Franklin estava aninhado. Os olhinhos estavam fechados e as patas tremiam em reação ao que quer que estivesse acontecendo em seus adoráveis sonhos caninos. Ela tirou uma foto e enviou para Teddy.

"Estamos com saudade."

As coisas entre ela e Teddy haviam mudado desde a viagem à Walthorpe. Agora, Beatrice se via confiando nele de um jeito que nunca esperava. Quando tinha algum problema, ela lhe pedia conselhos e, juntos, os dois discutiam as várias soluções possíveis. Saíam para passear enquanto Franklin corria de coleira na frente dos dois, sem a menor paciência. De tempos em tempos, quando eles riam das travessuras do filhotinho, Beatrice se pegava imaginando se duas pessoas podiam se apaixonar daquela maneira: amando tanto a mesma coisa que o excesso de amor transbordava e as aproximava.

Era o tipo de namoro mais estranho, doce e inesperado, como se tivessem apagado tudo o que havia acontecido entre eles e se reaproximassem do zero.

Beatrice se lembrou do que o pai lhe dissera na noite antes de morrer: que ele e sua mãe não haviam se casado apaixonados. "Nós nos apaixonamos dia após dia", dissera ele. "O amor verdadeiro vem de enfrentar a vida juntos, com todos os seus problemas, surpresas e alegrias."

Ela olhou para baixo e suspirou quando viu o próximo documento na pilha. Era a lista de convidados para o casamento.

Robert havia organizado a lista conforme o protocolo e a tradição ditavam, acrescentando reis e rainhas de outros países, embaixadores, reitores de universidades e congressistas. "No total, está com mil e quatrocentos convidados", dissera ele. "Isso significa que você e Teddy podem convidar cem amigos pessoais cada um." Beatrice nem tinha se dado ao trabalho de protestar. Não tinha tantos amigos assim, de qualquer maneira. Várias pessoas *alegavam* ser, mas o único amigo de verdade que ela já tivera foi Connor.

Ela congelou. Só podia estar alucinando, imaginando ver o nome de Connor porque tinha acabado de pensar nele.

Mas não, ali estava, bem no meio da lista de convidados: "Sr. Connor Dean Markham", com um endereço em Houston.

Então ele tinha deixado a cidade, pensou Beatrice, imersa em confusão. Ela tentou não dar corda para os pensamentos, mas uma parte de si não podia deixar de se perguntar como estaria a vida dele, se ele estaria feliz. Se havia conhecido outra pessoa.

O que ele estava fazendo na lista de convidados?

Ela se inclinou para pressionar o botão do interfone.

— Robert? Preciso falar com você sobre os convites do casamento.

Alguns instantes mais tarde, a nova assistente de Robert, Jane, abriu a porta, puxando um carrinho com rodas — onde havia quatro caixas enormes.

— Jane, esses são *todos* os convites? — perguntou Beatrice lentamente.

— Sim, Vossa Majestade. — Jane se ajoelhou para retirar uma caixa da prateleira mais baixa do carrinho. — Como não sabia o que a preocupava, trouxe todos. Tem quarenta convites em branco aqui dentro. Caso queira acrescentar alguém, basta me dizer o nome que eu mando o calígrafo preencher.

— Não há necessidade — interrompeu Beatrice. — Minha pergunta era sobre um convite específico.

Robert espiou por trás da porta aberta.

— Posso ajudar?

Beatrice assentiu.

— Um nome na lista de convidados me pegou de surpresa. Meu antigo guarda, Connor Markham.

— Faz parte da tradição convidar antigos Guardas Revere para o casamento real — disse Robert lentamente. — Como poderá ver, outros guardas antigos seus também foram incluídos.

Beatrice olhou para a lista e piscou repetidas vezes. Era verdade: alguns ex-guardas seus — Ari e Ryan — estavam listados abaixo de Connor.

— Entendi — respondeu ela com cuidado. — Mas gostaria de tirar Connor da lista.

— Algum problema do qual eu precise estar a par?

Robert sustentou seu olhar por um longo e demorado instante. Beatrice se perguntou, de repente, se ele *sabia*. Ela não fazia ideia de como ele poderia ter descoberto. Por outro lado, se havia uma pessoa capaz de desenterrar os segredos das pessoas, essa pessoa era Robert.

— Nenhum problema. — Beatrice ficou maravilhada com a calma de sua voz, apesar do coração batendo a mil por hora.

Jane ergueu o olhar de uma das caixas, marcada na lateral em caneta preta com as letras *J – N*. Ela havia folheado os convites arquivados e, no momento, segurava um deles.

Beatrice correu para tirar o envelope das mãos de Jane.

— Obrigada. Vou precisar pensar no assunto — declarou com uma calma forçada.

— Claro. — Jane fez uma reverência e saiu do escritório, puxando o carrinho atrás de si. Robert hesitou, encarando a rainha com curiosidade no olhar, mas depois seguiu a assistente.

Beatrice afundou na cadeira. Franklin, que havia acordado com toda a barulheira, correu para brincar com as pernas dela. Ela o deixou subir no colo, sem se preocupar com a quantidade de pelos que se acumulava em sua calça nude, e abriu o envelope.

O pesado convite tinha o monograma real, laminado em tinta dourada e estampado acima do título. Beatrice nunca havia se perguntado quanto tempo o calígrafo do palácio levava para escrever, meticulosamente, cada um daqueles convites à mão.

> *O Lorde Conselheiro, a pedido de Sua Majestade, convida*
>
> *o Sr. Connor Dean Markham*
>
> *para a celebração e bênção do matrimônio entre*
>
> *Beatrice Georgina Fredericka Louise,*
>
> *rainha dos Estados Unidos,*
>
> *&*
>
> *Lorde Theodore Beaufort Eaton*
>
> *Sexta-feira, dezenove de junho, ao meio-dia*

Um convite para que *Connor* comparecesse a seu casamento com *Teddy*.

Dois nomes incompatíveis ocupando a mesma frase. Duas partes bem diferentes da vida de Beatrice, prestes a colidir.

Beatrice estava ofegante. Não queria pensar em Connor. Tinha tentado expulsá-lo de sua mente desde aquela noite na casa Walthorpe, quando a relação com Teddy começara a engatar sem a menor sombra de dúvida. Mas ele ainda estava ali, uma sombra à espreita no fundo do coração da rainha.

Ela não pôde deixar de pensar no que aconteceria caso enviasse o convite. Quase dava para ver a rápida sucessão de emoções que atravessariam o rosto de Connor quando ele abrisse o envelope: choque, raiva, confusão e, por fim, uma mistura de cautela e incerteza. Ele passaria semanas pensando se deveria ou não comparecer, mudaria de ideia mil vezes e então, de última hora — justo quanto tinha acabado de decidir não ir —, correria até o aeroporto e chegaria bem na hora, vestindo seu antigo uniforme da Guarda Revere…

E depois? Beatrice esperava o quê? Que Connor ficasse de braços cruzados enquanto ela se casava com outro?

Ela encarou o brasão da família, esculpido na pedra robusta da lareira: um par de listras horizontais encimadas por três estrelas e um grifo rugindo. Como todo mundo sabia, as estrelas e as listras do brasão dos Washington foram a inspiração original por trás da bandeira do país.

Logo abaixo do brasão, lia-se o lema da família: FACIMUS QUOD FACIENDUM EST. Fazemos o que devemos.

Beatrice sempre tinha partido do princípio de que aquele lema dizia respeito à Revolução: que o rei George I (general George Washington, à época) não queria entrar em guerra contra a Grã-Bretanha e levar milhares de homens à morte, mas que a independência valera a pena. No momento, porém, o lema parecia assumir um novo significado.

"Fazemos o que devemos, por mais que isso signifique abrir mão daqueles que amamos. Não importa o preço final de nossas escolhas."

Beatrice cutucou Franklin para que ele descesse do colo, depois se agachou e deslizou a mão pelo fundo da mesa. Ao sentir uma pequena alavanca, ela a puxou e a gaveta escondida se abriu.

Em uma gaveta projetada dois séculos antes para esconder segredos de Estado, Beatrice agora guardava um único presente de casamento, amarrado com uma fita de cetim.

Era de Connor. Ele lhe dera na noite da festa de noivado com Teddy. Beatrice ainda não tinha coragem de abrir, mas também não suportava a ideia de jogar fora.

Ela pôs o convite cuidadosamente em cima do presente e fechou a gaveta com um clique suave.

23

NINA

O centro acadêmico estava sempre lotado à tarde, cheio de gente que passava por ali para assistir à enorme TV comunitária ou fingir que estuda. No momento, Nina estava numa mesa de dois lugares com Ethan, tentando se desligar do burburinho ao seu redor enquanto planejava seu próximo artigo sobre o livro *Middlemarch*. Quando ele deu um grito de alegria, Nina olhou para o jogo de beisebol.

— Quem está ganhando?

— Yeti acabou de fazer um *home run* — explicou Ethan.

Ela franziu a testa enquanto ainda olhava para a tela.

— É o time de vermelho?

Ele caiu na gargalhada.

— Nina, Yeti não é um time. Yeti é um *jogador*: Leo Yetisha, mas todo mundo o chama de Yeti. Sabe quem é? Não é possível que, de todas as vezes que a gente já foi assistir a jogos no camarote real, você não prestou *nenhuma* atenção.

— Sinceramente, não. — Das duas, uma: ou ela ficava de papo com Sam ou de olho em Jeff. Era estranho pensar naquilo agora. — Em minha defesa, o iéti seria um mascote incrível. Bem mais assustador do que Cardinals ou Red Sox.

— Ah, claro — disse Ethan, seco. — O iéti, o Abominável Homem das Neves, conhecido por ser a criatura fantástica mais assustadora de todas.

Nina se levantou com um sorriso e pôs a mochila no ombro.

— Estou indo ver Sam. — Na verdade, não tinha avisado a amiga que ia fazer uma visita, mas imaginava que uma surpresa cairia bem.

Nas semanas seguintes à festa, Sam e Marshall tinham se encontrado em público algumas vezes, embora isso não tivesse feito as pessoas se esquecerem das fotos na piscina. Nina podia não ser uma especialista em mídia, mas até mesmo ela sabia que uma sessão de carícias ousadas não era a melhor maneira de anunciar um relacionamento da realeza, fosse de verdade *ou* falso.

Foi exatamente por isso que Nina tinha dado um toque em Sam, para início de conversa. Será que não dava para arrumar uma maneira mais fácil de deixar Teddy com ciúmes, em vez de envolver a mídia — e, de quebra, acabar prejudicando Marshall e a família dele também?

Nina se perguntou se deveria entrar em contato com Marshall e perguntar como ele estava lidando com toda a situação. Sabia em primeira mão como era ser o centro daquele tipo de atenção e preconceito dos tabloides. As manchetes podiam até não ser abertamente racistas, mas os comentários sem dúvida eram.

— Divirta-se — falou Ethan, levantando-se para lhe dar um rápido beijo de despedida.

Nina voltou a pensar em como era *bom* poder estar com alguém sem nenhum segredo ou subterfúgio. Nada de termos de confidencialidade, nada de se esconder no banco de trás de um carro de luxo, nada de ver o namorado em público e ter que fingir que ele não significava nada para ela.

Quando ela e Ethan andavam pelo campus, ficavam de mãos dadas. Quando estudavam juntos na biblioteca, Ethan jogava bolinhas de papel nela, com mensagens do tipo: "Você fica bonitinha quando está concentrada." Recentemente, tinham ido jantar no restaurante japonês a um quarteirão do campus, e a noite acabou durando horas enquanto compartilhavam uma tigela infinita de edamame. O papo havia começado com música — Ethan ficou chocado ao descobrir que Nina conhecia musicais inteirinhos de cor, mas era incapaz de cantar uma única música de Bruce Springsteen. "Vamos dar um jeito nisso *agora mesmo*", dissera ele com um grunhido, e então passara um fone de ouvido para ela — e, de repente, já estavam fazendo especulações a respeito do professor de História do Mundo, que eles suspeitavam estar escrevendo em segredo uma fan fiction sobre os membros de uma boy band britânica.

Nina descobrira que Ethan costumava fazer uma viagem espontânea de carro com a mãe todo verão. Que ele era capaz de localizar todas as constelações, mas não conhecia a história por trás delas, e era aí que Nina entrava com seu amor pela mitologia.

Descobrira que, quando dormia, Ethan virava para o lado e se enroscava com os braços debaixo da cabeça, como se tentasse ocupar o mínimo de espaço possível, e os cílios tremiam com o movimento do que quer que estivesse sonhando.

O único detalhe que não haviam discutido era como planejavam contar aquilo a Jeff.

A princípio, Nina estava convencida de que estavam fazendo a coisa certa ao manter segredo sobre o relacionamento. Não havia motivo para chateá-lo se a relação entre ela e Ethan não fosse adiante. Agora, porém... Eles precisavam contar a Jeff. Nina se lembrou, com uma onda de desconforto, como se sentia quando namorava Jeff em segredo e escondia o relacionamento de Sam.

Ela atravessou o portão do palácio... e lá estava o próprio príncipe Jefferson, correndo escada abaixo.

De alguma maneira, ela não se surpreendeu. Em sua experiência, o palácio sempre havia funcionado daquele jeito: como se um feitiço pairasse sobre o prédio, colocando a pessoa com quem menos se queria encontrar no seu caminho.

— Oi, Jeff. — Ela se esforçou para usar um tom casual e amigável, mais para "Que bom te ver de novo" do que "Estou namorando seu melhor amigo em segredo". — Estava indo ver Sam agorinha.

Ela já tinha começado a passar por ele, mas as palavras que Jeff disse a seguir a fizeram congelar.

— É verdade? Você está mesmo dormindo com Ethan?

As palavras atingiram Nina como um soco no estômago. Ela olhou de um lado para o outro e, então, engoliu em seco. Não era daquela maneira que esperava conversar sobre o assunto.

— A gente não... quer dizer... — respondeu ela, insegura. Ethan andava dormindo no quarto dela, verdade, mas eles não tinham de fato...

— Então é verdade. — Jeff recuou um passo com a mão apoiada no corrimão. — Quando a repórter me disse, eu não acreditei, mas agora acredito.

— Você falou com uma repórter?

A mandíbula de Jeff se contraiu.

— Não faço ideia de como ela conseguiu meu número, mas... hoje de manhã, recebi uma ligação de uma editora do *Daily News*. Ela me perguntou se eu tinha alguma coisa a dizer sobre o fato da minha ex-namorada e meu melhor amigo serem o novo "casal do momento" da King's College.

— A gente não é o "casal do momento" — protestou Nina, e imediatamente se encolheu.

— Eu disse à repórter que ela estava errada. "Conheço os dois desde o jardim de infância. Se eles estivessem juntos, já teriam me contado", foi o que eu falei. Só que a mulher tinha feito o dever de casa direitinho, e a matéria já estava pronta para ser publicada, cheia de citações de colegas de turma dizendo que sempre viam vocês dois juntos, de mãos dadas.

Nina sentiu um embrulho no estômago. Ela e Ethan deviam ter tomado mais cuidado. A matéria seria publicada, e ela voltaria à mesma situação de antes: seu nome seria o protagonista de piadas sujas, a casa das mães seria cercada por repórteres...

Jeff suspirou, evidentemente lendo os pensamentos dela.

— Já envolvi meu advogado nisso, e ele convenceu a repórter a não publicar a matéria.

— Obrigada — disse Nina em voz baixa.

Três lacaios passaram por eles, carregando um vaso gigante. Olharam de relance algumas vezes para o príncipe e a ex-namorada e, em seguida, se apressaram em desviar o olhar.

— Sem problemas. Não ia deixar a imprensa jogar seu nome na lama como eles fizeram da última vez. — Havia uma mistura de dor e ternura nos olhos de Jeff, uma contração no canto da boca. — Eu só... nunca pensei que seria dessa forma. Sabia que você e eu começaríamos a sair com outras pessoas, mas pensei que estivéssemos bem a ponto dar um toque um no outro com antecedência. Eu, pelo menos, planejava essa gentileza.

Nina arregalou os olhos.

— Você e Daphne vão voltar?

— Talvez — disse Jeff, sem rodeios. — Se fosse o caso, eu não deixaria você descobrir pelos tabloides. Achei que devíamos um ao outro um mínimo de cortesia, ao menos.

Nina se contorceu de vergonha. Não se lembrava da última vez que tinha se sentido tão pequena.

— Desculpa. Você está certo, a gente deveria ter te contado.

— Há quanto tempo vocês estão juntos? — perguntou Jeff. — Desde antes da festa?

— Hum... Não tecnicamente.

Jeff fechou os olhos, e Nina compreendeu que ele estava pensando em todas as vezes que se encontrou com Ethan desde então, quando o amigo poderia ter abordado o assunto e, em vez disso, tinha ficado de bico calado.

— Quero que você seja feliz, de verdade — disse Jeff com a voz rouca. — Mas precisa ser justo com meu *melhor amigo*?

Naquele momento, Nina percebeu o tamanho da dor que tinha causado a ele.

Ela sempre soubera que sair com Ethan resultaria em situações constrangedoras, mas não tinha levado em conta que acabaria abalando o relacionamento de Jeff com o melhor amigo — uma das poucas pessoas em quem ele realmente confiava, num mundo onde era difícil confiar em alguém.

Como Jeff e Ethan superariam algo assim? O que eles iam fazer, se encontrar para jogar videogame como se Nina não existisse? Como se ela e Ethan não tivessem ficado juntos mesmo sabendo o quanto isso magoaria Jeff e depois *escondido* a informação dele de propósito?

Jeff passou a mão pelo cabelo com um gesto cansado.

— Nina — disse ele, num tom suave que dilacerou sua alma —, tem certeza de que sabe o que está fazendo?

— Como assim? — sussurrou ela.

— Quando terminou comigo, você falou que era porque queria *fugir* desse mundo. Disse que não sabia lidar com a vida da Coroa e toda a publicidade e os olhares inquisidores que ela envolve. E agora está saindo com meu melhor amigo. — Ele riu, mas não havia nenhum traço de alegria. — Eu acabei de ser forçado a acabar com uma matéria de tabloide sobre o seu relacionamento. Do meu ponto de vista, você não se afastou tanto assim dos holofotes.

A cabeça de Nina girava. Ela queria dar uma pausa para catalogar tudo que havia sentido nos últimos minutos: indignação por ter sido atacada por uma repórter outra vez; tristeza por ter descoberto que talvez Jeff e Daphne voltem a ficar juntos. E culpa ao ter percebido o dano irreparável que havia causado ao relacionamento entre Jeff e Ethan.

Será que Jeff tinha razão? Ela havia se esforçado ao máximo para se distanciar do mundo da realeza, para fazer as pessoas *esquecerem* que tinha estampado capas de tabloides. Ao sair com Ethan, será que estava repetindo os mesmos erros?

Nina o olhou com uma incerteza repentina.

— Jeff...

— Tanto faz. Deixa pra lá — disse ele e, então, se dirigiu ao saguão.

Nina ficou ali por alguns instantes, quieta e trêmula. Em seguida, endireitou os ombros e subiu a escada.

Encontrou Samantha no sofá da sala de estar, com uma presilha acoplada aos cabelos. Ela batia os dedos na tela do celular com fúria evidente, e havia uma sombra em seus olhos que acionou o alerta máximo do radar de Nina.

— O que você está vendo aí? — perguntou ela, sentando-se ao lado de Sam.

A princesa soltou um suspiro exasperado e entregou o celular. Estava fuçando o perfil de Kelsey Brooke.

— Essa garota é *inacreditável* — explodiu Sam. — Ela é tão forçada que me dá vontade de vomitar. Não entendo o que Marshall vê nela.

Nina rolou a tela para ver algumas fotos: Kelsey de jaqueta jeans e short curto, andando de patins num calçadão; as unhas escuras e brilhantes de Kelsey contra o fundo verde do copo de suco, com a legenda: "Bom dia, minhas bruxinhas!"

Bem, pelo menos era melhor do que Nina esperava — ela temia que Sam estivesse lendo os comentários de uma das matérias sobre seu relacionamento com Marshall.

— Perdi alguma coisa? Por que estamos stalkeando Kelsey para passar raiva?

— Por nada — Sam se apressou em dizer. — É só que vou vê-la quando for para Los Angeles com Marshall mês que vem. E ele vai querer falar com ela, já que, sabe como é, está tentando voltar com a garota. — Sam revirou os olhos. — Sabe Deus por quê.

Nina começou a brincar com a franja da almofada que tinha acabado de pôr no colo.

— Então... topei com seu irmão no caminho para cá. Ele já sabe que eu e Ethan estamos juntos. — Ao ver a expressão preocupada de Sam, ela lhe contou toda a história de como Jeff tinha descoberto tudo através de uma repórter.

— Não é totalmente culpa sua — Sam tratou de tranquilizá-la na mesma hora. — Ethan merece pelo menos metade da culpa. Talvez até mais, já que é melhor amigo dele.

Nina se encolheu.

— Exatamente. Eu roubei o *melhor amigo* dele! Eu nem consigo imaginar como ia me sentir se você saísse com o *meu* ex em segredo...

— Isso seria um tiquinho problemático, já que seu ex é meu irmão.

Nina reprimiu uma risada.

— Você entendeu. Eu só... ficaria arrasada se alguma coisa do tipo acontecesse entre a gente.

— Jamais poderia acontecer alguma coisa do tipo entre a gente. Juro — respondeu Sam fervorosamente.

O celular de Sam vibrou ao receber uma nova mensagem. Nina não queria se intrometer, mas olhou instintivamente para a tela... e ficou indignada ao ver de quem era.

— Por que Daphne está te mandando mensagem?

Sam digitou uma resposta rápida.

— Ela está a caminho, na verdade.

— *Por quê?*

Nina nunca tinha contado para Sam a versão completa de seu término com Jeff: que Daphne a confrontara no banheiro feminino do palácio e ameaçara destruir a vida dela se não terminasse com o príncipe.

— Eu sei que sempre falei mal dela — dizia Sam, alheia ao conflito interno de Nina —, mas... sei lá, talvez ela não seja tão ruim quanto eu pensava. Ela vai ajudar a me preparar para tudo que eu preciso fazer como herdeira do trono.

— Achei que Robert estivesse treinando você, não? — perguntou Nina com voz rouca.

— Robert é irritante e insuportável, e Daphne... — Sam deu de ombros. — Que tal dar uma chance a ela, por mim?

Não, pensou Nina com tristeza, ela não podia dar uma chance para Daphne. Não queria nem chegar *perto* daquela garota.

— Se ela está a caminho, é melhor eu ir embora — disse Nina, levantando-se sem jeito. — Eu... da próxima vez que eu vier, vou dar uma ligada antes.

— Fala sério. Não precisa ligar, você está careca de saber — brincou Sam, mas Nina não retribuiu o sorriso.

Sam estava errada ao achar que nada poderia acontecer entre as duas.

Daphne Deighton provaria o contrário.

24

DAPHNE

Daphne estava esperando por Sam na entrada da Sala das Noivas: uma salinha no térreo do palácio, perto do salão de baile. Ela olhou para a tela do celular e seu pulso acelerou ao ver que tinha uma nova mensagem — mas não era de Himari.

"Precisamos conversar", escrevera Ethan.

"Me encontra lá no beco amanhã à tarde", respondeu Daphne, e então soltou o celular na bolsa. Claro que Ethan estava chateado com o que ela havia feito — mas Daphne sabia que era capaz de lidar com ele. O silêncio contínuo de Himari era um problema muito mais grave.

Ela teria que deixar essa preocupação para depois. No momento, Daphne estava prestes a se reunir com Samantha para… o quê? Um curso de gentileza? Uma aula de reforço para a princesa?

As duas vinham trocando mensagens desde aquela manhã no Patriot, mas, até então, não tinham tido tempo de se encontrar. Daphne se perguntou se Samantha tinha sentido vergonha de ter feito o pedido, se estava adiando o inevitável porque uma parte dela queria voltar atrás.

A verdade era que nunca tiveram esse tipo de contato. As duas se viam há anos, graças a Jefferson, mas Samantha nunca desenvolvera a menor afeição por Daphne. Ela desconfiava que a princesa sempre soubera adivinhar suas intenções.

Bem, essa era a chance de mudar tudo e trazer Samantha para seu lado. Além do mais, Daphne nunca recusava uma desculpa para visitar o palácio.

Samantha surgiu do outro lado do corredor.

— Desculpa te deixar esperando. Nina estava aqui.

Daphne murmurou que não tinha problema enquanto sua mente trabalhava a mil por hora para processar a notícia. Natasha deveria ter ligado para Jefferson aquela manhã: será que Nina tinha vindo para encontrá-lo e se desculpar? Ou realmente estivera no palácio apenas para ver Samantha?

A princesa tentou abrir a porta da Sala das Noivas, mas estava trancada. Ela suspirou.

— Quer ir lá para cima? Minha sala de estar é mais confortável.

Daphne balançou a cabeça.

— Você precisa treinar de frente para um espelho.

— Por quê?

— Para poder *se ver* — explicou Daphne, com um leve tom de impaciência na voz. Samantha deveria saber como aquilo funcionava, tinha nascido na realeza.

Ao contrário de Daphne, que aprendera sozinha tudo o que sabia. Ela havia lido todos os manuais de etiqueta que pôde encontrar, passara anos prestando atenção em tudo que Beatrice e a rainha Adelaide faziam. Daphne dominara a arte de fazer reverência assim como uma bailarina aprendia a dançar — treinando com pesos de ginástica amarrados aos tornozelos.

— Para que eu possa me ver fazendo o quê? Sorrindo e acenando? — insistiu Samantha. — Por favor, não me diz que você vai me fazer andar com uma pilha de livros na cabeça.

— A pilha de livros é um exercício de nível avançado. — Daphne se ouviu retrucar com um toque de sarcasmo. — Vamos começar com o básico.

— Acho justo. — Havia um tom divertido e autodepreciativo na voz da princesa que fez Daphne se acalmar, por mais estranho que fosse.

Samantha foi procurar um mordomo. Quando o homem abriu a porta, Daphne logo entendeu por que estava trancada.

Em uma mesa de costureira no canto da sala estava a tiara Winslow, aquela que Beatrice sempre usava quando era Princesa Real, cercada por vários laços de renda. Parecia que alguém estivera comparando diversas opções para o véu da rainha, mas não tivera tempo de concluir a tarefa.

— Não toquem em nada — advertiu o mordomo antes de sair e fechar a porta.

Samantha se jogou no sofá. Era o único móvel que havia ali, além da mesa de costureira e do espelho de três lados apoiado na parede dos fundos.

Quando Daphne era pequena, costumava entrar de fininho no quarto dos pais quando eles não estavam em casa. As portas dos armários tinham espelhos de corpo inteiro e, se ela abrisse no ângulo certinho e ficasse no meio, seu reflexo se multiplicava um milhão de vezes.

Ela amava aquilo. Havia algo de inebriante em posar diante de um espelho e descobrir que, se parasse na posição certa, sua imagem solitária podia se transformar num exército.

Ela manteve o olhar fixo no espelho para que Samantha não a flagrasse espiando a tiara de Winslow, mas a luz não parava de refletir em seu conjunto ornamentado de diamantes, cada um deles tão reluzente quanto uma pequena estrela.

Daphne nunca tinha tocado numa tiara. Ou sua família tinha uma, que passava de geração em geração — como os Kerr, ou os Astor ou os Fitzroy —, ou não tinha. Os Deighton, é claro, eram desprovidos de tiara.

Ela caminhou até o sofá e se sentou, alisando a saia sob as pernas. Ao lado dela, Samantha tentava discretamente copiar seus movimentos. Quando os olhares se encontraram no espelho, a princesa corou.

— Desculpa — murmurou Samantha. — Quer dizer... essa história toda é meio estranha.

— Em primeiro lugar, uma princesa jamais reconhece quando algo é estranho. Ela apenas sofre em silêncio sem apontar o desconforto — advertiu Daphne.

— Meu Deus, quem foi que te disse *isso*?

— Eu li num manual de etiqueta. Talvez o mesmo que você deveria ter lido anos atrás, mas nunca arrumou tempo.

Sam deu de ombros — admitindo a veracidade daquela afirmação — no mesmo instante em que a porta se abriu.

— Sam? Ouvi você aqui dentro... — Jefferson parou ao ver Daphne. — Ah, oi, Daphne. O que vocês estão aprontando?

— Nem queira saber — respondeu Samantha automaticamente, mas Daphne captou uma pitada de preocupação disfarçada. A princesa estava preocupada com o irmão.

Jefferson apoiou o cotovelo no batente da porta.

— Eu estava pensando que a gente podia juntar uma galera e ir para o Phil's mais tarde. Hoje vai ter aquele novo DJ de Londres. Já convidei JT e Rohan — acrescentou, omitindo o nome de Ethan de propósito.

Samantha assentiu.

— Por mim está ótimo.

O príncipe se voltou para Daphne.

— Você vem também?

— Adoraria — respondeu, satisfeita de ver que tudo estava se desenrolando conforme o planejado.

Aquilo tinha sido obra *dela*: ao ter passado o furo de reportagem para Natasha e insistido que a repórter ligasse diretamente para Jefferson, Daphne roubara do príncipe duas das pessoas em que ele mais confiava de uma só vez.

E, quanto mais isolado ele se sentisse, mais fácil seria para Daphne reconquistá-lo. Afinal de contas, não era ela quem o havia traído.

Jefferson se despediu com um murmúrio, e Daphne se voltou para a irmã dele.

— Então vamos lá. Por onde a gente começa?

— Não faço ideia. — Samantha balançou a cabeça. — Provavelmente é por isso que todo mundo acha que sou uma reserva inútil.

— Para dizer a verdade, você se saiu muito bem como reserva. Só que agora você é herdeira, e é com isso que está tendo dificuldade. — Quando Sam lhe lançou um olhar intrigado, Daphne tentou explicar. — Ser a reserva nada mais é do que ser um complemento da herdeira.

— Você está dizendo que, quando me comporto mal, acaba sendo bom porque faço Beatrice se sair melhor em comparação?

— O que estou dizendo é que, no papel de reserva, você fazia um contraponto à sua irmã. Você nunca percebeu que as melhores entrevistas de Beatrice são as que ela está com você e Jefferson? Quando ela está sozinha, o resultado é menos natural… mais ensaiado — comentou Daphne com tato. — Mas, com vocês, tipo naquelas conversas ao pé da lareira que a sua família sempre faz nas festas de fim de ano, o país vê outro lado dela.

Samantha piscou os olhos, surpresa, como se nunca tivesse pensado naquilo.

— Só que agora tudo mudou — murmurou ela. — Jeff é o reserva, e *eu* sou a herdeira.

— Bom, sim. São papéis diferentes. Você não foi treinada para ser a primeira na linha de sucessão… e, na verdade, não era para ter sido assim — acrescentou Daphne com carinho.

Se a sucessão tivesse se desenrolado em uma realidade mais feliz — se o rei não tivesse tido câncer e vivesse mais trinta anos —, o trono teria passado de Beatrice para seus filhos, não para a irmã.

Nenhum filho criado como segundo na linha de sucessão deveria se tornar o primeiro. Se acontecesse, significava que algo tinha dado terrivelmente errado: uma tragédia.

— Vamos treinar um pouquinho como lidar com os jornalistas. Vou te dar uma situação fácil — disse Daphne mais animada. — Como você se sente sendo dama de honra no casamento da sua irmã?

— Vai ser divertido — arriscou Sam.

Daphne inclinou a cabeça com expectativa, esperando Sam comentar mais alguma coisa. Quando viu que não ia acontecer, Daphne grunhiu.

— Só isso? "Vai ser divertido"?

— Qual é o problema?

— O que um repórter vai fazer com *três palavras*? Samantha, você tem que oferecer material que eles possam *usar*.

— Eu poderia ter dito coisa muito pior — observou a princesa, e Daphne suspirou.

— Vou contar o segredo dos jornalistas: tudo que eles querem é uma história que renda dinheiro para eles. *Você*, por sua vez, quer que eles escrevam uma matéria positiva. — Daphne tinha desvendado aquele mistério fazia muito tempo... era por isso que ela e Natasha se davam tão bem. — Sua missão é fazer com que esses dois objetivos se tornem um. Se você oferecer a eles uma história que encha sua bola e os faça vender muitas cópias, não vão ter nenhum motivo para mexer com você.

— Pode ser — falou Samantha, não muito convencida. — Mas eles são muito apegados à minha imagem de princesa baladeira. Duvido que comecem a falar bem de mim tão cedo.

— Eles *com certeza* não vão falar bem de você se tudo que estiver disposta a dizer for "Vai ser divertido". — Daphne sorriu. — Você só precisa ser um pouquinho mais... gentil, tentar criar um momento de intimidade temporária. Fingir que está animada por estar falando com eles.

— Estou de saco cheio de fingir. Já tem fingimento demais na minha família.

Os ouvidos de Daphne se aguçaram com aquelas palavras.

— Como assim?

— Todo mundo vive fingindo que está bem quando não está — explicou Samantha, sem forças. — A gente vive sorrindo e acenando para as câmeras e está planejando esse casamento imenso de conto de fadas como se desse para fazer todo mundo se esquecer, de alguma maneira, que tivemos um *funeral* no começo do ano. Minha mãe finge que não aconteceu nada de ruim com a gente, eu finjo com Marshall, e Beatrice é a que mais finge! Ela nem ama Teddy, ela ama...

Samantha se interrompeu e balançou a cabeça.

— Não vejo qual é o sentido. Por que estamos tentando convencer todo mundo de que as coisas estão ótimas quando obviamente *não estão*?

A mente de Daphne estava a mil por hora. A que Samantha se referia quando disse estar fingindo com Marshall? Será que não gostava dele de verdade? Mas que outro motivo ela teria para namorá-lo?

Ela percebeu que Samantha ainda a encarava, cheia de expectativa, e tratou de responder:

— A monarquia é puro teatro. Quando o mundo parece cair aos pedaços, o papel da sua família é encobrir as rachaduras e garantir ao povo que nada de grave está acontecendo.

— Parece impossível — murmurou Sam, beirando a tristeza.

— Exato. É por isso que ser princesa é tão difícil — comentou Daphne com sensatez. — Se fosse fácil, qualquer uma seria.

♕

No dia seguinte, quando o sinal da última aula tocou, Daphne não se juntou ao grupo de alunos que se dirigia ao estacionamento. Em vez disso, esperou alguns minutos e, em seguida, entrou no beco — a estreita faixa de grama que dividia o campus do St. Ursula de seu colégio irmão, o Forsythe. Às vezes, ela e Himari iam até lá durante o horário de estudo, quando deveriam estar na biblioteca fazendo dever de casa, mas era bem mais divertido escapar para ver o treino dos meninos.

Passos ecoaram no cascalho atrás dela, e a pulsação de Daphne acelerou com a descarga de adrenalina. Ao se virar, viu Ethan vindo em sua direção.

— Ethan — disse ela com gratidão. — Que bom que você topou me encontrar. Não vai acreditar no que aconteceu.

— Está falando da facada nas costas que você me deu?

Suas suspeitas estavam corretas: Ethan sabia o que ela havia feito. Daphne hesitou antes de seguir em frente, com a voz marcada pelo medo.

— Presta atenção. Himari se lembrou de tudo. Agora ela me *odeia*. Ela me acusou de ter tentado matá-la!

Ela esperou que Ethan lhe dissesse que estava tudo bem, que eles iam pensar juntos numa saída para a situação com Himari, mas ele estava impassível.

— Daphne... Eu não estou nem aí para o que está acontecendo entre você e Himari — disse ele. — Mandei mensagem porque quero saber por que você foi avisar a uma repórter que eu e Nina estávamos juntos. Nem precisa se dar ao trabalho de negar.

Por mais que não houvesse ninguém por ali, Daphne deu um passo em direção ao prédio para se esconder atrás de uma enorme lixeira azul.

— Olha, desculpa não ter te avisado — arriscou ela. — Mas olha pelo lado bom da coisa, agora você pode terminar com ela.

— O quê?

— Não precisa continuar fingindo que gosta *dela*. — Ela estremeceu. — Estou bem impressionada com sua capacidade de levar isso adiante por tanto tempo. Não precisa mais se preocupar, considero a sua parte do trato cumprida.

Ethan a encarou sem expressão.

— Está falando sério?

— É claro — garantiu ela. — Sou uma mulher de palavra. Pode demorar um tempo, mas vou conseguir seu título. — Ela fez uma pausa e inclinou a cabeça, pensativa. — Talvez um daqueles que ficaram vagos desde a era eduardiana, tipo conde de Tanglewood?

Ethan se limitou a encará-la e balançar a cabeça devagar. Ele havia enfiado as mãos nos bolsos da calça, mas dava para ver que, por dentro, os punhos estavam cerrados.

— Você é inacreditável.

A boca dela ficou seca.

— Eu não...

— Achou mesmo que eu estava bravo por causa do nosso *trato* idiota? — perguntou ele. — Meu melhor amigo não quer mais falar comigo!

"Nem a minha", pensou Daphne, soterrando a pontada de culpa repentina.

— Sinto muito que Jefferson esteja bravo com você, mas era o que precisava ser feito.

— Ah, "precisava ser feito"? — repetiu ele. — Daphne, nem todo mundo quer empurrar o melhor amigo escada abaixo, a maioria das pessoas quer *mantê-lo*.

Golpe baixo. É claro que Ethan sabia exatamente como tocar na ferida: ele a conhecia. Porque era tão mesquinho, egoísta e implacável quanto ela. E era por isso que, mais cedo ou mais tarde, ele entenderia. Se os papéis estivessem invertidos, ele teria feito a mesma coisa, sem tirar nem pôr.

— Jefferson vai acabar te perdoando, juro — disse Daphne seriamente. — Ainda mais depois que você terminar com Nina.

Daphne sabia que ia acabar separando o príncipe do melhor amigo ao ter contado toda a história para Natasha. Os melhores planos eram sempre os que causavam mais danos.

Não queria machucar Ethan, mas não havia outra escolha. E não seria para sempre. Mais tarde — depois que Jefferson a convidasse para o casamento e ela se firmasse em sua posição —, Daphne consertaria tudo e o convenceria a perdoar Ethan. Seria capaz de convencer Jefferson de qualquer coisa, uma vez que tivessem voltado a ficar juntos.

Com o tempo, quando todos voltassem a ser amigos, Ethan veria que Daphne tinha feito o que era melhor para ambos. As coisas entre ela e Ethan seriam como antes: os dois seguiriam tramando e subindo na vida em conjunto, um cuidando dos interesses do outro. Só que, daquela vez, ela seria princesa, e ele, conde. Daquela vez, o poder que eles exerceriam seria real.

Ela olhou para Ethan, mas ele a encarava com um desgosto inquestionável.

— Você não entenderia — respondeu ele. — Ao contrário de você, Nina é uma boa pessoa.

— O que está dizendo? — insistiu Daphne, ignorando o embrulho no estômago.

— Estou dizendo que não vou magoar Nina só porque você quer. — Ethan deu uma risada desprovida de humor. — Sei que vai ficar chocada, já que o país inteiro vive dizendo como você é espetacular, mas nem tudo gira ao seu redor.

Daphne deu um passo cambaleante para trás. Seu salto ficou preso no cascalho, jogando pedrinhas por toda parte. Instintivamente, Ethan estendeu a mão para firmá-la.

Daphne rejeitou o gesto, numa tentativa de recuperar um mínimo de dignidade.

— Claro que gira. Fui eu que pedi para você sair com ela, para início de conversa — ela o lembrou.

Os dois tomaram um susto ao ouvirem a porta se abrindo, mas era só um zelador levando o lixo para fora. A música vazava pelos fones de ouvido, e ele nem sequer notou a presença dos dois.

Quando a porta voltou a se fechar, Ethan suspirou.

— Não suporto mais seus joguinhos, Daphne. Você nunca joga limpo.

— Eu jogo pra *ganhar*.

As palavras foram automáticas, proferidas sem muita reflexão.

Em outras circunstâncias, Ethan teria sorrido. Agora, no entanto, ele se limitou a encará-la com firmeza, enquanto seus olhos escuros esbanjavam cansaço e ressentimento.

— Me deixa de fora das suas maracutaias, não importa o que você esteja planejando.

Eles se encararam por mais um longo momento. Apenas os corações quebravam o silêncio, competindo para ver qual batia mais rápido.

— Então tá. Pede pra outra pessoa conseguir seu título — declarou Daphne, com os olhos verdes em chamas.

De cabeça erguida, ela se afastou de Ethan com toda a serenidade de quem sai de uma recepção no palácio. Só se permitiu reduzir o passo no estacionamento, onde se apoiou na porta do carro como se estivesse exausta.

Não tinha importância, ela conseguiria se virar sozinha. Não precisava de Ethan.

Ela era Daphne Deighton e nunca havia dependido de ninguém, só de si mesma.

25

SAMANTHA

— Jeff? — chamou Sam enquanto rodeava a garagem do palácio. Já havia procurado no quarto do irmão, mas, como não o achou por lá, pedira a Caleb que ligasse para Matt, o guarda de Jeff, para descobrir aonde ele tinha ido. Para sua surpresa, estava jogando basquete na velha cesta que o pai havia instalado quando eram crianças.

O céu estava azul, sem nenhuma nuvem, e a brisa trazia a promessa do verão. Sam baixou os óculos escuros. Mais à frente, ouvia a batida ritmada da bola contra o cimento. Ao dobrar a esquina, parou assim que viu que Jeff não estava jogando contra Matt, como tinha imaginado.

Marshall estava com ele.

Alheios à sua presença, os dois seguiram fazendo provocações inofensivas um ao outro. Parecia até que se conheciam desde sempre, e não por apenas algumas semanas.

Sam observou Marshall fazer finta para a esquerda antes de driblar Jeff e disparar para a cesta. Foi aí que ele notou a presença dela, assistindo ao jogo debaixo da sombra da garagem.

Desde o vazamento das fotos na piscina, Sam e Marshall passaram a seguir as instruções do palácio e intensificaram o relacionamento: encontravam-se em público, compareciam a uma série de coquetéis e recepções. Sam estava louca para saber o que ele achava daquilo tudo, mas Marshall a tratava com a mesma descontração e irreverência de sempre. Ele a fazia rir, segurava sua mão quando os jornalistas tiravam fotos dos dois… e pronto.

Marshall não a beijava desde a noite da festa. Era provável que o avô tivesse lhe passado a mesma ordem que Robert dera a ela: dali em diante, deveriam ser castos. Sendo assim, por que será que Sam ainda estava obcecada pelo assunto?

Ela pegou a bola, que tinha caído atrás da cesta, e olhou nos olhos de Marshall.

— Parece que essa aí você errou — comentou e, em seguida, começou a passar a bola de uma mão para a outra por baixo das pernas.

O olhar de Marshall desceu para a boca de Sam, e ele abriu um sorriso.

— Fui distraído por uma garota bem bonita.

Sam revirou os olhos e passou a bola para Jeff, que a levou à linha de lance livre.

— Ei! — protestou Marshall. — Se é pra entrar no meio do jogo, então você está no *meu* time!

— Não posso jogar contra meu irmão gêmeo. É uma violação às leis da natureza — disse Sam com um sorriso enquanto Jeff marcava uma linda cesta de três pontos. Logo depois, correu para comemorar com ela.

Um celular tocou lá do banco de pedra onde os garotos haviam deixado suas coisas.

— Foi mal, a gente pode fazer uma pausa? — perguntou Marshall, correndo para atender a ligação.

Chegando lá, pegou o celular e o apoiou entre a orelha e o ombro.

— Oi — disse ele, em voz baixa e carinhosa.

Sam se esforçou para ouvir o restante da conversa. Será que Marshall estava falando com *Kelsey*? Não citava o nome dela desde a manhã seguinte à festa dos gêmeos. Mas... ele não ia encontrá-la quando fosse a Orange com Sam para o Dia da Ascensão no fim do mês?

Sam tentou sorrir como se estivesse tudo ótimo.

— Não sabia que você e Marshall tinham planos para hoje — comentou ela com o irmão, e ele fez que sim.

— Eu deveria ter te avisado. Perguntei a Davis se ele queria dar um pulo aqui, já que... — "Já que não estou mais falando com Ethan", não precisou nem acrescentar.

Em parte, Sam sentia-se responsável por toda essa confusão. Não foi ela quem encorajara Nina a levar adiante o relacionamento e depois escondera a verdade de Jeff? E, agora, o irmão estava sofrendo.

Ela se lembrou de como tinha ficado animada ao descobrir o namoro de Nina e Jeff. Suas duas pessoas favoritas de todo o mundo, juntas: parecia a situação perfeita. Não tinha percebido que, quando terminassem, ela acabaria ficando no meio dos dois, obrigada a guardar quaisquer segredos que um quisesse esconder do outro.

— Além do mais — brincou Jeff —, eu precisava decidir se aprovava você e Marshall juntos.

— Aprovar?

— Você não pode namorar alguém de quem eu não gosto. Como seu irmão gêmeo, meu poder de veto é decisivo.

Um mês antes, Sam teria bufado e dito algo do tipo: "Você ignorou meu veto quando insistiu em namorar Daphne." Mas, agora que ela tinha visto um lado mais vulnerável da ex de Jeff, que tinha pedido a *ajuda* da garota, esse tipo de comentário parecia mesquinho.

Jeff pegou a bola de basquete do chão e a girou distraidamente no dedo.

— Mas está tudo bem. Eu aprovo Davis. Ele é engraçado e parece gostar muito de você.

"Não gosta nada. Só está me usando para deixar a ex com ciúmes... e eu estou fazendo o mesmo", pensou Sam.

Só que... ela não estava mais namorando Marshall para magoar Teddy, e não sabia exatamente quando aquilo havia mudado.

— Nosso relacionamento não é tão sério assim — murmurou ela, e o irmão riu.

— Não, imagina. Você *gosta* dele. Está na cara. — A alegria estava estampada nos olhos de Jeff. — Por favor, será que dá pra você não afugentar o cara, como sempre faz? Eu gosto da presença dele.

Ah, mas é claro, pensou Sam. De todos os caras com quem ela já havia se envolvido ao longo dos anos, o irmão aprovava justo aquele que não era de fato dela. Justo aquele com quem Sam não ficaria.

♛

Mais tarde, na mesma noite, Sam caminhava pelo corredor do palácio e sentia nos ombros o rubor das queimaduras. Tinha ficado lá fora com os meninos a tarde inteira, jogando basquete e, em seguida, sentando-se no gramado para absorver a luz do sol.

Sabia que deveria estar agradecida por Marshall estar facilitando toda aquela farsa. Então por que sentia uma mistura de dor e vazio pressionando seu peito?

Ao notar a luz que vazava por baixo da porta do escritório da monarca, ela parou, incerta. Beatrice devia estar ali dentro, trabalhando até tarde.

De repente, Sam se deu conta de que estava *cansada* de ficar de mal com a irmã.

Havia se agarrado àquela raiva por muito tempo, erguendo-a diante de si como um escudo, e agora estava exausta. Queria baixar a guarda e ter uma conversa de verdade com Beatrice, para variar.

— Bee? — chamou Sam, batendo baixinho na porta. Como ninguém respondeu, ela a abriu cautelosamente, mas o escritório estava vazio.

E transformado. Ainda dava para ver resquícios do pai — no antigo globo e nos pesados aparadores de livros, esculpidos na forma de peças de xadrez gigantes —, mas não havia dúvida de que, agora, aquele era o espaço de Beatrice.

Ela rodeou a mesa lentamente, passando a mão pela superfície de madeira polida, e então desabou na cadeira de Beatrice, ancorando os tênis no chão e girando de um lado para o outro. "Bem", pensou Sam, com algo que poderia ter sido uma pontada de ciúme ou solidão, "então essa é a sensação de ser rainha".

Curiosa, ela abriu a gaveta de cima da escrivaninha, que revelou o papel de carta pessoal de Beatrice e uma fileira organizada de canetas. As gavetas de baixo continham pilhas de pastas suspensas, um pacote de petiscos para cachorros e uma série de anotações de Robert.

Quando era mais nova, Sam gostava de entrar escondida no quarto de Beatrice para fuçar as gavetas, experimentar os vestidos e passar a loção perfumada da irmã no braço. Naquela época, Sam não entendia de onde vinha o impulso, mas agora ela sabia que, quando examinava as coisas da irmã, era para tentar entendê-la, compreender todas as diferenças entre as duas.

Sam se agachou mais um pouquinho quando se lembrou da gaveta escondida na parte de baixo da mesa. Ela se perguntou se Beatrice a enchia de balas de limão, assim como o pai. Ao encontrar a alavanca, pressionou-a para abrir a gaveta e franziu a testa, confusa.

Dentro, havia um robusto envelope bege, impresso com a letra elegante do calígrafo do palácio. O destinatário era Sr. Connor Dean Markham e, no canto superior direito, onde deveria haver um selo, lia-se "Isento de Frete". Um dos privilégios de ser a rainha, claro, era a isenção das taxas postais.

Connor Markham... Por acaso não era o ex-guarda de Beatrice, aquele que tinha ido para Harvard com ela? Por que seu convite não tinha sido enviado junto com os outros?

Sam percebeu que havia mais uma coisa na gaveta: uma caixa fininha, fechada com fita marfim. Parecia um presente de casamento.

Ela não se segurou e acabou desamarrando a fita para abrir o presente.

Dentro, havia um desenho a tinta: montanhas cobertas de neve, vistas de uma janela. Do outro lado da ilustração havia uma lareira e, junto à lareira, uma pequena figura que só poderia ser sua irmã.

"Eles estavam apaixonados", percebeu Sam, atordoada.

Na ilustração, Beatrice estava totalmente vestida. Não havia nada de erótico ou sexual, mas o amor de Connor por ela era visível em cada traço de tinta. Uma aura de mistério parecia envolvê-la, como se ela guardasse um segredo que ninguém suspeitava.

Sam estudou a imagem um pouco mais, percebendo as faíscas que voavam da lareira e o contorno irregular das montanhas, cobertas por um saboroso manto de neve. De repente, caiu a ficha: não era uma cena inventada. Aquilo, de fato, tinha acontecido. Era um desenho daquela noite de dezembro, um pouco antes do Ano-Novo, quando Beatrice e seu guarda ficaram presos a caminho de Telluride.

Agora tudo fazia sentido, as várias peças do quebra-cabeça começavam a se encaixar. A mente de Sam voltou à noite em que Beatrice lhe dissera que ia romper o noivado. "Você está com outra pessoa", Sam havia especulado.

Beatrice tinha admitido que amava um plebeu e que ele estava naquela noite, na festa de noivado. Sam sempre presumira que ela estivesse falando de um dos convidados, mas a irmã se referia ao próprio *Guarda Revere*.

Por amar tanto Beatrice, Connor deve ter decidido que preferiria pedir demissão a ter que vê-la se casar com outro.

Sam segurou o papel com mais força. Queria correr até a irmã, agarrá-la pelos ombros e sacudi-la até que ela entendesse. "Você não precisa levar essa história adiante!", gritaria. "Não precisa se casar com uma pessoa que não ama só porque o papai disse que deveria."

Entretanto, Sam sabia que já havia perdido qualquer direito possível de dar conselhos amorosos a Beatrice.

Ela era a culpada pelo abismo que se abrira entre as duas. Toda vez que Beatrice tentava se desculpar, Sam lhe dava as costas. E por quê? Por *Teddy*? Por conta de seu orgulho teimoso? Nada disso valia perder uma irmã.

Sam devolveu a ilustração à caixa e deu um novo nó na fita, bem menos refinado do que o anterior. No entanto, por algum motivo, não conseguia deixar o convite de lado. Ela encarava o envelope fixamente, traçando as curvas do nome de Connor com a ponta dos dedos.

Antes mesmo de estar ciente de ter tomado sua decisão, Sam já tinha cruzado o corredor e depositado o convite numa bandeja reluzente de latão que dizia CAIXA DE SAÍDA.

26

NINA

Nina estava esparramada na toalha de piquenique, estendida na grama em frente ao palco ao ar livre. O anfiteatro no centro do John Jay Park estava abarrotado de gente, e o chão era um mar multicolorido de toalhas de praia e lençóis. O burburinho de conversas borbulhava ao redor deles, e as risadas se misturavam vagarosamente ao ar feito fumaça.

— Estou impressionada de você ter conseguido ingressos para o Shakespeare no Parque. Que horas você teve que ir para a fila? — perguntou ela.

Ethan se espreguiçou com um suspiro exagerado.

— Seis da manhã. Quando você ainda estava dormindo, Bela Adormecida.

Nina sorriu, embora no fundo tivesse medo de que Ethan, na verdade, tenha passado a noite em claro, com a cabeça a mil de ansiedade. Ela sabia que Jeff ainda não queria falar com ele.

Já Jeff, por outro lado, não parecia estar perdendo um minutinho de sono por conta disso, a julgar pelas fotos que Nina tinha visto nos blogs obcecados pela família real. Aquela semana, ele tinha saído quase todas as noites com um grupo que incluía Sam, Marshall... e Daphne.

Nina e Ethan tinham sido deliberadamente deixados de fora da lista de convidados.

— Obrigada pelos ingressos. Tenho certeza de que *Romeu e Julieta* no parque não era a sua primeira opção de programa para uma noite de sexta — comentou ela, tentando soar alegre.

— Sem problemas. Semana que vem a gente pode ir ver um filme. Que *eu* vou escolher.

— Ah, que ótimo. Vai ser um daqueles cheios de explosões e perseguições de carro.

— Ei, não seja injusta — protestou Ethan. — Eu também gosto de filme de zumbis.

Nina ainda custava a acreditar que ele tinha passado cinco horas em uma fila por ela. Jeff jamais teria feito uma coisa dessas… Mas, por outro lado, não seria necessário. Bastaria estalar os dedos para que conseguisse passe livre para os bastidores — e aí eles teriam tido que *ficar* nos bastidores a noite inteira. Não era como se o Príncipe dos Estados Unidos pudesse se sentar no meio da multidão. Seria um pesadelo em termos de logística e segurança.

Quando um dos atores entrou no palco, Ethan se endireitou e revirou a mochila até achar um par de óculos de armação quadrada.

— Eu amo quando você usa óculos — murmurou ela.

Ele ficava parecendo um nerd fofo.

— Pode falar baixo, por favor? — Ethan a acotovelou de leve. — Tem gente *tentando* curtir a peça.

Nina tinha lido *Romeu e Julieta* no colégio e assistido ao filme em que Julieta usava um par de asas de anjo ridículas. Naquela noite, no entanto, a história parecia diferente. Agora, em vez de suspirar com cada frase bonita, Nina se viu chateada por Romeu e Julieta quererem tanto ficar juntos.

Não tinha como um relacionamento dar certo se as pessoas viessem de mundos opostos. Não importava quanto tempo o casal conseguisse manter o namoro em segredo: mais cedo ou mais tarde, as circunstâncias os separariam. E seria mil vezes pior do que se nunca tivessem se conhecido.

Na vida real, amar contra tudo e contra todos não era suficiente. Nina só tinha conseguido magoar as pessoas com quem se importava, fazer com que os paparazzi assediassem suas mães e ver desconhecidos se acharem no direito de xingá-la de nomes horríveis. Na vida real, o amor impossível causava mais sofrimento do que felicidade.

O anfiteatro irrompeu em aplausos no final da apresentação e, aos poucos, Nina saiu do devaneio. Quase se esquecera de onde estava. Ela enxugou as bochechas, meio envergonhada por ter chorado.

— Você está bem? — perguntou Ethan, enquanto todos começavam a recolher suas coisas para ir embora.

Ela abraçou os joelhos contra o peito.

— Ethan. Não quero machucar você.

— O quê? — perguntou ele, confuso. — Você não me machucou.

— Mas você está sofrendo! E *nós dois* demos um jeito de machucar Jeff! A gente nunca deveria…

Ethan inclinou-se para a frente.

— O que está querendo dizer? Que a gente não deveria ter ficado junto?

— Eu não sei, Ethan! — Ela fechou os olhos, sentindo um aperto no peito. Odiava saber que tinha colocado Ethan numa situação em que poderia perder o melhor amigo. Que tinha colocado Jeff numa situação em que ele já tinha perdido.

Ethan envolveu os ombros de Nina com o braço, e ela respirou fundo, sentindo suas costas subindo e descendo onde as peles se tocavam.

— Jeff vai superar... talvez não logo de cara, mas em algum momento vai. A gente é amigo há tempo demais para que ele não me perdoe por isso.

Ele parecia confiante, mas Nina sentiu que ele estava tentando convencer a si mesmo tanto quanto a ela.

— É claro que teria sido melhor se ele tivesse ouvido a verdade da gente — prosseguiu. — Mas eu estaria mentindo se dissesse que sinto muito por ele ter descoberto. A gente ia contar, de qualquer maneira. E, enquanto isso, podemos parar de nos esconder.

— Nós não estávamos nos escondendo — observou Nina. Se estivessem, a repórter não teria descoberto o relacionamento.

— Não estou falando do campus. Estou falando da família real. — Ethan desceu a mão para a base das costas de Nina. — Estava pensando que a gente podia ir junto para o casamento da Beatrice.

Nina arregalou os olhos.

— Ethan — respondeu ela, hesitante —, você faz ideia do que está dizendo? Esse vai ser o evento mais midiático da nossa vida. Se aquela jornalista queria fazer uma matéria com base em nada além de fofocas de faculdade, vai ser bem pior se formos juntos ao casamento! — Ela balançou a cabeça. — Nós fomos convidados. Por que não podemos simplesmente ficar na recepção, sem dar margem a especulações?

— Ninguém vai especular nada sobre a gente — argumentou Ethan. — Todos os outros convidados são bem mais importantes e apresentam muito mais material para fofoca. Quem é que vai falar da gente no meio de um bando de membros da realeza estrangeira? Além disso — acrescentou ele, falando mais baixo —, eu *quero* ir com você.

Nina também queria ir com ele, mas não estava pronta para voltar aos holofotes e ver sua cara estampada nos tabloides. Tinha sido um esforço imenso se desassociar das fofocas e, se fosse ao casamento com Ethan, todo o seu trabalho iria por água abaixo.

— Vou pensar — prometeu, e então olhou em direção ao rio.

A algumas centenas de metros dali, na beira do parque, estava a figura verde oxidada da Estátua da Liberdade. Os holofotes que iluminavam a efígie lançavam um brilho dourado sobre suas feições. Daquele ângulo, a estátua parecia mais dinâmica, como se tivesse sido capturada em pleno movimento, como se tivesse acabado de pegar a tocha e estivesse prestes a bater em alguém com ela, para defender a liberdade em si.

Nina sabia que, quando os franceses despacharam a estátua, ela quase tinha ido parar em outra cidade: Boston, Filadélfia ou até mesmo aquela cidade portuária provinciana, Nova York. Mas é claro que o Congresso havia insistido para que ficasse bem ali, no lugar mais adequado, a capital do país.

— Quer subir? — perguntou ela, sem mais nem menos, apontando para a estátua.

Quando Ethan se deu conta do que ela quis dizer, grunhiu.

— Agora? Por quê?

— Por que não? — respondeu Nina. Aquela resposta era a cara de Sam.

A moça da bilheteria nem se deu ao trabalho de cobrar pela entrada, já que o monumento fecharia em meia hora.

— Tarde do jeito que está, o espaço vai ser todo de vocês — disse com uma piscadela.

Era verdade: quando Ethan e Nina chegaram ao elevador, deram de cara com um monte de grupos descendo, e mais ninguém ia subir.

— Que breguice da sua parte — murmurou Ethan, embora não parecesse nem um pouco incomodado.

— Essa sou eu: a rainha das breguices turísticas. É bom ir se acostumando.

Não havia mais ninguém no mirante circular do topo da estátua. Ali em cima, era muitos graus mais frio do que no térreo. Nina deu um passo à frente enquanto o vento soprava em seus cabelos.

Washington não era uma cidade bonita, não como Paris ou até mesmo Londres. Era muito caótica, depois de séculos de crescimento sem um planejamento urbano. Vias de mão única se entrelaçavam e se cruzavam num emaranhado confuso, monumentos à Revolução ficavam lado a lado com complexos residenciais modernos cujas coberturas tinham piscinas.

Assim era Washington, pensou Nina, uma cidade toda cheia de contradições: barulhenta, cruel, emocionante e adorável ao mesmo tempo.

— "Olhe, filho. Tudo o que o sol toca é nosso reino" — murmurou Ethan atrás dela, e Nina caiu na gargalhada.

— Não está feliz por eu ter feito a gente subir? — Ela estendeu os braços. — Aposto que a última vez que você esteve aqui foi na excursão do ensino fundamental!

— Na verdade, minha mãe me trazia para cá de vez em quando. Ela sempre pensava em atividades que pudéssemos fazer juntos — explicou Ethan. — E me arrastava para cima e para baixo da capital para vermos os monumentos nacionais e os museus… Me dava aulas de história, mas também não deixava de me ensinar quem eu era. Como se precisasse suprir qualquer senso de identidade possível que eu deveria ter herdado do meu pai.

Nina olhou para Ethan. O luar iluminava seu perfil, realçando a curva do lábio superior e a linha reta do nariz.

— Pode falar disso comigo, se quiser. — Ela pegou a mão dele.

Ethan não respondeu, mas apertou os dedos dela. Nina interpretou aquilo como um sinal para seguir em frente.

— Sei bem como é crescer numa família não tradicional — disse ela, baixinho. — Ser a pessoa que se escondia na enfermaria fingindo dor de cabeça no "Dia de Trazer o Papai para a Escola". Ver pessoas olhando para a gente como se faltasse uma peça na nossa família. Sei como é crescer sabendo que sua família é diferente, e às vezes sentir *vergonha* disso, e depois se odiar por sentir vergonha, porque ama sua família mais que tudo, mesmo que não seja igual à dos outros.

Ela arriscou olhá-lo de soslaio.

— Desculpa. Não sei por que falei tudo isso.

Provavelmente porque não tinha mais ninguém com quem *pudesse* falar daquilo, exceto, quem sabe, Sam. E Sam teria lhe dado amor incondicional, mas Nina também sabia que a amiga não teria entendido, não de verdade.

— Não, que bom que você falou. — A voz de Ethan estava levemente rouca. — Minha mãe é a melhor, sem dúvida. Tem mais energia do que qualquer pessoa que já conheci na vida. Mas também vivo preocupado com ela. Antigamente, eu achava que era minha culpa meu pai ter abandonado a gente, já que… bom, minha mãe é uma pessoa incrível, e não existe a menor possibilidade de ele ter ido embora por causa *dela*.

— Ethan, você não pode se culpar pelo abandono do seu pai — sussurrou Nina com um aperto no peito.

— É, eu sei. É que... — Ele suspirou. — Uma coisa é saber, e outra bem diferente é acreditar de verdade. *Sentir* que a culpa não é minha.

Nina apertou a mão dele. Entendia como era raro ver Ethan abrindo o coração com tanta sinceridade.

— Não conheço meu pai — disse ele, sem jeito. — A única coisa que minha mãe fala dele é que eles se amaram em um passado muito distante, mas que ele não podia fazer parte da minha vida. Não parece guardar rancor dele por isso.

— Eu também não sei de nada do meu pai biológico — admitiu Nina. — Só sei que era um estudante de medicina que doou esperma porque precisava de uma grana extra. Ah, e que não tinha nenhum histórico de doenças na família.

— Você nunca pensa nele? — perguntou Ethan.

"Não" era a resposta mentirosa que Nina estava prestes a dar, mas se conteve.

— Às vezes, mas tento não pensar. Eu *sei* quem são minhas mães. Aquele cara não passa de um desconhecido que ajudou as duas a me colocar no mundo.

Ethan olhava fixamente para o horizonte.

— Quando eu era pequeno, tinha várias teorias mirabolantes sobre quem meu pai poderia ser. Eu achava que ele era um super-herói, ou um astronauta... acreditava que ele estava por aí salvando o mundo e que, mais cedo ou mais tarde, voltaria para casa. — Ele suspirou. — Eu acho que estava no ensino fundamental quando me toquei de que ele não ia voltar.

Ethan se debruçou no parapeito. Sua silhueta denotava languidez e cansaço. Nina virou-se para encará-lo.

— Não importa quem é seu pai. Você sabe disso, né? As escolhas dele não determinam quem você é. Só as *suas* escolhas são capazes de fazer isso.

"Nem sempre eu faço as melhores escolhas", Nina pensou ter ouvido Ethan murmurar, mas saiu tão baixinho que ela não tinha certeza.

— Olha *bem* pra mim. — Ela pegou a cabeça de Ethan entre as mãos, forçando-o a olhá-la nos olhos. — Seu pai não te define. Nem no seu caso, nem no meu, tá? Você é você, e você é uma pessoa completa... e *boa*.

— Mas, às vezes, eu me pergunto... se eu o encontrasse, se soubesse quem ele era... será que eu teria a sensação de ter encontrado meu lugar?

Nina ficou em silêncio. Convivia com a família real havia tempo demais para saber qual era a sensação de existir na periferia de algo, espiando de fora com olhos solitários.

— Mas você já encontrou seu lugar — disse ela com firmeza. — Seu lugar é *comigo*.

Ethan mudou o peso de um pé para o outro. Por um instante, Nina achou que fosse beijá-la — mas, em vez disso, ele a abraçou e a puxou para perto.

Nina virou a cabeça de lado para apoiá-la no ombro de Ethan e respirou fundo, sentindo o cheiro dele. Pensou em sonhos de infância e em sonhos da vida adulta e se perguntou como e onde as duas coisas poderiam colidir. Pensou também no coração de Ethan, que batia em um ritmo constante contra o dela.

Ela não sabia quanto tempo estavam ali, abraçados no topo da Estátua da Liberdade, mas foi tempo o suficiente para que percebesse algo muito importante.

Aquele era o mesmo Ethan que, durante anos, a convencera de que ele era um cara cínico e arrogante. Talvez ainda fosse, mas agora Nina apreciava o senso de humor mordaz, sabia que a arrogância não passava de um mecanismo de defesa. Ela conhecia o *verdadeiro* Ethan, aquele escondido por trás de toda a armadura emocional.

Ethan se afastou. Parecia meio envergonhado. Seus olhos disparavam de um lado para o outro, curiosos.

— Será que...

— O quê? — questionou Nina, enquanto ele se dirigia com determinação para a parte de trás do mirante, onde erguiam-se nitidamente as pontas da coroa da estátua.

— Não acredito que ainda está aqui — disse Ethan com um sorriso. — Eu devo ter feito isso com uns dez anos de idade.

— O que ainda está aqui?

Ele apontou e, de repente, Nina viu: as iniciais "EB", esculpidas em letras maiúsculas na superfície do metal.

— Seu delinquente! Você vandalizou um monumento nacional?

— Estou ofendido com sua surpresa. — Ethan tirou uma chave no bolso e a segurou com a palma da mão estendida.

Nina hesitou, mas logo abriu um sorriso.

— Me levanta — pediu ela.

Ethan a obedeceu, levantando-a pela cintura para que ela pudesse riscar as iniciais "NG" na placa de cobre, logo abaixo do "EB".

Quando ele a pôs de volta no chão, os dois pararam para contemplar as iniciais gravadas no monumento, unindo-os, naquele espaço, por toda a eternidade.

27

BEATRICE

Normalmente, Beatrice temia convites. Ela recebia milhares por ano e, embora detestasse decepcionar as pessoas, era impossível dizer sim para todos.

Mas já fazia meses que esperava desesperadamente um convite que nunca chegava.

Ela sabia direitinho como era aquele convite, pois já o tinha visto antes, na época em que chegava para seu pai: um rolo pesado de pergaminho, amarrado com uma fita vermelha. "Vossa Majestade", dizia a mensagem no início, "seus leais súditos de todo o Congresso gostariam de ter a honra de contar com sua presença em nossa reunião…"

Beatrice sabia que seria algo sem precedentes uma monarca surgir no Congresso sem ser convidada. Por outro lado, nenhum Congresso deixava de convidar um monarca para a sessão de encerramento.

Como Beatrice seria capaz de cumprir seu dever como rainha se nem o próprio legislativo a tratava de maneira condizente?

Então, naquela manhã, ela inventara uma tarefa que mandaria Robert para bem longe do palácio. Para seu alívio, ele tinha ido sem protestar.

No momento, ela estava em um carro oficial rumo à Casa Columbia, o ponto de encontro de ambas as casas do Congresso.

Do outro lado da janela, a cidade passava num borrão de pedras cinzentas e outdoors de cores vivas. Torrentes de pessoas de terno subiam e desciam a escada do metrô. Sobre dois quarteirões da cidade, erguia-se boa parte do Edifício do Tesouro Federal, encimado por uma gigantesca águia de cobre. Vários minutos mais tarde, o carro entrou na Casa Columbia pelos fundos.

Os músculos de Beatrice ficaram tensos de medo. Ela queria abrir a porta do carro, mas se forçou a esperar o motorista e tocou a corrente dourada de Estado que pendia em seu pescoço. O metal era tão sólido que dava para senti-lo pressionando a cervical, mas seu pai nunca havia curvado a cabeça sob seu peso, e Beatrice seguiria os passos dele.

Estava usando todos os símbolos de sua posição. A faixa marfim da Ordem Eduardiana, a maior honra de cavalaria dos Estados Unidos. O pesado manto de Estado, com acabamento de arminho. E, por fim, a enorme Coroa do Estado Imperial. Era tudo grande demais: especialmente a coroa, que, quando não caía para trás, deslizava para a frente e batia no nariz.

Os adornos de Estado ficavam tão frouxos e pesados na figura esbelta de Beatrice porque haviam sido projetados para homens usarem.

Um rapaz de terno, provavelmente algum tipo de assistente do Congresso, veio correndo ao seu encontro e empalideceu ao ver Beatrice sair do carro carregada de aparatos cerimoniais.

— Majestade! — exclamou ele antes de lembrar com quem estava falando, momento em que ensaiou uma reverência sucinta.

— Obrigada por ter vindo me receber. — Beatrice passou pelo rapaz com alguns passos rápidos e tentou não pensar no absurdo da situação. Deveria estar entrando naquele prédio com muita pompa e circunstância, não se esgueirando pela porta dos fundos de seu próprio governo como uma ladra sorrateira.

— Por favor, Vossa Majestade — sussurrou o rapaz, correndo para alcançá-la. — Receio que não estivéssemos contando com sua presença.

Os saltos de Beatrice batiam ruidosamente no piso de granito polido. Ela respirou fundo, invocando cada grama de confiança que vivia dentro de si.

— Se não se importa de me mostrar o caminho... — Ela parou de falar, esperando que o rapaz lhe dissesse seu nome.

— Charles, Vossa Majestade. — Ao olhar para a coroa, sua firmeza vacilou. — Eu... ou melhor... será uma honra — balbuciou, e então se pôs atrás dela. Não podia *de fato* lhe mostrar o caminho, claro, já que ninguém tinha permissão para caminhar à frente do monarca.

Enquanto atravessava o longo corredor da Casa Columbia, Beatrice passou por um monte de portas de madeira, todas fechadas. Precisou caminhar dolorosamente devagar já que o manto de Estado se arrastava atrás dela como um enorme tapete de veludo. Parecia que alguém havia segurado seu cabelo e o puxava para trás.

Ao chegar à entrada da Casa dos Tribunos — a câmara inferior do Congresso —, Beatrice olhou para Charles com expectativa.

— Por favor, bata na porta. Você sabe o que dizer?

O pomo-de-adão do rapaz subiu e desceu, mas ele conseguiu fazer que sim. Em seguida, respirou fundo e bateu na porta de madeira esculpida: uma, duas, três vezes.

— Sua Majestade a Rainha solicita o direito de comparecer a esta assembleia!

As palavras de Charles foram recebidas por um silêncio ensurdecedor.

Na verdade, era pior do que o mero silêncio, pois Beatrice pensou ter ouvido um coro de sons abafados vindo de dentro: sussurros inquietos, o farfalhar de mantos, passos apressados. Tudo, menos o que deveria ter ouvido — ou seja, uma resposta em alto e bom som ao anúncio de Charles, convidando-a a entrar.

A porta pesada de madeira se abriu para dentro. Instintivamente, Beatrice deu um passo à frente — mas congelou ao ver quem estava ali.

Robert Standish cruzou a porta com passos surpreendentemente leves para um homem tão robusto.

— Vossa Majestade — sibilou ele. — O que está fazendo aqui?

Beatrice teve que se lembrar de não parar de respirar — "inspira, expira, inspira, expira", repetidas vezes.

— Eu poderia fazer a mesma pergunta — respondeu ela com cuidado. — *Você* está tentando tocar o encerramento do Congresso?

Pela fresta da porta entreaberta, era possível vislumbrar a Casa dos Tribunos: centenas e centenas de cadeiras distribuídas nos dois lados do corredor e, na outra ponta da sala, um trono de madeira entalhada.

Durante trezentos e sessenta e três dias do ano, aquele trono permanecia vazio. Ficava ali de propósito: talvez para lembrar ao Congresso da presença silenciosa do monarca, talvez para lembrar ao monarca de sua ausência de voz e voto no poder legislativo. Aquele trono só podia ser ocupado quando o monarca abria e fechava cerimonialmente cada sessão do Congresso.

E, agora, Robert estava tentando impedi-la.

— Claro que sim — retrucou o Lorde Conselheiro, sem nenhum traço de contrição no tom. — Sempre que o monarca não puder presidir a abertura ou o encerramento do Congresso, cabe ao representante designado por ele substituí-lo.

Beatrice sentiu um nó de indignação se formar no peito.

— Eu não designei você! E, se *de fato* tivesse nomeado um representante, reza a tradição que deveria ser meu herdeiro — acrescentou, lembrando-se de uma época em que era bem mais nova, quando o avô estava doente e o pai havia presidido o Congresso em seu lugar.

O conselheiro bufou.

— Não é possível que você esteja insinuando que teria enviado Samantha.

— Sua Alteza Real a Princesa Samantha — corrigiu Beatrice.

Ela estava vagamente ciente da presença de Charles, que assistia à discussão com pavor indisfarçável, mas Beatrice não podia se preocupar com isso. Tinha problemas muito maiores.

— Vossa Majestade, você não é bem-vinda aqui — disse Robert com firmeza.

— Você não espera mesmo que eu...

— Se você não se retirar, poderá incitar uma grave crise constitucional. — Ele contraiu os lábios e franziu a testa ao ver que a rainha não fez nenhum movimento para sair. — Agora não é o momento.

— Você vive dizendo isso! — explodiu Beatrice. — Já faz meses que sou rainha! *Quando* vai ser o momento?

— Quando estiver *casada*!

Ela endireitou a postura e se ergueu, desejando ter calçado saltos mais altos.

— Eu sou a Rainha dos Estados Unidos — repetiu. — Não importa se sou ou não casada.

Robert revirou os olhos, como se a amaldiçoasse internamente por ser tão estúpida.

— Beatrice. É claro que importa. Ter uma jovem solteira à frente do país... toda a nação se sente insegura, juvenil e *emotiva*. Deus do céu, muitos dos homens presentes aqui têm *filhos* mais velhos que você.

Beatrice ressentia-se por ele ter se referido exclusivamente aos *homens presentes*, como se nenhuma das mulheres do Congresso merecesse a menor consideração.

— É melhor... esperar até ter Teddy ao seu lado — acrescentou ele. — Talvez então seja mais fácil conquistar o respeito das pessoas.

Robert não estava sorrindo, mas seus olhos brilhavam como se estivesse. Beatrice acabou se lembrando das meninas que zombavam dela na escola, cuspindo palavras cruéis com vozes enganosamente gentis e uma satisfação maliciosa.

Até então, Beatrice não tinha percebido como Robert trabalhava incansavelmente contra ela.

Ele não fazia isso de maneira escancarada, como as pessoas que a vaiavam em comícios ou deixavam comentários desagradáveis na internet. Não — a oposição de Robert era muito mais insidiosa. Ele minava sua autoridade sistematicamente: distraindo-a com os preparativos para o casamento, distorcendo o propósito da Constituição para impedi-la de servir como rainha.

E seu próprio Congresso deixava. Beatrice não sabia o que tinha acontecido — se haviam decidido não convidá-la por livre e espontânea vontade ou se Robert havia *pedido* para que não a convidassem —, mas fazia alguma diferença? De uma forma ou de outra, o convite não tinha chegado.

— Por que está fazendo isso comigo? — sussurrou ela.

— Não estou fazendo isso com você. Estou fazendo isso pelo bem do país — respondeu Robert com firmeza. — Você deveria saber que não existe espaço para sentimentos na política.

A Coroa do Estado Imperial escorregou da cabeça de Beatrice, que se apressou em pegá-la antes que se estatelasse no chão. Ao ver o gesto, Robert reprimiu um sorriso.

Ela ficou roxa de vergonha. De repente, sentiu-se ridícula, como uma boneca de olhar vazio e coroa de papel.

Pelo menos, a sessão de encerramento do Congresso não era transmitida pela televisão — ao contrário da sessão de abertura. Se fosse, aquela imagem estaria nas primeiras páginas dos jornais no dia seguinte: Beatrice, batendo na porta do Congresso e sendo impedida de entrar.

♛

Mais tarde na mesma noite, Beatrice sentou-se com um suspiro cansado. O luar se derramava como uma cobertura de creme sobre o piso de madeira, conferindo ao ambiente um aspecto enganosamente calmo.

Inquieta, ela jogou as cobertas de lado e caminhou descalça até a janela.

Mais cedo, ao confrontar Robert Standish, uma onda de adrenalina percorrera seu corpo. No momento, porém, Beatrice sentia-se exausta e preocupada.

E com saudades de Teddy. Já fazia um tempo que ele era a única pessoa com quem podia conversar — a única pessoa que torcia por *ela*, em vez de torcer por seu fracasso. Mas ele e os irmãos iam passar o fim de semana na casa de Nantucket, que, fiel à sua palavra, Beatrice havia readquirido discretamente.

Após um instante de hesitação, Beatrice pegou o celular e ligou para o departamento de controle de tráfego aéreo do palácio.

— Preciso de um avião — disse ela em voz baixa. — Em quanto tempo estaria pronto?

A vida de rainha era cheia de restrições, mas tinha suas vantagens. E, pela primeira vez, Beatrice pretendia se beneficiar delas.

Ao chegar ao *Eagle III* — o menor dos jatos particulares da família real, muito menor do que o imenso *Eagle V* —, o piloto não lhe perguntou por que ela insistia em viajar no meio da noite. Nem chegou a protestar quando Beatrice abriu a caixinha de transporte de Franklin antes da decolagem para que ele pudesse se sentar em seu colo. Ela passou o voo de noventa minutos até Nantucket assim, deixando o filhote acariciar seu rosto com o focinho úmido.

Por fim, seu carro estacionou na entrada discreta, e Beatrice pôde ver a casa de praia dos Eaton. Era grande, mas convencional, com um telhado branco inclinado e coberto de telhas de cedro tradicionais. E lá estava Teddy, esperando na parte da frente da varanda que circundava a casa, vestido com jeans e um casaco de moletom vermelho escrito "Nantucket".

A visão de Teddy destruiu os resquícios de autocontrole que ainda lhe restavam. Beatrice abriu a porta do carro e saiu correndo para abraçá-lo, para apoiar a cabeça em seu peitoral sólido.

Quando ela se afastou, Teddy não fez nenhuma pergunta, apenas pegou duas canecas do parapeito da varanda.

— Café? — ofereceu com naturalidade, sorrindo. Como se não tivesse nada de estranho em sua visita repentina.

Ela envolveu a caneca com as duas mãos, comovida com a consideração de Teddy.

— Desculpa ter te acordado tão cedo. Eu só... precisava falar com você e não dava para esperar. Ou, pelo menos, *senti* que não dava para esperar.

— Eu gosto de acordar cedo. O amanhecer é a melhor parte do dia aqui, você vai ver. — Teddy olhou para o mar. — Quer dar uma volta? — Ele assobiou para chamar Franklin, que saiu saltitando da parte de baixo da varanda, onde estava farejando a grama cheia de lama.

Ao chegarem à praia, Beatrice tirou os sapatos. O céu era de um púrpura escuro, uma tela sobre a qual as estrelas se espalhavam como lágrimas de gelo, embora na linha do horizonte já desse para ver os primeiros reflexos perolados da manhã.

Franklin disparou até a faixa escura de areia molhada e se pôs a saltitar, feliz da vida, na espuma deixada pelas ondas. Beatrice e Teddy o seguiram, sentando-se e afundando os pés na areia e deixando que o beijo intermitente das ondas acariciasse seus dedos.

Passaram alguns minutos em silêncio, observando Franklin correr para cima e para baixo da praia, abanando o rabinho vigorosamente. Cada vez que se aventurava na água, soltava um latido de alegria antes de se retirar.

— Ele cresceu tanto — Beatrice pensou alto, adiando o assunto que viera discutir.

Teddy assentiu.

— Filhotes crescem rápido demais. Piscou, perdeu.

Tudo estava acontecendo rápido demais. Quando era mais nova, Beatrice achava que o tempo passava tão devagar que esperar um ano para qualquer coisa parecia uma eternidade. No entanto, agora era como se a física tivesse sido invertida e o tempo tivesse acelerado, e ela não sabia mais como acompanhá-lo.

Antigamente, era cheia de certezas. Porém, todas as certezas caíram por terra. Ela queria muito poder rebobinar o relógio e voltar para a época em que o pai ainda estava vivo — quando tudo era simples e inequívoco, quando tudo fazia *sentido*.

O oceano ondulava diante dela, com sua superfície sendo uma camada de prata derretida. Como sempre, aquela visão a acalmou um pouco. Beatrice amava a sensação de pequenez que o mar proporcionava, saber que seu tamanho imenso tornava tudo insignificante em comparação, até mesmo o próprio país.

— Ontem perdi uma batalha contra o Congresso. Ou, melhor, contra Robert — disse ela, por fim.

Teddy não a interrompeu. Só se aproximou um pouco mais e deixou Beatrice explicar o encontro desastroso.

— Não paro de me perguntar o que meu pai diria disso tudo — concluiu ela, com o peito apertado num misto de vergonha e ressentimento. — Será que ele entenderia meus motivos... ou diria que fiz besteira ao ter comprometido o equilíbrio de poderes? Que agi por puro orgulho e coloquei em risco a *monarquia* inteira?

Quando falou, a voz de Teddy saiu firme e cuidadosa.

— Bee... não posso falar pelo seu pai. Mas eu, pelo menos, estou orgulhoso de você.

— Por mais que eu tenha violado os termos da Constituição?

— Achei que o Congresso que tivesse violado a Constituição não convidando você para a sessão — rebateu ele.

Beatrice abaixou a cabeça enquanto traçava redemoinhos com o dedo na areia molhada.

— Preciso verificar...

— Duvido — desafiou Teddy, dando-lhe uma cutucada brincalhona no ombro. — Vamos lá, comigo você pode ser nerd à vontade. Você sabe que quer.

Teddy estava lutando para não sorrir, mas as covinhas o entregaram. Ao ver a cara dele, Beatrice não pôde deixar de retribuir o sorriso.

— Artigo três, seção vinte e oito — recitou ela. — O rei tem o dever de formar e dissolver o Congresso. Na ausência de um rei coroado, o Congresso solicitará ao herdeiro do trono que presida sua abertura e seu encerramento: a autoridade do poder legislativo deriva do povo, mas seu funcionamento e seus poderes dependem da Coroa...

Teddy se inclinou e lhe deu um rápido beijo na boca, interrompendo Beatrice no meio da frase.

— Desculpa — disse ele. — Eu só...

— Se sente atraído por garotas que sabem a Constituição de cor?

— Eu ia dizer "garotas inteligentes", mas sua versão também serve. — Teddy riu e, logo em seguida, ficou mais sério. — Bee, você sabe que acabou de responder à própria pergunta. O Congresso também desrespeitou as regras.

Àquela altura, o céu já havia clareado e as ondas se afastavam cada vez mais de seus pés à medida que a maré ia baixando. A brisa despenteava os cabelos de Beatrice. Ela se recostou, apoiando-se nas palmas das mãos, e observou Franklin correndo pela água.

Havia passado a vida inteira aprendendo a respeitar a Constituição, a obedecer à Coroa, a venerar a tradição.

Mas agora ela *era* a Coroa e, verdade seja dita, Beatrice estava ficando farta da tradição.

O futuro não pertencia mais a pessoas como Robert. Pertencia a ela, a Teddy, a Samantha, a Jeff. Pertencia a toda sua *geração*: pessoas que sonhavam e lutavam e faziam o possível para transformar o mundo em um lugar melhor.

As mãos ainda estavam cheias de areia: ela pegava grandes punhados e deixava escorrer tudo pelos dedos, como os grãos de uma ampulheta. Teddy estendeu a mão, forçando-a a erguer a cabeça e olhá-lo nos olhos.

— Não sei o que fazer — confessou ela, sem rodeios.

— Bee, você está fazendo um trabalho que só onze pessoas fizeram antes. Você não vai encontrar respostas fáceis — observou Teddy. — E deveria confiar no seu instinto. E parar de dar ouvidos a pessoas que tentam te derrubar, porque você vai ser uma baita rainha.

— Você acha?

— Eu sei. Você já é.

Beatrice não pôde mais resistir. Ela se virou e puxou o rosto de Teddy, acariciando seus cachos loiros e beijando-o com toda a paixão alimentada pela dor e inquietação que queimavam dentro dela.

Quando finalmente se soltaram, ela viu que o sol já havia subido no horizonte, salpicando o céu de cor. Beatrice respirou fundo, inalando a mistura de aromas de café, mar e sal.

Franklin saiu correndo das ondas e se sacudiu da cabeça ao rabo, borrifando água neles antes de encostar a cabeça molhada no colo de Beatrice.

Ela se aproximou de Teddy, apoiou a cabeça no ombro dele e acariciou distraidamente as orelhas de Franklin.

Juntos, os três observaram o sol subir cada vez mais — incendiando o oceano, recriando um novo mundo.

28

DAPHNE

— Eu sinto muito pelo que aconteceu — implorou Daphne. — Eu nunca quis machucar você!

Himari deu um passo à frente. Não havia nenhum vestígio da garota teimosa e orgulhosa que, um dia, tinha sido a melhor amiga de Daphne. Seus olhos eram dois poços sombrios e, suas feições, tão impassíveis como se tivessem sido esculpidas em pedra.

— Daphne, você é uma pessoa horrível. Agora vai ter o que merece. — Ela pôs as mãos nos ombros de Daphne e a empurrou.

Foi então que Daphne se deu conta de que estava no topo da escadaria curva do palácio.

Os pés voaram pelos ares e o ombro atingiu o degrau com um estalo que reverberou por todos os ossos de Daphne. No entanto, por algum motivo, seu corpo não parava de cair, rolando escada abaixo cada vez mais rápido. Ela gritou de agonia…

E se sentou na cama de supetão enquanto agarrava os lençóis contra o peito, sem fôlego. Seu cabelo era um emaranhado de fogo ao redor dos ombros. Num reflexo, ela procurou o celular em cima da mesinha de cabeceira.

Ali estava a mensagem que Himari tinha enviado na noite anterior. A mensagem em que Daphne não conseguia parar de pensar.

Na noite anterior, num rompante de ansiedade — depois de semanas ligando e mandando mensagens para Himari sem nenhuma resposta —, Daphne tinha resolvido ir à casa dos Mariko. Só que Himari se recusara a vê-la. Em vez disso, enviara sua primeira mensagem em semanas:

"Não volta mais aqui."

"Por favor", Daphne se apressara em responder, "a gente pode conversar?".

"Não tenho nada para dizer a você. Você é uma pessoa horrível e logo, logo vai ter o que merece."

A mensagem era real. Não fazia apenas parte do pesadelo de Daphne.

Ela caiu de costas no edredom e fechou os olhos. Seu corpo ainda tremia graças ao pânico e à descarga de adrenalina do pesadelo.

Daphne corria perigo. Tinha feito muitos progressos com Jefferson ao longo das semanas anteriores, mas, se Himari cumprisse sua ameaça, tudo iria por água abaixo.

Sua ex-melhor amiga ia destruí-la, a não ser que Daphne desse um jeito de destruir a ex-melhor amiga primeiro.

Ela olhou para o celular e desejou poder mandar uma mensagem para Ethan. O sarcasmo e a inteligência do garoto viriam bem a calhar no momento, mas os dois não se falavam desde a briga do lado de fora da escola, poucas semanas antes. Daphne já tinha começado a ligar sem parar — Ethan era a única pessoa com quem ela podia falar desse assunto —, só que um impulso teimoso a impedia de completar a chamada. Daphne lembrou a si mesma que não precisava dele, que era capaz de se virar sozinha, como sempre tinha sido.

Só que... daquela vez, não seria capaz. Enfrentar Himari sem ajuda era impossível. Ela precisava de um aliado, e não um aliado qualquer. Alguém forte. Alguém com tanto poder que até Himari se veria forçada a desistir.

De repente, uma memória invadiu seus pensamentos — um comentário de Samantha na primeira sessão de treinamento das duas.

"Beatrice é a que mais finge! Ela nem ama Teddy, e sim..."

E então Samantha havia mudado rapidamente de assunto, deixando a frase solta no ar.

Daphne prendeu a respiração. Seria possível que tivesse interpretado aquela frase direito? Será que Beatrice estava envolvida com outra pessoa, alguém *além* de Teddy Eaton?

Fosse quem fosse, devia ser alguém extremamente proibido: talvez um plebeu, ou alguém que trabalhasse para a família real. Caso contrário, por que a rainha não estaria noiva *daquela* pessoa, em vez de Teddy?

Daphne pegou o celular de novo e escreveu um breve e-mail para lorde Robert Standish, solicitando um encontro com Sua Majestade. Em seguida, prendeu a respiração e enviou.

Caso estivesse certa, Daphne tinha acabado de descobrir o segredo mais inestimável que já havia desenterrado ao longo de uma vida inteira de conspirações. E sabia exatamente o que fazer com a informação.

Caso estivesse errada, porém, corria o risco de ficar sem nada.

Quando Daphne chegou ao palácio para a reunião com Beatrice, o lacaio não a encaminhou para o usual escritório da rainha, mas à sua suíte pessoal. Daphne tentou esconder a surpresa. Apesar de conhecer a família real há anos e já ter estado no quarto do príncipe inúmeras vezes, ela nunca havia posto os pés ali dentro. Por outro lado, Daphne nunca fora muito próxima de Beatrice.

Ao atravessar a porta, Daphne arfou.

Os móveis haviam sido arrastados para que a rainha pudesse ficar no meio do quarto em seu vestido de noiva. Havia um espelho portátil exposto à sua frente e uma costureira agachada a seus pés, fazendo uma série de pontos minúsculos na bainha delicada.

O vestido era atemporal, elegante e extremamente *Beatrice*. Tinha mangas compridas, um decote em V estreito e uma cintura baixa que disfarçava o busto discreto da rainha. No entanto, o verdadeiro destaque era a saia imensa, cujo tecido de faille na cor marfim era sobreposto por uma camada de bordados delicados.

A imobilidade de Beatrice era surreal, quase como se tivesse parado de respirar. Daphne lembrou-se de ter ouvido falar que o falecido rei a obrigava a fazer o dever de casa de pé, para que pudesse se acostumar às longas horas que a esperavam naquela posição. A maior parte do trabalho de um monarca era feita de pé: participar de recepções, conversar com pessoas durante caminhadas, conduzir cerimônias demoradas... Portanto, segundo o antigo monarca, nunca era cedo demais para começar a treinar.

— Robert queria que você assinasse um acordo de confidencialidade, mas falei que não era necessário. Então, por favor, não poste nada sobre o vestido — pediu Beatrice, enquanto um sorriso se insinuava em seu rosto.

Daphne se perguntou, assustada, se a rainha a estava *provocando*.

— É claro que não. Pode confiar em mim — respondeu Daphne, embora as palavras tenham lhe soado falsas. — O vestido é lindíssimo. O bordado...

— Se olhar de perto, dá para ver que tem uma flor para cada estado. Rosas e cardos, papoulas e centáureas, e, é claro, flores de cerejeira — explicou a rainha.

Daphne arriscou dar um passo à frente e viu que cada uma das flores era meticulosamente bordada com zircônias e pequenas pérolas naturais que conferiam um ar etéreo ao vestido.

A costureira levantou a cabeça, e Daphne percebeu que não se tratava de uma costureira, mas de Wendy Tsu: provavelmente a estilista de vestidos de noiva mais famosa do mundo. E, ao que parecia, Wendy Tsu *em pessoa* estava fazendo a bainha da saia de Beatrice.

— Minha equipe levou mais de três mil horas para fazer o bordado — afirmou a estilista, sem se preocupar em esconder o orgulho na voz.

Daphne se perguntou se seu próprio vestido seria tão elaborado quando — ou melhor, se — viesse a se casar com Jefferson.

— Vossa Majestade — começou ela. — Gostaria de fazer uma pergunta. Em particular, se não for incômodo.

Ela viu Beatrice e Wendy se olharem. A estilista, cuja agulha voava ao perfurar o tecido com uma velocidade quase impossível, deixou-a presa na bainha para marcar o ponto de onde deveria retomar o trabalho. Ela se retirou com uma reverência sucinta e fechou a porta ao sair.

— Como posso ajudar? — perguntou Beatrice, intrigada, mas cordial.

— Queria pedir um favor — respondeu Daphne, com cuidado. — Vi que abriu uma vaga para embaixador na Corte Imperial Japonesa em Quioto. Eu esperava que você pudesse nomear Kenji e Aika Mariko, o conde e a condessa de Hana.

Ela sentiu uma insólita pontada de solidão ao pensar em mandar Himari para um país tão distante. Não era justo que sua amiga tivesse saído do coma só para Daphne perdê-la outra vez.

Mas que escolha lhe restava?

— Tenho certeza de que os Mariko seriam representantes maravilhosos — disse Beatrice. — Mas Leanna Santos já me pediu esse cargo, e pretendo concedê-lo a ela.

— Por favor — implorou Daphne com a voz trêmula, sentindo embrulho no estômago.

— Muito gentil da sua parte fazer campanha por seus amigos. Sinto muito decepcionar.

Daphne se preparou. Era chegada a hora de dar sua última cartada. Apostar todas as fichas no que poderia ser o movimento mais arriscado que já fizera na vida.

— Se você não indicar os Mariko, todo mundo vai saber do seu relacionamento secreto.

Quando a rainha congelou, Daphne soube que tinha acertado na mosca.

— Você está me *chantageando?* — perguntou Beatrice, com a voz perigosamente fria.

— Estou tentando chegar a um acordo. Se você nomear os Mariko, eu prometo que nunca mais vou tocar no assunto. Mas se não quiser ajudar... — Daphne deixou o silêncio ameaçador se arrastar por mais alguns instantes antes de prosseguir: — Como você acha que Teddy ia se sentir se descobrisse que você esteve com alguém tão incrivelmente inapropriado? Sem falar da mídia.

Daphne havia ensaiado o discurso com antecedência. Esperava, com todas as forças, que Beatrice não notasse o conhecimento mínimo que ela tinha do assunto — que, na verdade, não fazia a menor ideia de quem havia sido o amante da rainha.

— Como... ousa? — O rosto de Beatrice se iluminou com uma fúria majestosa que Daphne nunca tinha visto antes.

Um instinto arraigado a fez se curvar numa reverência profunda e manter a pose. E assim ela ficou, de cabeça baixa, quebrando a cabeça para pensar no próximo passo.

Por fim, Beatrice rompeu o silêncio.

— Vou nomear os Mariko, como você sugeriu.

A rainha não lhe dera permissão para se levantar, então Daphne permaneceu curvada.

— Obrigada — murmurou, quase cambaleando de alívio.

— Ah, levanta logo. — A voz de Beatrice era uma mistura de raiva e decepção.

Daphne se levantou devagar, lutando contra o gosto amargo do medo. Naquele momento, ela se deu conta de que nunca teria a mesma nobreza genuína que Beatrice ostentava.

Passara anos demais conspirando e adquirindo privilégios que não lhe eram devidos. Por mais que tudo desse certo — se conseguisse se livrar de Himari, reconquistar Jefferson e, mais à frente, casar-se com ele —, jamais teria tanta classe quanto Beatrice.

— Daphne, essa é a primeira e única vez que vou permitir que você me ameace com essa informação — disse Beatrice com firmeza. — Se fizer qualquer menção ao que pensa que sabe mais uma vez, na minha frente ou na de qualquer outra pessoa... se tentar me chantagear para conseguir outro favor... Não vou ser nem um pouco complacente.

— Entendido. E obrigada. Por sua compaixão.

— Você correu um risco imenso hoje — prosseguiu Beatrice, mantendo o olhar fixo em Daphne. — E nem entendo por quê. Achei que Himari fosse sua amiga.

— Eu... ela era — sussurrou Daphne.

A expressão da rainha suavizou ao ouvir aquelas palavras, e Daphne se perguntou se ela, de algum jeito, havia adivinhado o que estava acontecendo. Se sabia qual era a sensação de ser famosa e adorada por todos, mas, ao mesmo tempo, não poder contar com o apoio de ninguém além do próprio.

Beatrice pegou uma sineta de prata que estava em cima de uma mesinha lateral e a tocou. Instantes mais tarde, Wendy voltou correndo para o quarto, seguida por Robert Standish.

Beatrice se retesou ao ver Robert. Provavelmente o culpava por ter permitido que Daphne viesse para prendê-la entre a cruz e a espada. Afinal de contas, ele havia sido o responsável por agendar aquela reunião.

— Robert — disse Beatrice, disfarçando o ranger de dentes com um sorriso —, por favor, leve Daphne até a saída. E garanta que ela assine o acordo de confidencialidade antes de ir.

Daphne assentiu e retirou-se para o corredor. Captou o recado: havia perdido a confiança da rainha.

Daphne e Beatrice podiam nunca ter sido amigas íntimas, mas, até aquele dia, Beatrice a tolerava, talvez até a aprovasse. Agora, a rainha jamais a veria com os mesmos olhos.

Era um preço altíssimo, mas Daphne não tinha escolha a não ser pagar.

29

SAMANTHA

Marshall se aproximou de Samantha debaixo do sol de Los Angeles.

— Eu disse para você escolher algo laranja, não se vestir como uma *tangerina radioativa* — sussurrou ele.

Sam revirou os olhos.

— Fique você sabendo que eu gosto desse vestido.

— Está parecendo uma jujuba. — Um sorriso se insinuou nos lábios de Marshall. — A jujuba mais bonitinha do pacote, obviamente.

Eles estavam em frente ao Pavilhão Ducal, o edifício de colunas brancas que servia como centro administrativo do Ducado de Orange, enquanto o avô de Marshall fazia seu discurso de boas-vindas. Pelo que Sam tinha entendido, ele e Beatrice iam reencenar o momento em que Orange se juntou oficialmente à união.

— Que roupa é aquela que seu avô está usando? — murmurou, indicando com a cabeça a capa preta de pele que parecia pesada demais para o calor que estava fazendo.

— Ah, aquela é a capa de urso que os duques de Orange usavam quando eram reis. Ao que parece, meus ancestrais achavam que a pele de um urso-pardo era mais maneira do que qualquer coroa — acrescentou ele, irônico. — Normalmente, aquele treco fica no museu, mas eles tiram para ocasiões especiais.

— É bem mais legal do que uma coroa — concordou Sam. — Será que os Ramirez têm algo tão maneiro? — A família Ramirez (atuais duques do Texas) era a única, além dos Davis, que havia concordado em se rebaixar a ducado para unir seu território ao dos Estados Unidos.

— Tenho certeza de que eles usam Botas Reais de Pele de Cascavel ou algo do tipo. Quer dizer, estamos falando do Texas — respondeu Marshall.

Sam se conteve para não rir, ciente de que algumas pessoas, inclusive Teddy, começaram a olhar de soslaio para os dois.

Eles ficaram em silêncio quando Beatrice começou a subir os degraus do pavilhão. Assim como o restante da plateia, também estava de laranja, embora seu vestido não fosse tão *cheguei* quanto o da irmã.

Sam se sentia meio culpada por ainda não ter falado de Connor com Beatrice. Mas como se puxa um assunto como aquele? Sempre havia alguém por perto quando via a irmã. Ela achava que fosse ter uma oportunidade naquele fim de semana, mas as duas não puderam pegar o mesmo voo para Orange, claro.

A irmã parou quando alcançou o penúltimo degrau, um abaixo do duque de Orange. Sam ficou tremendamente orgulhosa de ver como ela estava imponente.

— Nobres habitantes de Orange — começou Beatrice. — Venho até vocês, em nome dos Estados Unidos da América, para expressar minha admiração por sua coragem, sua presença de espírito e sua energia. O documento que carrego os convida a se juntar à nossa estimada união.

Sam viu o avô de Marshall erguer a mão para desamarrar a capa de urso. Ele a tirou com um floreio melodramático e a colocou nos ombros de Beatrice. Em seguida, estendeu a mão e ajudou-a a subir o último degrau, para ficar ao lado dele, antes de se ajoelhar e beijar seu anel.

— Em nome de Orange, aceito sua generosa oferta — proclamou. — Que todos saibam que renunciamos à nossa soberania. Não somos mais a nação de Orange, mas parte do mesmo país, sob a proteção de Deus…

Sam parou de prestar atenção.

— Isso é que eu chamo de romantização da história — murmurou.

— Pois é. Na verdade, eles passaram *semanas* negociando os detalhes. Depois, quando finalmente assinaram um tratado, encheram a cara. — Marshall sorriu de um jeito que revirou o estômago de Sam. — E esse é o verdadeiro propósito do feriado, afinal de contas.

— Eu sei. É por isso que eu gosto de Orange — respondeu ela, e ele começou a rir.

♛

A recepção oficial do Dia da Ascensão era realizada na mansão ducal, uma casa gigante na Sunset Boulevard.

Sam havia pedido licença a Marshall para ir ao banheiro e estava lavando as mãos quando Kelsey Brooke entrou.

Kelsey era linda, mas sua beleza não era nada agressiva — algo que a maioria das atrizes buscava ter. Era uma beleza jovial, americana. Com seu cabelo loiro-mel e os olhos azul-claros, parecia uma líder de torcida de uma comédia romântica dos anos oitenta.

Sam a odiou à primeira vista.

— Samantha! — disse Kelsey, surpresa. — Que bom ter encontrado você. Quer dizer, é *incrível* finalmente te conhecer em pessoa.

Sam sentiu um forte desejo de corrigi-la por não se dirigir a ela como *Vossa Alteza Real*. Aquilo fez com que ela se sentisse meio como Beatrice, o que era estranho.

— Uhum. — Ela começou a se dirigir em direção à porta, mas Kelsey não se tocou.

— Você veio com Marshall, certo? — perguntou ela, como se não soubesse. — Ele é um ótimo par para esse tipo de evento: sempre segurava minha bebida quando eu posava para fotos e me cobria com o casaco quando eu sentia frio. Você está em *excelentes* mãos — acrescentou Kelsey, com um sorriso indulgente. Ela falava como se tivesse emprestado um par de sapatos para Samantha e quisesse confirmação de como eram ótimos… mas esperava que Samantha os devolvesse logo.

— É, ele é ótimo — respondeu Sam, evasiva.

Kelsey deu uma risada radiante enquanto olhava nos olhos de Sam pelo espelho.

— E aí, o relacionamento de vocês é tipo… sério?

— Tipo… não é da sua conta — Sam se ouviu dizer.

Ela saiu correndo do banheiro, lamentando ter deixado a garota irritá-la, mas ficou mais calma ao ver Marshall a esperando.

— Estava te procurando, jujubinha. Vem. — Ele a pegou pela mão e a conduziu escada acima. — Quero mostrar um negócio para você.

Quando chegaram à varanda do terceiro andar, Sam ficou sem ar.

A cidade se expandia diante dos dois, até chegar ao borrão azul-escuro do mar. As ruas ainda estavam abarrotadas de pessoas vestidas de laranja, que riam e chamavam umas às outras aos gritos enquanto entravam nos bares. As luzes da cidade brilhavam feito velas num bolo de aniversário. Sam teve vontade de fazer um pedido.

— Parece que a festa não vai acabar tão cedo — comentou ela.

— Ah, com certeza, a galera pira no Dia da Ascensão. — Marshall puxou duas cadeiras Adirondack e recostou-se em uma delas. — Todo mundo usa pelo menos uma peça de roupa laranja. Quem é visto sem nenhuma precisa pagar uma multa.

— Que tipo de multa? — perguntou Sam, sentando-se ao lado dele.

— Bom, existem algumas opções. Você pode varrer as escadas do correio local ou pagar uma rodada de shots no bar de sua preferência — explicou Marshall. — Segundo a tradição, é para ser um shot de gelatina de laranja, o que eu acho um horror.

— Não sei o porquê, mas alguma coisa me diz que shots de gelatina não são exatamente *tradicionais*.

Lá das ruas, ouvia-se um monte de risadas, que logo se transformaram em uma cantoria embriagada.

— Será que a gente pode ir lá embaixo? — perguntou Sam, melancólica. — Aquela festa parece bem mais divertida do que a do salão de baile.

— Pois é. — Marshall suspirou. — Por que acha que fugi aqui para cima? Assim que meus pais me encontrarem, vão fazer questão de me lembrar como sou uma decepção.

Sam arregalou os olhos.

— Você não é uma decepção — ela começou a dizer, mas Marshall a cortou.

— Pode acreditar, eu sou. Meus pais queriam muito que Rory tivesse nascido primeiro — retrucou ele, deixando o olhar vagar pela cidade. As ruas começavam a adquirir um tom de ouro escovado no escuro. — Às vezes, eu também queria. Seria ótimo se ela acabasse com o meu sofrimento e concordasse em herdar o ducado no meu lugar, mas ela não quer.

— Sei como é — disse Sam em voz baixa. — Na minha família, *eu* sou a decepção.

Fazia tanto tempo que Sam interpretava o papel da reserva inconsequente que, às vezes, acabava esquecendo que tudo começara assim: como um papel interpretado. Uma maneira de ser *diferente* da irmã. E, no fim das contas, o que ganhara com aquilo?

Milhões de garotinhas queriam ser como Beatrice quando crescessem: a primeira rainha dos Estados Unidos. Só que ninguém queria ser como Samantha.

— Quando eu era pequena, meu pai vivia me dando livros de história americana — disse ela, quebrando o silêncio. — Livros sobre a Convenção Constitucional, ou o Primeiro Tratado de Paris, ou a corrida espacial. Toda vez que eu terminava de ler um livro, ele me perguntava o que eu tinha aprendido... mesmo que eu tivesse aprendido que os meus ancestrais estavam longe de ser perfeitos. — Ela suspirou. — Naquela época, eu sonhava em virar advogada. Eu achava que, assim, seria uma daquelas pessoas que encontrava nos livros e poderia aprovar leis que *consertariam* as coisas. Achei que poderia ajudar a fazer história.

— Você seria uma advogada incrível. O dom da argumentação você já tem — respondeu Marshall, um pouquinho provocador.

— Só que *não posso*! — desabafou Sam. — Um dia, meu pai me chamou para conversar e me disse que eu nunca poderia virar advogada. "Você é irmã da futura rainha", ele me falou. "Não pode fazer parte do sistema judiciário; seria inconstitucional." — Ela bufou, levantando algumas mechas de cabelo. — Acho que foi naquele momento que eu entendi: não posso ser mais nada além de irmã da futura rainha.

Ela esfregou os braços, sentindo um frio repentino. Marshall fez menção de tirar o paletó para cobri-la, mas Sam balançou a cabeça veementemente. Isso era o que ele fazia com Kelsey quando *ela* estava com frio.

Sam não queria pensar em Kelsey — e no brilho ganancioso que iluminou os olhos dela ao perguntar se o relacionamento de Sam e Marshall era sério.

Marshall deu de ombros e deixou o paletó pendurado no braço da cadeira.

— Sam, meus pais teriam dado *qualquer coisa* para me ver estudando direito.

— E por que você não quis?

— Eu nunca fui bom aluno, a não ser nas aulas de educação física — respondeu ele, e Sam detectou a dor escondida por trás daquele comentário aparentemente bem-humorado. — Sempre tive dificuldade com a leitura. As letras viviam mudando de lugar ou se transformando em rabiscos ininteligíveis. Tentei falar disso com meus pais, mas eles disseram que eu deveria me esforçar e estudar mais. Foi só no terceiro ano que eles resolveram fazer alguns testes em mim. E então descobrimos que eu tenho dislexia.

Sam se lembrou do que ele tinha dito naquela noite, enquanto dançavam: "Sei bem como é ser o saco de pancadas de alguém." Ela sentiu pena do Marshall de nove anos, sofrendo com um problema incompreensível.

— Eu não sabia — murmurou ela.

Marshall deu de ombros, evitando olhá-la nos olhos.

— Com o tempo, aprendi a disfarçar muito bem. Minha família ficou tão envergonhada que me obrigou a tentar de tudo: tutor, terapia, até hipnose. "O duque de Orange não pode ter um distúrbio de aprendizagem." — Pela maneira como disse a última frase, Sam percebeu que ele estava citando alguém: talvez os pais, ou o avô.

O que mais a surpreendeu foi que Marshall — sempre pronto para provocá-la inventando um novo apelido absurdo, que sempre discutia com ela pelo simples prazer de argumentar — havia internalizado a opinião da sua família a respeito dele.

Alguém devia ter aberto uma janela lá embaixo — a festa pulsava mais alta e vibrante aos pés deles —, mas nenhum dos dois fez menção de se mover.

Marshall soltou um suspiro profundo.

— Meus pais sempre quiseram que eu seguisse a tradição dos duques de Orange: cursar direito em Stanford, me formar com honras, virar um advogado de interpretação constitucional (ou alguma coisa igualmente erudita) e, por fim, continuar a trajetória política da família.

Para a surpresa de Sam, ele não parecia ressentido, só… magoado, ou cansado.

— Eu nunca *quis* ser advogado, como você queria, Sam. Mesmo assim, passei anos tentando corresponder às expectativas dos meus pais — comentou ele, pesaroso. — No fim das contas, pareceu mais fácil desistir.

Foi então que Sam entendeu por que Marshall havia abraçado a imagem de baladeiro que os tabloides pintavam. Ele agia daquela maneira para se proteger. Porque era menos doloroso ser rejeitado pela família por algo que ele *escolhia* fazer, não por algo incontrolável.

Sem pensar, ela pôs a mão na dele. Logo depois, percebeu o que tinha feito: havia tocado Marshall ali, a sós, quando não precisavam atuar na frente de ninguém.

Marshall não afastou a mão.

— Escuta — disse Sam com urgência na voz. — Não estou nem aí para o que sua família diz: você vai ser um ótimo duque. Sabe resolver os problemas dos outros como ninguém. É criativo. E empático, atencioso e charmoso… quando quer ser — acrescentou ela, conseguindo arrancar um sorriso relutante de Marshall.

— Obrigado, Sam — respondeu Marshall em voz baixa.

Sam estava mais do que ciente de que suas mãos ainda se tocavam. Seria bem fácil puxá-lo para perto e beijá-lo sob a imensidão do céu. Um beijo de verdade, sem a intenção de deixar ninguém com ciúmes ou de fazer um estardalhaço, e sim porque queria. Porque queria *Marshall*.

No entanto, por alguma razão, Samantha — que dera seu primeiro beijo com o príncipe do Brasil aos treze anos, que correra atrás do campeão mundial de natação depois das últimas Olimpíadas para se convidar para a festa de comemoração, que sempre correra atrás de tudo o que queria do jeito mais ousado e direto possível — não fez nada.

Então, num piscar de olhos, a oportunidade se foi, porque Marshall já a estava levantando com seu sorriso travesso de sempre.

— Vamos, meu docinho de coco. Não podemos perder a festa inteira.

Sam revirou os olhos, bem-humorada, e o seguiu escada abaixo.

Odiava admitir, mas já estava acostumada com os apelidos ridículos de Marshall. Ela ia sentir saudade quando toda aquela farsa chegasse ao fim.

♛

Várias horas mais tarde, o salão de baile da mansão ducal havia se transformado em um redemoinho laranja caótico.

Sam viu atores e produtores, alguns filantropos e bilionários do ramo da tecnologia e boa parte da aristocracia de Orange — incluindo o visconde Ventura, em seu smoking laranja néon, e a velha condessa de Burlingame, que zanzava pela festa com um cachorrinho do tamanho de uma xícara de chá agarrado ao peito. As sombras do salão ondulavam, flamejantes, em tons de abóbora, caqui e vermelho alaranjado.

Fazia quase uma hora que havia se separado de Marshall, mas acabou encontrando a irmã dele, Rory, que era tão inteligente quanto ele falava. No entanto, ela ia se formar em ciência da computação e não tinha o menor interesse em seguir os passos da família na política.

— O nome "Orange" vem da nossa *bandeira*, Sam — dizia Rory em resposta à pergunta de Sam a respeito do ducado. — A bandeira original, quando lutávamos contra a Espanha pela independência. Era para ser vermelha e branca, mas a tinta ficava laranja depois de alguns dias no sol. Então acabamos gostando da cor.

— Pelo que estou vendo, vocês gostam *mesmo* — disse Sam com uma risada, olhando ao redor do salão... e dando de cara com duas coisas que a paralisaram.

Primeiro viu Teddy, que estava no canto sussurrando alguma coisa no ouvido de Beatrice. Beatrice respondeu ao comentário, e os dois começaram a rir.

Depois, viu Marshall na pista de dança com Kelsey.

A atriz abraçava Marshall pelo pescoço enquanto pressionava o corpo macérrimo contra o dele. Sam prendeu a respiração, esperando que Marshall se afastasse dela, mas não foi o que ele fez. Ele continuou sorrindo enquanto os dois dançavam no ritmo da música.

— Eu... com licença — disse ela a Rory e atravessou o salão sem olhar para onde estava indo. Quando encontrou uma mesa vazia no canto, jogou-se na cadeira, agradecida.

Foi só então que Sam percebeu que não estava chateada por ter visto Teddy e Beatrice. Já tinha visto os dois juntos — compartilhando um momento íntimo, autêntico e genuinamente afetuoso — e não dava muita bola. Ela foi vencida pelo cansaço quando sentiu uma chave virar dentro de si.

Seu lugar não era ao lado de Teddy, de forma alguma. Seu lugar era com *Marshall*.

Sam se forçou a lembrar do Baile da Rainha do ano anterior, quando Teddy se juntara a ela no bar, todo alegre e sorridente, enquanto a luz reluzia em seus cabelos loiros. Eles haviam se beijado dentro de um armário e, no dia seguinte, Sam descobrira que ele ia sair com Beatrice.

Em resposta, ela havia despejado toda a força da obsessão adolescente em cima dele, confundindo aquilo com amor.

Se Sam e Teddy tivessem tido a chance de namorar normalmente, ela teria se dado conta de que não combinavam. Já no segundo encontro, Sam teria ficado de saco cheio dele, do jeito que sempre ficava com todos os jovens aristocratas com quem já tinha saído. Até que Marshall apareceu.

Marshall, irreverente, exuberante e obstinado, assim como ela. Alguém que a provocava e a estimulava a ser uma pessoa melhor. Alguém que a *entendia*. Marshall, que tinha visto a realidade caótica de sua vida e não saiu correndo.

Por um instante, Sam ficou paralisada na cadeira, permitindo-se absorver aquela estranha realidade, até então inédita: era Marshall que ela queria o tempo todo.

"Tarde demais", pensou ela, pessimista. Afinal de contas, já o perdera para Kelsey.

Mas, na verdade, era impossível perder o que nunca se teve.

30

DAPHNE

Daphne exibia seu sorriso mais deslumbrante ao passar pelas portas do Tartine, o novo e mais badalado restaurante de Washington. Tinha feito escova no cabelo e usava um elegante vestido preto de mangas curtas. Os brincos de turmalina que Damien lhe emprestara realçavam o verde intenso de seus olhos.

Quando Jefferson lhe perguntara se ela queria sair para jantar, ela entendeu que precisava ir com tudo. Se não a convidasse para o casamento de Beatrice naquela noite, ela duvidava que ele fosse convidar em qualquer outro momento.

— Senhorita Deighton — a recepcionista a cumprimentou. — Por favor, siga-me até sua mesa.

Enquanto Daphne a seguia até o fundo do restaurante, alguns dos clientes começaram a se cutucar e tirar fotos com o celular. Daphne manteve o olhar fixo à frente, mas caminhou um pouco mais devagar do que o necessário e permitiu que os lábios se curvassem em um sorriso delicado.

Quando chegaram à mesa, ela a examinou com olhos experientes, tentando decidir qual cadeira tinha a iluminação mais favorável. Ao se sentar, alisou o vestido em cima das pernas e cruzou os tornozelos na posição perfeita, como se estivesse numa vitrine.

Daphne não tinha ouvido falar de Himari desde aquela mensagem ameaçadora que recebera. Fiel à sua palavra, Beatrice havia nomeado os Mariko para a função de embaixadores no Japão. Daphne tinha visto o comunicado à imprensa assim que foi ao ar. Mesmo depois de tudo isso, Himari permaneceu em silêncio.

Será que ia mesmo se mudar para o outro lado do mundo sem dizer uma palavra?

Daphne sentiu um estranho vazio no peito: estava muito perto de reconquistar Jefferson, mas não tinha ninguém com quem pudesse conversar. Himari era a única pessoa em quem já havia confiado na vida… além de Ethan. Só que era impossível discutir o assunto com Ethan, já que o efeito colateral de todo aquele plano tinha sido a amizade *dele* com Jefferson.

E não era como se Ethan estivesse disposto a falar com ela naquele momento.

De repente, o restaurante ficou em silêncio, o que só podia significar uma coisa: Jefferson havia chegado.

Daphne se levantou, assim como os demais clientes, à medida que o príncipe se dirigia à mesa. Quando chegou, Daphne curvou-se em uma reverência elegante. Jefferson dispensou o gesto com um aceno e se sentou, enquanto um suspiro coletivo ecoava por todo o recinto.

— Daphne. Muito obrigado por ter vindo — disse ele com um sorriso.

Seu Guarda Revere posicionou-se a alguns metros de distância e se apoiou numa parede de braços cruzados. Embora estivesse vestido à paisana, era pouquíssimo provável que alguém fosse confundi-lo com um dos funcionários.

— Fiquei muito feliz com a sugestão — murmurou Daphne. Como se não tivesse passado meses à espera daquele convite.

Daphne e Jefferson tinham se visto com frequência nas últimas semanas, mas sempre em grupos ou no palácio, nas tardes em que ela se reunia com Samantha. Até aquela noite, o príncipe e ela não tinham tido a oportunidade de ficar sozinhos.

Daphne esperava estar certa a respeito do motivo daquele convite para jantar. Mas também sabia que ele precisava de tempo para se expressar da maneira mais apropriada. Então, após terem feito os pedidos, ela o olhou com um sorriso ávido.

— Você não sabe o que aconteceu depois da festa da Feed Humanity — começou a dizer. — Anthony Larsen tentou voltar para casa em um daqueles patinetes de aluguel... de *smoking*! Ele bateu em um buraco na esquina da Durham Street e se estatelou na calçada...

Enquanto Daphne contava a história, Jefferson se debruçou sobre a mesa e a interrompeu de tempos em tempos para fazer perguntas ou dar boas gargalhadas. Ele odiava silêncios, assim como qualquer filho caçula, então Daphne fez questão de preencher todos eles com um estoque infinito de histórias.

E foi assim que o papo continuou, com fofocas compartilhadas e lembranças de aventuras passadas, até quase terminarem as entradas. Por fim, Jefferson baixou a cabeça e enfiou o garfo na batata gratinada.

— Você já deve ter percebido que Ethan tem andado meio ausente nos últimos tempos — comentou ele, hesitante.

Daphne sabia o que ele queria lhe dizer e entendia por que estava tão relutante. Não era normal reclamar de uma ex-namorada com a outra.

Mas já fazia um bom tempo que Daphne dera a Jefferson o direito de lhe contar qualquer coisa. Era assim que o mantinha sob controle — um controle que, às vezes, custava caro, mas que valia a pena para garantir a confiança dele. Não havia muitas pessoas com quem Jefferson pudesse trocar confidências: uma consequência da vida de príncipe.

— Eu achei que ele estivesse enrolado com a faculdade — respondeu ela. — Por quê? Aconteceu alguma coisa?

Após um longo silêncio, ele disse:

— Ele está namorando Nina.

— Nina, sua *ex*? — disse Daphne, com uma descrença admirável. — Desde quando?

— Não sei. Pelo menos desde a festa que eu e a Sam organizamos.

Daphne aproximou a cadeira um pouco mais. Rugas de preocupação marcaram seu rosto perfeito.

— E ele te contou?

— Aí que está... ele não ia me contar nada! Eu só fiquei sabendo porque um jornal entrou em contato comigo. Aí confrontei Nina, e ela admitiu que era verdade.

— Mas... uma jornalista foi atrás de você? Como ela conseguiu seu número? — Daphne mordeu a língua. Teoricamente, não tinha como saber que se tratava de uma mulher.

Sem perceber o deslize, Jefferson simplesmente deu de ombros.

— Só sei que ela ligou e perguntou se eu tinha alguma coisa a dizer sobre o fato da minha ex-namorada estar saindo com meu melhor amigo. Por um segundo, achei que estivesse falando de *você* — acrescentou —, mas você jamais faria uma coisa dessas.

— Claro que não — respondeu Daphne, com um leve tremor na voz.

Ao redor deles, fluíam ruídos suaves, típicos de restaurantes: conversas sussurradas e o tilintar de talheres. Daphne percebeu que os outros clientes espiavam os dois com um brilho de curiosidade nos olhos, ou uma inveja indisfarçável.

Como sempre, a atenção era inebriante. Corria em suas veias feito uma droga.

— Daph, a questão não é Nina — disse Jefferson, hesitante. — Ethan é meu melhor amigo desde o jardim de infância. Nós jogávamos na mesma liga de beisebol infantil, íamos à mesma colônia de férias, fazíamos *tudo* juntos.

Assim que tiramos carteira de motorista, fomos dirigindo até Nova Orleans… Nossa, meus pais ficaram loucos. A gente se revezava no volante, embora meu guarda também estivesse no carro, só porque a gente podia. Estávamos juntos na primeira vez que ficamos bêbados na vida, naquela noite em que bebemos sem querer o vinho do Porto inteiro e acabamos botando os bofes pra fora. Nossa, nós quase fizemos *tatuagem* juntos, só que ele me convenceu a desistir na última hora.

Daphne sentiu uma pontada momentânea de arrependimento ao se dar conta da dimensão do estrago que havia causado, mas se forçou a não pensar naquilo. "Vou consertar isso depois", prometeu a si mesma. "Assim que eu tiver condições."

— Ethan devia achar que estava fazendo a coisa certa mantendo o caso em segredo — arriscou ela, mas Jefferson balançou a cabeça com uma veemência surpreendente.

— Eu merecia saber por ele, e não sendo pego de surpresa por uma *desconhecida*. — O príncipe sustentou o olhar de Daphne. A dor e a confusão estavam estampadas nos olhos dele. — Enfim, o que estou tentando dizer é que toda essa situação me fez pensar.

Enfim, chegou a hora, pensou Daphne. Agora que não tinha mais Ethan, Jefferson sentia-se sozinho, como se não tivesse mais ninguém no mundo a não ser ela.

Ele a queria antes, mas agora precisava dela. E necessidade era mais forte do que desejo, sempre.

— Eu devo um pedido de desculpas a você — prosseguiu ele, todo sem jeito, afinal, desculpar-se não era algo que ele fazia com tanta frequência. — Você sempre esteve do meu lado. Mesmo quando a gente não estava namorando, você continuou do meu lado… até foi *fazer compras* com Nina, só porque viu como ela estava atordoada com aquilo tudo.

— Não foi nada, imagina — objetou Daphne. Foi naquele dia que cancelara a compra de Nina para que a garota não tivesse o que vestir na festa de noivado de Beatrice.

— E sei que você tem ajudado Sam, dando dicas de como lidar com a mídia. Você é uma pessoa tão *boa*, Daphne. Significa muito saber que você sempre esteve do meu lado. Que nunca… se aproveitou de mim. — Ele abaixou a cabeça e olhou para a toalha de mesa. — Obrigado. E desculpa não ter dado o devido valor a tudo isso.

Em um gesto aparentemente distraído, Daphne pousou a mão na mesa entre os dois. Mas Jefferson nem se moveu para tocá-la.

— Jefferson. Você sabe que eu faria qualquer coisa por você — respondeu ela.

Ele abriu um sorriso sincero, o tipo de sorriso que se daria a um velho amigo.

— Preciso de alguém que me acompanhe no casamento da Beatrice. Para dançar juntos a valsa de abertura, posar para fotos, você sabe bem como é o esquema. — Havia uma afeição decididamente platônica na voz de Jefferson quando ele acrescentou: — Quer ir comigo?

Aquele era o momento que Daphne havia planejado, pelo qual tanto havia esperado, mas não tinha nada de romântico. Jefferson não a olhava como se quisesse sair com ela, nem ir para a cama com ela. Ele a olhava como…

Como se *confiasse* nela. Atingida por um súbito ataque de pânico, Daphne se perguntou se, ao afastar Jefferson dos amigos, ela havia conseguido apenas ser relegada ao papel de uma simples *amiga*.

Daphne daria um jeito naquilo, pensou com a cabeça a mil. Conhecia a mente do príncipe melhor do que ninguém e seria capaz de fazê-lo mudar de ideia.

— Claro, eu adoraria ir com você. — Com jeitinho, ela tirou a mão da mesa. — Contanto que a gente vá como amigos.

— Amigos? — repetiu Jefferson, e Daphne soube que tinha atraído a atenção dele.

Ela jogou o cabelo para trás com a plena noção de que, na iluminação fraca do restaurante, os olhos de Jefferson deslizariam para a curva de seu pescoço até chegar ao decote.

— Não consigo ter um lance *casual* com você, Jefferson. Já fazemos isso há muitos anos e nos conhecemos bem demais para não sermos sinceros um com o outro.

Ela viu a sucessão de emoções no rosto do príncipe, a surpresa dando lugar a uma mistura de perplexidade e interesse.

— É isso que você quer, ir como amigos? Não como se estivéssemos saindo de verdade? — pressionou ele.

Era típico de Jefferson: querer justo aquilo que lhe disseram que ele não poderia ter.

— Eu queria que a nossa situação ficasse bem clara, para não me confundir. Não posso alimentar esperanças em relação a você. — Ela abaixou a cabeça, para que seu olhar fosse escondido por seus cílios. — Melhor manter a amizade do que confundir as coisas e alguém acabar se machucando de novo. Você concorda?

Daphne sabia que era arriscado aumentar a aposta daquele jeito, dizendo a Jefferson que eles só poderiam ficar juntos se fosse para ser sério. Era um convite embrulhado em recusa, e ela sabia que Jefferson passaria os dias seguintes ponderando. Ele nunca se esquivava de um bom desafio.

Jefferson assentiu lentamente.

— Claro. Se é isso que você quer...

— Perfeito — disse Daphne com um sorriso.

31

BEATRICE

Lá no alto, o céu era de um azul deslumbrante, enganosamente alegre. Era o tipo de clima que deveria ser apreciado de uma toalha de piquenique ou de um veleiro. Não dali.

O Cemitério Nacional, quase uma cidade aninhada dentro dos limites de outra, estendia-se ao norte de Washington. Não importava o dia, sempre havia gente lá dentro: turistas atraídos pelos monumentos de guerra ou famílias em busca de algum antepassado.

Beatrice percorreu o caminho principal, flanqueado por lápides militares que refletiam uma luz branca sob o sol. A Tumba do Soldado Desconhecido assomava, solene e grandiosa, à esquerda. Dentro da urna de bronze, ardia a chama eterna, protegida o tempo inteiro por dois soldados americanos. Ambos a saudaram em silêncio quando Beatrice passou por eles.

Alguns visitantes notaram sua presença, mas, pela primeira vez, não começaram a fofocar ou a tirar fotos. Limitaram-se a inclinar a cabeça brevemente em sinal de respeito.

Todos os antigos reis estavam enterrados na parte mais alta do cemitério. Do outro lado de um espelho d'água raso, havia uma série de lotes, um para cada antigo monarca dos Estados Unidos, separados por muretas de pedra. Beatrice passou pelo sarcófago gigantesco de Eduardo I e Fernanda e, depois, pela tumba do rei Theodore — xará de Teddy —, que reinara por apenas dois anos antes de morrer de gripe aos quatorze anos de idade. Como sempre, estava soterrada debaixo de uma pequena montanha de flores. A tumba de Theodore havia se tornado um local de peregrinação para todos os pais de luto, cujos filhos morreram jovens demais.

Quando Beatrice se dirigiu ao pequeno terreno reservado à sua família, percebeu que não estava sozinha.

Ela viu Samantha ajoelhada diante da lápide do pai, de cabeça baixa. Havia algo de tão intensamente íntimo na dor da irmã que Beatrice começou a se retirar, mas Sam ergueu a cabeça na mesma hora.

— Ah... oi, Bee — disse Sam.

Bee. Era um detalhe insignificante, só uma sílaba, mas Beatrice soube reconhecer a oferta de paz. Fazia meses que Sam não usava aquele apelido.

Porque as irmãs haviam passado meses sem se *falar*. Nenhuma conversa de verdade, pelo menos. No fim de semana anterior em Orange, quando Beatrice estava nos degraus do Pavilhão Ducal, pensou ter visto a expressão de Sam suavizar por um breve instante. Mas a cerimônia e os deveres a interromperam, como sempre, e Beatrice não conseguiu uma brecha para ficar a sós com ela.

Além do mais, Beatrice tinha várias outras coisas com que lidar no momento — Robert, por exemplo. Desde a discussão do lado de fora da Casa dos Tribunos, vinha tentando interagir o mínimo possível com ele. Na verdade, tinha começado a evitá-lo por completo: ligava para as pessoas por conta própria, em vez de pedir que o conselheiro agendasse suas reuniões, e fazia questão de não copiá-lo nos e-mails. Era uma sensação libertadora.

Beatrice se agachou e colocou um buquê de rosas brancas perto da lápide, ao lado de uma suculenta verde toda espetadinha.

— Foi isso que você trouxe para o papai?

— Eu não queria trazer flores que murchariam e morreriam na mesma hora. Sem querer ofender — Sam se apressou em dizer. — Mas senti que era apropriado.

— Porque é toda eriçada que nem você?

— E resistente — admitiu Sam.

As duas contemplaram a lápide diante delas, tão pesada e imutável. SUA MAJESTADE GEORGE WILLIAM ALEXANDER EDWARD, REI GEORGE IV DOS ESTADOS UNIDOS, 1969-2020. MARIDO, PAI E REI AMADO.

— Sei que é horrível, mas essa é a primeira vez que venho aqui desde o dia do enterro — confessou Beatrice. — Vir aqui faz tudo parecer tão *permanente*.

— Nada como um monumento de três toneladas para fazer a gente lembrar que ele nunca mais vai voltar — comentou Sam, tentando, sem sucesso, ser irreverente.

Beatrice acariciou a lápide com os dedos. O granito polido tinha retido o calor do sol. Por algum motivo, aquilo lhe deu um susto, como se a pedra devesse estar gelada.

— Vivo pensando que daria tudo para ter só mais cinco minutinhos com ele — disse ela em voz baixa.

Havia tantas coisas sobre as quais ela queria pedir conselhos ao pai... Porém, mais do que isso, queria poder lhe dizer o quanto o amava.

Sam apoiou as mãos na grama atrás dela.

— Eu sei o que o papai diria se estivesse aqui. Ele diria que você está fazendo um trabalho incrível como rainha. Que deveria acreditar em si mesma. — Ela olhou para Beatrice com uma pontada de apreensão e acrescentou: — Mas, acima de tudo isso, ele diria que sempre quis que você fosse feliz. Não teria insistido que você se casasse com Teddy quando, na verdade, você ama Connor.

Beatrice ficou sem ar.

— Como você...

Já era a segunda vez num curto período de tempo que alguém tocava no nome de Connor. Beatrice ainda não havia superado a conversa que tivera com Daphne na semana anterior. Ela se perguntava o que poderia ter acontecido para deixar a garota tão desesperada.

E, no entanto, pensar em Connor doía cada vez menos. Ela sabia que ele havia deixado uma marca em sua vida — mas isso era de se esperar. Mesmo quando curadas, as feridas ainda deixavam uma cicatriz discreta na pele.

— Liguei os pontos — Sam foi logo se explicando. — Eu só... acho que o papai ia querer que eu lembrasse a você que não precisa levar essa história adiante. Ainda dá para cancelar.

— Você não...

— Eu sei que não é da minha conta, tá? Mas, se eu não disser isso, ninguém vai! — gritou Sam. Depois, constrangida, abaixou o tom de voz. — Bee, você não é obrigada a se casar com alguém que não ama só porque acha que os Estados Unidos precisam disso. Ser rainha não deveria exigir esse tipo de sacrifício.

— Sam... — Beatrice engoliu em seco, recompôs-se e tentou de novo. — Nunca contei os detalhes do que aconteceu na noite em que o papai foi para o hospital. Foi culpa minha.

Sam balançou a cabeça, intrigada.

— Não foi, não.

— Lembra quando falei, naquela mesma noite, que ia conversar com ele? Então, foi isso que fiz. Contei a ele sobre minha relação com Connor. — Beatrice fechou os olhos para tentar afugentar as lembranças, mas foi em vão. — Disse a ele que queria abrir mão do trono para ficar com meu guarda! Está vendo? Eu o matei, Sam! Literalmente o matei de susto.

— Ah, Bee — sussurrou Sam, consternada.

Beatrice caiu para a frente, com as mãos apoiadas na grama. Chorava de soluçar. Parecia que um animal selvagem vivia dentro dela e tentava sair à força. Daquela vez, porém, Beatrice não tentou resistir.

As lágrimas que escorriam por seu rosto eram o resultado de meses — anos, *décadas* — de acúmulo.

— Shhh, estou aqui com você — murmurou Sam, abraçando Beatrice.

Beatrice lembrou-se do dia em que Sam nasceu e de como implorou para segurar a irmã no colo. Agora, era *Sam* quem cuidava *dela*, segurando-a contra o corpo e embalando-a como um bebê.

Beatrice deixou as lágrimas fluírem desenfreadas, permitindo-se o doloroso luxo de ceder à dor.

Ela chorou pelo pai e pelos anos que lhe foram tirados. Pela vida normal que nunca tivera a chance de levar. Seus pulmões ardiam, seus olhos pinicavam e o corpo tremia da cabeça aos pés. Mesmo assim, era *bom* chorar — as lágrimas torrenciais pareciam levar embora todos os seus erros e arrependimentos.

Era como se Beatrice chorasse para apagar todos os vestígios da criança que um dia havia sido e abrir espaço para a mulher que se tornara.

Por fim, ela se sentou sobre os calcanhares, fungando.

— Desculpa. Sujei sua blusa.

Sam segurou a irmã pelos ombros.

— Presta bem atenção. A morte do papai não é culpa sua, viu?

— Mas...

— Nem mas, nem meio mas — interrompeu Sam. — Ele estava com câncer, Bee. Se os médicos pudessem ter salvado a vida dele, era isso que teriam feito. Você não pode assumir a culpa pela doença dele. — Sam apertou os ombros de Beatrice mais uma vez antes de soltá-la. — Ele não ia querer que você carregasse essa culpa nas costas. Ia querer que você fosse *feliz*. Se ele estivesse aqui, diria isso a você pessoalmente.

Beatrice fechou os olhos e deixou a mente voltar ao dia da morte do pai: à última conversa que tiveram, no quarto de hospital. Ele apertara a mão da filha com o último resquício de força que lhe restara, murmurando: "Sobre Connor... e Teddy..." Não tinha conseguido terminar a frase.

Talvez ele quisesse convencê-la a se casar com Teddy, como Beatrice sempre imaginara. Ou talvez Sam tivesse razão, e ele de fato lhe dera permissão para seguir em frente com Connor.

Talvez não devesse importar tanto o que seu pai queria.

A vida era *dela*, não? Não do pai nem do país, mas dela. E ninguém deveria tomar aquele tipo de decisão por ela.

— Posso te ajudar a dar um jeito de escapar do casamento — dizia Sam. — Podemos fretar um avião para Mustique e nos esconderm0s em uma mansão por lá até a poeira abaixar. Também podemos inventar um monte de escândalos me envolvendo para desviar a atenção de todo mundo... Talvez Marshall possa ter me engravidado, que tal? — A voz de Sam falhou, mas ela seguiu em frente: — Ou podemos dizer que ele me trocou pela ex.

Beatrice olhou para a irmã com as bochechas encharcadas de lágrimas.

— Você enfrentaria o circo que os tabloides iam armar só para me ajudar?

— Eu faria qualquer coisa para te ajudar. Você é minha irmã, e eu te amo — disse Sam.

Aquelas três palavras, "eu te amo", ameaçaram desestabilizar Beatrice outra vez.

Ela pôs o cabelo atrás da orelha enquanto tentava reunir forças.

— Sam, por mais que eu seja grata pela oferta, eu não ia pedir sua ajuda para cancelar o casamento. Na verdade... eu deveria ter falado disso com você há um tempão. — Ela respirou fundo e se forçou a olhar nos olhos de Sam. — Estou me apaixonando por Teddy.

Por um instante, Samantha se limitou a encará-la, enquanto o choque e a compreensão se espalhavam por suas feições. O sol batia forte no rosto das duas e devia estar queimando seus braços, mas Beatrice não conseguia se mexer.

— Tudo bem — sussurrou Sam, e então assentiu com a cabeça. — Contanto que você esteja certa disso.

— *Só isso?* Você não está chateada comigo?

— Estava esperando o quê? Que eu desse um show aqui? — Ao ver a expressão no rosto de Beatrice, Sam sorriu. — Está tudo bem, já superei Teddy. Estou feliz por você. De verdade.

— Eu... tá. Obrigada por ser tão compreensiva — disse Beatrice, toda sem jeito.

Sam arrancou uma folha de grama e a enrolou entre o polegar e o indicador.

— Como não ser compreensiva, depois da confusão em que eu me meti? — Ela soltou a folha, que caiu bem devagar no chão, e suspirou. — Foi por isso que vim aqui hoje. O papai sempre sabia o que fazer, e cometi tantos erros...

— Quer falar sobre isso? — perguntou Beatrice delicadamente.

Ela ouviu Sam lhe contar uma história louca e inacreditável sobre ter forjado um namoro com Marshall Davis para irritar Teddy mas, no fim das contas, ter descoberto tarde demais que quem ela queria mesmo era Marshall.

Quando a irmã finalmente terminou de falar, Beatrice arregalou os olhos.

— Deixa eu ver se entendi direito. Você negociou uma relação vantajosa, politicamente falando, por puro despeito... *e* manipulou a imprensa a ponto de todo mundo achar que era de verdade? — Quando Sam confirmou, Beatrice soltou o ar pela boca, baixinho. — Nossa. A monarquia tem subutilizado você.

Sam começou a rir, mas logo pareceu se lembrar de onde estavam e se segurou.

— Tem mesmo.

— Por que você não é sincera com Marshall?

— Não sei — admitiu Sam, mordendo o lábio. — Declarações épicas de amor não são muito meu estilo.

— Se o papai estivesse aqui, ele teria encorajado você a tentar — murmurou Beatrice, e foi recompensada com a sombra de um sorriso.

As duas passaram um tempo sentadas em silêncio, sem se preocupar com nada.

Beatrice sabia que nunca deixaria de sentir saudades do pai. Um luto daquele tipo era confuso, brutal e doía *muito*. Mesmo assim, na companhia de Sam, Beatrice se sentiu... talvez não melhor, mas mais forte.

Para Beatrice, não era surpreendente que elas tivessem voltado a se falar no túmulo do pai — era como se ele estivesse presente também, encorajando-as sutilmente a se reencontrarem.

— Tudo está mudando — refletiu Sam. — A sensação que tenho é que o mundo virou de cabeça para baixo este ano. Não sei o que fazer.

Beatrice pegou a mão da irmã e a apertou.

— Mas *nós* não vamos mudar, tá bem? — disse ela com convicção. — Chega de brigas. De agora em diante, sempre vamos poder contar uma com a outra. Prometo.

32

SAMANTHA

Samantha chutou o cascalho de mau humor, jogando as pedrinhas pelos ares. Os estábulos ficavam do outro lado do terreno do Palácio de Washington, tão longe que os turistas pegavam os carrinhos azuis da família real para ir e voltar, mas Sam havia ignorado a sugestão do lacaio que se oferecera para conduzi-la. Era um belo dia, e um passeio lhe cairia bem.

Era um alívio ter feito as pazes com Beatrice. Mas, por mais que tivesse se reconciliado com a irmã — as duas passaram o fim de semana juntas, compensando todos os meses perdidos —, ainda era impossível tirar Marshall da cabeça.

Sam não o via desde a viagem para Orange, na semana anterior. Quando ele lhe mandava mensagem, as respostas dela eram sempre vagas, monossilábicas. Sam sabia que a irmã a havia incentivado a *tentar*, mas Beatrice não tinha visto Marshall e Kelsey abraçadinhos na pista de dança.

Tudo saíra exatamente como Sam tinha previsto. Ver Marshall com uma princesa fizera Kelsey decidir que o queria de volta.

Pela primeira vez, Sam não ficou nem um pouco satisfeita por ter razão.

Quando chegou aos estábulos, Sam passou correndo pela sala de exposições — cheia de réplicas de carruagens antigas, uniformes de cocheiros e até mesmo um pônei de madeira com o qual as crianças aprendiam a ajustar a sela — e chegou à arena de equitação, cercada por uma fileira de assentos para os espectadores. Cheirava a couro e a poeira e, lá no fundo, dava para sentir a fragrância almiscarada dos cavalos.

A primeira coisa que chamou a atenção de Sam foi a carruagem dourada da família real, majestosa e resplandecente no meio da arena.

Grandes plumas brancas coroavam os oito cavalos que a puxavam. Um postilhão vestido com um libré carmesim conversava com a mãe de Sam, que devia estar revisando com Robert a rota pensada para o desfile. Teddy havia rodeado a carruagem para se aproximar de um dos cavalos.

Ele estendeu o cubo de açúcar na palma da mão, e o animal a lambeu no mesmo instante, antes de farejar suas roupas em busca de mais guloseimas. Teddy começou a rir. Sam observou o rapaz cumprimentar cada um dos cavalos, falando baixinho com eles e acariciando o pescoço até que as orelhinhas se movessem em sinal de satisfação.

Ela se deu conta de que aquela era a melhor qualidade de Teddy. Ele exalava serenidade e uma aura de concórdia e concentração que acalmava a todos que o rodeavam. Ele era o tipo de pessoa com quem qualquer um gostaria de contar em tempos de crise. "Vai ser um ótimo rei consorte", concluiu Sam.

Ele a olhou e abriu aquele mesmo sorriso familiar — com covinhas — que lhe dava um frio na barriga. Só que, desta vez, não sentiu mais nada.

Seus tênis levantaram uma nuvem de poeira marrom-clara quando ela pulou na arena.

Ao ver Sam chegar, Robert olhou para o relógio e suspirou.

— Ao que parece, Sua Majestade está atrasada. Portanto, Vossa Alteza Real, você vai ter que substituir sua irmã. Por que você e Sua Senhoria não entram na carruagem real?

Teddy deu um passo à frente, mas Sam não saiu do lugar.

— Entrar na carruagem? Por quê?

— Os cocheiros vão dar algumas voltas pelos jardins para simular a procissão de Teddy e Beatrice pela capital. Queremos apenas garantir que tudo esteja em ordem — explicou lorde Standish. — A carruagem não é usada há doze anos.

Sam percebeu, então, que a carruagem não era usada desde a coroação do pai.

Ela não se deu ao trabalho de comentar que a carruagem já era tão robusta que o peso de uma garota não faria a menor diferença. Robert queria um ensaio geral e, naquele momento, Sam estava sem paciência para discutir com ele.

Sam e Teddy seguiram em frente. A carruagem era enorme — uma estrutura dourada de madeira e couro que, de longe, parecia ouro maciço. Nas laterais, havia esculturas esculpidas: um coro de divindades tocando trombetas vitoriosas e águias de asas abertas.

— Não se preocupe, Eaton, eu vou com ela — disse uma voz atrás de Sam. Era Marshall, que deu um passo à frente para abrir a porta da carruagem.

Ele estava de jeans e uma camiseta de gola redonda. Seu cabelo ainda estava úmido, como se tivesse acabado de sair do banho. Era uma beleza tão despretensiosa que o coração de Sam disparou.

— Oi, Marshall. Não sabia que você vinha — disse ela, com um desinteresse admirável.

— Pensei em dar uma passada. Quando o lacaio me disse que você estava nos estábulos, peguei uma carona em um daqueles carrinhos para os turistas. Aprendi tanta coisa… — falou com brilho nos olhos. — Você sabia que sua casa tem duas mil e cento e oitenta e oito janelas, mas só três delas ainda têm o vidro original?

Normalmente, Sam teria rido ao ouvir o palácio sendo chamado de casa. Só que, assim que voltou a pensar nos acontecimentos da semana anterior, preferiu ficar em silêncio.

— Lorde Davis! — exclamou Robert. — Você sabe andar a cavalo?

— Sei, eu ia aos acampamentos de polo infantil com a garotada chique — disse Marshall, irônico.

O conselheiro assentiu em sinal de aprovação.

— Excelente. Será que você não gostaria de participar da procissão nupcial, como parte da guarda avançada de Sua Majestade? Tradicionalmente, a guarda é composta por seis jovens nobres, e…

— Pode ser, eu topo. — Marshall virou-se para Samantha e lhe perguntou com um gesto se ela queria que ele a ajudasse a subir. — Vamos?

Sam fingiu não ver a mão estendida e subiu na carruagem sozinha.

O interior era minúsculo, e eles tiveram que se sentar um de frente para o outro, tão perto que os joelhos quase se esbarravam. Sam piscou repetidas vezes enquanto os olhos se ajustavam à escuridão repentina.

Nenhum dos dois disse nada conforme a carruagem arrancava com uma lentidão agonizante.

Sam sentiu os olhos de Marshall a encarando, questionadores. Após mais alguns instantes em silêncio, ele puxou uma tira de couro que pendia do teto.

— O que é isso?

— Um antigo cordão para chapéus. — Ao ver a cara de incompreensão que ele fez, Sam explicou. — Servia para os homens pendurarem as cartolas, caso fossem altos a ponto de não caberem na carruagem.

— Ah, claro, um cordão para chapéus.

Marshall enrolou a alça em volta do pulso e se levantou como se estivesse fazendo barra numa academia. Ela o ignorou.

Os cavalos diminuíram a velocidade até parar. Sam espiou pela janela — tinham acabado de sair da arena. A rainha Adelaide queixava-se de não gostar da aparência de um dos animais: ao sol, parecia mais claro do que os demais. Um dos funcionários saiu correndo em busca de um substituto.

— Sua mãe vai pôr um dos cavalos no banco e substituí-lo por um reserva — comentou Marshall. — Tadinho. A carreira dele acabou antes mesmo de começar.

Como Sam permaneceu em silêncio, ele ergueu a sobrancelha, preocupado.

— Sam, está tudo bem?

Não era justo da parte dele agir como se desse a mínima. Como se namorassem *de verdade*.

— Tudo certo. — Ela cruzou os braços.

Marshall apontou o dedo para indicar o comportamento taciturno de Sam.

— Não me parece *tudo certo*. O que está acontecendo?

Sam queria agarrá-lo, beijá-lo, machucá-lo, tudo de uma vez. Queria que ele também gostasse dela, mas, como aquilo não ia acontecer, preferia deixá-lo antes que ele tivesse a chance de deixá-la primeiro.

— Na verdade, andei pensando — disse ela, embora cada palavra que escapava de seus lábios fosse uma agonia. — Acho melhor a gente acabar de uma vez com essa farsa, já que nós dois conseguimos o que queríamos.

Ela pensou ter visto Marshall se retesar ao ouvir aquelas palavras, mas não tinha certeza.

— Conseguimos?

— Kelsey não desgrudou de você no final de semana passado. É óbvio que ela quer voltar com você. — Sam deu de ombros, como se não ligasse nem um pouco para a vida amorosa de Marshall. — Será que já não está na hora de acabar com esse relacionamento de fachada para ficarmos com as pessoas que *de fato* queremos?

Marshall a encarou por tanto tempo que Sam desviou o olhar e concentrou-se na maçaneta, cujo revestimento dourado iluminava as sombras. De repente, desejou poder abrir a porta e sair correndo.

— Claro — disse Marshall por fim. — Podemos terminar.

— Ótimo.

O silêncio que se instalou entre eles era ainda mais profundo do que antes. A carruagem fez uma curva, e os dois foram lançados de surpresa contra a parede oposta. Sam piscou várias vezes enquanto se endireitava no assento, tentando recuperar a dignidade.

— E aí? Prossiga — disse Marshall.

Sam arregalou os olhos.

— O quê?

— Você quer que seja público, certo? — Havia um brilho frio em seus olhos ao indicar a janela com o queixo. — Já que é para terminar, que seja agora. Eu recomendo que você grite para que Robert e sua mãe possam ouvir.

Sam cravou as unhas na almofada do assento.

— A gente não precisa *forjar* o término — retrucou ela. — Vou só pedir a Robert para emitir um comunicado à imprensa amanhã.

— Fala sério, Sam, você adora uma cena. Acaba com essa farsa de relacionamento do mesmo jeito que começou. Você me deve isso, pelo menos. — Marshall ainda falava em seu tom de voz despreocupado de sempre, mas, por trás daquelas palavras, Sam detectou um toque de algo a mais querendo se manifestar. — Aí você pode ir ao casamento com seu novo namorado, ou seu ex-namorado, ou como quer que você o chame agora.

— Eu não vou com ele — Sam se ouviu responder. — Ele… ele está com outra pessoa.

Marshall bufou.

— Nesse caso, estou surpreso que você queira terminar.

— Vai por mim, é o melhor.

— Fala sério, Sam. — Agora, Marshall soava quase cruel. — Você queria deixá-lo com ciúmes. Então, vamos deixá-lo com ciúmes. É só para isso que eu sirvo, certo? A gente pode ir a mais algumas festas, tirar mais uma leva de fotos… dessa vez bem sensuais, e…

— Olha, eu *não* quero mais ele, tá? — gritou Sam. — Não tenho mais interesse nenhum em deixá-lo com ciúmes!

Marshall falou muito baixinho ao perguntar:

— O que mudou?

"Por que você não se abre com ele?", perguntara Beatrice. Então, Sam se preparou e fez exatamente isso.

— Eu conheci você.

Quando ousou levantar a cabeça, viu que Marshall estava imóvel feito uma estátua.

— Samantha… — disse ele, por fim.

Normalmente, Sam odiava que a chamassem pelo nome inteiro, mas amava ouvi-lo saindo dos lábios de Marshall, amava a nota vibrante de possessividade territorial que só ele sabia exprimir.

— Do que você está falando?

— Estou falando que ver você com Kelsey no fim de semana passado acabou comigo. Não quero te *usar* para conseguir outra pessoa. Quero *você*. — As palavras saíam apressadas e atrapalhadas. — Não posso continuar fingindo que isso não significa nada para mim, não quando...

Marshall se levantou com a carruagem em movimento, apoiou as mãos na parede atrás de Sam e a beijou.

Sam arqueou as costas e inclinou-se na direção dele, agarrando seu pescoço para puxá-lo para perto de si. Dentro dela, ardia uma chama voraz e irreprimível. As mãos de Marshall foram descendo, acariciando sua coluna...

— Ai!

A carruagem tinha acabado de passar por um buraco, e Marshall deu de cabeça no teto.

— Você está bem? — perguntou Sam.

Ele voltou a se sentar no assento oposto, esfregando o couro cabeludo.

— Acho que esse cordão para chapéus era um aviso — disse ele com uma careta.

O coração de Sam ainda batia forte. Os ecos da onda de adrenalina pulsavam em suas veias.

— Sempre achei que meus antepassados aprontassem poucas e boas aqui dentro, sabe? Mas agora não tenho mais tanta certeza.

Não dava para saber se o som que Marshall emitiu era de dor ou de diversão.

— Aqui é apertado demais para cometer qualquer escândalo. Seus antepassados ficavam sentadinhos, suspirando enquanto trocavam olhares lascivos, no máximo. — A expressão no rosto dele suavizou, ficou mais séria. — E é isso que, aparentemente, estou prestes a fazer.

Ela mordeu o lábio, de repente hesitante.

— Marshall, a gente...

A luz da tarde entrava pela janela, projetando uma sombra em metade do rosto dele.

— Sam, faz muito tempo que eu gosto de você. Provavelmente desde o dia em que a gente se conheceu.

— Então por que você vivia me dizendo que Kelsey te mandava mensagem?

— Eu estava seguindo o seu exemplo! — exclamou, exasperado. — Depois que a gente se beijou, você *riu* e disse que a gente sabia fazer um espetáculo.

— Eu só fiz isso porque *você* estava olhando para a multidão! — protestou ela. — Achei que você tivesse visto todo mundo olhando e só tivesse me beijado porque queria se vingar da sua ex!

Marshall inclinou-se para a frente e pegou as mãos dela. Sam se perguntou se dava para sentir sua pulsação acelerada através da pele.

— Pode acreditar — disse ele. — Eu só beijei você porque quis.

— Mas no fim de semana passado, em Orange...

— Tentei evitar Kelsey. Só que, quando ela me encurralou, eu soube que ia precisar dançar algumas músicas com ela. Caso contrário, ela faria um escândalo — acrescentou, abrindo um sorriso sem graça.

Sam tinha parado de ouvir o ruído lento das rodas da carruagem e o murmúrio das vozes lá fora. A única coisa que ecoava em sua mente eram as palavras de Marshall.

— Então... nós dois... estamos juntos de verdade?

Ele sorriu.

— Desculpa, eu me antecipei de novo? Tenho certa tendência a fazer isso. Oi, meu nome é Marshall Davis. O que acha de sair comigo? Eu poderia até te dar meu broche de urso-pardo para marcar a ocasião, mas deixei em casa.

Sam riu com vontade, encantada.

— Acho ótimo — declarou. — Quero sim sair com você.

Então, assim como gerações de antepassados devem ter feito, ela passou o restante do passeio olhando furtivamente para o namorado e desejando que aquela porcaria de carruagem fosse um pouquinho mais espaçosa.

33

DAPHNE

O quarto de Daphne dava para a entrada da garagem, então ela era sempre a primeira a saber quando chegava visita. Toda vez que ouvia um carro estacionar, ela corria para dar uma olhada, na esperança de ser um paparazzo vigiando a casa deles — ou, melhor ainda, Jefferson. Mas, ao abrir a cortina e ver o carro esportivo azul, Daphne arregalou os olhos.

Quem tinha acabado de chegar era Himari.

Desde que o palácio anunciou a nova posição dos Mariko, ela sentia uma mistura de medo e esperança de que Himari a procurasse. O casamento real estava marcado para a semana seguinte, e todo mundo sabia que Daphne acompanharia Jefferson — ela mesma tinha vazado a informação para Natasha, como forma de agradecimento pela ajuda da jornalista.

Se Himari quisesse prejudicá-la, o momento seria aquele, enquanto a amiga estava numa maré de sorte.

Daphne correu escada abaixo. Se a intenção fosse ameaçá-la ou brigar com ela, os pais não podiam ficar sabendo.

Ela chegou à porta no momento que a amiga estava prestes a tocar a campainha.

— Himari. O que aconteceu?

Daphne saiu e foi logo fechando a porta atrás de si.

Himari ergueu a sobrancelha.

— Não vai me convidar para entrar?

— Não antes de saber o que você está tramando — disse ela, sem rodeios.

Himari deu de ombros e caminhou até a beira da calçada, onde os galhos de uma cerejeira — uma das inúmeras que pontilhavam os terrenos de Herald Oaks, plantada mais de cem anos antes em um surto de patriotismo — projetavam-se para o céu e mergulhavam o rosto das duas na sombra. Algumas flores caídas salpicavam o chão ao redor delas.

— Você deve ter visto o anúncio da semana passada — começou Himari, atenta à reação de Daphne. — Sua Majestade nomeou meus pais ao cargo de embaixadores da Corte Imperial de Quioto.

— Meus parabéns. Eles devem estar muito felizes.

— A gente vai se mudar para o Japão daqui a *dois dias*. — Himari virou-se para encará-la, de braços cruzados. — Meus pais estão em êxtase, é claro. Todo mundo achava que Leanna Santos fosse ser indicada. Não tenho nem ideia de como foi que a gente acabou conseguindo a vaga. — Então, ela hesitou, fixando os olhos escuros nos de Daphne. — Não paro de pensar que teve dedo seu nessa história, só que não faz sentido. Sua especialidade é me prejudicar, não realizar os sonhos mais ousados dos meus pais.

— Não faço ideia do que você está falando — respondeu Daphne, indignada. Só que sua mentira saiu sem nenhuma convicção, então Himari entendeu tudo.

— Então foi *mesmo* você. Daphne, você não se cansa de me surpreender. — Himari bateu palmas em câmera lenta uma, duas vezes, exalando sarcasmo. — Bela jogada. Você deve me odiar mesmo, para fazer a rainha me desovar a milhares de quilômetros de distância. Como foi que você a convenceu?

— Eu não te *odeio*, tá? Só fiz isso porque você me ameaçou! Porque ia me desmascarar e acabar com a minha *vida*!

Uma pontada de dor, ou talvez de arrependimento, atravessou a expressão impassível no rosto de Himari.

— Eu ameacei você? Como assim?

— Aquela mensagem que você me mandou, dizendo que eu ia ter o que merecia! — Ela suspirou, sem fôlego. — Achei que você estivesse tramando algo horrível, algum tipo de vingança que me destruiria para sempre.

— É claro que você pensaria uma coisa dessas. — Himari revirou os olhos. — Acho que eu deveria agradecer por você ter feito algo legal dessa vez, em vez de me empurrar escada abaixo!

— *Eu nunca empurrei você!*

Suas palavras deram lugar a uma pausa tensa, carregada de incerteza. Daphne observou a rua de soslaio. Por mais que desse para ouvir o zumbido de um cortador de grama a alguns quarteirões de distância, o silêncio as envolvia.

— Eu nunca empurrei você — repetiu ela, agora mais calma. — O que fiz foi colocar um sonífero na sua bebida... porque esperava que você fosse baixar a guarda e fazer alguma besteira. Você estava ameaçando contar a Jefferson sobre meu caso com Ethan, e eu queria ter alguma coisa para usar contra você, assim como você tinha material contra mim. Nunca passou pela minha cabeça que você fosse *realmente* se machucar.

— Eu sei — respondeu Himari em voz baixa. Com aquelas palavras, foi como se toda a vontade de brigar que ela parecia sentir até então tivesse se esvaído de seu corpo.

— Eu sinto muito — disse Daphne mais uma vez. — Quem me dera ter *conversado* com você. Himari, você precisa entender, eu estava morrendo de medo do que você poderia fazer. Você queria tanto namorar Jefferson…

— Isso nunca teve nada a ver com o príncipe. Tinha a ver com *nós duas*.

Daphne arregalou os olhos. Himari jogou o cabelo por cima do ombro e enrolou as pontas nos dedos.

— Daphne, quando vi você com Ethan, não pensei em Jeff nem por um segundo. Eu só fiquei… chocada com a sua capacidade de trair uma pessoa que você dizia amar, sem nenhum pingo de remorso. — Himari suspirou. — Depois daquele momento, fiquei esperando que você terminasse com Jeff, mas ficou bem claro que não era sua intenção contar a ele. Então a ficha caiu… Seu relacionamento não era sagrado para você. *Nada* é sagrado para você. Você só chega perto das pessoas para usá-las de escada para subir na vida!

Daphne se sentiu atravessada por uma emoção esquisita, tão frágil quanto uma lasca de gelo.

— Não é verdade — sussurrou. — Não com você, pelo menos.

A luz filtrada pelos galhos projetava uma renda de sombras sobre o rosto de Himari.

— Eu não tinha tantos amigos antes de conhecer você — confessou Himari em voz baixa. Ao ver a surpresa no rosto de Daphne, ela explicou: — Eu era popular, mas só por causa do título dos meus pais. Você foi a primeira garota de quem não precisei *fingir* gostar.

Daphne assentiu. O sentimento era recíproco.

— Mas, assim que você e Jeff começaram a sair, eu fiquei em segundo plano. Da noite para o dia, você vivia ocupada demais para me ver. Sempre que a gente saía, tudo sempre girava em torno do príncipe: íamos aos eventos do palácio para ver Jeff, ou íamos às compras para que você escolhesse uma roupa para encontrar com ele… era sempre Jeff isso, Jeff aquilo.

A resposta de Daphne foi uma reação defensiva automática.

— Você não parecia odiar nem um pouco. Festas no palácio, roupas de grife de graça…

— Eu posso muito bem comprar minhas *próprias* roupas! — explodiu Himari. — Não estava nem aí para as vantagens de estar na sua comitiva! Só queria passar um tempo com você. Sentia saudade da minha melhor amiga.

Daphne se abraçou, sentindo um frio repentino.

— Eu sempre achei que você estivesse com inveja.

— Mas é claro que eu tinha inveja — concordou Himari. — Estaria mentindo se dissesse que estava me divertindo horrores fazendo papel de coadjuvante enquanto você ficava cada vez mais famosa. Enquanto a imprensa só tinha olhos para você, com seu rosto perfeito e seu namorado perfeito e sua *vida* perfeita. Uma vida que não me incluía mais.

— Não, quer dizer... eu achava que *você* queria ser a namorada do Jefferson. Que estava tentando separar a gente para ocupar meu lugar e ficar com ele. — Agora que confessava aquilo em voz alta, Daphne precisou admitir que suas suspeitas eram ridículas.

Himari deu de ombros.

— Passei por uma fase em que tive uma quedinha por ele, sim. É quase inevitável para toda e qualquer adolescente americana. Eu nunca *gostei* dele pra valer, não de um jeito romântico. — Ela olhou bem nos olhos de Daphne. — E ainda não estou convencida de que você também goste.

Daphne não podia se dar ao luxo de admitir.

— Sinto muito, Himari. Por ser uma péssima amiga, por ter machucado você, e...

— E por me mandar para o Japão?

Daphne suspirou, sem forças.

— É. Por mandar você para o Japão.

— Você nunca faz as coisas pela metade — reconheceu, com uma pontinha de admiração na voz, ainda que relutante. Em seguida, baixou a cabeça. — Nós duas sabemos que meus pais jamais teriam conseguido essa indicação sem a sua... interferência — disse ela, delicadamente. — E, para ser sincera, a ideia de recomeçar do zero não é tão ruim assim.

Recomeçar do zero. Daphne nem saberia como lidar com aquilo. Por um breve instante, ela se permitiu imaginar como sua vida seria se não fosse Daphne Deighton, a futura princesa. Se fosse apenas... Daphne.

Mas ela havia renunciado a tantas partes de sua personalidade que não sabia mais o que restara. Não sabia mais quem era por trás daquela fachada pública e radiante que ostentava para o resto do mundo.

— Que tal uma trégua? — sugeriu ela, e um sorriso se insinuou nos lábios de Himari.

— Você fica do seu lado do Pacífico e eu fico do meu?

Daphne assentiu. Não ousava dizer mais nada.

— Sabe — refletiu Himari —, quanto mais eu penso nisso, mais me agrada a ideia de ser amiga de uma princesa. Tenho certeza de que posso descolar bons favores.

Daphne tentou disfarçar a surpresa que aquelas palavras lhe causaram.

— Então ainda somos amigas?

Himari bufou, como se fosse óbvio.

— O que mais poderíamos ser? Só amigas se conhecem tão bem a ponto de causar esse tipo de dano. Só amigas são capazes de ultrapassar todos os limites dessa maneira.

— A maioria das pessoas discordaria desse conceito de amizade.

A resposta de Himari já estava na ponta da língua.

— E daí? Eu e você não somos como *a maioria das pessoas*.

As duas permaneceram envoltas em um silêncio significativo, carregado de emoções, por alguns instantes. De repente, começou a ventar mais, agitando os galhos das árvores.

Havia uma semelhança inquestionável entre as duas meninas: uma mistura de vontade e obstinação que uma reconhecia na outra. Era aquilo que as havia unido e o que as havia levado ao conflito. Talvez, no fim das contas, fosse algo que as tornava mais irmãs do que amigas.

Não tinha como Daphne saber. Ela nunca tivera uma irmã, nunca permitira que *ninguém* ultrapassasse suas defesas — a não ser Himari.

E Ethan.

— Vou sentir saudades suas — Daphne se ouviu dizer.

Himari estendeu a mão.

— Então está combinado. Chega de brigas.

Daphne assentiu e apertou a mão da amiga, surpresa com a formalidade do gesto — como duas rainhas oficializando um acordo de paz.

Então, para o choque de Daphne, Himari a puxou para perto e a envolveu em um abraço.

— Me desculpa — murmurou Himari, tão baixinho que Daphne quase não ouviu. Parecia até que queria se reservar o direito de negar ter pronunciado aquelas palavras.

— Desculpa também. — Daphne piscou várias vezes para afastar as lágrimas que ardiam em seus olhos. — Queria voltar no tempo e poder fazer tudo diferente.

— Foi melhor assim. Essa cidade não é grande o bastante para nós duas.

— O *país* não é.

Himari relaxou um pouquinho. Em seguida, recuou um passo e respirou fundo.

— Bom... é melhor eu ir. Ainda tenho muita coisa para empacotar.

— Adeus, Himari — arriscou Daphne. — E boa sorte.

Enquanto observava a amiga entrar no carro, Daphne sabia que deveria se sentir satisfeita, ou pelo menos aliviada. Em vez disso, só sentia um estranho vazio.

Sua maior inimiga, sua melhor amiga... o que quer que Himari fosse, ela havia definido quem Daphne era. E, agora que ela se foi, Daphne sabia que uma parte de si mesma iria junto.

— Ei, Daphne.

Ela levantou a cabeça e viu que Himari tinha aberto o vidro do carro.

— Você sabia que o príncipe herdeiro do trono do Japão é só dois aninhos mais velho que a gente, né? — Himari levantou uma sobrancelha, num gesto inconfundível de desafio.

— Estou sabendo. — O aperto no peito de Daphne pareceu diminuir, nem que fosse um pouco.

Himari inclinou a cabeça, e aquele sorriso travesso de sempre se insinuou nos lábios dela.

— Então, quem sabe? Talvez você não seja a única a se tornar uma princesa.

34

BEATRICE

— Obrigada por me acompanhar.

Beatrice segurou a porta da suíte para que Teddy — que carregava uma pilha de presentes de última hora, recebidos no jantar de ensaio — entrasse atrás dela. Enquanto ela se movia, o espelho antigo na parede capturava o balanço do seu vestido, costurado à mão com pérolas que combinavam com as do penteado. Quando Beatrice fazia qualquer movimento com a cabeça, as pérolas reluziam contra o pano de fundo escuro e sedoso de seu cabelo.

— Você está tão bonita hoje, Bee — comentou Teddy, arrancando um sorriso dela.

Bonita. Não majestosa, elegante, ou qualquer outra característica que Beatrice associava à própria imagem. Simplesmente *bonita*. Sabia que era ridículo dar tanta importância a algo tão pequeno, mas, mesmo assim, foi bom ouvir aquilo. O comentário a fez se sentir quase como uma garota normal, que ia aos bailes da escola, permanecia na rua depois da hora de ir para a cama e lia revistas cujas capas *não* exibiam seu rosto. Como se ela e Teddy pudessem ser um casal qualquer, em vez de rainha dos Estados Unidos e o futuro rei consorte.

Ela abriu a janela para deixar entrar a brisa quente do verão e olhou para fora. Centenas de pessoas já formavam fila para não perderem o evento do dia seguinte. Dezesseis quilômetros de arquibancadas foram montados ao longo do caminho que o desfile percorreria. Ao fim da cerimônia, Beatrice e Teddy andariam pelas ruas na carruagem dourada da casa real antes de retornarem ao palácio para a recepção.

Ela contemplou a maré de rostos borrados e viu que muitos agitavam bandeiras em miniatura, ou então seguravam flores ou cartazes com os nomes do casal. Então sentiu um aperto no peito.

O que unia aquela multidão era algo positivo — talvez algo incomum no mundo de hoje. Não se tratava de ódio ou hostilidade, mas de amor. Amor pelo país e pelo que ele representava. Amor por *ela*.

Agora, entendia a que seu pai se referia quando afirmava que a faceta simbólica de seu trabalho era a mais importante de todas. O país precisava daqueles momentos de alegria genuína e descomplicada — algo à parte das desagradáveis rivalidades políticas, que unisse o país quando tantas coisas conspiravam para dividir a nação.

A capital tremeu com o eco dos trovões. Uma massa de nuvens se acumulava à distância e tornava o brilho fluorescente das luzes da cidade ainda mais reluzente em comparação. Um coro de gritos se espalhou pela multidão enquanto todo mundo corria para se proteger.

Teddy se aproximou dela.

— Parece que vai chover no nosso casamento.

Beatrice assentiu, sentindo a pressão atmosférica subir. O céu estava nublado, e o próprio ar parecia se condensar em preparação para a tempestade que estava por vir. O mundo inteiro parecia prender a respiração, à espera de que algo grande, *monumental* acontecesse.

— As pessoas vão dizer que é mau presságio — comentou ela.

— *Você* acha que é um mau presságio?

— Nunca acreditei em sorte ou azar. Quer dizer, acredito que todo mundo faz a própria sorte. Além disso — acrescentou —, agora as lojas de suvenir vão poder vender todos aqueles guarda-chuvas comemorativos com nossos rostos estampada.

— Ah, perfeito, e por acaso temos algum sobrando? Eu estava mesmo querendo um guarda-chuva novo — brincou Teddy, e Beatrice sorriu.

Ele se voltou para os presentes que havia empilhado em cima do sofá azul.

— Aliás — prosseguiu, pegando uma caixa plana embrulhada em papel marfim —, tenho uma coisinha para você.

Beatrice não tinha se dado conta de que um daqueles presentes vinha dele.

— Não precisava.

— Considerando que você comprou uma casa para mim, nada mais justo que dar *alguma coisa* em troca. — Embora tivesse dito aquilo em tom bem-humorado, Beatrice detectou uma nota de emoção no fundo. Ao abrir a caixa, ficou sem fôlego.

Ali dentro havia um par de orelhas da Minnie: o modelo de noiva, cheio de lantejoulas e com um véu em miniatura acoplado.

Beatrice sentiu uma pressão no peito que a fez querer rir e chorar ao mesmo tempo. Ela ajeitou as orelhas no topo da cabeça, sem se importar se estragaria ou não o penteado. Em comparação com as tiaras que costumava usar, o arquinho era até bem leve.

Teddy ajeitou o arco e pôs uma mecha de cabelo solta atrás da orelha de Beatrice.

— Queria que a gente pudesse escapar para a Disney e se casar do jeito que você sonhou aos cinco anos, mas acho que algumas pessoas ficariam decepcionadas. Então, já que não dava para te levar à Disney, isso parecia ser a segunda melhor opção.

Teddy ainda estava com as mãos aninhadas ao redor do queixo de Beatrice, inclinando o rosto dela para cima. O luar contornava os cílios dele, realçando o azul surpreendente de seus olhos.

— Estou tão apaixonada por você... — deixou escapar Beatrice.

Ela levou as mãos à boca em choque, como uma personagem de desenho animado faria. Havia simplesmente aberto a boca e dito a Teddy que o amava sem nem pensar duas vezes — algo tão atípico que ela se perguntou se aquilo de fato tinha acontecido. Ela *nunca* falava nada sem pensar.

Teddy fez menção de responder, mas, antes que pudesse dizer qualquer coisa, um trovão ensurdecedor reverberou pelo quarto e os céus se abriram para desencadear o dilúvio. Beatrice levou um susto ao perceber que a janela ainda estava aberta. As cortinas tremiam, agitadas pelo vento repentino, enquanto a chuva começava a respingar no tapete.

Ela e Teddy seguraram a grande vidraça e, juntos, conseguiram baixá-la com dificuldade. O vento rugia dentro do quarto como um espírito furioso, molhando o rosto dos dois.

Por fim, a janela fechou com um estrondo.

Após a violência da tempestade, o silêncio parecia aterrorizante. Beatrice virou-se devagar para encarar Teddy, o coração batendo tão descompassado quanto a chuva que tamborilava lá fora. Mesmo assim... ela sabia que suas palavras haviam sido sinceras.

— Eu te amo — repetiu ela.

Enquanto falava, sentiu algo se agitar e se instalar no fundo de sua alma. Era como se as placas tectônicas de seu ser estivessem se movimentando para abrir espaço para aquela nova revelação. Ela amava Teddy e, de tudo que já havia acontecido, talvez aquele fosse o maior presente de todos.

— Por essa eu não esperava — prosseguiu ela, sem forças. — Não estava preparada para isso e vou entender se você não... não conseguir...

Talvez Teddy só pudesse lhe proporcionar a parceria que tinham selado naquela noite na casa dele. Ele lhe prometera apenas a mão, não o coração.

Mesmo assim, Beatrice se deu conta de que queria as duas coisas.

— Bee... é claro que eu te amo.

Ele a pegou pelas mãos. Beatrice achou que estivesse tremendo, mas viu que quem tremia era *Teddy*. A tempestade parecia rugir ao redor deles, os dois suspensos no olho do furacão.

— Também não esperava me apaixonar — comentou Teddy em voz baixa. — Quando a gente se conheceu, eu não sabia nem *como* sair com você. Eu te enxergava não como uma pessoa, mas como uma instituição. Na minha cabeça, virar seu noivo seria muita coragem ou muita tolice da minha parte — acrescentou com um sorriso.

— Provavelmente os dois — conseguiu dizer Beatrice.

Gotículas de chuva haviam se aderido aos cabelos de Teddy, escurecendo o tom dourado das mechas. Outras contornavam sua mandíbula. Com cuidado, Beatrice estendeu a mão para secá-la. Ao longe, as luzes da cidade ainda brilhavam em meio à chuva, como fadas encharcadas.

— A culpa é minha — confessou Teddy. — No começo, não me esforcei para te conhecer melhor. Eu só enxergava aquele pedacinho que você mostrava ao mundo... e, por alguma razão idiota, achei que não passasse daquilo.

Teddy ainda segurava firme as mãos dela e acariciava a pele com os polegares, traçando pequenos círculos invisíveis na palma. O sangue de Beatrice ferveu até evaporar nas veias.

— Mas agora sei que você é muito mais do que deixa transparecer. Você é engraçada, Bee, e determinada, e muito, mas muito inteligente. Agora... eu gosto de pensar que conheço você *por completo*. Até as partes que o resto do mundo é superficial ou impaciente demais para perceber.

Ele levantou a mão esquerda de Beatrice e olhou para o anel de noivado que brilhava no dedo. E então, para a sua surpresa, ele levou a mão aos lábios para beijá-la. Não era um beijo delicado, típico de um cortesão, mas um beijo intenso e urgente.

— Para mim, amanhã vai ser o nosso dia — comentou Teddy. — Não dos milhares de convidados reunidos na sala do trono, nem dos milhões de espectadores que vão acompanhar tudo pela TV. O dia é nosso. Como se fôssemos duas pessoas comuns se casando num cartório, ou na Disney, ou no quintal de casa.

O coração de Beatrice disparava cada vez mais. Ela desejava com todas as forças que os dois *fossem* um daqueles casais e que o relacionamento deles pudesse ser nada mais do que isso: um relacionamento, sem futuros dinásticos ou nações inteiras dependendo de seu sucesso.

Beatrice não tinha medo de se casar com Teddy — *queria* se casar com ele —, mas, por razões que não conseguia entender, o espetáculo cerimonioso que os esperava no dia seguinte a aterrorizava.

Teddy a segurou pelos ombros, forçando-a a olhá-lo no rosto. Beatrice relaxou, aspirando a serenidade que emanava dele como um sopro de brisa de verão.

— Acho melhor eu ir — decidiu ele, e então recuou um passo.

Beatrice se sentia dominada por um sentimento renovado de força e determinação. Perfeitamente consciente do que estava fazendo e do que aquilo significaria, ela pegou o braço de Teddy e o puxou de volta — arrastando os dois pela porta do quarto.

— Bee, eu não…

— A gente vai casar amanhã. — Ela sentia a gola do vestido tremendo contra a garganta, pulsando no mesmo ritmo do coração.

— Exatamente — argumentou ele. — Posso esperar mais uma noite.

— Bom, eu não.

Quando ele abriu a boca para protestar mais uma vez, Beatrice o calou com um dedo em seus lábios.

— Teddy — disse, bem devagarinho. — Tenho certeza do que estou fazendo.

Ela se lembrou daquela noite em na casa dele, quando se jogara nos braços do noivo num ataque de solidão e confusão, talvez numa esperança bêbada de que aquilo pudesse simplificar as coisas entre eles. Parecia que uma eternidade havia se passado.

O nervosismo que ela sentia devia ter se refletido em sua expressão, pelo menos em parte, porque os olhos de Teddy de repente se iluminaram com um lampejo de compreensão.

— Você nunca…

— Não. Nunca. — Ela e Connor nunca tinham chegado tão longe. Não tiveram a chance.

— Eu te amo — repetiu Teddy, e Beatrice sentiu-se em chamas. Ela respondeu com as mesmas palavras, deliciando-se com o amor e os beijos dele e o jeito como as mãos deslizavam por todo seu corpo.

Beatrice só se afastou dos lábios de Teddy para arrancar impacientemente o blazer dos ombros dele e deixá-lo cair no chão. Já Teddy não teve tanta facilidade com o vestido — lutou contra os ganchinhos que desciam pelas costas até que Beatrice riu, ofegante, e simplesmente o puxou pela cabeça abotoado pela metade. Ao vê-la apenas de calcinha e sutiã de renda marfim, Teddy arfou.

— Eu te amo — repetiu ela, pelo simples prazer de dizer aquelas palavras. Será que um dia se cansaria delas?

Eles cambalearam até a cama, beijando-se com cada vez mais vontade e intensidade. Beatrice sentia o gosto da chuva na pele dele. As pérolas de seu cabelo começaram a se soltar e brilhavam nos travesseiros ao redor deles como pequenos fragmentos de luar, mas ela não se importava. Sua respiração estava descontrolada, e ela sentia um formigamento se espalhar pelo corpo até a ponta dos dedos. Não importava quantas partes do corpo entrassem em contato com Teddy, nunca parecia suficiente.

Com a parte de seu cérebro que ainda era capaz de pensar, Beatrice entendeu que algo monumental havia mudado — que ela e Teddy haviam mudado — naquele quarto que já tinha visto dois séculos de história. Onde seus ancestrais tinham amado, reinado, chorado e encontrado a felicidade.

O tamborilar constante da chuva ecoava a batida dos dois corações, do novo ritmo que havia se formado entre eles.

Lá fora, a tempestade rugia — mas, no refúgio quente que eles haviam criado, Beatrice se sentia segura. E amada.

35

NINA

Tinha chovido forte durante toda a noite anterior ao casamento real, desencadeando um frenesi de atividades de última hora enquanto os funcionários do palácio, atormentados, faziam de tudo para pôr os planos de contingência em ação. Ao amanhecer, porém, a chuva já havia diminuído, e ouvia-se apenas gotas ocasionais que pingavam dos beirais. Agora, o sol brilhava com força total, iluminando um mundo novo e reluzente — e totalmente transformado.

Nina não via a cidade daquele jeito desde a coroação do rei George, quando ela ainda era pequena. As ruas estavam enfeitadas com quilômetros de flâmulas triangulares, impressas nas três cores da bandeira dos Estados Unidos. Até os postes de luz estavam envoltos em fitas e serpentinas de papel crepom.

— Você sabe que a gente precisa ir logo, não é? — alertou Ethan, embora houvesse uma nota inconfundível de diversão em sua voz.

— Mais dez minutinhos. Por favor? — Nina voltou a atenção para o artista que havia se instalado na esquina mais próxima, de onde pintava corações e tiaras minúsculos nas bochechas das crianças sem cobrar nada. — Queria poder pintar o rosto — acrescentou, quase que para si mesma.

— Você chamaria atenção quando a gente entrasse na sala do trono — brincou Ethan, e então pareceu ficar em silêncio ao perceber o que dissera. Os dois já chamariam muita atenção sem precisar fazer nada além de dar as caras no casamento juntos, como casal.

Foi por isso que Nina havia implorado a Ethan para ir à rua com ela, porque queria um último momento de normalidade antes do caos.

No momento, ela não era objeto de fascínio nem de repulsa de ninguém. Era apenas mais um rosto anônimo em meio à multidão efervescente que se espalhava pela rota do desfile no centro da cidade. O casamento começaria em mais algumas horas, mas as comemorações tiveram início ao amanhecer; ou, em alguns casos, na noite anterior.

Telões enormes foram instalados nas principais praças e avenidas de Washington para que as pessoas pudessem acompanhar a cobertura ao vivo do casamento. Diferentes tipos de música ecoavam de todas as direções: músicas pop em caixas de som portáteis, a marcha nupcial no piano de um bar. De vez em quando, um ou outro grupo de amigos entoava o hino nacional espontaneamente. Os felizardos que viviam nas casas com vista para o desfile davam festas nas varandas, onde os convidados já disputavam o melhor espaço nas grades.

A cidade estava abarrotada: não havia vaga disponível nos hotéis, e as pessoas abriam as portas para receberem os amigos que vinham celebrar o casamento de Beatrice e Teddy de todas as partes do país — e do mundo, na verdade.

Cada vitrine pela qual passavam parecia ter mais mercadoria temática do casamento do que a anterior. Nina viu balões cromados, ecobags, enfeites de Natal, quebra-cabeças, joias. Isso sem falar das inúmeras misturas "oficiais" para bolos e licores de cereja. Ela se perguntou quanto dinheiro o governo devia estar ganhando com tudo aquilo.

— Garrafa d'água, dois dólares! Cerveja, um dólar! — gritava um vendedor ambulante. Quando Nina chamou sua atenção, ele sorriu e abriu a tampa do isopor, revelando garrafinhas plásticas de zinfandel rosé rotuladas com adesivos obviamente impressos em casa que exibiam o rosto de Beatrice.

Nina riu. Era exatamente por isso que queria ir às ruas — para ver em primeira mão todos os aspectos da celebração que o palácio jamais teria aprovado.

Ela segurou firme a mão de Ethan enquanto os dois abriam caminho em meio à multidão, mantendo uma boa distância das equipes de mídia. Os repórteres já estavam posicionados nas ruas, falando rapidamente ao microfone enquanto filmavam os momentos pré-cerimônia. Nina tinha enfiado um boné de beisebol na cabeça e, no meio daquela bagunça, duvidava que alguém fosse reconhecê-la como ex-namorada do príncipe Jefferson. Não estava nem um pouco a fim de responder a perguntas sobre Ethan. Nem sobre Jefferson e Daphne.

Nina viu que Jeff havia oficialmente convidado Daphne para o casamento. Era impossível escapar das especulações que dominavam a internet: todos queriam saber se os dois iam voltar. No início do ano, notícias como aquela teriam sido dolorosas — mas, no momento, Nina não se importava muito.

Não havia mais nada que Daphne pudesse fazer para machucá-la.

Enquanto os dois atravessavam a multidão, Nina se pegou maravilhada com a magnitude do evento. Havia um oceano de gente — gente jovem e mais velha, em pares ou em grupos maiores —, e todos estavam sorrindo. Milhares de desconhecidos, ligados pela união de duas pessoas que provavelmente nunca veriam em carne e osso na vida.

— A popularidade da Beatrice parece ter crescido desde o início do ano — observou ela.

Ethan riu.

— Todo mundo ama uma desculpa para ter um feriado nacional.

— Você entendeu. As pessoas estão começando a se acostumar com a ideia de mudança. — Ela puxou o braço de Ethan para que ele não esbarrasse em duas mulheres com faixas rosa-choque que diziam: RAINHA BEE. — Estão começando a *gostar* de ter uma rainha jovem no comando. Isso faz o país parecer jovial e cheio de energia.

— Parte disso é graças a Sam e Marshall — Ethan a lembrou.

Nina tinha ficado animadíssima ao descobrir que Sam e Marshall estavam juntos de verdade, não de fachada. Ela não conhecia Marshall direito, mas de uma coisa estava certa: ele não tentava transformar Sam em outra pessoa. E isso já o tornava infinitamente superior a todo mundo que fazia parte da vida da amiga, incluindo, às vezes, sua própria família.

Os dois atravessaram o cruzamento da Chilton Square, onde havia um grupo de soldados em posição de sentido com capacetes coroados por plumas cerimoniais. Nina sorriu ao ver que alguém tinha colocado uma tiara de plástico na estátua de Ártemis que ficava no meio da fonte. Seu véu cobria o rosto da deusa e tremulava delicadamente ao vento.

Ela se lembrou do que suas duas mães tinham dito na semana anterior, quando Nina foi procurá-las em busca de conselhos. Ela havia explicado tudo, tintim por tintim — a situação com Ethan, a conversa dolorosa com Jeff, a sugestão de Ethan de que os dois fossem juntos ao casamento real —, e uma delas a segurara pela mão com um suspiro.

— Ah, meu amor. Relacionamentos nunca são simples.

— Você e Ethan sempre ocuparam uma posição bem estranha e específica ao lado da família real — concordou a outra mãe. — Mas... você não deveria se sentir atraída por ele só porque um entende a história do outro. Vocês são muito mais do que isso. E, se você acha que mais ninguém poderia entender, está fazendo um belo desserviço ao resto do mundo.

Nina hesitou. E, depois, pensou em todas as coisas que amava em Ethan: sua perspicácia, sua ternura inesperada. O jeito como tudo parecia mais cheio de vida só de estar ao lado dele.

— Não — decidiu. — É mais do que isso.

Isabella aproximou-se da filha no sofá.

— Então você só precisa se fazer uma pergunta. Ele vale a pena?

Ele valia a pena?

A impressa a pintaria como vilã novamente; mais do que antes, até. Ela era a mulher que havia trocado o príncipe pelo *melhor amigo* dele. Os tabloides afirmariam que Nina estava namorando Ethan por puro despeito, para punir Jeff por ter terminado com ela. O mundo inteiro, que já se ressentia dela, agora a desprezaria.

Nina não queria nem imaginar os apelidos que ganharia na internet, assim que as matérias fossem publicadas.

Ela se lembrou de algo que uma de suas mães lhe dissera no início do ano: Nina deveria confiar nas pessoas que de fato a conheciam para não perder a perspectiva real da situação. *Ethan* era uma dessas pessoas agora. Em algum momento ao longo dos últimos meses, aprendera a contar com o apoio dele, e isso era algo pelo qual valia a pena lutar.

Ele parou no meio da multidão e olhou para ela como se tivesse pressentido o rumo que seus pensamentos haviam tomado.

— A gente não precisa fazer isso, se você não estiver pronta — disse em voz baixa.

— Não. — Ela balançou a cabeça com tanta força que acabou soltando o rabo de cavalo. — Quero ir ao casamento com você. Seja lá o que aconteça, por você vale a pena.

— Por *mim* vale a pena? — perguntou ele, bruscamente. — Nina, eu não... não mereço você.

— Não tem nada a ver com *merecimento*, Ethan. Isso não é um jogo. Ninguém fica contabilizando nossos acertos e nossos erros. Nós dois estamos juntos, e eu estou pronta para que o mundo fique sabendo.

O alívio que Ethan sentiu ao ouvir aquelas palavras se espalhava por seu rosto enquanto ele pegava Nina por baixo dos braços e a girava num movimento de dança de salão. Quando a colocou ao chão, os olhos dele brilhavam.

— Que bom que eu te conheci.

— Já faz muito tempo que você me conheceu — ela sentiu a necessidade de observar.

— Mas eu não te conhecia de verdade antes. Eu te achava metida e arrogante, impossível de se conversar...

— Quando é que vem a parte do elogio?

— ... e os meus motivos para me aproximar de você no início eram errados...

O que ele quis dizer com aquilo? Estava falando das aulas de jornalismo? Ethan a pegou pelas mãos.

— O que estou tentando dizer é que me enganei sobre você. Eu não fazia ideia... — Ele fez uma pausa, como se ponderasse o que estava prestes a dizer. — Eu não fazia a menor ideia, Nina Gonzalez, de que ia ficar completamente louco por você.

Nina engoliu em seco.

— Eu também estou me apaixonando por você.

Ethan apoiou as mãos entrelaçadas sobre os ombros de Nina e se inclinou para beijá-la. Ao verem a cena, alguns espectadores irromperam em aplausos de aprovação. Nina sorriu com a boca pressionada contra a dele e se entregou ao beijo. Agora, por mais alguns instantes, não faria diferença.

Um rugido mecânico ecoou nas alturas. Quando os dois levantaram a cabeça, viram uma formação de aviões do exército sobrevoando a multidão em zigue-zagues elaborados. Para Nina, os aviões pareciam voar muito baixo.

— Será que isso é algum tipo de saudação militar? — ela começou a perguntar enquanto os aviões voavam ainda mais baixo. Então, os compartimentos de carga se abriram e uma chuva brilhante de flores caiu sobre a cidade: rosas brancas e rosadas, hortênsias e, é claro, flores de cerejeira.

Um coro de gritos emocionados ergueu-se da multidão enquanto as flores banhavam as ruas, fazendo com que a capital parecesse, por um momento, ter se dissolvido em ondas rosa e brancas.

Com uma risada, Ethan tirou uma pétala perdida do cabelo de Nina.

— Acho que essa é a nossa deixa para irmos embora.

♛

Nina se sentiu desorientada ao passar do caos e do agito das ruas para a calma, o frescor e a fragrância de cera de abelha do palácio. Ela havia tirado o short às pressas para substituí-lo por um vestido comprado pela internet no mês anterior. Após a compra do último vestido ter sido misteriosamente "cancelada", não dava mais para confiar nas butiques da capital. Nina estava usando um lindo vestido de seda, num tom de lavanda tão claro que quase parecia prata, e com um decote franzido que deixava os ombros à mostra. Ela prendeu os cachos com grampos, mas qualquer um que chegasse perto sentiria o cheiro do ar livre que permanecia em seu cabelo.

Em meio ao mar de gente que passava pelo hall de entrada, Nina avistou Marshall Davis, vestido com um smoking impecável e acompanhado por um casal que devia ser seus pais. Seu avô, o atual duque de Orange — trajado com o manto escarlate de seu ofício e uma coroa ducal dourada com oito pontas brilhantes —, caminhava ao lado deles.

Para sua surpresa, Nina chamou Marshall. Ele ergueu a cabeça, sobressaltado, murmurou alguma coisa com os pais e seguiu na direção dela.

— Nina. Oi. — Marshall falava com cautela, como se não soubesse ao certo o que ela queria com ele. Na verdade, nem ela sabia. Ela desviou para um lado da multidão, perto de um vaso de porcelana imenso.

— Eu só... queria saber como você está — arriscou Nina.

Um sorriso se insinuou nos lábios de Marshall.

— Relaxa, sei me virar sem Sam por um tempo. Acredite se quiser, mas esse não é meu primeiro casamento real. Também fui ao casamento de Margaret e Nate, no bosque de sequoias nos arredores de Carmel...

— Estou falando da atenção da mídia — interrompeu Nina, meio sem jeito. — Marshall, sei bem como é a sensação de ser massacrado por namorar um membro da família Washington. Se um dia quiser conversar sobre isso, estou aqui. Não é todo mundo que entende, sabe?

Ao ouvir as próprias palavras, lembrou-se do dia em que Daphne lhe dissera a mesma coisa: "Pode acreditar, eu entendo. Provavelmente sou a única pessoa no mundo que entende." A diferença era que, ao contrário de Daphne, Nina estava sendo sincera.

Marshall mudou o peso de uma perna para a outra. De repente, Nina teve um vislumbre do que Sam via nele: por trás de toda aquela presunção — que, na verdade, estava mais para uma insolência juvenil engraçadinha do que para arrogância —, ele era surpreendentemente vulnerável.

— Eu estaria mentindo se dissesse que tem sido fácil, mas, pela Sam, vale a pena. Gosto muito dela, sabe?

— Sei. — Quando soube do namoro de fachada, Nina tivera certeza de que era uma ideia terrível. Que bom que Marshall havia provado o contrário.

— Além disso — prosseguiu ele, recuperando o tom atrevido de sempre —, a cobertura da mídia tem melhorado. Acho que o país está começando a se apaixonar por mim. E, verdade seja dita, não tinha como ser diferente.

Nina conteve a risada, por mais que Marshall estivesse certo. Nas últimas semanas, tinha percebido uma mudança no teor dos comentários. Claro, muita gente ainda não aprovava, porém, cada vez mais americanos passavam a torcer por ele e Samantha. Talvez por terem visto que a felicidade deles era genuína e entendido que se tratava de um relacionamento sério de verdade. Ou talvez por nem todos serem brancos e, por isso, era bom ver uma Washington com um cara que se parecesse com eles.

— Falando na Sam, marquei de encontrá-la antes do início da cerimônia — comentou Marshall, olhando por cima do ombro.

Nina assentiu; Ethan devia estar esperando por ela na sala do trono.

— Beleza. A gente se vê mais tarde.

O saguão ficou quase deserto em questão de minutos. Nina acelerou o passo e entrou no corredor central — no instante em que o príncipe Jefferson dobrou a esquina.

Ele estava vestido com a versão mais formal de seu uniforme cerimonial, com luvas e tudo, e de seu cinto pendia um sabre cuja bainha brilhava como uma peça de ouro. Envolto em todo aquele tecido carmesim com tranças douradas, o príncipe estava tão lindo que chegava a ser covardia — parecia até que o herói de um romance havia saído das páginas do livro e se materializado no mundo real.

Quando a viu, Jeff prendeu a respiração.

Os dois ficaram imóveis por um instante interminável. Nina visualizou o silêncio fluindo entre os dois feito um rio, girando em redemoinhos e correntes invisíveis.

Ao olhar para ele, Nina não o via como ex-namorado, nem como o belo príncipe de seus devaneios adolescentes. Ela via o Jeff que havia sido seu amigo, o garotinho com quem corria pelo palácio em busca de passagens secretas junto com Sam.

Ela se lembrou do dia em que os três ficaram trancados numa sala de manutenção. Jeff e Nina se apavoraram, mas Sam segurara firme a mão deles e dissera: "Não se preocupem. Nunca vou deixar nada de ruim acontecer com vocês." Nina era tímida demais para colocar em palavras, mas se lembrava de sentir a mesma coisa: seria capaz de entrar em guerra contra qualquer um que tentasse machucar Jeff.

Só que, agora, quem machucava Jeff era *ela*. Não tinha sido de propósito, mas Nina *de fato* o machucara, talvez mais do que qualquer outra pessoa.

— Jeff. Oi — sussurrou ela, e então deu um passo hesitante à frente. Ele a observou, mas não saiu do lugar. Nina estendeu a mão, como se quisesse tocar o braço dele em sinal de apoio. Jeff se aproximou…

Até que o celular dele vibrou e o feitiço que havia se formado entre os dois se foi.

— Preciso ir — disse ele com aspereza, e então deu meia-volta.

Ela mordeu a língua para conter o protesto, assentiu e observou Jeff se afastar. Ele perdoaria Nina e Ethan quando estivesse pronto, disse ela a si mesma — e esperava com todas as forças que fosse verdade.

Bem depois de ter se afastado, ainda dava para ouvir a batida do sabre de Jeff contra suas botas polidas.

Desanimada, ela atravessou o corredor em direção à sala do trono. Chegando na porta, o recepcionista pediu seu nome e a acompanhou até seu assento, que ficava na mesma fileira que o de Ethan — os dois foram colocados nos fundos, junto aos amigos de baixo escalão da família real. Nina deixou o olhar vagar pela vastidão da sala e se perguntou onde estariam suas mães. Os habituais bancos de madeira da sala do trono foram removidos e trocados por cadeiras acolchoadas com almofadas de veludo e guirlandas de flores penduradas na parte de trás dos encostos. Nina sentia a fragrância de todos aqueles milhares de flores, fresca e sutil, sob uma pesada mistura de perfumes, calor humano e roupas lavadas.

— Ah, olha quem chegou! — Ethan abriu um sorriso enquanto Nina se acomodava na cadeira. — Sabe, agora eu bem que queria que você tivesse pintado o rosto. Um "Beatrice <3 Teddy" vermelho ficaria ótimo com esse vestido.

O frio na barriga de Nina diminuiu um pouco. Naquele momento, o mais importante era que eles estavam ali, juntos.

— A gente tinha que ter feito duas pinturas combinando — sussurrou ela em resposta.

Estavam dentro do palácio, e, ainda assim, ela pegou a mão de Ethan e a apertou com vontade.

36

SAMANTHA

Samantha estava doida para desabar no sofá com a irmã e fechar os olhos. Mas, como já estava com o vestido da festa, não podia se sentar para não amarrotar o tecido. Sam teria reclamado, mas até ela estava perdidamente apaixonada pela roupa.

O vestido justo de cetim marfim era enganosamente simples, com um decote arredondado e mangas curtas. Não havia nenhuma renda — a mãe de Sam vivia dizendo que só as noivas podiam usá-las —, mas Wendy Tsu havia acrescentado sessenta botões com forro de organza nas costas. Para exibi-los, e para ser condizente com o estilo tipicamente descontraído de Sam, a rainha Adelaide até permitiu que ela usasse o cabelo preso num rabo de cavalo chique.

Beatrice se remexeu no sofá — ainda usava seu robe branco de seda. O cabelo havia sido finalizado em lustrosos cachos escuros e presos pela metade sob a tiara Winslow. No centro da sala, pendurado numa arara com rodinhas, estava o vestido de noiva, em todo o seu esplendor reluzente.

Sam detectou uma inconfundível sombra de melancolia na expressão da irmã.

— Bee, você está bem?

Beatrice suspirou, sem fôlego.

— Eu só… queria que o papai estivesse aqui.

Sam atravessou a sala em dois passos compridos e deu um abraço bem apertado na irmã.

Nenhuma das duas falou nada, mas o silêncio não era incômodo, e sim reconfortante, pois Sam sabia que ambas estavam pensando no pai.

— É difícil passar por tudo isso sem ele — prosseguiu Beatrice. — É como se existisse um *buraco* no lugar em que ele deveria estar. Não importa o quanto eu esteja feliz com todo o resto, não paro de desejar que ele estivesse aqui.

Sam sentiu um nó na garganta.

— Mas ele *está* aqui, Bee. Está te olhando lá de cima e sorrindo.

A tristeza inundou os olhos de Beatrice.

— Eu sei, mas ainda sinto muita, muita saudade dele. Eu amo tio Richard, mas ele não é a primeira pessoa que eu escolheria para me levar até o altar.

Sam se empertigou.

— Quer que eu fale com a mamãe? Ela deveria ter concordado em te levar desde o início. — A rainha Adelaide estava no final do corredor, na Câmara Azul, com Teddy e os padrinhos; ela havia preferido que Jeff a conduzisse ao altar, em vez caminhar com Beatrice... como teria sido o papel do marido, caso ainda estivesse vivo.

— Não, está tudo bem. — Beatrice balançou a cabeça ao ver a cara de Sam. — Não seja tão dura com ela. Hoje é para ser um dia de alegria para *todos* nós. Não vou pedir nada que a faça sofrer.

Sam arregalou os olhos.

— Bee... e se você entrar sozinha?

Ao ver a confusão no olhar da irmã, Sam tratou de se explicar.

— Presta atenção. Você é a *rainha*, a figura de maior autoridade do país. A única pessoa digna de te acompanhar até o altar é você mesma. Então, por que não?

Beatrice baixou a cabeça enquanto torcia o tecido do robe. A luz refletia nas lantejoulas dos saltos de seus sapatos.

— Eu... muita gente não vai gostar nada dessa história — disse ela, apreensiva.

Sam odiava admitir que a irmã estava certa. Uma jovem caminhando sozinha até o altar representaria uma afronta à tradição, uma demonstração insolente de independência.

— Pode ser que sim — reconheceu Sam. — Mas existe jeito melhor de começar a forçá-los a mudar de mentalidade?

Após um momento de hesitação, Beatrice levantou o queixo. Sua expressão era um misto de teimosia e determinação serena. Sam não pôde deixar de pensar que ela ficava idêntica ao pai quando ele estava prestes a tomar uma decisão importante.

— Tudo bem. Então vai ser assim.

Houve uma batida na porta e, em seguida, Robert Standish enfiou a cabeça para dentro.

— Vossa Majestade, os cabeleireiros e maquiadores já chegaram para dar os retoques finais. Depois, Wendy Tsu a ajudará com o vestido.

A sala estava prestes a se transformar em um turbilhão de batom e spray de cabelo. Sam lançou um olhar suplicante para a irmã, que deu uma risada compreensiva.

— Pode ir, Sam — disse Bee. — Mas não suma por muito tempo.

— Obrigada — sussurrou Sam.

Ela ignorou os olhares curiosos de lacaios e guardas e começou a atravessar o corredor, inquieta. Não conseguia se lembrar da última vez que tinha visto tanta gente reunida no palácio. Àquela altura, a sala do trono devia estar abarrotada — por questões de segurança, os convidados foram instruídos a chegar com uma hora de antecedência para a cerimônia.

O único lugar livre de todo o caos era o jardim de inverno, um cantinho escondido na lateral do palácio. No centro do pátio de tijolos havia um limoeiro plantado em vaso que só crescia naquele clima graças ao esmero do jardineiro do palácio.

— Sam?

Uma figura loira e esbelta se levantou de um dos bancos, e Sam engoliu em seco.

— Teddy. O que está fazendo aqui? — perguntou ela, constrangida.

Um sorriso hesitante se insinuou no rosto de Teddy, que vestia o uniforme branco e azul-marinho dos duques de Boston; um fraque bordado com fios de ouro completava o conjunto. Até as luvas brancas se fechavam com botões dourados. Sam teve que admitir para si mesma, com uma parte distante e desapaixonada de sua mente, que ele estava lindíssimo.

— O mesmo que você — respondeu Teddy. — Eu precisava de um pouco de ar fresco antes de começar a apertar mãos e jogar conversa fora.

— Mas você é ótimo nesse tipo de coisa — observou ela.

— Talvez. — Ele deu de ombros. — Mas não significa que eu goste.

O silêncio que se instalou entre os dois foi menos constrangedor do que Sam temia. Ela se deu conta de que não ficava sozinha com Teddy desde o dia da Corrida Real do Potomac, meses antes, quando ele lhe dissera que ia se casar com a irmã dela.

— Sam...

— Teddy...

Os dois se interromperam com uma risadinha nervosa.

— Pode falar — insistiu Sam, e Teddy pigarreou.

— Sam, eu e a Bee... quer dizer...

Quando foi que Teddy tinha começado a usar o apelido dela? Ouvir aquilo fez Sam sentir um aperto no peito.

— Eu sei — disse ela. Seus olhos ardiam. — Você a ama mesmo, não é?

Teddy conseguiu sustentar o olhar dela, pelo menos.

— Eu não sei nem como começar a me desculpar com você. Quer dizer, o *Manual de etiqueta de McCall* não diz nada sobre como lidar com uma situação desse tipo.

— Acho que a gente está a anos-luz de qualquer situação que McCall poderia ter previsto — respondeu Sam, mas Teddy não riu da piada como Marshall teria rido.

— Exatamente — disse ele, muito sério. — Desculpa ter causado essa confusão toda. Eu nunca deveria ter...

Ao ver a expressão angustiada no rosto de Teddy, Sam deu um passo instintivo à frente e pôs um dedo nos lábios dele.

— Não sei bem o que você ia dizer, mas não precisa. Sou eu que deveria pedir desculpas.

Ela era a antagonista na história de amor entre Beatrice e Teddy. Se ela não estivesse no meio do caminho, talvez eles pudessem ter descoberto o que sentiam um pelo outro muito antes.

— Se uma pessoa não quer, duas não se beijam dentro de um armário. Não carregue toda a culpa nas costas, viu? — Ela tentou sorrir para Teddy. — Estou feliz por você e pela Bee. *Sério*.

Um sopro de brisa invadiu o jardim, agitando as folhas do limoeiro. O ar se encheu com uma mistura de fragrância cítrica e terra molhada.

Os olhos de Teddy se iluminaram de alívio e gratidão.

— Estou feliz por você também. Você e Davis formam um belo casal.

— Você... o quê?

— Sam, você é tão complicada... — comentou Teddy em voz baixa. — É impulsiva, brilhante, sofisticada e sarcástica. Você é *muitas* coisas, e eu nunca tinha visto ninguém que fosse capaz de complementar tudo isso, que conseguisse *acompanhar* seu ritmo, até Marshall aparecer. Vocês dois *fazem sentido* juntos. Muito mais sentido do que nós dois já fizemos.

— Eu... Obrigada. Significa muito para mim ouvir isso de você — respondeu Sam, constrangida. Ela olhou nos olhos azuis luminosos de Teddy e acrescentou:

— Que bom que Beatrice tem você.

— Que bom que ela tem você também.

Os dois trocaram um sorriso cúmplice. Naquele momento, Sam percebeu que ela e Teddy se entendiam porque compartilhavam algo muito importante: o amor que sentiam por Beatrice. Ser rainha era um trabalho quase impossível, mas, unindo forças, talvez eles pudessem ajudá-la.

— Sei que isso é um grande clichê, mas você acha que nós dois conseguiríamos ser amigos? — perguntou Teddy.

Amigos. Sam não tinha muitos, não em quem pudesse confiar, pelo menos. Não choviam amigos que a conhecessem tão bem quanto Teddy.

— Eu adoraria.

Ela hesitou por um momento, mas, depois de tudo que tinham passado, decidiu que podia abraçar Teddy. Estava prestes a fazer isso. Mas, antes que pudesse, Teddy se adiantou, pôs as mãos nos ombros dela e se inclinou para dar um beijo em sua testa.

Não havia nada de romântico no gesto. Era antiquado, definitivamente, e gentil. Era como se Teddy, ciente do passado complicado que compartilhavam, quisesse esquecê-lo.

Sam foi dominada por uma avalanche de sentimentos — dor, amor, perda — que ameaçava engolfá-la. Ela piscou os olhos rapidamente, várias vezes seguidas, para não chorar. Havia cometido muitos erros, e, finalmente, todas as peças começavam a se encaixar, como deveria ter acontecido desde o início.

— Mas que droga é essa?

Marshall estava parado na porta, observando-os com uma mistura de horror e indignação.

Sam e Teddy se separaram rapidamente, como se uma jarra de água fervente tivesse acabado de ser despejada sobre eles. O que, ela percebeu, provavelmente os fazia parecer ainda mais culpados.

— Marshall… me deixa explicar — implorou Sam, dando um passo na direção dele. Ao vê-lo recuar, ela fez o mesmo, magoada.

Teddy estendeu as mãos num gesto conciliador.

— Não é o que você está pensando…

— Então *esse* é o cara que você queria deixar com ciúmes me usando — interrompeu Marshall, sem tirar os olhos de Sam. — Quando me disse que seu cara misterioso era comprometido, nunca pensei que o cara em questão *ia se casar com sua irmã.*

Teddy continuou falando em voz baixa e urgente, explicando que tudo aquilo não passava de um mal-entendido, que ele e Sam eram apenas amigos. Os olhos de Sam devem tê-la traído, porque Marshall recuou mais um passo.

— Deve ser por isso que você queria que eu fosse seu par no casamento, né? Foi tudo uma última tentativa desesperada de deixar Eaton com ciúmes? — Ele deu uma risada estridente e defensiva. — O que achou que ele ia fazer, cancelar o casamento?

— Não… eu… eu nunca quis… — gaguejou Sam, mas Marshall já tinha se retirado.

Ela correu aos tropeços até o corredor e viu que Marshall tinha ido na direção da sala do trono.

— Marshall! — gritou ela. Ao ouvi-la, ele apertou o passo.

Era uma besteira, uma imaturidade da parte deles correr pelo palácio feito duas criancinhas pirracentas. Sam não parava de implorar, aos gritos, para que Marshall falasse com ela, mas ele começou a correr, recusando-se a se virar.

Ela levantou a saia do vestido o mais alto que pôde, disparando em alta velocidade pelo corredor e lutando para manter o equilíbrio nos saltos de cetim. Lacaios e outros funcionários chocados saíam do caminho às pressas. De repente, Sam freou na escadaria dos fundos. Será que Marshall tinha ido para o segundo andar?

Enquanto pensava no que fazer, uma figura alta e desconhecida dobrou a esquina.

Ele andava com passos tensos e determinados, os ombros rígidos. Por um momento, Sam olhou para ele sem entender nada, mas logo se lembrou de quem era aquele cara.

Connor Markham, antigo guarda de Beatrice.

Ela congelou de repente, tomada pelo pânico. Meu Deus. Connor estava ali porque *Sam* tinha encontrado o convite de casamento na escrivaninha de Beatrice… e enviado.

Boquiaberta e horrorizada, ela o viu erguer o punho para bater na porta da Sala das Noivas. Quando a porta se abriu, Robert Standish fechou a cara para o rapaz, cheio de desdém.

— Sinto muito — disparou ele —, mas quem é você?

— Connor? — disse Beatrice, com a voz fraca.

Sam se aproximou e olhou por cima do ombro de Connor para o rosto da irmã.

Era uma tempestade de emoções. Agonia, confusão e... o mais significativo de tudo, um tipo sombrio de incerteza.

No silêncio que se instalou, Sam se deu conta do que precisava fazer.

E, assim, saiu correndo na direção oposta.

37

BEATRICE

Connor estava ali.

O choque afetou Beatrice com um impacto quase físico, reverberando em seus ossos. Ela tentou se mexer, *respirar*, mas só conseguia ficar paralisada na Sala das Noivas, olhando para ele.

Já estava vestida para o casamento da cabeça aos pés — um manequim humano cercado por metros e metros de tecido branco. A cauda do vestido enrolava-se ao redor dela como um grande animal adormecido. Uma belíssima combinação de véus caía em cascata sobre o conjunto: o de tule, que sua mãe havia usado, e, por baixo, o de renda chantilly que já estava na família desde os tempos da rainha Helga. A luz batia no tule e iluminava os diamantes da tiara.

— Sou Connor Markham — ela estava vagamente ciente de ouvi-lo dizer. — Estou aqui para falar com Beatr... digo, com a rainha.

Um lampejo de compreensão iluminou os olhos de Robert, e ele balançou a cabeça.

— Bem, Connor Markham. Sua Majestade não pode atendê-lo no momento. Como deve estar ciente, está previsto que ela chegue ao altar em *vinte minutos*.

— Não tem problema — interrompeu Beatrice.

Ela falava de forma automática, quase como se estivesse em transe. O que mais poderia fazer? Agora que Connor já tinha vindo, precisava conversar com ele a sós.

Connor e Robert viraram-se para olhá-la.

— Robert, precisamos da sala — esclareceu ela.

— *Agora?* — perguntou o conselheiro.

Connor soltou um grunhido gutural. E, por mais que estivesse sem uniforme — em vez disso, estava de smoking e, depois de tantos anos como guarda, desarmado —, ele ainda parecia imponente e ameaçador. Cada átomo do corpo dele irradiava uma aura de ferocidade e força contida. Beatrice viu Robert se encolher discretamente perante o olhar zangado.

— Vocês têm dois minutos. — Ele fechou a porta ao sair, deixando Beatrice e Connor a sós.

A sala, já apertada com a arara de roupas ocupando uma parede e a mesa de maquiagem espremida em um canto, parecia ainda menor. Connor dava a impressão de ocupar mais espaço do que deveria, como se arrastasse consigo todas as lembranças dos dois.

Ele estava *ali*, a poucos metros de distância, parado com postura militar enquanto a observava. *Connor*, cujos braços a seguraram, cuja boca a beijara e cujas mãos enxugaram as lágrimas que Beatrice havia derramado ao descobrir que o pai estava morrendo.

Incapaz de olhá-lo nos olhos, Beatrice concentrou-se no pescoço dele, onde — por baixo do tecido branco da camisa engomada, caso a desabotoasse — ela sabia que encontraria a borda da tatuagem, uma águia de asas abertas que cobria o peitoral.

Ela queria dizer que sentia muito e como tinha sido difícil pedir que ele fosse embora. Imaginou aquele momento milhares de vezes, mas não fazia ideia de como a cena terminava: não sabia se o mandava sair ou… se o beijava.

— O que você está fazendo aqui? — sussurrou ela.

— Era o que eu esperava que você me dissesse. — Ao perceber que Beatrice não tinha entendido nada, Connor revirou o bolso do paletó e puxou uma folha de papel cartão. O convite. Parecia amassado e esfarrapado, com as bordas chanfradas gastas, como se Connor não desgrudasse dele desde o dia em que o recebera. Como se já o tivesse tirado do bolso muitas vezes para examiná-lo, para conferir se era de verdade.

Beatrice respirou fundo, em pânico. Não via aquele convite desde o momento em que o escondera na gaveta oculta da escrivaninha. Ela pretendia deixá-lo enterrado ali, da mesma maneira que havia enterrado seus sentimentos por Connor, mas era evidente que alguém havia encontrado o envelope e o enviado.

— Eu não planejava vir — continuou Connor com urgência. — Não tenho a menor intenção de ver você se casando com outra pessoa. Ao mesmo tempo, não parava de me perguntar por que você me mandou o convite… e comecei a ficar preocupado, achando que talvez você *quisesse* que eu viesse aqui, porque precisava de ajuda para escapar disso tudo.

Deus do céu. Ele achava que Beatrice o convidara pessoalmente. Claro que achava. Como poderia ter adivinhado que tudo não passava de uma questão de protocolo e que Beatrice, na verdade, tinha tentado *impedir* o envio do convite?

— Bee... — disse Connor, sem forças. Ouvir o apelido saindo dos lábios dele, a quantidade de história que se fundia naquela simples sílaba, quase fez a determinação de Beatrice desabar. — Eu precisava ver você, mesmo que só uma vez. Para ter certeza de que está bem.

É claro que eu estou bem, ela fez menção de dizer. Só que, por algum motivo, as palavras ficaram entaladas na garganta. O corpete do vestido pressionava suas costelas. Ela achava que estava bem, mas isso foi antes de Connor aparecer, trazendo injustamente à tona sentimentos que pareciam estar enterrados havia muito tempo.

Era coisa demais para uma pessoa só. Tudo estava acontecendo tão rápido...

O estrondo ensurdecedor de um alarme reverberou pela sala. O barulho fez os pelos dos braços de Beatrice se arrepiarem.

O sistema de emergência do palácio havia sido acionado com um rugido estridente.

Beatrice só tinha ouvido aquele alarme uma vez, cinco anos antes, depois que a segurança do palácio passou por uma atualização abrangente. A família inteira recebera um treinamento de um dia para descobrir como lidar com situações de emergência. Aprenderam a desamarrar os pulsos, caso viessem a ser capturados, a dirigir em marcha à ré em velocidade máxima — Jeff, em especial, tinha adorado esse exercício — e, o mais importante, como reagir se o palácio fosse atacado.

O alarme não era nada parecido com o que foi disparado no Baile da Rainha do ano anterior, quando alguém acidentalmente provocara um incêndio no Pórtico Sul. O som agora indica uma grave violação de segurança. Devia ser um atirador ou, o mais provável, uma bomba.

Será que alguém pretendia assassiná-la no dia de seu *casamento*? E, Deus do céu, onde estava sua família? E Teddy?

Enquanto Beatrice permanecia congelada no lugar, os anos de treinamento de Connor se ativaram automaticamente. Ele girou, de punhos erguidos e de costas para ela. Não era mais o guarda de Beatrice, mas, mesmo assim, ainda tentava protegê-la.

— Connor! — gritou, finalmente recuperando a voz. Ela cambaleou para a frente quando os saltos se prenderam na enorme cauda do vestido.

Ela viu o olhar de Connor vasculhar a sala em busca de qualquer item que pudesse servir de arma. O pensamento era quase cômico — o que ele esperava fazer, enfrentar um assaltante com um curvex? —, mas Beatrice sabia que o corpo de Connor talvez fosse a única coisa entre ela e uma bala.

Embora não fosse mais seu guarda, ele estava pronto para dar a vida para salvar a dela.

Beatrice soltou um palavrão em voz baixa, enrolou uma boa parte da saia nos punhos e a empurrou impacientemente para o lado. Por mais que amasse o vestido, agora não passava de um impedimento que a atrasava. Ela precisava agir rápido, sair dali...

Um painel de segurança revestido de aço emergiu da moldura superior da porta e bateu com força no chão, trancando-os.

38

DAPHNE

Daphne juntou as mãos recatadamente no colo, esforçando-se para esconder a satisfação.

A inveja dos demais convidados foi palpável quando o recepcionista a conduziu à parte da frente da sala. Daphne estava sentada na sexta fileira, ao lado do lorde Marshall Davis — é claro, os dois não podiam se sentar *com* a família real, a menos que fossem casados com um de seus membros. Enquanto isso, seus pais estavam na última fileira, com os outros nobres de categoria mais humilde.

Atrás dela, a sala do trono era um mar de cores vibrantes. Um casamento real, bem como uma cerimônia de coroação ou de abertura do Congresso, era um dos poucos momentos em que a nobreza podia exibir seus diademas e mantos oficiais. Antes de sair de casa, Rebecca Deighton havia reunido todas as insígnias a que tinha direito como esposa de um baronete, mas infelizmente não eram muitas. Somente um diadema de seis pontas — de prata, e não de ouro, como o de uma duquesa — e uma capa de um metro de cauda, cuja borda de arminho limitava-se aos cinco centímetros que a tradição ditava. Quanto maior o status, é claro, maior a medida.

Na corte, aqueles detalhes eram de suma importância.

Por apenas um instante, era quase como se Daphne assistisse à cena em terceira pessoa, maravilhada com o absurdo de tudo aquilo. Mas ela logo se lembrou de quem era e o que tinha feito para chegar àquele ponto, então sua visão clareou imediatamente.

Ela deslizou as mãos pelo vestido — carmesim, com um caimento justo e rosas bordadas com fios dourados que percorriam a lateral esquerda do corpo. Daphne brilhava como uma faísca incandescente. Ou, mais precisamente, uma tocha.

Ela sabia o que a maioria das pessoas dizia: ruivas jamais deveriam usar vermelho. Mas era óbvio que essas pessoas nunca tinham visto *Daphne Deighton* antes. O brilho do vestido era mais intenso e púrpura do que o ruivo dourado e ardente de seu cabelo. Além do mais, vermelho era a cor do poder, e Daphne precisava de todo o poder do mundo no momento.

Estava determinada a voltar com Jefferson, oficialmente, até o fim do dia.

Ela deixou o olhar vagar pela parte da frente, observando joias e coroas que brilhavam nas primeiras fileiras, onde todas as famílias reais estrangeiras estavam sentadas. Daphne nunca tinha visto tantos chefes de Estado reunidos num só lugar. Viu o duque de Cambridge e sua esposa, que, apesar de estar grávida pela quarta vez, parecia mais elegante do que nunca em seu vestido de gestante de gola alta. O rei da Alemanha, de oitenta e quatro anos, tinha decidido vir pessoalmente, em vez de enviar um dos filhos para representá-lo: uma honra singular, mas ele era muito afeiçoado a Beatrice desde o verão que ela havia passado em Postdam aprendendo alemão. Atrás dele, estavam as princesas da Itália e da Espanha — e ambas, coincidentemente, tinham o mesmo nome: Maria. Por fim, ela viu o czar Dmitri e sua esposa, a czarina Anastasia: tia Zia, como Jefferson a chamava, embora, na verdade, ela fosse sua prima de quinto grau. Em sua cabeça, brilhava ostensivamente a famosa tiara de diamantes rosa dos Romanov.

Daphne endireitou a postura e abriu seu sorriso mais radiante e sociável. E congelou quando um alarme estridente invadiu a sala do trono.

Por uma fração de segundo, a comoção geral impediu que os convidados reagissem.

Ninguém tossiu, nem agitou as saias, nem rangeu as solas dos sapatos no chão. Ninguém parecia respirar. O único movimento era o leve balanço da pena de avestruz que a grã-duquesa Xenia usava no cabelo.

Daphne já havia experimentado o medo muitas vezes na vida. Medo de Himari, medo da humilhação pública, medo até da própria mãe. Mas a sensação que abria caminho em seu peito naquele momento era mais intensa e visceral do que qualquer outra que já havia conhecido.

Os pensamentos apavorados que atravessavam sua mente se resumiram a um só: *Ethan*. Será que estava ferido? Será que estava bem? O que foi que aconteceu? *Onde estava ele?*

Painéis à prova de bala deslizaram pelas portas para vedar todas as saídas. Então, chegou ao fim o silêncio.

Os seguranças avançaram para formar uma falange defensiva ao redor dos convidados. Os guarda-costas particulares correram até os membros das várias famílias reais estrangeiras, com movimentos rápidos e perigosamente precisos. A sala toda se dissolveu num redemoinho caótico de lantejoulas, diamantes e gritos entrecortados.

Um dos guardas fez de tudo para ser ouvido em meio ao alvoroço, implorando para que todos ficassem calmos e permanecessem em seus assentos, mas ninguém dava ouvidos. Todos percorriam os corredores em busca dos amigos e, na pressa, acabavam tropeçando nas bainhas dos vestidos e derrubando cadeiras.

Daphne subiu em seu assento e, pela primeira vez na vida, não ligava a mínima se aquilo seria ou não um gesto elegante e digno de uma princesa. O choque havia rompido sua fachada perfeita, e seu lado ansioso e reprimido começava a vir à tona. Ela esticou o pescoço e procurou em meio à multidão qualquer vestígio de Ethan, que provavelmente estava lá atrás, nas últimas fileiras.

Quando o avistou, ela soltou um suspiro gutural. Ali estava ele, ao lado de *Nina*, enquanto ela segurava firme sua mão.

Daphne desceu da cadeira e levantou a saia enquanto começava a abrir caminho pelo mar de gente. Ela murmurava pedidos de desculpas sem fôlego e ia passando por duques, marquesas e condes até chegar aos nobres de baixo escalão, tentando desesperadamente evitar os próprios pais. Embora todos aqueles rostos lhe fossem familiares, no cérebro de Daphne não passavam de uma massa indecifrável e anônima.

Por fim, ali estava ele: parado num canto da sala e, felizmente, sozinho. Se bem conhecia Nina, era provável que tivesse ido correndo atrás das mães dela.

Daphne passou por cortesãos que se interpuseram à sua frente como se fossem meras folhas de grama.

— Ethan — sussurrou ao alcançá-lo. Mal conseguiu se impedir de segurar o braço dele.

— Foi mal, não sei onde está Jeff — disse ele, sem rodeios.

— Preciso falar com *você*. É importante.

— É urgente? — questionou, com um toque de seu sarcasmo de sempre. — Como deve ter percebido, estamos meio que numa situação delicada aqui.

— Ethan... *por favor*.

Algo brilhou no fundo dos olhos escuros de Ethan, mas sua expressão permaneceu mais inescrutável do que nunca.

— Tá bem.

Antes que ele pudesse recusar, Daphne o agarrou pela manga e o puxou ao longo da sala, passando por condes, marquesas e duques que tinha acabado de acotovelar quando percorria o sentido contrário. Passou também pelos guardas, por homens digitando apressadamente nos celulares e mulheres lutando com seus vestidos volumosos.

Em condições normais, ela teria medo de andar pela sala do trono assim, com Ethan a tiracolo. Só que nada mais era normal à sua volta. Ela não se sentia mais Daphne Deighton, e sim outra pessoa.

Ou talvez aquela *fosse* a verdadeira Daphne Deighton, e a outra — a versão educadinha e impecável que ela havia inventado só para a imprensa — tivesse ido pelos ares, revelando a garota tensa e ansiosa escondida lá no fundo.

Logo atrás do estrado elevado que sustentava os tronos, havia um espaço abobadado com salinhas laterais. As velas brilhavam com longas chamas do mesmo tom de ruivo dourado que o cabelo de Daphne.

Ela puxou Ethan para uma capela lateral, cujo teto era cheio de flâmulas triangulares dispostas em fileiras. Cada flâmula tinha uma cor e o próprio brasão, que correspondia a cada um dos atuais cavaleiros e nobres do reino. As adições mais recentes (homens e mulheres que o rei George havia condecorado no Baile da Rainha anterior) ficavam na parte da frente, e os nobres mais antigos encontravam-se ao fundo, com bandeiras mais desbotadas. Quando um nobre morria, sua flâmula era removida da sala do trono para que pudesse ser enterrada junto dele.

— O que você quer? — perguntou Ethan com cautela e de braços cruzados.

Ali na sala, o clima geral já começava a mudar. Agora que o momento inicial de pânico havia passado, as pessoas falavam com menos histeria no tom de voz — compartilhando teorias sobre o que devia ter acontecido, especulando se os seguranças tinham conseguido capturar o culpado, imaginando o que a mídia diria daquilo tudo.

— Eu precisava contar uma coisa e não dava para esperar. Eu... — Ela hesitou, mas todos os artifícios e subterfúgios acumulados ao longo dos anos evaporaram e, pela primeira vez, a verdade brotou desimpedida de seus lábios vermelhos brilhantes. — Eu quero ficar com você.

Ethan caiu na gargalhada.

— Deixa de ser ridícula. Você quer ficar com *Jeff*. Passou os últimos quatro anos correndo atrás dele, esqueceu? Aliás, falando nisso — acrescentou com indiferença —, quero ser o primeiro a parabenizá-la por vocês terem voltado. Você vai ser uma princesa incrível.

Daphne corou. Deveria ter previsto que ele não ia facilitar as coisas, que faria jogo duro e usaria seu sarcasmo para se distanciar.

— Eu não *quero* Jeff. — Ela lançou um olhar sedutor para Ethan. — Lembra aquela festa lá no museu, quando você disse que não podia ficar me esperando para sempre? Estou dizendo agora que a espera acabou.

Ethan sustentou o olhar dela por um instante. Depois, suspirou e virou a cara.

— Tá tranquilo, valeu.

— Ethan, eu te *amo*.

Que alívio dizer aquelas palavras em voz alta. Daphne deu um passo à frente para pegar a mão dele e entrelaçar os dedos.

Claro que o amava. Ethan era a única pessoa que a entendia, o único que sabia o que ela tinha feito e por quê — e, apesar de tudo, continuara sendo seu aliado, seu *amigo*.

Daphne tinha passado anos sem dar o devido valor ao apoio de Ethan. Já recorrera a ele várias vezes, com a mesma facilidade com que se recorre a uma parede para recuperar o fôlego, antes de sair e encarar o mundo. Ela havia deixado o orgulho convencê-la de que toda sua força estava dentro de si, mas a verdade era que, durante aquele tempo todo, era Ethan quem cuidava dela.

Será que uma parte dela já não sabia desde o início que ela o amava? No entanto, soterrara esse sentimento para se concentrar exclusivamente em Jefferson. Porque Jefferson tinha títulos e status, e Daphne achava que era aquilo que queria.

— Não vou fingir que não passei anos desejando que você me falasse isso — respondeu Ethan depois de um momento, desvencilhando a mão da dela. — Daphne, talvez você não se lembre do dia em que a gente se conheceu, mas *eu* me lembro. Na festa que Sam e Jeff deram no recesso de inverno, quando eu estava no segundo ano.

"Eu não fazia ideia de quem você era até te ver naquela noite. Você estava conversando com um grupo de pessoas e, nossa! Não é que você citou o nome de um pintor renascentista e de uma revista de moda numa tacada só?"

Os lábios dele se curvaram num sorriso que era uma sombra do que já tinha sido.

— As outras garotas da corte se contentam em seguir as últimas tendências que veem na internet, mas logo vi que você era diferente. Que você tinha opinião própria... e que estava desperdiçando saliva conversando com aquela gente.

— Ethan balançou a cabeça, ainda perdido em meio às lembranças. — Acho que me apaixonei por você bem ali, naquele instante.

Daphne prendeu a respiração. Todos os seus nervos ardiam de desejo.

— Mais tarde, naquela mesma noite, te vi com Jeff. Você deixou cair um foguinho de artifício no chão e fingiu que precisava da ajuda dele para apagá-lo — prosseguiu Ethan. — Ele acreditou no seu teatrinho de donzela indefesa, mas eu sabia por que você tinha feito aquilo. Doeu perceber que você tinha uma inteligência implacável e que ia usar toda a sua astúcia para tentar conquistá-lo. Assim como qualquer outra garota — acrescentou, com a voz triste. — Não fiquei surpreso quando você e Jeff ficaram juntos, pouco depois. Ele teria sido um trouxa se *não* saísse com você.

De repente, Daphne sentiu a garganta arder e engoliu em seco.

— Ethan...

— Uma parte horrível de mim, movida pelo ciúme, queria odiá-lo por namorar você. Mas não tanto quanto eu me odiava por nutrir esses sentimentos. — Ethan suspirou. — A princípio, tentei ficar longe de você, evitar festas ou viagens onde eu sabia que você estaria. Só que isso era tortura também. Eu não sabia o que era pior: ficar perto de você quando você estava com Jeff ou não ficar perto de você em momento nenhum.

Daphne teve a impressão de que as flâmulas da capela subiam e desciam delicadamente, quase como se suspirassem. As velas tremeluziram, mas não se apagaram.

— Nossa, como eu te amava! E sabia que não podia te contar isso. Então, tentei te esquecer — declarou Ethan, sem rodeios. — Tentei me convencer de que você e Jeff estavam felizes juntos. Eu *queria* que você fosse feliz, não importava o quanto me machucasse. Por mais que eu tivesse minhas suspeitas de que você não amava Jeff de verdade, eu disse a mim mesmo que não tinha o direito de me intrometer.

"Mas, lá na festa de aniversário da Himari, quando você me contou como estava chateada e magoada, e o preço que pagava para estar com Jeff, quebrei todas as promessas que fiz a mim mesmo. Eu não podia deixar de lutar por você, Daphne. Nem me senti tão culpado como deveria. Eu já te amava há tanto tempo que não consegui me arrepender de ter ido pra cama com você. Por mais que fosse errado."

Daphne sentiu palpitações. Lembrava-se de ter experimentado a mesma confusão: saber que *deveria* se sentir péssima, mas ser incapaz de reunir mais do que um fiapo de culpa.

— Depois, quando você disse que queria se encontrar comigo, eu me agarrei à esperança absurda de que talvez você tivesse mudado de ideia em relação a nós dois. Talvez, se tivesse estalado os dedos, se tivesse dado um passinho sequer na minha direção, eu teria botado pra fora que te amava. — Ele fez que não com a cabeça. — Mas, é claro, você só queria me ver para encobrir o que a gente tinha feito.

— Mas você não disse nada!

— E isso teria mudado as coisas? — perguntou Ethan, categoricamente. — Você é tão cruel com as pessoas que te amam, Daphne… Você usa o amor delas para alcançar seus objetivos e joga esse afeto contra elas mesmas como uma arma. Você é egoísta, e eu sempre soube disso. Mas achava que, um dia, você pudesse me amar também e passar a mirar esse egoísmo para outro lugar. Ser egoísta por *nós dois*, em vez de só por você.

Ela e Ethan, juntos contra o resto do mundo. Era o que Daphne sempre quisera, embora não tivesse se permitido aceitar.

— Eu *conheço* você, Daphne, de um jeito que Jeff jamais poderia conhecer… e, se ele conhecesse, terminaria com você num piscar de olhos. Já eu, por outro lado, sempre amei todas as suas partes: sua ambição, sua paixão, sua inteligência sem igual. Poderíamos ter sido muito felizes juntos, se você tivesse dado uma chance para nós dois.

— Podemos ser felizes *agora* — protestou Daphne, mas Ethan mal parecia dar ouvidos.

— No museu, quando você sugeriu aquele trato ridículo, eu aceitei. Não foi por causa do título… não que eu não quisesse ter um — disse ele, sem forças. — Mas, Daphne, eu abri meu coração e você me rejeitou, sem dó nem piedade. Aí, para pôr a cereja no bolo, você vai e me pede para sair com *outra pessoa*. Fui só um peão no seu plano, como sempre.

Ele abriu um sorriso seco e amargo e, então, prosseguiu:

— Então, decidi puni-la fazendo o que você achava que queria. Acho que minha esperança era que, quando você descobrisse que eu estava passando tanto tempo com Nina, ia começar a sentir ciúmes e perceber que não era nada disso que queria. E eu sabia que você ia descobrir que eu estava andando pra cima e pra baixo com ela… Você sempre sabe de tudo que acontece nessa cidade.

— Mas, Ethan, *já* percebi que não era nada disso que eu queria! — gritou Daphne. — Queria não ter levado tanto tempo para descobrir. Eu só estava... cega por coisas que não têm a menor importância.

— É. Estava mesmo.

A luz filtrada pelas bandeiras da cavalaria delineava o perfil dele tão nitidamente como se fosse o de uma efígie numa moeda antiga: bonito, orgulhoso e resoluto.

Ethan não ia facilitar as coisas, mas ela merecia, depois de tudo que o fizera passar. Se ele queria ouvi-la implorar, então era o que ela ia fazer, e com gosto.

— Me desculpa, de verdade, mas vou compensar você — jurou ela. — Você precisa entender... Ethan, olha para mim! As coisas vão ser diferentes, agora que finalmente sabemos o que um sente pelo outro!

— *Sentia* — corrigiu Ethan. — Você teve meu coração por *anos* e o tratou feito lixo.

— Me *desculpa*!

— É tarde demais para você pedir desculpas.

As mãos de Daphne voaram até os ombros de Ethan.

— Eu te amo, tá bom? — Ela apertou os ombros dele enquanto falava com uma voz firme e furiosa. — E você acabou de dizer que me amava!

— Amei mesmo, durante um tempão, mas nem eu consegui ficar te esperando de braços cruzados para sempre.

Ethan falava de um jeito impessoal, como se aquele amor fosse uma emoção sentida por outra pessoa, em um passado distante.

Não. Daphne se recusava a aceitar que o amor de Ethan por ela havia simplesmente... desaparecido. Que havia se consumido e se extinguido como uma daquelas velas esquecidas. Não, se ele de fato a amava tanto, ainda devia restar *algum* sentimento dentro dele, uma brasa que ela pudesse reavivar. A não ser que...

— Você se apaixonou por ela, não foi? — Daphne era incapaz de dizer o nome de Nina.

— Me apaixonei, sim.

Daphne deixou as mãos caírem nas laterais do corpo enquanto deu um passo para trás, lutando contra o impulso de bater o pé no chão feito uma criancinha. Como era possível que os dois únicos homens de sua vida tivessem acabado com a mesma plebeia sem graça e medíocre?

— Aquela garota é tão monótona, não tem nenhuma noção de moda... ela não tem nada a dizer sobre si mesma...

— Ela tem muita coisa a dizer. Você que nunca se deu ao trabalho de ouvir...

— Se você me amou como diz, e pelo tempo que diz, como é possível que goste agora da *Nina*? — sibilou ela.

Ethan respondeu sem pestanejar.

— Se você quis Jeff pelo tempo que diz, como é possível que goste de mim?

Um silêncio tenso se instalou entre os dois. O pulso de Daphne batia fraco em suas veias. Quase queria que Ethan se ressentisse dela, que a *odiasse*, até. Qualquer coisa seria melhor do que aquela frieza, aquela indiferença.

E Daphne ainda o amava, apesar de tudo: de todas as falhas dela, da traição dele, do orgulho obstinado de ambos.

Ethan tinha razão. Ele era o único que a conhecia de verdade, além de Himari. E, agora que lhe dera as costas, era a *verdadeira* Daphne que ele estava rejeitando.

E pensar que ela tinha vindo ao casamento sentindo-se melhor que o restante, de braços dados com Jefferson, só para perceber, em um ataque de pânico, que era por *Ethan* que estava apaixonada o tempo todo. E agora, sabe-se lá como, ele não ligava mais a mínima.

A sensação era de ter ganhado e perdido o mundo inteiro em uma única manhã.

— Bom, se é assim, acho que não temos mais nada para dizer um ao outro.

Daphne girou nos calcanhares e se afastou em uma cascata de saias enquanto lutava para conter aquelas lágrimas estúpidas e traiçoeiras.

Ela sempre tinha achado que saber os segredos dos outros era uma arma muito poderosa. Na corte, segredos valiam ainda mais do que dinheiro: era possível acumulá-los, protegê-los e usá-los como moeda de troca. Mas para quê?

Que importância aquilo tudo tinha quando, o tempo todo, desde o início, ela escondia de si mesma o maior segredo de todos — só para descobrir a verdade quando já era tarde demais?

39

BEATRICE

As saias de Beatrice ondulavam ao redor dela como nuvens de renda e se amarrotavam em vários lugares, mas isso não a impediu de socar a porta.

— Beatrice, não faz isso — implorou Connor.

Ela o ignorou, embora soubesse que devia estar oferecendo uma cena absurda de se ver: parada diante da porta em seu vestido de noiva, esmurrando uma placa de aço reforçado. Aquele alarme levou seu pânico para além de qualquer pensamento racional. Ela só queria *sair*.

Connor deu um passo à frente e a pegou pelas mãos, envolvendo os pulsos dela enquanto os abaixava gentilmente.

— Não vai adiantar, Bee. Essa porta só pode ser aberta depois que a equipe de segurança vasculhar todo o palácio para garantir que não tenha perigo.

Beatrice puxou as mãos. Arrependido, Connor as soltou, mas não se afastou.

O rosto dele estava perto demais. Ela podia ver cada sarda e cada cílio, dava para ouvir cada respiração entrecortada que escapava dos pulmões. Ele era muito familiar, mas, ao mesmo tempo, parecia estranho, como uma figura indistinta que havia escapado de seus sonhos.

Só que não se tratava de sonho nenhum. Ele estava *ali*, em carne e osso. Sozinho com ela dentro de uma sala trancada.

Beatrice recuou alguns passos, e o pânico que corria por suas veias se acalmou um pouco. Sem o pânico, sentia-se incerta, como se o terror absoluto a tivesse mantido em movimento, e, com as coisas mais calmas, não soubesse o que fazer. O alarme já tinha parado de disparar, mas, na cabeça de Beatrice, ainda dava para ouvi-lo ecoando por trás do silêncio.

— Você consegue descobrir o que aconteceu? — perguntou ela.

Connor apoiou as mãos na cintura antes de enfiá-las inutilmente nos bolsos.

— Eu não tenho mais o meu transmissor — disse ele, referindo-se aos aparelhos de rádio criptografados que os oficiais de segurança do palácio usavam. — Mas fica tranquila, não vou deixar ninguém te machucar.

Beatrice assentiu lentamente. O medo havia embaralhado todos os seus sentidos. Ela não fazia ideia de quanto tempo havia se passado desde o disparo do alarme.

— Você não está com seu uniforme da Guarda Revere — observou ela em voz baixa.

— Eu não sabia se podia usá-lo, já que fui embora.

Beatrice detectou a mentira na voz dele. Connor sabia que poderia usar o uniforme em ocasiões oficiais pelo resto da vida.

Ela voltou a se concentrar no smoking. Era perfeito nele — obviamente tinha sido feito sob medida —, embora o tecido tivesse a rigidez característica das roupas novas que ainda não tiveram tempo de se moldar ao corpo. Beatrice se perguntou, angustiada, se Connor havia comprado o smoking para o casamento, se tinha decidido não usar o uniforme da Guarda Revere por não querer parecer um membro da equipe de segurança, e sim um jovem aristocrata.

Como todos os rapazes que seus pais haviam incluído na lista de opções, na noite em que pediram que ela considerasse a ideia de se casar, o que parecia ter acontecido há uma eternidade.

— Connor... onde você esteve? Quer dizer, o que você fez, depois...

— Fui para Houston. Sou o chefe de segurança da família Ramirez.

— Chefe de segurança do duque e da duquesa do Texas? Uau, impressionante!

— Eles sabem que já fui o guarda pessoal da rainha.

Beatrice desviou o olhar para observar a mesa de maquiagem dobrável, com seus batons e pincéis dispostos sobre uma toalha de mão branca.

— Fico feliz que você esteja tão bem. Parabéns.

— Droga, Bee, não usa comigo a voz que você força nos coquetéis.

A mente de Beatrice entendia que Connor não era mais dela, mas o corpo parecia ter revertido para a memória muscular instintiva e era incapaz de acompanhar os pensamentos. Ela lutou contra o impulso de se aproximar e abraçá-lo, do jeito que sempre fazia.

Em vez disso, abraçou a si mesma. O vestido pesava uma tonelada: todas aquelas hastes rígidas, todas aquelas camadas e camadas de seda bordada...

Connor se pôs ao lado dela em alguns passos.

— Beatrice, escuta...

Ela levantou a cabeça bruscamente e sentiu a visão embaçar.

— Não posso lidar com isso agora...

— Mas agora é o único momento que temos! — Os olhos cinzentos dele perfuraram os dela. — Quando cheguei aqui hoje, só queria te ver pela última vez e ter certeza de que você estava feliz. Em nenhum momento planejei dizer nada disso. Mas, aqui estamos, e eu nunca mais vou ter outra chance de ficar sozinho com você. Talvez seja puro egoísmo da minha parte, mas não posso *não* dizer que te amo. Coisa que você já sabe.

Connor se inclinou sobre ela. Por um instante, Beatrice soube o que estava por vir, mas sentiu que não tinha forças para impedir. Era como se o cérebro ainda não tivesse recuperado o controle de seus membros ensandecidos.

Ele apoiou a mão em seu ombro e, com a outra, ergueu seu queixo, forçando-a a olhá-lo nos olhos. Por fim, Beatrice pareceu cair na real. Ela abriu a boca para protestar... e Connor, ao ver os lábios entreabertos, a beijou.

Beatrice não resistiu. A sensação era poderosamente familiar, porque ela já fizera aquilo antes, tantas vezes: aninhada nos braços de Connor, cercada por sua mistura de força e tensão. A mera proximidade dele era suficiente para sobrecarregar todos os seus sentidos.

Era como se aquele beijo a tivesse feito viajar no tempo, para uma época em que o pai ainda estava vivo e ela ainda não era a rainha, e sim uma garota apaixonada pelo cara errado.

Então, a realidade a atingiu como um raio e ela se afastou, ofegante.

Uma lágrima solitária deslizou por sua bochecha. Ao vê-la, Connor ergueu a mão. Embora os dedos fossem calejados, ele a enxugou com uma ternura meticulosa.

— Foge comigo, Beatrice. Deixa eu te ajudar a escapar — disse ele apaixonadamente. — Deixa eu te salvar de tudo isso.

Era precisamente aquilo que Beatrice tinha ameaçado fazer na noite anterior à morte do pai: fugir com Connor, jogar todas as responsabilidades para o alto. Mas...

"Deixa eu te salvar." Connor não entendia que Beatrice não precisava mais ser salva. Ela não tinha sido forçada a fazer nada, não estava encurralada. Se quisesse deixar de ser rainha, a única pessoa que poderia salvá-la era ela mesma.

— Sinto muito — sussurrou ela.

— Então é isso? Você vai mesmo se casar, só porque acha que faz parte das atribuições do seu *emprego*?

Era de partir o coração ver como ele a estava interpretando mal. Beatrice mordeu o lábio enquanto buscava as palavras certas para explicar.

Quando Connor ainda era seu guarda, Beatrice tinha *aceitado* que, um dia, seria a rainha. No momento, *escolhia* ser. Não é todo mundo que entende a diferença, mas, para Beatrice, fazia todo o sentido do mundo.

Um destino era algo que acontecia com você, que desabava sobre sua cabeça feito chuva e não adiantava tentar escapar. Caso você andasse em direção à chuva de cabeça erguida, aquilo deixaria de ser destino — para se tornar seu futuro.

Beatrice olhou no fundo dos olhos de Connor e disse as únicas palavras que o obrigariam a escutar.

— Eu amo Teddy.

Por um instante, ela achou que ele não tivesse ouvido. Connor fechou os olhos e, ao abrir, eles brilhavam feito aço recém-forjado.

— Não acredito.

Ela pôs a mão, com seu anel de noivado brilhante, na dele.

— Eu te amo muito, Connor. Parte de mim sempre vai amar. — Ela lembrou-se da noite anterior com Teddy, de todas as coisas que ainda estava aprendendo sobre si mesma. Talvez o que ela sentia por Teddy fosse a maior descoberta de todas. — Mas, agora... estou apaixonada por Teddy.

Beatrice havia chegado à conclusão de que o coração das pessoas era mágico. Havia muito espaço ali dentro, o suficiente para abrigar mais de um amor ao longo da vida.

Tanto Connor quanto Teddy haviam entregado o coração aos cuidados de Beatrice. Ela sentia o peso deles nas mãos: eram suaves como ovos de pássaros, como os enormes rubis no cofre que continha as Joias da Coroa, e infinitamente mais preciosos.

Não seria justo da parte dela segurar o coração de Connor, não quando ele não tinha mais o dela.

Connor olhou para as mãos entrelaçadas dos dois.

— Eu não consigo entender o que mudou.

— *Eu* mudei. Não sou mais aquela garota, a princesa que se apaixonou pelo guarda. Sou a rainha agora.

Aquela garota se sentia muito sozinha e ainda era muito ingênua. E, acima de tudo, estava desesperada para encontrar alguém que a entendesse.

Mas aquela garota morrera no hospital, quando a bandeira abaixou a meio mastro e ela se deu conta de que tinha falado com o pai pela última vez.

— Beatrice... é isso que estou falando. Você só está com Teddy porque é a rainha! Se não tivesse sido forçada a desempenhar esse papel, nós ainda estaríamos juntos.

Se o pai não tivesse morrido, *se* ela não tivesse se tornado a rainha, *se* Connor não tivesse ido embora, dando-lhe tempo e espaço para se apaixonar por Teddy. Se, se, se. Beatrice sentiu uma pontada de medo ao pensar que o mundo dependia de todas aquelas pequenas incógnitas que decidiam o destino das pessoas.

"Não", pensou Beatrice, decidida. Não era verdade. Dali em diante, ela escolheria o próprio destino.

— Sei que você passou por muita coisa esse ano e que isso te fez mudar — acrescentou Connor, com a voz embargada. — Mas será que a gente não consegue voltar a ser o que era?

Beatrice balançou a cabeça e o encarou por trás dos cílios molhados. Ela tivera que percorrer um longo caminho para sair da névoa sombria do luto, e ainda não estava totalmente livre da escuridão. Talvez nunca fosse capaz de estar. Só tinha conseguido chegar tão longe graças ao apoio de Teddy, e de Samantha, que compartilhavam com ela sua fonte aparentemente inesgotável de força.

Ela não podia refazer seus passos. E não podia voltar a ser a garota que tinha sido quando estava apaixonada por Connor.

Ele a amava — Beatrice jamais poderia duvidar disso —, mas nunca a entendera de verdade, não por completo. O instinto de Connor seria sempre de protegê-la: com a própria vida, caso fosse necessário.

Só que Beatrice não era mais uma garota que precisava de proteção. Connor queria surgir como um cavaleiro de armadura brilhante, pronto para salvá-la. Já Teddy, por outro lado, lhe dava a confiança necessária para salvar a si mesma.

— Sinto muito — sussurrou ela. — Mas eu amo Teddy de verdade.

Ela notou que a respiração de Connor voltava ao normal à medida que compreendia o que ela estava tentando explicar. A dor transbordava dos olhos dele. Beatrice ainda não tinha soltado sua mão.

Não havia janela ali dentro, nem sequer um relógio. Era como se estivessem envoltos em uma bolha intocada pelo tempo — como se o universo tivesse parado para que ambos pudessem finalmente dizer o que precisavam dizer.

— Teddy... Ele é bom para você? — perguntou Connor, e Beatrice sentiu que aquelas palavras lhe custavam mais do que ela poderia imaginar. — Ele merece você de verdade?

Não havia uma maneira coerente de articular uma resposta para aquela pergunta, então ela apenas assentiu.

— Eu imaginei. Se não fosse, você não teria se apaixonado por ele. — Connor tentou dar um sorriso, mas acabou saindo todo torto e errado, ou talvez fosse só o que Beatrice enxergava em meio às lágrimas. — Fico feliz por você — disse ele, bruscamente.

— Não precisa dizer isso — insistiu ela. — Quer dizer... se você me odiar, eu vou entender.

— Eu jamais odiaria você, Bee. Eu só... sinto sua falta. — Não havia reprovação alguma nas palavras de Connor, só uma mistura de resignação e verdade inexorável.

— Eu também sinto sua falta — disse ela, de coração.

As lágrimas de Beatrice corriam mais livremente agora, mas não era uma surpresa. Nada na vida doía mais do que machucar pessoas amadas. Mesmo assim, ela sabia que precisava dizer tudo aquilo.

O amor entre Beatrice e Connor tinha sido intenso demais para que ela o deixasse ir sem uma despedida de verdade.

— Você... me mudou para sempre — acrescentou ela, com a voz falha. — Eu te dei uma parte do meu coração há muito tempo e nunca a terei de volta.

— Você não precisa dela de volta. — As lágrimas contidas enrouqueciam a voz dele. — Juro que vou guardá-la com cuidado. Aonde quer que eu vá, essa parte de você vai comigo, e vou protegê-la e tratá-la com muito carinho. Para sempre.

Um soluço escapou do peito de Beatrice. Ela sofria por Connor, com Connor e por causa de Connor de uma só vez.

Términos de relacionamentos não deveriam ser assim. Os filmes sempre exibiam cenas repletas de ódio, com pessoas gritando e atirando coisas umas nas outras. Não deveriam ser assim, ternos, gentis e cheios de dor.

— Tudo bem — respondeu Beatrice em meio às lágrimas. — Essa parte do meu coração é sua.

Connor recuou um passo, soltando a mão dela, e Beatrice sentiu o fio que os unia esticar-se até se romper. Ela imaginou que poderia até ouvi-lo: um estalo seco, como o caule de uma rosa se partindo ao meio.

Sentia o corpo estranhamente dolorido, ou talvez fosse o coração que doía ao reconhecer as partes das quais ela havia aberto mão para sempre.

— Você é uma pessoa incrível, Connor. Espero que encontre alguém que te mereça.

A tentativa de sorriso torto estava de volta.

— Não vai ser fácil tentar chegar aos pés da rainha. Para uma pessoa tão baixinha, a sombra que você projeta é bem grande — comentou ele, e então o semblante ficou sério. — Bee... se um dia você precisar, pode contar comigo. Sabe disso, não é?

Beatrice engoliu em seco, tentando se livrar do nó que sentia na garganta.

— Digo o mesmo. Pode contar comigo para o que precisar.

Enquanto ela falava, o painel de aço começou a se abrir novamente.

Beatrice endireitou os ombros por baixo da seda fria do vestido e respirou fundo. Tinha conseguido, de alguma maneira, recolher os cacos de seu autocontrole, como se não fosse uma garota que acabara de se despedir do primeiro amor... do melhor amigo.

Como se não fosse uma garota, mas uma rainha.

40

NINA

As portas de aço reforçado se abriram sem emitir um sussurro.

Pareciam tão pesadas que deveriam ter rangido e estalado, como a ponte levadiça de um castelo medieval sendo erguida no calor da batalha. Mesmo assim, Nina não ouviu nada além de um silêncio sutil e sibilante.

Um Guarda Revere surgiu na porta. Assim que levantou a mão, o burburinho que ecoava pela sala foi interrompido abruptamente.

— O palácio está seguro. Não há motivo para pânico — ele começou a dizer... mas uma debandada de passos apressados abafou suas palavras.

Os convidados faziam perguntas aos gritos, sem fôlego: onde estava a ameaça, o que ia acontecer com o casamento real, eles podiam ir embora? O guarda se viu incapaz de conter a onda de pessoas assustadas que passavam correndo por ele rumo ao corredor.

Nina se deu conta de que ainda segurava firme a mão de uma das mães e a soltou rapidamente.

— Você está bem, meu amor? — perguntou Julie.

Do outro lado, a outra mãe de Nina apoiou a mão nas costas da filha para tranquilizá-la sem precisar de palavras.

— Estou bem, sim. — Nina beliscou nervosamente o vestido.

Por que não havia nenhuma circulação de ar ali dentro? A multidão era insuportável, parecia só haver espaço na sala para gritos estridentes e reclamações. Nina não via Ethan desde que saíra em busca das mães... Será que ele ainda estava lá nos fundos? E onde estava Sam? O guarda dissera que o palácio estava seguro... aquilo significava que a família real estava a salvo, certo?

— Desculpa, preciso de um pouco de espaço — murmurou Nina. Suas mães assentiram, compreensivas, enquanto ela se juntava ao fluxo de convidados que saía pelas portas principais do salão.

Ela caminhou cegamente pelo corredor — passando por retratos a óleo, mesas de madeira esculpida e arandelas de ferro, e por guardas e lacaios que falavam baixinho, distraídos demais para notar a presença dela. Finalmente, algumas portas mais à frente, Nina entrou em uma sala vazia. Então, jogou-se no sofá, inclinou-se para a frente e fechou os olhos. Agora, pelo menos, podia respirar direito.

— Ah. É você.

Ao ouvir aquela voz, Nina sentiu uma queimação que se espalhava por toda a pele.

— Com licença. — Ela foi logo se levantando, mas Daphne já estava plantada diante da porta como uma barreira humana. O semblante era um misto de expressões estranhas: surpresa e desânimo, que logo deram lugar a uma ansiedade calculista.

Nina sabia que aquele semblante não era um bom presságio.

— Não sai correndo ainda, não. Precisamos conversar. — Daphne sorria feito uma leoa, tão linda e corajosa quanto absolutamente mortal. O que ainda restava de autocontrole em Nina foi por água abaixo.

— Eu já fiz o que você pediu e terminei com Jeff! Você já é o par dele, Daphne. *Você venceu* — disse ela amargamente. — Será que dá pra me deixar em paz?

Daphne abriu caminho num gesto dramático. Embora seu sorriso nunca vacilasse, agora era marcado por um alívio singular. Como se estivesse secretamente feliz por poder conversar abertamente, sem pretensão de ser a Daphne educada e diplomática que o mundo todo conhecia e amava.

Nina se deu conta de que talvez fosse a única pessoa com quem Daphne tinha liberdade para ser ela mesma. Chegava a dar pena.

— É claro que vou te deixar em paz — disse Daphne. — Posso garantir que isso também não é nem um pouco agradável para mim. Só senti que deveria fazer um alerta, de mulher para mulher, sobre Ethan.

Nina não tinha certeza de como Daphne sabia deles dois — talvez Jeff tenha lhe contado, ou talvez Daphne tenha visto os dois de mãos dadas na sala do trono. O fato era que não ligava.

— Não é da sua conta — respondeu, com o máximo de calma possível.

— Mas você não está com medo do que vai acontecer quando todo mundo descobrir? — Daphne deu uma risadinha incrédula. — Nina, para uma garota que diz odiar os holofotes, não sei como você consegue sempre dar um jeito de se colocar no centro das atenções. O país não vai ser muito gentil quando descobrir que você trocou o príncipe pelo *melhor amigo* dele.

Nina se segurou para não dar um tapa naquele rostinho perfeito e presunçoso. Como era possível que Daphne sempre soubesse como tocar na ferida?

— Eu não sou burra. Sei que não vai ser fácil — retrucou, com mais autoconfiança do que sentia. — Mas, pelo Ethan, vale a pena. A gente se gosta muito.

Daphne soltou uma gargalhada estridente.

— Sua otária. Fui *eu* que pedi ao Ethan para sair com você.

Um silêncio ensurdecedor atingiu os tímpanos de Nina. Não conseguia ouvir mais nada: nem o som de passos abafados, nem os seguranças se comunicando pelo rádio. Uma parede de choque a isolava de tudo.

— Ethan só começou a namorar você por minha causa. — Cada palavra que Daphne dizia era como uma chicotada, como uma adaga perfurando a lateral de seu corpo. — A questão é a seguinte: eu estava com medo que Jefferson ainda gostasse de você e percebi que eu nunca conseguiria reconquistá-lo se você fosse uma opção. Então pedi a Ethan que ficasse de olho em você.

— É mentira — respondeu Nina automaticamente.

Daphne revirou os olhos.

— Fui eu que orquestrei a coisa toda. Contei a Ethan tudo que eu tinha descoberto sobre você, desde sua obsessão bizarra por M&Ms até seu amor por Veneza. Queria que ele flertasse um pouquinho com você, e ele fez exatamente o que eu pedi.

O coração de Nina afundou quando ela se lembrou, com uma sensação de punhalada nas costas, de como tinha sido surpreendente descobrir que Ethan já sabia de todas aquelas coisas. Ela o havia considerado um cara observador e achado que os dois fossem *compatíveis*.

Ela nunca tinha se perguntado por que, depois de terem morado no mesmo campus por meses sem se encontrarem, ele de repente tinha aparecido em sua turma de jornalismo e pedido para fazer dupla com ela. Será que estivera seguindo as ordens de Daphne desde o início?

Daphne abriu um sorriso ao ver o sofrimento no olhar de Nina.

— Enfim. Que bom saber que ele conseguiu tirar proveito das informações que passei.

Uma parte teimosa de Nina se recusava a desistir.

— Ethan não faria isso comigo. Ele não tem nada a ver com você.

— Você não faz *ideia* de quem é o verdadeiro Ethan.

Nina sentiu embrulho no estômago ao se lembrar do que Ethan tinha dito algumas horas antes: "Meus motivos para me aproximar de você no início eram errados." Depois, lembrou-se também do que ele dissera na noite da festa dos gêmeos: "Você não deveria querer ficar comigo. Se você soubesse…"

Daphne lhe lançou um olhar fulminante.

— Você não percebe, Nina? Ethan *me* ama, não você. Ele saiu com você quando eu pedi, porque me ama. Ele guardou segredos tão bizarros que você seria incapaz de começar a concebê-los, e acobertou coisas que fariam o seu sangue gelar, porque me ama. — Ela falava com uma calma aterrorizante. — Tudo que você pensa de mim, que uso as pessoas e que manipulo os tabloides, se aplica a ele também. Nós dois somos farinha do mesmo saco.

"Manipular os tabloides." Nina respirou fundo.

— Foi você que contou para aquela repórter que eu e Ethan estávamos juntos, não foi? Aquela que ligou para Jeff?

— É claro — respondeu Daphne com um sorrisinho malicioso. — Você não se tocou até agora? Eu estou por trás de *tudo*.

Como Nina tinha sido trouxa de acreditar que poderia escapar… Não importava quantas coisas Daphne tirasse dela, não importava que Nina tivesse terminado com Jeff, nunca seria o suficiente. Daphne fazia jus às palavras que dissera na festa de noivado: ela sempre estaria um passo à frente de Nina, fazendo da vida dela um inferno.

Mas por que Daphne se importava com o que ela fazia? Nina não era mais uma ameaça, estava com Ethan agora.

Nina respirou fundo quando a ficha caiu.

— Ah, meu Deus. *Você* está apaixonada por Ethan, não está?

Daphne cerrou os dentes, mas não respondeu — confirmando, assim, suas suspeitas.

— Você sempre o amou — prosseguiu ela, montando as peças do quebra-cabeça. — Mas não quis namorá-lo porque queria virar princesa, mais que tudo. Ainda mais do que queria Ethan.

— Você não faz ideia do que está falando — disparou Daphne. — Você não me conhece nem um pouco.

Nina observou Daphne, consumida pelo desespero absoluto da própria ambição, e sentiu de novo aquela compaixão misturada com desgosto.

— Você me dá pena — declarou. Como alguém era capaz de abrir mão da pessoa que amava para moldar a vida inteira em torno de alguém por quem não sentia nada?

— *Você* sente pena de *mim*? Quem você pensa que é?

— Quem eu penso que sou? — A total condescendência da pergunta de Daphne fez Nina se empertigar. — Não preciso pensar nem sequer por um segundo, porque sei muito bem quem eu sou! Ao contrário de você, tenho muito orgulho das minhas origens e das mães brilhantes e batalhadoras que me criaram. Elas podem até não ter título nenhum, o que claramente é muito importante para você, mas, quer saber? A gente não liga a mínima.

Nina deu um passo à frente para enfatizar suas palavras e sentiu uma satisfação sombria ao ver Daphne se encolher.

— Nós não ficamos preocupadas com o tamanho dos nossos mantos cerimoniais ou nossa posição na hierarquia da nobreza — continuou, com sangue nos olhos. — Nós nos importamos com o que, de fato, vale a pena: integridade, honestidade, gentileza. Não olhamos para os outros e automaticamente os enxergamos como concorrência. Pensamos neles como *amigos*.

Nina estava de saco cheio da corte, com seus inesgotáveis protocolos arcaicos e absurdos, seus títulos, suas ordens hierárquicas e sua total falta de lealdade.

— Quer saber de uma coisa, Daphne? Você venceu. Pode ficar com tudo: Jeff, Ethan, os títulos e as tiaras. Não estou *nem aí*. Divirta-se vivendo trancada na sua gaiola dourada e sendo vigiada e criticada por todos os habitantes desse planeta. Você nunca vai ser feliz, porque nada disso é *real*.

Um brilho desafiador iluminou os olhos de Nina enquanto ela se dirigia para a porta. Ao chegar na saída, virou-se para desferir o golpe final.

— Não importa o que você faça, não importa até onde consiga subir, você nunca vai ter ninguém com quem compartilhar seus sucessos — declarou Nina friamente. — Vai sempre estar sozinha.

41

SAMANTHA

Samantha nunca tinha sido muito paciente. Mas, pela primeira vez, estava sentada com a paciência de uma princesa, um tornozelo recatadamente dobrado atrás do outro, do jeito que Daphne a ensinara. Quando os seguranças chegassem ali, queria cumprimentá-los com um mínimo de dignidade.

Tinha sido uma decisão impulsiva, movida pela sensação de culpa que a dominara ao ver a expressão no rosto de Beatrice — um misto de angústia e agonia — com a chegada de Connor.

A culpa era *dela*, por ter enviado o convite de casamento a ele.

Sam não sabia o que Beatrice ia escolher, mas de uma coisa estava certa: a irmã precisava de *tempo*. Tempo para processar a presença de Connor. Tempo para desatar os nós de suas emoções.

Antes que pudesse mudar de ideia, Sam já havia subido a escada às pressas, entrado no escritório de Robert e ativado o alarme de emergência.

Um ano antes, ela não poderia ter feito nada do tipo, mas, como herdeira do trono, tinha a autoridade necessária. Ainda assim, o sistema não facilitava a vida de ninguém — Sam precisara ter as impressões digitais *e* os olhos escaneados, além de digitar um dos códigos de segurança de emergência que Robert, insuportável como sempre, a fizera decorar.

Uma série de portas de aço reforçado bloqueou imediatamente todo o palácio, portas que não voltariam a se abrir até que a segurança fizesse uma inspeção minuciosa da propriedade.

Sam tinha feito o impossível por Beatrice: fizera o tempo parar.

O sistema, claro, registrara seu login. A equipe de segurança não tardaria a descobrir que a culpa era dela. Até que esse momento chegasse, Sam ficaria sentada no escritório de Robert, à espera deles.

Ela imaginou o que Marshall estaria achando de tudo aquilo. Será que tinha conseguido chegar à sala do trono, ou o alarme disparou enquanto ainda estava vagando pelos corredores? Será que as coisas entre eles estariam arruinadas para sempre, agora que ele tinha visto aquela cena estúpida com Teddy?

Ao ouvir o som de passos no corredor, Sam se levantou.

Robert Standish abriu a porta de supetão.

— *Você* — rosnou ele. — Você tem ideia do que acabou de fazer?

— Sinto muito pela confusão que causei — disse Sam, com cautela.

Ela levou um susto quando o conselheiro bateu a porta com toda força.

— Por que você acionou o alarme, justo hoje?

Sam ergueu o queixo, teimosa até o fim.

— Eu tive meus motivos. Vai fazer o quê, me arrastar pelo Portão dos Traidores e me mandar para o exílio?

— Vou levar você para Sua Majestade.

Ele tentou segurá-la pelo braço, mas Samantha recuou.

— Consigo andar sozinha — disse ela com frieza.

Nenhum dos dois falou nada ao descer a escada e atravessar o corredor principal.

Ao redor deles, a imensa maquinaria do palácio era aos poucos reativada. Passaram por lacaios e seguranças cujos olhos brilharam de curiosidade ao verem o conselheiro com a princesa. Até as figuras históricas dos retratos a óleo pareciam encará-los. No salão de baile, um quarteto de cordas discutia em voz baixa. O violinista gesticulava vigorosamente com seu arco, sublinhando cada palavra com um floreio. Sam se perguntou o que os músicos deviam ter pensado quando as portas se fecharam, trancando-os sozinhos no salão de baile.

Ao virarem a esquina, Robert apertou o passo até começar a dar uma corridinha. Sam se esforçou para acompanhá-lo, por mais que o corte justo do vestido restringisse seus passos.

E ali estava Beatrice, parada na entrada da Sala das Noivas. Parecia a boneca de papel de si mesma que era vendida na loja de suvenir do palácio: pálida e frágil, como se alguém tivesse traçado seus contornos com uma caneta de ponta fina.

— O que está acontecendo? — perguntou ela, indicando que eles entrassem.

— Foi só um alarme falso — respondeu Robert sucintamente. Beatrice soltou um suspiro de alívio, mas o conselheiro fixou os olhos em Samantha. — Acionado pela sua *irmã*.

A declaração foi seguida por um instante de silêncio: um silêncio tenso e pegajoso que se condensou entre eles como o suor que encharcava as costas de Sam. Ela gostaria muito de poder fechar os olhos, mas se obrigou a encarar Beatrice.

— Entendo — disse a rainha por fim.

Robert arregalou os olhos, evidentemente surpreso com a serenidade da resposta.

— Vossa Majestade, a princesa pôs a segurança de milhares de pessoas em risco...

— Alguém está ferido?

Sam nunca tinha visto Beatrice assim, em pleno e incontestável controle da própria autoridade.

— Nossa reputação está ferida! Todos aqueles convidados foram forçados a uma situação de pânico sem a menor necessidade... Isso sem falar no que a mídia vai dizer quando descobrir que seu casamento foi interrompido sem motivo. Samantha gerou intencionalmente uma falsa sensação de alarme — balbuciou ele. — Precisa ser punida!

Beatrice alternou o olhar entre Samantha e Robert.

— Você está certo. Ela deveria ser punida — concluiu Beatrice, e Sam sentiu um aperto no peito. — Mas quem vai dar a punição sou eu.

— Vossa Majestade...

— O que aconteceu hoje não sai daqui. Robert, você vai escrever uma declaração dizendo que recebemos uma ameaça e que o casamento precisou ser interrompido, embora você não possa entrar em detalhes por se tratar de uma questão de segurança nacional. Quanto à punição... — Beatrice olhou para Samantha; sua expressão era indecifrável. — Considerando que ela interrompeu o meu casamento, *eu* vou decidir como minha irmã vai se redimir.

Robert arregalou os olhos.

— Com todo respeito...

— Essa é uma ordem direta — disse Beatrice tranquilamente.

Não havia dúvidas, a julgar pela tensão visível nas mandíbulas, que Robert discordava veementemente, mas respondeu às palavras dela com um breve aceno de cabeça.

— Vossa Majestade, quase duzentos convidados já se retiraram, entre eles a maioria da realeza estrangeira — prosseguiu ele. — Não importa quantas garantias lhes oferecemos, eles afirmam que não se sentem mais seguros. O único que ainda não voltou para o avião é o rei da Alemanha, e só não voltou porque, aparentemente, dormiu durante todo o fiasco.

— Quem precisa da realeza estrangeira, afinal? — perguntou Sam, tentando manter o bom humor. — Não temos uma lista reserva de convidados? Ou, espera... podíamos escolher duzentas pessoas aleatórias na rua! Seria um grande sucesso de marketing da realeza!

Robert Standish fechou os olhos e soltou um suspiro resignado, como se pedisse aos céus que lhe dessem paciência.

— Não há necessidade de nada disso. Vamos adiar o casamento — declarou Beatrice.

O Lorde Conselheiro assentiu.

— É claro, mas por quanto tempo? Podemos esperar algumas horas, ou imagino que seja possível reorganizar tudo para amanhã de manhã, se preferir começar do zero.

A rainha balançou a cabeça.

— Vamos adiar por tempo indeterminado.

Quando Robert se deu conta do que ela quis dizer, estreitou os olhos.

— Beatrice. Eu *não* vou deixar você fazer isso.

— Devo lembrá-lo da necessidade de se dirigir à Sua Majestade pelo título adequado — interveio Sam, fazendo com que Robert cerrasse os punhos nas laterais do corpo.

— Qual é seu plano, *Vossa Majestade*? — perguntou ele, abrindo um sorriso de desdém. — Vai cancelar um evento *global* caro e meticulosamente planejado só porque está com medo?

Sam lançou um olhar ultrajado para Beatrice, louca para intervir, mas Beatrice sinalizou que não, balançando a cabeça discretamente. E Sam se deu conta de que aquela era uma batalha que a irmã precisava travar sozinha.

Uma batalha que deveria ter sido travada meses antes, mas Beatrice não havia reunido a coragem necessária, até aquele momento.

— Pode até ser um evento global, mas ainda é minha vida — respondeu Beatrice em voz baixa.

O rosto de Robert ficou roxo de raiva.

— Se não realizar esse casamento, destruirá o legado da sua família. Depois de tudo que a monarquia já fez...

— Desculpa, *depois de tudo que a monarquia já fez*? — interrompeu Sam. — Qual parte do nosso legado você está defendendo, Robert? A colonização? As graves violações de direitos humanos que meus ancestrais cometeram em nome da expansão e do progresso? A *escravidão*? — Ela balançou a cabeça com tanta força que os brincos pareciam até dançar. — Não é possível que você ache tudo isso maravilhoso, mas, se minha irmã resolve adiar o casamento, oh, não! Ela vai destruir a monarquia para sempre!

— O que vocês duas entendem de legado? — O tom de Robert era pungente. Qualquer resquício possível de diplomacia já havia evaporado. Ele se virou para Beatrice e estreitou os olhos. — Você não passa de uma garotinha sentada num trono que é grande demais para você, ocupando uma posição que jamais vai ter condições de exercer!

Beatrice se empertigou.

— Eu sou uma chefe de Estado, não uma garotinha boba de tiara!

Robert riu, mas era um som totalmente desprovido de humor.

— Beatrice, você é uma garotinha boba de tiara! Sua função é precisamente essa: sorrir, fazer o que mandarem e *usar a tiara*! Mas, se insistir nessa história, em pouco tempo não terá nem isso. Como seu conselheiro e guardião da reputação da sua família, não posso deixar que leve isso adiante.

— Falando nisso — respondeu Beatrice, com uma ferocidade persistente e tão palpável quanto uma onda de calor —, está despedido. A Coroa não precisa mais dos seus serviços.

Sam arfou ao ouvir o pronunciamento da irmã. Robert franziu testa, indignado.

— Você não pode estar falando sério.

— Sinta-se livre para fazer suas malas — reiterou Beatrice. — Enquanto isso, vou avisar ao subsecretário da Casa Real que você não trabalha mais aqui.

— Mas... o casamento...

— Não está mais nas suas mãos.

A expressão de Robert era horrível, distorcida pela malícia.

— Este país nunca vai aceitar que você governe sozinha.

— Não, quem nunca aceitou que eu governasse sozinha era *você* — corrigiu Beatrice. — Não tenho certeza do que o país vai achar, mas estou disposta a tentar.

Robert abriu a boca... mas mordeu a língua ao ver a expressão no rosto das Washington.

— Tudo bem, então. *Vossa Majestade.* — Ele cuspiu o título de Beatrice com o máximo de desdém possível e saiu furioso da sala, batendo a porta atrás de si.

— Ah, Bee... — foi tudo que Sam conseguiu dizer enquanto Beatrice a abraçava forte.

Elas ficaram assim por alguns instantes, abraçadas com tanta força que Sam não saberia dizer quem estava se apoiando em quem. Talvez o apoio fosse mútuo. Era isso que se fazia com a família, certo? Abraçar firme e não soltar. Apoiar-se mutuamente e dar força, mesmo quando não se tinha forças para se sustentar por conta própria.

— Como você sabia disparar o alarme? — A pergunta de Beatrice foi pouco mais que um sussurro.

— Foi no chute, quando vi você e Connor. — Sam recuou um passo para poder olhar o rosto da irmã. — Ele veio ao casamento por minha culpa. Eu mandei o convite.

Ela sentiu Beatrice se retesar.

— Um dia, fui ao seu escritório para conversar com você e, quando vi que não estava lá, acabei fuçando sua escrivaninha. Olhei até a gaveta secreta onde o papai guardava doces — confessou Sam. — Foi assim que descobri que você e Connor estiveram juntos. Encontrei o convite dele e... enviei — disse ela, hesitante. — Eu sinto muito.

Beatrice absorveu as palavras da irmã por um instante interminável e, então, assentiu.

— Não precisa se desculpar, Sam. Eu não sinto muito.

Ela estava nupcial da cabeça aos pés naquele momento. O par de véus caía em cascata a seu redor, a fina rede de tule produzia um sombreado translúcido feito água. Mesmo assim, ela havia acabado de cancelar o casamento do século.

— Então... você e Connor vão voltar?

— Eu me despedi dele. — Beatrice baixou a cabeça enquanto passava as mãos pelas saias brilhantes e etéreas. — É claro que eu queria que ele tivesse escolhido um momento melhor — prosseguiu ela, com um leve toque de humor. — Mas não posso ficar brava com ele por tentar lutar por mim. Nós temos uma longa história.

Pelo jeito como havia pronunciado a palavra "história", Sam entendeu que Beatrice via Connor como parte de seu passado, e não do futuro. Mas... ela não tinha acabado de cancelar o casamento com Teddy?

— Não estou entendendo — Sam deixou escapar. — Se você não vai escolher Teddy, por que não escolheu Connor?

— Eu escolhi *a mim mesma*!

Quando Beatrice se virou, havia um novo brilho repleto de confiança nos olhos. Sam se deu conta de que, ao se livrar de Robert, a irmã tinha tirado um peso esmagador das costas.

Sem aquele obstáculo, nada se interpunha entre Beatrice e o poder que era dela.

— Eu sou a rainha. Por definição, sou diferente dos onze reis que vieram antes de mim. Só que, assim que me casar com Teddy, não vou ser mais essa mulher.

— Por mais que se case com Teddy, você vai continuar sendo rainha — observou Sam.

— Vou ser uma rainha com um rei consorte. Não uma rainha reinando por conta própria. — Beatrice suspirou. — Papai sempre dizia para eu não me esquecer do poder do simbolismo. Que tipo de símbolo eu poderia ser se minha primeira ação como rainha fosse me casar?

Sua irmã tinha razão. Poucos símbolos eram tão poderosos quanto a Coroa. E a imagem de Beatrice sentada no trono, sozinha... poderia fazer toda a diferença.

— Bee. Que *rebelde* você está sendo! — comentou Sam com um sorriso incrédulo.

Beatrice balançou a cabeça.

— Eu me apaixonei por um cara que estava na lista de opções aprovadas por nossos pais. E, aliás, você também — acrescentou. — Não me parece uma atitude muito... rebelde.

Sam sentiu uma pontada de arrependimento ao ouvir a menção a Marshall.

— Não importa quem Teddy é. O que importa é que você escolheu *não* casar com ele. Você é uma noiva em fuga! Mal posso esperar para assistir à série de TV baseada nessa história — comentou, tentando arrancar um sorriso da irmã. — Contanto que não tenha Kelsey Brooke no papel principal.

— Uma noiva em fuga. — Havia um tom de medo na voz de Beatrice, como se só naquele momento percebesse a dimensão da decisão que estava tomando.

Sam segurou a mão da irmã.

— Como posso ajudar?

— Na verdade... tem, sim, uma coisa que você pode fazer por mim — disse Beatrice, bem devagar.

— É só pedir.

— O que acha de ocupar meu lugar na turnê real que eu deveria fazer com Teddy?

Sam arregalou os olhos.

— Vocês não vão fazer a turnê de recém-casados?

— Eu adoraria passar o verão viajando, mas preciso ficar aqui por um tempo e aprender a fazer o meu trabalho. — Havia um brilho nos olhos de Beatrice. — Além disso, já está na hora de você fazer uma turnê real, agora que é minha herdeira.

— Eu duvido que as pessoas queiram se encontrar comigo — Sam começou a dizer, mas Beatrice fez que não com a cabeça.

— Claro que querem, Sam. Você inspira as pessoas — respondeu ela veementemente. — Não só porque está com Marshall... embora fosse legal se nossa família começasse a ser um pouco mais parecida com o país que deveríamos unificar.

Sam mordeu o lábio, mas não ousou interromper.

— A monarquia tem mais de duzentos anos, e eu sou a *primeira* mulher a liderá-la. O mundo tem se tornado cada vez mais diverso, mas as mudanças na nossa família acontecem a passo de tartaruga! Não dá para continuar assim. Se quisermos sobreviver ao próximo século, precisamos encontrar uma maneira de manter nossa relevância — insistiu Beatrice. — Preciso de *você* para me ajudar a dar os próximos passos. Foi você quem se deu conta de que eu deveria andar até o altar sozinha. Você está mudando a forma como as pessoas enxergam nossa família. É capaz de detectar problemas que não vejo porque estou longe demais do mundo real para perceber.

Sam mudou o peso de um pé para o outro, atordoada.

— Tem certeza de que estou pronta? Nem terminei minhas lições com Robert.

Beatrice revirou os olhos.

— Esquece as lições dele. O importante é que você faça exatamente o que se espera de uma princesa.

— E o que seria isso?

— Ajudar as pessoas a acreditarem em si mesmas.

Sam fez que não com a cabeça.

— Eu não sei fazer isso.

— Claro que sabe. Foi o que você fez comigo — disse Beatrice com carinho.

Sam sempre se considerara a pária da família. Aquela que sentia uma satisfação perversa em quebrar as regras, só para provar como eram inúteis.

Será que toda aquela energia rebelde poderia ter alguma *utilidade*?

— Eu topo — respondeu ela em voz baixa, enquanto sentia a empolgação se espalhar pelo peito… por mais que, ao pensar em Marshall, se misturasse com pesar.

Ao ver a expressão de Sam, Beatrice deu um passo à frente. O imenso volume do vestido se moveu com ela, varrendo o chão com um silvo suave.

— O que houve?

— Marshall. A gente… brigou antes do casamento.

Beatrice pôs as mãos nas costas da irmã e lhe deu um empurrãozinho.

— Está esperando o quê, então? Ele ainda deve estar aqui.

♛

Sam correu pelo mar de pessoas que inundavam os corredores. Depois que Robert tinha confirmado que não haveria mais casamento — não naquele dia, pelo menos —, os convidados pareciam ansiosos para irem embora, como se ainda não confiassem na segurança do palácio. Como Sam não viu Marshall em meio à multidão, saiu cambaleante pelo pórtico da frente.

E ali estava ele, prestes a embarcar em um dos carros de cortesia do palácio.

— Marshall! — Ela correu para encontrá-lo, ainda de vestido marfim justo. — Preciso falar com você!

Ele ergueu a cabeça assim que ouviu o som da voz dela.

— Sam, não.

Só havia uma coisa a fazer.

Sam contornou a frente do carro até chegar ao lado do motorista. Esperava que o bando de convidados reunidos nos portões do palácio, fazendo comentários confusos e sussurrados a respeito do casamento, não a vissem.

— Pode sair — ordenou ao chofer.

— Vossa Alteza Real, sinto muito, mas não posso.

Sam endireitou a postura, adotando o mesmo tom majestoso e imperioso que tinha ouvido Beatrice usar.

— É uma ordem direta.

Surpreso, o motorista obedeceu e saiu do carro. As chaves estavam na ignição e o motor já estava roncando.

Sam levantou a cabeça a tempo de ver Caleb descendo os degraus do palácio às pressas, perseguindo-a.

— Desculpa — gritou ela, antes de entrar no carro e afundar o pé no acelerador.

— Sam! — berrou Marshall do banco de trás. — O que você está *fazendo*?

Ela saía em disparada pelo acesso da frente do palácio enquanto ajustava freneticamente os espelhos. Marshall tentou abrir a porta, mas Sam já tinha acionado a trava de segurança para crianças.

— Aperta o cinto — informou ela. — Vamos dar um passeio.

Tecnicamente, Sam não tinha carteira de motorista, porque nunca foi aprovada na parte da baliza. Ela só tinha permissão para dirigir seu jipe — ao qual se referia carinhosamente pelo nome Albert — nas estradas rurais perto de Sulgrave, e somente se o carro estivesse no centro de uma formação, com um veículo preto da segurança na frente e outro atrás.

Dirigir na capital, ainda por cima sem estar acompanhada do seu guarda, era definitivamente ilegal, mas era tarde demais para se preocupar com aquilo.

Sam virou outra esquina feito um raio. Estações de metrô e flâmulas coloridas passavam por eles num borrão. Ela não sabia para onde estava indo, só sabia que queria ficar o mais longe possível do palácio.

— Sam, você precisa parar!

— Só queria conversar — disse Sam em tom razoável, como se fosse normal que ela conduzisse um dos veículos do palácio.

Marshall bufou, indignado.

— Eu não tenho nada para conversar com você.

— Que ótimo, porque não é você que vai falar. Você vai ouvir.

Sam segurou firme o volante enquanto ultrapassava o sinal amarelo. As janelas eram escuras, então ninguém poderia olhar para dentro e descobrir que a motorista ensandecida voando pela Cumberland Street era ninguém menos que a próxima na linha de sucessão ao trono.

— Olha, é verdade que eu gostava do Teddy — admitiu ela. — A gente se beijou no ano passado, no Baile da Rainha, antes mesmo de ele *conhecer* a minha irmã.

Pelo retrovisor, ela viu Marshall cerrar os dentes.

— Isso não está ajudando em nada — observou ele.

— Quando Teddy ficou noivo da Beatrice, eu me senti… furiosa e rejeitada. Não tenho orgulho disso, mas pedi para que você começasse a me namorar por puro despeito. Porque eu queria machucá-lo tanto quanto ele tinha me machucado.

"Aí nós dois começamos a fingir ser um casal e, a certa altura, eu me esqueci por completo dele. Eu gosto *mesmo* de você, Marshall, e partia meu coração fingir um relacionamento com você. Antes de te conhecer, eu nem pensava direito nos caras com quem eu ficava. Nunca tinha a menor relevância..."

— Continua sem ajudar em nada — interrompeu ele, e Sam se encolheu.

— O que estou querendo dizer é que, com você, as coisas são diferentes. Tão diferentes que me assustam. No fim de semana passado, na carruagem... — Eles pararam em um sinal de trânsito, e Sam arriscou olhar de soslaio para Marshall. — Achei que tivéssemos combinado de não fingir. Achei que estivéssemos falando sério.

— Isso foi antes de eu descobrir que você estava me usando para ficar com o noivo da sua irmã!

— Eu não queria Teddy! — explodiu Sam. — Você precisa entender que eu nunca quis ele *de verdade*. Eu só queria que ele escolhesse a mim, em vez da Beatrice.

— Isso não faz o menor sentido — insistiu Marshall, embora seu tom fosse um pouco menos cáustico do que antes.

— Eu sempre tive inveja dela. — Sam manteve o olhar fixo à frente. Estavam em algum lugar do distrito financeiro, com edifícios corporativos monolíticos assomando dos dois lados da rua. — Fiquei obcecada por Teddy porque era mais fácil pensar nele do que no fato de que Beatrice seria a futura rainha enquanto eu não passava de uma inútil.

— Você não é inútil — retrucou Marshall.

— Eu até diria que gostaria de poder desfazer tudo que fiz, mas é mentira — concluiu ela. — Porque, se eu não tivesse pedido para você fingir ser meu namorado... por mais que os motivos fossem errados... eu nunca teria me dado conta de que queria ficar com você pra valer.

Um silêncio demorado se instalou entre os dois. Sam engoliu em seco. Ficaria tudo bem, disse a si mesma. Pelo menos tinha tentado.

Então, ela ouviu Marshall tirar o cinto de segurança com um clique. Ele apoiou a mão no banco da frente e começou a escalar o console central.

— *Sério mesmo?* — Sam desviou para mudar de faixa, evitando, por pouco, colidir com um táxi. Um coro de buzinas raivosas os repreenderam.

— Foi mal. — Marshall se acomodou no banco do carona. — Mas, se é para termos essa conversa, preciso ver seu rosto.

— Eu... tá.

— Sam, tudo isso que você acabou de falar foi sincero? — perguntou ele.

Ela lhe lançou um olhar temeroso, mas era impossível ler a expressão no rosto dele.

— É claro que sim — respondeu ela. — Estou cansada de fingir, de atuar. E vou entender se você não conseguir me perdoar. Eu só... precisava dizer tudo isso antes que você volte para Orange e eu nunca mais te veja.

Marshall virou-se para olhar pela janela. Por um instante dilacerador, Sam achou que ele fosse terminar com ela. Então, preparou-se para se despedir.

— Estaciona ali. — Ele apontou para o fim do quarteirão, onde uma placa azul anunciava ESTACIONAMENTO PÚBLICO.

— O quê? Por quê?

— Porque — disse Marshall, e agora havia um toque de frustração na voz — não dá pra te beijar direito enquanto você dirige, e já passamos por isso na carruagem. Nossa, *por que* a gente vive tendo esse tipo de conversa dentro de veículos apertados em movimento?

Sam nunca dirigiu tão mal na vida. Ela saiu cortando as faixas e esbarrou no meio-fio antes de entrar no estacionamento — tudo isso só com a mão esquerda, já que a direita não parava de procurar por Marshall. Ela arrumou uma vaga no segundo andar e parou na diagonal, desligando o motor.

Eles se desvencilharam do cinto de segurança em questão de segundos. As luzes internas do carro se apagaram e o estacionamento foi dominado pelas sombras, mas a escuridão não os desacelerou. Sam se apoiou tanto em Marshall que estava quase no colo dele, agarrando-o pelo pescoço para segurá-lo bem firme.

— Meu Deus — sussurrou ela com uma risada —, onde a gente está?

— Não dou a mínima — respondeu Marshall, debruçando-se sobre o console central para beijá-la.

Ele enredou as mãos no cabelo dela. Sam emitiu um som gutural, suplicante e angustiado, um som que nunca tinha ouvido escapar de seus lábios. Então, agarrou Marshall pelos ombros e o puxou impacientemente para a frente...

A buzina do carro ecoou, ensurdecedora, pelo interior do estacionamento.

Os dois se separaram, risonhos e ofegantes, sem se importar que alguém pudesse vê-los. Sam levantou a cabeça e viu que Caleb estava parado atrás do carro, de braços cruzados. Ficou bem claro que ele tinha perseguido o casal em um dos outros veículos do palácio. A mandíbula do guarda estava contraída no que devia ser uma expressão severa, mas Sam viu a mistura de ternura e diversão que havia por trás.

Ela se mexeu no assento, e a costura do vestido marfim pressionou a lateral de seu corpo. De repente, Sam se perguntou o que aconteceria a seguir.

Durante meses, toda a atenção de Sam estivera voltada para aquele dia. Primeiro, porque se ressentia de Teddy e Beatrice. Depois, porque a data havia se tornado um prazo — já que ela e Marshall tinham combinado apenas que ele seria seu par no casamento, e Sam não fazia ideia do que aconteceria depois do casamento.

— Então... estamos bem? — perguntou ela, pois precisava ouvi-lo dizer em voz alta.

Marshall assentiu.

— Estamos bem. — Um brilho de diversão iluminava seus olhos. — Não posso ficar bravo com você e sua missão ridícula de fazer ciúmes em Eaton. Não quando foi graças a isso que a gente se encontrou.

O alívio tomou conta do peito de Sam.

— E agora? — perguntou ela. Como se começava a namorar alguém pra valer, depois de todo um relacionamento de fachada? Precisariam recomeçar tudo do zero e voltar ao primeiro encontro?

Marshall a olhou, como se ouvisse os pensamentos que giravam na cabeça dela. Ele estendeu a mão e ela a pegou, entrelaçando os dedos.

— Estava aqui pensando... Que tal voltarmos para Orange esse verão? — perguntou ele. — Ainda tem muita coisa pra fazer: quero fazer caminhadas com você e te levar para conhecer as praias de Malibu, e Rory disse que quer sair com a gente. Ela é muito sua fã — acrescentou ele com um sorriso.

Sam se empolgou com a ideia, mas então se lembrou da promessa que tinha acabado de fazer.

— Na verdade, Beatrice quer que eu faça a turnê real no lugar dela. A que ela e Teddy deveriam fazer.

Sam acabou revelando mais do que pretendia, mas sabia que podia confiar em Marshall. Ele assentiu e não insistiu para saber mais detalhes.

— Você deveria ir mesmo, claro — concordou. — Mas sua turnê vai passar por Orange, não vai?

— Acho que sim. — Se não passasse, pensou Sam, ela teria que acrescentar mais algumas paradas.

— Então é isso. Mal posso esperar para mostrar tudo a você. — Os olhos de Marshall se iluminaram com um brilho travesso enquanto ele abria a porta do passageiro. — Enquanto isso, que tal trocarmos de lugar? Não me leve a mal, mas você é uma péssima motorista.

— Eu sei — concordou Sam. — Quando a gente passear por Malibu, deixo você dirigir.

Marshall riu e apoiou a mão no console enquanto a puxava para lhe dar outro beijo, mais breve e mais apaixonado.

— Por que o beijo? — perguntou ela, meio perdida, depois que se separaram.

Marshall a encarou como se a resposta fosse óbvia.

— Por ser *você*, Sam. Sou completamente louco por você.

Por ser você. A simplicidade daquilo a impressionou.

— Também sou louca por você, Marshmallow.

Marshall protestou com um gemido agudo.

— *Marshmallow?*

— Já estava mais do que na hora de você ter um apelido para chamar de seu. — Ela sorriu para ele. — Mas é melhor não ir se achando por isso.

42

NINA

Nina desceu correndo os degraus até o jardim dos fundos do palácio. A algumas dezenas de metros de distância, no final de um caminho de laje, ficava a garagem da família real. Ela não tinha permissão para entrar naquele lugar, tecnicamente, mas não tinha a menor condição de encarar a entrada principal naquele momento, cheia de convidados ultrajados e motoristas desnorteados e curiosos se esmagando nervosamente contra os portões da frente.

Ela sabia como acessar o armário trancado onde os manobristas guardavam as chaves. E Sam não se importaria se Nina pegasse seu carro emprestado.

— Nina, espera!

Ela levou um susto ao ouvir o som da voz de Ethan, mas era de se esperar. Claro que ele a encontraria. Ethan também conhecia todas as saídas do palácio e sabia exatamente por onde ela tentaria escapar caso se sentisse encurralada.

Como Nina não se virou, ele desceu correndo os degraus de pedra atrás dela.

— Você está bem? — gritou, com uma preocupação inconfundível.

Nina bateu o salto no chão e deu meia-volta, enquanto o cabelo voava em seus olhos.

— Me deixa em paz!

Ethan arregalou os olhos. Nina o odiou por ficar tão lindo de smoking. A luz do sol batia no preto arroxeado de seu cabelo, ligeiramente encaracolado na altura da nuca.

— O que aconteceu?

— *Daphne*! Sua namorada secreta, ou ex-namorada secreta, ou o que quer que vocês sejam! Aliás, foi ela que contou para aquela repórter que nós estávamos juntos.

— Eu sei — disse Ethan em voz baixa.

Nina sentiu uma onda momentânea de satisfação por ele ter acreditado nela — ao contrário de Jeff, que se recusava a ouvir qualquer palavra contra Daphne —, mas o sentimento logo evaporou.

— Por favor, Nina, me deixa explicar. — Ethan desceu correndo os últimos degraus para alcançá-la. — Não vai embora só porque Daphne te assustou.

— Assustou? — repetiu Nina, magoada. — Eu estou é morrendo de raiva e me sentindo traída. Não cometa o erro de confundir uma coisa com a outra.

Ethan hesitou, reprimido. A luz do sol iluminava as feições dele e realçava as manchinhas cor de âmbar dos olhos. Ela engoliu em seco, desejando não ter que fazer a próxima pergunta.

— Você só me chamou pra sair porque ela pediu?

Ethan passou alguns instantes em silêncio e depois assentiu, arrasado. Ao ver a reação de Nina, apressou-se em explicar.

— Olha... Daphne pediu que eu flertasse com você, sim. Estava com medo de que, se você passasse tempo demais perto de Jeff, vocês voltassem. Foi quando ela me pediu para intervir. Mas, Nina, eu nunca...

— E por que ela pediria isso para *você*? — interrompeu Nina. — O que fez com que ela achasse que você obedeceria? Ela disse que você a ama há anos!

Ethan fechou os olhos.

— Eu a *amei* por anos.

As palavras foram sussurradas, mas, para Nina, cada sílaba parecia um grito. Ela recuou, horrorizada.

— Como você conseguiu sentir alguma coisa por ela? Ela é péssima!

— Ela fez um monte de coisas péssimas — concordou Ethan, e Nina não pôde deixar de notar como ele havia formulado a resposta.

Uma sensação nauseante de *déjà vu* a dominou. Era exatamente a mesma coisa que tinha acontecido na festa de noivado de Beatrice, quando tentou falar com Jeff a respeito de Daphne. Só que, agora, era quase *pior*, porque Ethan sabia o que ela fizera e, mesmo assim, a defendia.

— Nina, por favor, não me julgue pelas coisas que aconteceram no meu passado. Isso não é justo — protestou Ethan. — Não tenho orgulho dos meus motivos iniciais para passar tempo com você. Mas agora tudo é diferente! *Eu* sou diferente!

— Se você começou a passar tempo comigo só porque *Daphne* pediu, então você não mudou tanto assim. — Um misto de orgulho e indignação inflamou as bochechas de Nina. — Como você foi capaz de tê-la amado?

— Eu achava que nós fôssemos iguais...

— Porque vocês manipulam as pessoas como peças de xadrez no tabuleiro particular dos dois?

Ethan se encolheu e enfiou as mãos nos bolsos, sem jeito.

— Porque nós dois estávamos do lado de fora e queríamos entrar — confessou ele, infeliz. — Eu percebia a energia dela, a determinação para conquistar tudo o que queria. É a mesma determinação que eu sempre tive. Ou tinha — acrescentou, falando mais baixo. — Nina, você sabe o quanto eu sempre quis encontrar o meu lugar.

— Então, quando ela pediu para você "intervir" — Nina levantou as mãos, furiosa, para fazer aspas imaginárias —, por que você aceitou? Não parou pra pensar que eu sou uma pessoa de verdade, com *sentimentos*?

— Para início de conversa, nunca pensei que a gente chegaria tão longe, tá? Pensei que fôssemos sair só algumas vezes, só para provar que saí. Eu mal te *conhecia* naquela época. A única coisa que eu lembrava era que, de vez em quando, você podia ser meio sabe-tudo. — Ethan deu de ombros, sem forças. — Mas você me surpreendeu, Nina. Não era o que eu imaginava, e eu só queria te conhecer mais e mais.

Nina odiava o jeito como sua mente insistia em vasculhar suas memórias. Quantas delas eram verdadeiras?

Ela cruzou os braços, sentindo frio apesar da luz do sol.

— Naquela noite, quando você me acompanhou ao dormitório e a gente se beijou — ela se ouviu dizer. — A ligação era dela?

— Eu... foi — admitiu Ethan. — Era dela.

Nina puxou a gola do vestido, desejando poder se livrar daquela roupa que a aprisionava.

— Então você estava pensando nela o tempo todo.

— Eu estava pensando em *você*!

A intensidade no tom de voz dele a deixou sem palavras. Ethan engoliu em seco e prosseguiu, em voz baixa:

— Estava pensando que não merecia você. Nina, não sou tão confiante quanto você. Não fui capaz de crescer ao lado da família real sem sentir o tempo todo que eu valia *menos* do que eles, que precisava provar meu valor. Achei que, se eu seguisse em frente, mantendo o foco no passo seguinte... o próximo curso avançado, a próxima bolsa de estudos, o próximo degrau na escada social... mais cedo ou mais tarde, chegaria ao topo.

— No topo de onde? — questionou ela. — O que você *queria*, Ethan?

— Eu queria me sentir merecedor. Queria sentir que havia conquistado as coisas por conta própria e era tão digno de ter tudo aquilo quanto qualquer outra pessoa.

Por "qualquer outra pessoa", Nina sabia que ele se referia a Jeff.

— Mas, Nina, você me fez sentir que eu *mereço* as coisas. Não pelas minhas conquistas, mas por ser quem eu sou. Ninguém nunca me olhou do jeito que você olha para mim... como se, de fato, gostasse de *mim*, como eu sou, sem desculpas nem complicações. Você me faz querer ser uma pessoa melhor, só de estar do seu lado.

O coração de Nina martelava em seu peito. Ela virou a cabeça e olhou para as folhas do pomar, que emitiam um brilho dourado sob a luz do sol. A fragrância das maçãs se misturava com o cheiro intenso da terra molhada pela chuva da noite anterior.

— Quanto tempo? — Ao ver o olhar confuso de Ethan, ela explicou: — Por quanto tempo você ficou obcecado pela Daphne?

— Um tempão — disse ele, sem rodeios. — Por quanto tempo você ficou obcecada pelo Jeff?

Ela se retesou.

— Não é justo.

— Talvez não seja. Mas você não entende? Nós dois fomos feitos um para o outro! Não importa o quanto isso seja absurdo, não importa quantos anos passamos correndo atrás de outras pessoas... No fim das contas, nós nos encontramos. Por favor, não use o meu passado contra mim. É *você* quem eu quero. Não Daphne.

Bem de longe, Nina ouvia o burburinho das conversas. Os rumores sobre o casamento já deviam estar se espalhando pela capital. Aquela era Washington, pensou ela: tão cheia de gente, tão ávida, tão impiedosa.

Ela olhou nos olhos de Ethan. O rosto dele parecia pálido e vulnerável à luz da tarde.

Nina não se conteve: deu um passo à frente e deixou-se envolver nos braços dele.

Ethan soltou um ruído abafado e lhe deu um abraço bem forte: não como se quisesse beijá-la, mas como se quisesse ter certeza de que ela ainda estava ali, de que não tinha saído às pressas e o abandonado.

— Por favor, acredita em mim — murmurou ele, e Nina sentiu a determinação se esvair. Ela amava sentir a respiração de Ethan contra a pele.

— Eu acredito em você — disse ela por fim, desvencilhando-se dos braços dele.

Ethan abriu um grande sorriso, aliviado, mas logo murchou ao ver a expressão no rosto de Nina.

— Eu acredito em você, mas isso não significa que eu esteja pronta para confiar em você — explicou. Não dava para confiar tão facilmente depois de saber que, a princípio, ele só havia se aproximado dela para seguir as ordens de *Daphne*.

Ethan balançou a cabeça.

— Você não percebe? Era exatamente isso que Daphne queria. Ela atacou você assim porque *queria* que a gente terminasse!

— Igual quando ela me separou de Jeff no último grande evento do palácio? Eu diria que a história está se repetindo, mas, a essa altura do campeonato, já entendi que esse é o *modus operandi* dela!

— Ela pode ser... implacável quando se trata de pessoas que gosta — concordou Ethan.

— Acho que você quer dizer "quando se trata de pessoas que se interpõem entre ela e os objetivos que ela quer alcançar". — Nina mordeu o lábio. — Sabe, eu vivia me perguntando por que você e Jeff nunca saíam com tantas pessoas, mesmo quando ele não estava mais com ela. Agora eu entendo o motivo! É porque Daphne acha que vocês dois pertencem a ela. Toda vez que um de vocês se aproxima demais de outra pessoa, ela logo aparece para afugentar. E a pior parte é que vocês *deixam*!

Aquilo doeu mais do que qualquer outra coisa: perceber que, no fim das contas, os únicos dois homens que Nina já tinha amado na vida comiam na palma da mão de Daphne.

Ela era tipo uma aranha, bonita e traiçoeira, envolvendo as pessoas em sua teia com tanta destreza que elas só percebiam o que estava acontecendo quando já era tarde demais.

— Por favor, não deixe que ela fique entre a gente — repetiu Ethan. — Deve ter alguma coisa que eu possa fazer para provar que mudei.

Os olhos de Nina ardiam. Ela abaixou a cabeça e olhou para a trilha, acompanhando com o pé a rachadura que atravessava uma das pedras.

— Eu só... preciso de um tempo.

— Claro — concordou ele. — Vou fazer de tudo para consertar as coisas, mostrar que...

— Preciso de um tempo sozinha, Ethan.

Nina precisava pôr as coisas na balança: tudo que ela e Ethan tinham feito, os erros que os dois tinham cometido. O papel que Daphne e Jeff desempenhavam em tudo aquilo.

Ela sentia um embrulho no estômago só de pensar em como a história dos quatro havia se entrelaçado.

— Eu entendo — disse Ethan, com um tom de voz surpreendentemente formal. — Leve o tempo que precisar levar. Eu só espero... que você decida vir me procurar, depois de tudo.

Ele recuou um passo, aumentando a distância entre os dois. Nina precisou lutar contra o impulso de abraçá-lo de novo.

— A gente se vê — respondeu ela, sentindo um nó na garganta.

Depois, ela deu meia-volta e endireitou os ombros enquanto atravessava o jardim em direção à garagem. Sabia que Ethan a observava, mas não se atreveu a olhar para trás.

E, de alguma maneira, enquanto caminhava, cada novo passo se tornava um pouco mais fácil do que o anterior.

43

SAMANTHA

Naquela mesma tarde, Samantha subiu a escada para o dormitório de Nina. Usava um par de óculos escuros imenso e um cachecol, por mais que, com o fim do semestre, o campus estivesse tão vazio que ela quase não precisasse se disfarçar.

Depois que os últimos convidados tinham deixado a sala do trono, ainda perplexos, o palácio ainda estava em polvorosa. A mãe de Sam havia se recolhido aos próprios aposentos, atordoada e emocionalmente esgotada por conta de todos os acontecimentos do dia. Enquanto isso, a assistente de Robert, Jane — que tinha sido promovida a Lady Conselheira sem mais nem menos —, não parava de repetir a mesma coisa à imprensa: "O palácio não está preparado para fazer qualquer declaração no momento. Avisaremos quando tivermos planos de seguir adiante com o casamento." E isso, é claro, só serviu de combustível para os rumores.

Ao chegar à porta do quarto de Nina, Sam bateu uma, duas, três vezes, marcando a senha que tinham inventado quando eram pequenas. Quando a porta se abriu, não era Nina que estava do outro lado, mas Julie, uma das mães da amiga.

— Ah... oi — disse Sam, surpresa. Ela olhou para trás de Julie e viu que toda a família estava reunida: as três empacotavam as coisas de Nina.

— Samantha. Que bom ver você. — Com um sorriso, Julie segurou a porta para que ela passasse.

Sam adorava como as mães de Nina sempre a chamavam pelo primeiro nome — e como não fofocavam. Nem perguntaram o que tinha levado ao cancelamento do casamento aquela manhã. Elas simplesmente a tratavam como qualquer amiga normal da filha.

— Sam? — Nina estava ajoelhada no chão, dobrando de má vontade um suéter em cima do colo. Sam se divertiu ao notar que ela e a amiga estavam usando a mesma calça de moletom com estampa de leopardo que tinham comprado juntas no outono anterior.

Nina se levantou e deixou o suéter cair no chão. Isabella — que estava perto da janela, fechando uma enorme caixa de papelão com fita adesiva — observou a filha ir até Samantha e lhe dar um abraço.

Era um abraço do qual Sam precisava tanto quanto Nina. Depois de tudo que tinha acontecido aquele dia — o estranho turbilhão do quase-casamento de Beatrice e o passeio de carro caótico com Marshall —, ela se sentia desorientada. Como se ainda sofresse as consequências de uma tempestade emocional.

Quando as duas se separaram, Sam estudou o rosto da amiga. Nina parecia chateada, com os olhos maiores e mais inexpressivos do que o normal, mas ela ainda arriscou um meio sorriso pesaroso.

Sam não tinha certeza do que havia acontecido com a amiga mais cedo, mas, o que quer que fosse, suspeitava que tivesse algo a ver com Ethan. Ou talvez Jeff. A única certeza era que Caleb tinha visto Nina correr, à beira das lágrimas, antes de aparentemente sair da garagem às pressas com o carro de Samantha.

— Desculpa pegar o Albert emprestado — disse Nina, lendo os pensamentos dela. — Está estacionado na vaga vinte e três. Posso ir lá buscar agora, se quiser.

— Não. Quer dizer... pode ficar com ele. Não me importo. — Sam olhou ao redor do quarto. Parecia estranhamente triste assim, desprovido de tudo que lhe dava personalidade: os murais de fotos coloridos, as caixas de joias de vinil onde Nina guardava seus anéis de festa. Agora, restavam apenas paredes brancas e vazias, uma iluminação fluorescente nada lisonjeira e alguns cabides pendurados no armário vazio.

O campus todo parecia abandonado. Ainda havia algumas pessoas por ali: pais arrastando malas para o carro, alunos que tinham deixado para esvaziar os quartos no último minuto, antes que a administração da faculdade os transferisse para o curso de verão. De maneira geral, o silêncio ainda reinava na King's College.

— Queria ver como você estava — prosseguiu Sam. — Está tudo bem?

— Julie... — chamou Isabella, lançando um olhar significativo para a esposa. — A gente vai precisar de mais algumas caixas. E fita adesiva. Vamos lá fora pegar?

— Boa ideia. A gente já volta — anunciou Julie, enquanto jogava a bolsa sobre o ombro e se encaminhava para a saída.

Quando a porta se fechou, Nina subiu no colchão sem lençol e se sentou de pernas cruzadas. O ventilador de teto estalava, elevando o ar do quarto antes de deixá-lo descer de novo.

Hesitante, Sam sentou-se do outro lado da cama.

— Aconteceu alguma coisa hoje?

— Ethan — admitiu Nina, e a dor expressa naquele nome fez Sam ficar na defensiva imediatamente.

— Ele te machucou? — gritou ela. — Devo mandar Caleb dar umas porradas nele? Ou Beatrice, ela pode exilá-lo para o Canadá, ou...

Nina a interrompeu com uma risadinha contida.

— Calma, Sam. Ethan pode ter me machucado, mas não sei se quero que ele vá embora.

— O que aconteceu? Vocês terminaram?

— Não sei bem. — Nina puxou um travesseiro para o colo e o abraçou. — Eu preciso de um tempo para entender tudo que aconteceu.

— Sinto muito — sussurrou Sam, com toda sinceridade do mundo. Por mais que tivesse achado toda aquela história com Ethan esquisita a princípio, por mais que não tivesse entendido totalmente, tudo que ela queria era que a amiga fosse feliz. Parecia injusto que Nina se sentisse tão confusa e angustiada justo agora que o relacionamento de Sam e Marshall estava indo às mil maravilhas. — Quer conversar sobre isso?

— É uma longa história. Não sei se estou pronta para contar, por enquanto.

A leve irritação na voz de Nina desencorajou Sam de insistir. Ela assentiu enquanto colocava a mão sob o bracelete — da coleção de Joias da Coroa, que tinha se esquecido de devolver — e o deslizava para cima e para baixo no antebraço. Os diamantes lhe davam um arrepio delicioso na pele.

— Eu quero perdoá-lo — acrescentou Nina, tão baixinho que mais parecia um sussurro. — Eu só... tenho medo de me machucar de novo. Queria ser tão corajosa quanto você.

— Não é para tanto.

— Você é a pessoa mais corajosa que eu conheço!

— É fácil dar essa impressão quando não nos importamos com o que as pessoas pensam da gente. Isso não tem nada a ver com coragem, é só imprudência — avaliou Sam em voz baixa. — Sei bem a diferença entre uma coisa e outra.

Nina olhou para ela de relance.

— Mas você se importa com o que as pessoas pensam de você, *sim*, Sam. Você só *finge* que não liga.

Sam suspirou. As consequências que uma farsa podia ter era uma lição que Sam já tinha aprendido vezes demais.

— Talvez seja inevitável acabar se machucando ao se envolver com alguém. Talvez seja impossível gostar tanto de uma pessoa sem que ela nos machuque, mais cedo ou mais tarde — comentou ela em voz baixa. Sem dúvida, Sam e Marshall causaram sofrimento um ao outro, independentemente de toda a felicidade que compartilhavam. O mesmo se aplicava a Beatrice e Teddy.

Como era mesmo o ditado? O amor e o sofrimento andam de mãos dadas, algo assim.

Nina assentiu, lentamente. Parecia pensativa, concentrada nos próprios sentimentos.

— É muito mais fácil acreditar nas coisas, acreditar nas *pessoas*, quando a gente lê sobre elas nos livros. Os personagens fictícios são tão mais seguros. Já os reais... Não sei como lidar com eles.

Sam deixou-se cair até a cabeça repousar no colchão da amiga, entrelaçando os dedos sobre a barriga. Ao seu lado, sentiu Nina fazer a mesma coisa.

As duas olharam pela janela e contemplaram o azul do céu, salpicado de nuvens fofas.

— Lembra quando a gente ficava olhando as nuvens? — perguntou Nina.

Sam concordou com a cabeça, e o movimento produziu um leve crepitar de seus cachos carregados de spray. Ela e Nina gostavam de se esparramar na casa da árvore que havia no pomar e dar nomes às formas que viam deslizando lá no alto: pássaros, estrelas, rostos sorridentes que se desfaziam e se recompunham de acordo com o vento.

Ainda deitada, Nina se virou de lado.

— Eu sempre fingia que todas eram barcos, tipo navios piratas que navegavam pelo céu. Gostava de imaginar que, um dia, acabaria embarcando em um e viajaria sem rumo para viver uma história épica.

— Sério?

— Ao longo do último ano, sinto que vivi *mesmo* uma história assim. Namorei o irmão da minha melhor amiga, que por acaso é um *príncipe*, e, depois, o melhor amigo dele! — Nina suspirou. — Quando sonhava em viver uma história, a protagonista era sempre *eu*. No fim das contas, não saiu como o esperado.

Sam continuou encarando o céu, com as nuvens que — agora ela que pensava a respeito, eram mesmo parecidas com navios — navegavam serenamente. Doía saber que Nina ainda se enxergava daquela maneira: uma coadjuvante na história de outra pessoa.

Nina era inteligente e autoconfiante demais para interpretar o papel da donzela resignada a esperar que *alguém* viesse resgatá-la. Ela deveria ser a heroína da própria história.

Sam já não tinha sentido algo semelhante? Havia passado anos em conflito com a própria identidade porque sempre definia a si mesma em relação aos outros — a um garoto qualquer, ou ao irmão, ou, acima de tudo, em relação a Beatrice. Desde o início, na verdade, tudo que ela precisava era descobrir quem era, por conta própria.

Uma ideia lhe ocorreu e ela se sentou abruptamente.

— Nina... quer participar de uma turnê real comigo?

A amiga também se levantou, passando a mão pelo cabelo.

— Uma turnê real?

— Com o adiamento do casamento, Beatrice me pediu para participar de uma turnê real no lugar dela, durante o verão. Vamos — implorou Sam. — Você disse que precisava de tempo para entender as coisas! Quer jeito melhor de fazer isso do que viajando com sua melhor amiga?

— Mas... o que você vai fazer durante esse tempo?

— Conversar com as pessoas.

Parecia simples, embora não fosse. Havia *muita* gente por aí — no mundo, é claro, mas também bem ali, naquele país —, pessoas que queriam coisas diferentes. Algumas prosperavam na incerteza; outras buscavam a estabilidade. Algumas se alimentavam de sonhos; outras eram práticas até dizer chega. Algumas queriam que o governo se encarregasse de tudo; outras, que o governo os deixasse em paz.

O trabalho de Beatrice — e, agora, também o de Sam — era entender todas essas pessoas. Apesar de todo aquele conflito de desejos, pontos de vista e opiniões, ela precisava achar uma maneira de trabalhar em benefício de *todos*.

Pensar nisso provocou uma sensação estranha em seu peito, como se seus ossos se alongassem e se remodelassem, ou talvez o *mundo* estivesse se esticando e puxando-a como um elástico gigante.

Lá fora, no pátio, o vento acariciava as árvores. Sam imaginou o som como um sussurro que as incitava: *vão, vão, vão*.

Ela e a melhor amiga ainda tinham muito sobre o que conversar. Sam estava ansiosa para despejar todas as notícias: que ela tinha disparado o alarme, que ela e Teddy tinham feito as pazes e que, por causa disso, acabou tendo que resolver um mal-entendido com Marshall. E queria saber o que tinha acontecido entre Nina e Ethan.

— Já está mais do que na hora da gente viver uma aventura — insistiu Sam, e notou que os olhos da amiga brilharam ao ouvir aquela palavra.

— Eu e você, viajando juntas durante o verão inteiro — disse Nina devagar, enquanto um sorriso se abria nos lábios. — Que loucura.

— Doideira total — concordou Sam.

— Eu não tenho a menor chance de conseguir manter você na linha.

— Tenho certeza de que você vai se arrepender no meio do caminho.

— Pode acreditar, eu *já* estou me arrependendo — respondeu Nina, sorrindo ainda mais.

Sam soltou um gritinho de empolgação.

— Isso é um sim? Você vem comigo?

Para seu alívio, Nina riu. Então, ela se juntou à amiga: um riso travesso e exultante, de cumplicidade, do jeito que sempre riam quando eram crianças e sabiam que estavam prestes a aprontar.

— Sim, eu vou — declarou Nina por fim, enxugando os olhos. — Você tem razão sobre uma coisa: já está mais do que na hora de a gente viver uma aventura.

44

DAPHNE

Daphne estava no quarto quando o carro oficial parou em frente à sua casa. Embora estivesse sem as bandeiras americanas que tremulavam perto dos faróis, ela o reconheceu como um dos veículos da frota real.

Jefferson tinha vindo visitá-la.

Por algum motivo, ela não se afastou da janela. Era como se seus saltos agulha tivessem criado raízes, enroscando-se no tapete e nas tábuas do assoalho para deixá-la plantada naquele lugar para sempre, como a dríade que havia inspirado seu nome.

— Daphne! — Sua mãe escancarou a porta e cruzou o quarto em alguns passos rápidos. — Você precisa descer. O príncipe está aqui.

Daphne se deu conta de que uma mistura de avidez e crueldade distorcia as belas feições de Rebecca. Seu pai entrou logo em seguida. Ele pigarreou, mas, como nenhuma das duas lhe deu qualquer atenção, ficou em silêncio.

— O que aconteceu? — A mãe semicerrou os olhos verdes brilhantes. — Você está com uma cara péssima.

— Só estou cansada.

Rebecca segurou a filha pelos ombros e a conduziu até a penteadeira, que estava cheia de maquiagens e pincéis — uma imensa tapeçaria de ilusão. Ela pegou o queixo da filha, erguendo seu rosto, aplicou um pouco de rímel para escurecer os cílios e pintou os lábios de vermelho-escuro. Daphne deixou, imóvel. Os movimentos da mãe eram tão hábeis e rápidos quanto o de qualquer maquiadora, um legado de seus tempos de modelo de passarela.

Ao recuar, Rebecca olhou friamente para a filha.

— Está melhor — resmungou ela.

Daphne ergueu a cabeça para se ver no espelho. Ali estava, com a beleza fatal de sempre, o cabelo caindo em suas costas como uma chama avermelhada.

A visão de seu próprio reflexo deveria ter levantado seu ânimo, mas, pela primeira vez, não foi o que aconteceu.

Ao descer, encontrou o príncipe esperando no hall de entrada.

— Sinto muito — murmurou ela.

A realeza jamais esperava por *ninguém*.

— Daphne! Que bom que você está em casa — respondeu ele, seguindo-a até a sala.

Por força do hábito, Daphne afundou no sofá, e o príncipe se sentou ao lado dela. Estava se sentindo estranhamente vazia, como se tivesse sido raspada por dentro com uma navalha e tudo que lhe restasse fosse uma bela casca.

Não que Jefferson notasse a diferença. Ele só enxergava a casca, Daphne nunca lhe mostrara nada além daquilo.

Os dois conversaram um pouco sobre o casamento e o susto que todos tomaram quando o alarme disparou. Daphne mal conseguia acompanhar o que ele dizia, mas, de alguma maneira, conseguiu assentir com a cabeça nos momentos apropriados e murmurar respostas vagas.

— Estou feliz por você ter sido minha acompanhante hoje, mesmo que o casamento em si não tenha acontecido — dizia Jefferson, e então ela voltou a se concentrar. — Sei que você queria que fôssemos como amigos. Que você não queria voltar comigo a não ser que fosse pra valer. E... andei considerando.

A boca de Daphne, tão meticulosamente realçada pelo batom que a mãe havia aplicado, se abriu de tanta surpresa, mas ela tratou de fechá-la logo. Do outro lado da porta que dava para o corredor, ouviu o som de passos abafados e um silvo de emoção. Os pais se sentiram no direito de escutar a conversa. Afinal, aquele era o momento de grande triunfo da família.

— É mesmo? — ela conseguiu dizer.

Jefferson lhe lançou aquele sorriso radiante e principesco.

— Você é incrível, Daphne. Você me trata tão bem, tem tanto carinho pelas pessoas que eu gosto... Sei que as coisas entre a gente não eram tão sérias antes... quer dizer, *eu* não levava as coisas a sério como deveria — corrigiu-se ele, todo atrapalhado. — Eu era burro e imaturo. Não valorizava nada, muito menos você. Depois de tudo que aconteceu, aprendi minha lição. Estou pronto agora. Dessa vez, vou levar nós dois a sério.

Daphne não entendia por que sua garganta estava seca feito uma lixa. Jefferson não pareceu notar, estava ocupado removendo o anel de sinete de ouro que sempre usava no dedo mindinho.

Era pequeno, bem menor do que o anel imenso com o Grande Selo que o pai havia usado e que, no momento, era da rainha Beatrice. Era um sinete de família, com o emblema dos Washington — uma letra W encimada por uma fileira de estrelas — gravado na superfície plana e redonda do ouro. Além de Jefferson, apenas seu tio Richard podia usá-lo.

As paredes pareciam se encolher ao redor dela. Por mais que tentasse encher os pulmões de ar, Daphne não conseguia respirar.

Jefferson pegou a mão dela e depois parou, como se tivesse se dado conta de que deveria pedir permissão.

— Eu te amo, Daphne — disse Jefferson, e ela compreendeu que, naquele momento, ele estava falando sério... sério *mesmo*, bem mais do que todas as vezes que dissera aquilo quando namoravam no ensino médio. — Eu estava... esperava... você gostaria de usar o meu anel?

Ela se sentia cambaleando à beira de um imenso precipício, como se finalmente tivesse conquistado o pico daquela montanha que havia passado a vida inteira escalando. E, agora que estava no topo, não sabia nem por que tinha subido em primeiro lugar.

Quando Daphne mostrasse ao mundo aquele anel, todos saberiam que ela e Jefferson estavam juntos de novo. Mais do que isso, até. Que eles estavam *jurados* um ao outro, que tinham chegado a um acordo. Um anel de sinete não era um anel de noivado, mas aquele W sem dúvida a marcava como uma Washington.

Assim que os paparazzi tirassem uma foto de Daphne com aquele anel, seu mundo mudaria completamente.

As pessoas começariam a fazer apostas para ver quem acertaria a data do noivado ou qual nome dariam aos filhos. Fabricantes de porcelana discretamente dariam início à produção de seus modelos, na esperança de serem contratados para lançar seu conjunto comemorativo de casamento. Daphne se tornaria o olho de um vertiginoso furacão de especulações.

E, um dia, quando se casassem, ela conquistaria o topo da hierarquia social e se tornaria a terceira mulher mais importante de todo o reino. Todos seriam obrigados a se curvar diante dela — menos, é claro, Samantha e Beatrice.

Era tudo pelo que lutara durante todos aqueles anos, seu maior momento de triunfo. Mas, mesmo assim, parecia que seus pulmões haviam congelado. Ela não sabia como dizer sim. Não sabia como aceitar o anel e tudo que ele representava.

Como uma marionete puxada por cordas, Daphne levantou a mão esquerda, que tremia bem de leve.

Ela congelou, incapaz de se mexer, enquanto Jefferson deslizava o sinete pelo seu dedo anelar. O anel, que ainda estava quentinho por conta do calor da pele do príncipe, passou com facilidade pelas juntas até se acomodar na base de seu dedo.

— Obrigada — disse ela, embora tivesse saído tão baixo quanto um sussurro. — Eu não... não esperava.

Jefferson entrelaçou os dedos com os dela e apertou sua mão.

— Eu te amo, Daphne — repetiu o príncipe. — Desculpa ter levado tanto tempo para entender... E por tudo que eu te fiz passar... Prometo que as coisas serão diferentes dessa vez. Nós temos um ao outro, e isso é o mais importante.

Nós temos um ao outro. Jefferson não tinha mais ninguém, porque Daphne tinha afastado todo mundo dele. O separara até mesmo do melhor amigo, num rompante de despeito.

E, para conquistar aquele momento de triunfo, ela tinha conseguido ficar tão sozinha quanto o príncipe estava no momento.

Distraída, ela percebeu que não tinha respondido "Eu te amo" a Jefferson. Mas precisava. Deveria abrir a boca e falar. Seria fácil, eram só três palavrinhas simples. Afinal, já tinha feito aquela declaração inúmeras vezes sem a menor sinceridade, não?

O entardecer entrava pelas janelas e fazia um jogo de luz e sombras no rosto do príncipe. Sua Alteza Real Jefferson George Alexander Augustus, príncipe dos Estados Unidos, estava à espera da resposta.

Desde os quatorze anos, sua vida havia girado em torno dele: conquistá-lo, mantê-lo por perto, tentar ferir qualquer um que se interpusesse entre eles e, com isso, ferir a si mesma. Daphne tinha planejado, conspirado e manipulado, tinha fechado portas e destruído tudo pelo caminho em seus esforços para reconquistá-lo. E, agora que ela o tinha e todo o resto ficaria para trás, a única coisa em que conseguia pensar era como havia sido uma idiota por ter construído toda uma vida em torno do homem errado.

Era tarde demais para desviar do caminho. A chance de ter um futuro com Ethan tinha ido por água abaixo. E Daphne estava cara a cara com o futuro pelo qual passara tantos anos batalhando, e ninguém jamais saberia o quanto havia lhe custado.

Ninguém jamais saberia que os sorrisos que ela dava a Jefferson eram sorrisos que deveriam ser dirigidos a Ethan — quem, tarde demais, havia percebido que amava. Ninguém jamais saberia que o preço pago para conquistar o maior dos títulos tinha sido o maior dos sofrimentos. E jamais contaria a ninguém.

Ela se lembrou do que Nina lhe dissera naquela manhã: que, quando Daphne conseguisse tudo que queria, descobriria estar completamente sozinha.

Daphne olhou para Jefferson e lhe deu a resposta que ele esperava, a resposta que os pais queriam que ela desse, a resposta de uma Deighton.

— Eu também te amo — garantiu ela, com seu sorriso perfeito e cativante congelado no rosto. — E estou muito, muito feliz.

45

BEATRICE

Beatrice nunca tinha visto o palácio tão agitado. Especialmente quando ela era responsável por toda aquela agitação.

Os corredores estavam repletos de seguranças, lacaios e organizadores de festas em busca de tarefas para completar, ou de uma resposta que ninguém parecia ser capaz de dar. Em todos os seus séculos de história, a família Washington nunca havia passado por nada parecido com aquilo: um casamento real que não aconteceu. A situação era ainda mais caótica porque o Lorde Conselheiro tinha renunciado, deixando sua assistente no comando.

Beatrice gostaria de ter tido a confiança para demitir Robert meses antes. Na verdade, ele nunca tinha trabalhado para ela, e sim em prol de uma ideia ultrapassada de qual papel ela deveria desempenhar. Com Robert sabotando seus esforços, ela jamais conseguiria se tornar a rainha que precisava ser.

De repente, ela se lembrou do que o pai lhe dissera naquela última manhã no hospital: "Não vai ser fácil para você, uma jovem mulher, assumir um posto que a maioria dos homens acha que pode exercer melhor. Tire proveito dessa sua energia, sua teimosia, e seja fiel às suas crenças."

O pai nunca quisera que ela fosse um fantoche, tendo cada movimento ditado por Robert e pela classe dirigente do palácio. O rei George compreendera que a mudança era parte integrante do DNA dos Estados Unidos, que mudar era *essencial* para o sucesso da nação. Se a monarquia fosse tão rígida e inflexível quanto Robert gostaria, jamais conseguiria sobreviver.

— Franklin — chamou Beatrice. O filhote, que estava embaixo de uma mesinha de centro de mármore, saiu dali abanando o rabinho freneticamente. Ao ouvir sua voz, pulou em sua direção. Beatrice se sentou no tapete, alisando a saia sobre as pernas, e puxou o filhote quentinho para o colo. Ela desejou que tudo na vida fosse assim tão simples.

Os dois estavam sozinhos na sala de estar do segundo andar conhecida como Sala Verde. Originalmente, o cômodo tinha recebido aquele nome por conta do sentido teatral do termo, já que era onde a família real se reunia antes das famosas aparições na sacada do Palácio de Washington. No entanto, quarenta anos antes, a avó de Beatrice decidira que o cenário deveria fazer jus ao nome, então havia mandado redecorar tudo. Agora, a sala parecia ser algo saído da Cidade das Esmeraldas, toda dourada e de um verde exuberante.

As enormes janelas do chão ao teto que cobriam uma parede eram protegidas por pesadas cortinas. Pela abertura que havia entre elas, dava para ver a multidão ainda reunida na frente do palácio. Os curiosos andavam de um lado para o outro sem parar, se perguntando se Beatrice e Teddy ainda iam aparecer na sacada, por mais que não tivessem se casado, no fim das contas. Para piorar, o palácio ainda não tinha confirmado quando o casamento ia acontecer e se recusava a revelar detalhes a respeito do suposto "alerta" que havia adiado o evento.

Se Samantha não tivesse acionado o alarme, se o casamento tivesse acontecido como o planejado, Beatrice e Teddy estariam na sacada naquele momento: acenando para uma multidão que estaria exultante de alegria, e não inquieta e confusa. A aparição dos recém-casados na sacada remontava ao reino de Edward I, que considerara aquela a melhor maneira de apresentar aos Estados Unidos a nova rainha, recém-chegada da Espanha. Agora, aquela talvez fosse a tradição de casamento mais popular dos Washington.

Beatrice já tinha aparecido naquela sacada várias vezes ao longo da vida — com vestidos cheios de fitas e babados quando criança; com saias sob medida e saltos de couro à medida que ia crescendo —, sorrindo, acenando e apresentando ao mundo uma imagem meticulosamente ideal de si mesma.

De repente, uma lembrança veio à tona: uma das clássicas aparições nas festividades do Quatro de Julho. Beatrice se debruçara sobre o parapeito de ferro da sacada e esticara o pescoço para ver os aviões militares voando em formação lá no alto. Mãos fortes a levantaram. Seu pai, apoiando-a sobre os ombros para que ela conseguisse ver melhor.

Então, o rei fizera um gesto: não para cima, onde os aviões deixavam grandes rastros de fumaça como mensagens escritas no céu, mas para o mar de pessoas radiantes lá embaixo.

— Elas estão vibrando por você, sabia? — dissera ele. — Porque amam você, Beatrice. Assim como eu.

Quando sua visão ficou turva, ela entrelaçou os dedos no pelo de Franklin para se firmar. As palavras do pai ecoavam em sua mente como pedrinhas numa lata vazia. O que ele diria se a visse naquele momento, escondendo-se das pessoas em vez de encará-las?

Ao ouvir uma batida na porta, Beatrice enxugou os olhos furiosamente.

— Pode entrar — disse ela, com a voz surpreendentemente firme.

Teddy entrou na sala e fechou a porta atrás de si.

Ainda estava usando a mesma roupa da manhã — a camisa branca de botão e a calça azul listrada de seu uniforme cerimonial, embora tivesse tirado o paletó que completava o conjunto. A camisa estava para fora da calça e desabotoada no pescoço, revelando um pequeno triângulo de seu peitoral bronzeado. Beatrice se forçou a desviar o olhar enquanto se levantava, alisando a saia contra as coxas.

— Você tirou o vestido de noiva. — Teddy indicou com a cabeça o vestido azul royal, com mangas na altura do cotovelo e cintura marcada.

— Era muito tecido — foi tudo que Beatrice conseguiu dizer. Não parecia certo manter o vestido no corpo, não depois da decisão que havia tomado.

Teddy ficou parado na porta, sem se aproximar. Aquela nova distância entre eles, depois de terem passado a noite entrelaçados na cama, fez o coração de Beatrice afundar.

— Beatrice — disse ele, em tom bem sério. Ela logo percebeu que Teddy não tinha usado o apelido. — O que aconteceu mais cedo?

— O alarme assustou todo mundo — respondeu ela, recitando automaticamente a mesma explicação que havia dado o dia inteiro: que, depois do choque e do caos causado pelo alarme, ela tinha se sentido nervosa demais para prosseguir com a cerimônia. Para sua surpresa, a rainha Adelaide não levantara nenhuma objeção... Provavelmente porque entendeu que a decisão da filha já estava tomada. Até Jane tinha concordado, ainda mais depois de Beatrice ter explicado que a família real arcaria com todos os custos do dia, sem prejuízo para o bolso do contribuinte.

— Nós dois sabemos que seria necessário muito mais do que um alarme para fazer você mudar de ideia — interrompeu Teddy. — Se você ainda quisesse se casar depois daquilo, era o que nós teríamos feito. Por favor, Beatrice... nós prometemos que poderiam existir segredos entre nós, mas não mentiras. Lembra?

Ela abriu a boca para protestar, mas logo a fechou, silenciada pela vergonha.

— Você sabe por que o alarme foi acionado, não é? — prosseguiu Teddy. Não era exatamente uma pergunta.

— Sei.

A princípio, Beatrice não tinha sido capaz de acreditar no que Sam tinha feito. Então, ao ver a compostura com que Sam confessara, Beatrice compreendera que era a decisão certa.

Além disso, compreendera também como Sam tinha mudado.

Sua rebeldia irreprimível ainda estava presente, mas a morte do pai havia transmutado aquela característica em outra coisa: um misto de segurança e autocontrole que chamava atenção. Se antes havia sido teimosa e indisciplinada, agora Sam deixava sua autoconfiança falar por ela. E o mundo estava começando a ouvi-la. Beatrice estava, sem dúvida, ouvindo-a.

Pela primeira vez, sentiu-se verdadeiramente grata por Samantha ser a herdeira ao trono.

— Foi Samantha que ativou o alarme — confessou, encontrando o olhar de Teddy.

Ele arregalou os olhos azuis, chocado.

— Sam? — perguntou ele, desnorteado. — Por quê?

— Ela estava… — Beatrice se interrompeu, mas a verdade devia estar estampada em seu rosto, porque o semblante de Teddy ficou frio e solene.

— Ele esteve aqui, não esteve?

Teddy não usou o nome de Connor porque ele não tinha como saber, mas pouco importava. Beatrice sabia muito bem de quem ele estava falando.

— Como você sabe?

— Eu conheço você. Sei como fica seu rosto quando está pensando nele — disse Teddy em voz baixa. — Você sabe que vou te apoiar, seja qual for sua decisão. Mas se quiser ficar com ele…

— Eu me despedi dele.

Teddy passou a mão distraidamente pelo cabelo, bagunçando suas ondas douradas perfeitas. O efeito, combinado com a camisa para fora da calça e as mangas dobradas, o fazia parecer jovial e adoravelmente desalinhado.

— Então por que cancelou o casamento?

— Eu não cancelei, decidi adiar — esclareceu Beatrice. — Teddy, tudo entre a gente aconteceu rápido demais. O relacionamento, o noivado, o planejamento do casamento… foi tudo um turbilhão. Quando aquele alarme disparou hoje, eu me dei conta de que acabei me perdendo no meio disso tudo. — Beatrice deu um passo hesitante em direção a ele, desejando que ele entendesse. — Nós merecemos nos casar quando quisermos, num cronograma que faça *sentido*.

Não quero que nosso casamento seja uma reação ao que achamos que o país precisa. Quero que seja por nós.

— Ainda teria sido por nós, se a cerimônia tivesse sido hoje. — Teddy pegou a mão dela.

— Teria mesmo? — insistiu Beatrice. — Metade do país acha que vou me casar com você porque preciso que me ajude a fazer meu trabalho *por mim*. Eu sou a *primeira* mulher a ocupar o trono — disse ela, sem forças. — Que exemplo vou dar para as mulheres que vierem depois de mim, e para todas do país, se eu não reinar sozinha por algum tempo, antes de ter você comigo?

— Deixa eu ver se entendi — elucidou Teddy. — Você queria se casar comigo quando não me amava porque achou que fosse ajudar a controlar a opinião pública. E agora você *não* quer se casar comigo, por mais que me *ame*, porque quer controlar a opinião pública?

— A opinião pública é um bicho traiçoeiro — comentou ela num tom leve, e então suspirou. — Se nos casarmos agora, vou acabar validando a opinião de todo mundo que acredita que uma mulher não é capaz de governar sem apoio de um homem. Quero provar que isso está errado.

Teddy assentiu lentamente.

— Entendo — garantiu ele. — Mesmo assim... Estaria mentindo se dissesse que não estou decepcionado. Eu *queria* ser casado com você. E sair em lua de mel.

— A gente ainda devia ir!

Teddy ergueu as sobrancelhas com um sorriso surpreso.

— A rainha dos Estados Unidos, compartilhando uma suíte de lua de mel com um homem com quem *não* é casada? Tem certeza?

— Como eu disse para Samantha, vamos trazer essa monarquia para o século XXI. As pessoas vão ter que se acostumar. — Beatrice deu um passo à frente e se entregou aos braços de Teddy, aninhando a cabeça no peito dele por um momento. Era viciada na força, na solidez e na fragrância quente e familiar que emanava dele.

— Prometo que a gente vai se casar um dia. E que, quando eu te pedir em casamento de novo, vai ser ainda melhor do que da última vez.

Ela viu os lábios de Teddy se curvarem em um meio sorriso enquanto ele se lembrava daquele dia. Era bem estranho pensar em como as coisas tinham sido diferentes na época, em como se conheciam pouco.

Fez uma pausa enquanto buscava as palavras mais apropriadas para se expressar.

— Quando eu me casar com você, quero ser *eu mesma*, não só a figura de uma rainha. E ainda estou descobrindo quem é essa pessoa. Quem sou *eu*.

Os olhos azuis de Teddy estavam cheios de ternura quando ele disse:

— Eu sei exatamente quem você é.

— Eu sei. Você acreditou em mim, mesmo quando eu não tinha coragem o bastante para acreditar em mim mesma. — Ela inclinou o rosto na direção dele. — Mas ainda existem muitas coisas que quero *fazer*. Quero conhecer o mundo, viver aventuras e aprender, para que um dia, quando a gente se casar, eu esteja pronta. E, mais do que isso...

Beatrice olhou pela sacada em direção à massa de pessoas ainda reunidas lá embaixo. Os celulares piscavam, apontados para ela, como um milhão de vaga-lumes dançantes.

Aquele era o povo *dela*. Se o pai ainda estivesse vivo, ela sabia o que ele ia dizer: que estava orgulhoso da filha, que a amava. Que ela tinha o poder de mudar a história.

— Mais do que isso...? — encorajou Teddy.

Beatrice afastou as mãos das dele e foi para a sacada. De repente, ficou feliz de ter tirado o vestido de noiva; não queria passar a imagem de noiva naquele momento, mas de soberana.

Naquela noite quente de junho, ela ia fazer uma aparição na sacada — sozinha.

— Mais do que isso — disse ela —, eu serei a rainha.

AGRADECIMENTOS

Por razões que ainda estão além da minha compreensão, as continuações sempre parecem dar mais problemas do que seus antecessores! Sou muito grata a todos que dedicaram tempo e talento para dar vida a este livro.

À minha editora, Caroline Abbey: obrigada pela paciência infinita, pela capacidade de se divertir e, em especial, por ser tão boa no que faz. Ninguém melhor do que você para me acompanhar nesta jornada da realeza.

Toda minha gratidão à equipe editorial inteira da Random House, principalmente Michelle Nagler, Mallory Loehr, Kelly McGauley, Jenna Lisanti, Kate Keating, Elizabeth Ward, Adrienne Waintraub e Emily Petrick. Noreen Herits e Emma Benshoff, obrigada pela energia sem limites e pela disposição para divulgar este livro das maneiras mais inesperadas. Um agradecimento especial também a Alison Impey e Carolina Melis, pelas capas originais magníficas.

Joelle Hobeika, esta história é muito mais poderosa graças aos seus conselhos. Obrigada por nunca desistir de mim. Tenho sorte de trabalhar com uma equipe incrível na Alloy Entertainment: Josh Bank, Sara Shandler, Les Morgenstein, Gina Girolamo, Kate Imel, Romy Golan, Matt Bloomgarden, Josephine McKenna e Laura Barbiea.

Naomi Colthurst, obrigada pela perspicácia editorial que salvou esta trama — você entende Samantha de um jeito que ninguém mais entende! Agradeço também a Alesha Bonser e todos da Penguin do Reino Unido.

Vivo encantada com o trabalho da minha equipe responsável pelos direitos internacionais. Alexandra Devlin, Allison Hellegers, Harim Yim, Claudia Galluzzi e Charles Nettleton: obrigada por levarem a série *Realeza Americana* para tantos idiomas diferentes ao redor do mundo.

Não sei como poderia realizar este trabalho sem meus amigos. Meaghan Byrne, você foi a cúmplice perfeita em Mount Vernon. Sarah Johnson e Margaret Walker, sei que sempre posso contar com vocês para debater as nuances da minha cronologia alternativa, traduzir do latim e, em geral, atuar como historiadoras de plantão. Emily Brown, obrigada por permitir que eu desabafasse minha frustração sempre que as complexidades da trama ameaçavam me desgastar. Sarah Mlynowski, sempre serei grata por sua ajuda criativa. Grace Atwood e Becca Freeman, obrigada por serem as primeiras apoiadoras da série *Realeza Americana* e por provarem que é possível fazer amizades duradouras pela internet.

Eu estaria perdida sem o apoio e a orientação inabaláveis dos meus pais, que ainda são meus maiores pilares. Lizzy e John Ed, amo muito vocês. Desculpe por todas as vezes em que roubei detalhes das suas vidas para inseri-los em um livro — eu até poderia prometer parar, mas todos sabemos que seria mentira.

E, por fim, Alex: nada disso seria possível sem você. Obrigada por me apoiar quando eu mais preciso.

Impressão e Acabamento:
BMF GRÁFICA E EDITORA